Carlos Felipe Martell

Os PRIVILEGIADOS do ACASO

TRADUÇÃO
Rafael Ottati

ubook UBK Publishing House

Publicado mediante acordo com Nova Casa Editorial, Espanha. Edição original do livro, *Los privilegiados del azar*, publicada por Nova Casa Editorial.

COPIDESQUE Vivi Maurey
REVISÃO Sofia Soter, Kamila Wozniak e Fernanda Avelino
CAPA ORIGINAL Vasco Lopes
ADAPTAÇÃO DE CAPA Guilherme Peres
IMAGEM DA CAPA Archivo Vasco Lopes

Dados Internacionais de Catalogação na Publicação (CIP)
(Câmara Brasileira do Livro, SP, Brasil)

Felipe Martell, Carlos
Os privilegiados do acaso / Carlos Felipe Martell ; [tradução Rafael Ottati]. -- Rio de Janeiro : Ubook Editora, 2019.

Título original: Los privilegiados del azar.
ISBN 978-85-9556-035-2

1. Ficção espanhola I. Título.

19-24997 CDD-863

Índices para catálogo sistemático:
1. Ficção : Literatura espanhola 863
Maria Alice Ferreira - Bibliotecária - CRB-8/7964

Ubook Editora S.A
Av. das Américas, 500, Bloco 12, Salas 303/304,
Barra da Tijuca, Rio de Janeiro/RJ.
Cep.: 22.640-100
Tel.: (21) 3570-8150

À minha mãe.

Se a vida te dá à luz no Inferno e você pretende erguer a cabeça,
os privilegiados do acaso pisarão em você com todas as forças.

SUMÁRIO

A ESTATÍSTICA

Introdução

A Estatística é uma ciência que estuda fenômenos ou experimentos aleatórios, isto é, aqueles em que não podemos prever o resultado final ao repeti-los em condições análogas.

A Estatística interfere em qualquer disciplina na qual há fatos incertos. É por isso que me atrevo a dizer que a Estatística é igual à poesia: ambas tentam medir a incerteza.

FENÔMENOS OCASIONAIS

Capítulo 1

29 de fevereiro de 2000.
Montpellier, França.

Quando ligou o carro, Laure deixou para trás um dia difícil no Centro Hospitalar Universitário (CHU), onde trabalhava como enfermeira. Embora seu horário de saída regular fosse às nove, a chegada de duas vítimas de um acidente nos últimos minutos a fez tomar a decisão voluntária de ficar um pouco mais para dar uma mão aos seus companheiros do turno da noite. Sua dedicação era tão intensa que, exausta, tinha o hábito de sempre voltar para casa ouvindo música no toca-fitas de seu Citroen Saxo em um volume maior do que o socialmente aceitável. Era a sua maneira particular de liberar as tensões.

Quando saiu da Avenue du Doyen Gaston, começou a tocar a música "*L'oiseau et l'enfant*", de Marie Myriam, que ganhou o (então) prestigioso Festival Eurovisão da Canção de 1977. O final da música coincidiu exatamente com o momento em que desligou o motor do veículo dentro da garagem.

— Essa coincidência só pode acontecer uma vez a cada quatro anos — murmurou enquanto sorria. — Assim como este dia.

Ao entrar em casa, viu acesa a luz do quarto da colega com quem dividia o apartamento. Era por volta das dez da noite.

— *Bonsoir*, Salka!

A enfermeira tirou o casaco coberto que a protegia no inverno; não que estivesse muito frio na cidade, mas Laure era uma daquelas pessoas com uma sensação térmica que gerava instabilidade. Deu uma olhada rápida na cozinha, pensando em preparar uma salada simples de tomate, escarola, pimentão, cenoura e espinafre.

— Salka!

Com um movimento enérgico, Laure jogou (com o próprio pé) seu tamanco esquerdo para o canto da sala, onde sempre tentava fazer uma cesta com seu calçado naquilo que também servia de lixeira. Era um hábito infantil que ela adquiriu quando começou a trabalhar no CHU. No início, ela pegava os sapatos depois da tentativa e os mantinha em uma sapateira, mas, com o tempo, decidira que os dois tamancos deviam dormir na própria lixeira.

— *Deux points*! — O calçado esquerdo entrou diretamente pelo aro.
— Salka!

A tentativa com o tamanco direito foi malsucedida. Depois de tocar no tabuleiro, ele bateu na borda da lixeira e caiu no chão.

— Salka!

Salka não respondeu. Movida por uma explosão de incerteza e angústia, Laure se aproximou do quarto. Quando chegou à porta e observou o interior, ficou paralisada como nunca antes na vida. Apesar de sua profissão, Laure não estava preparada para aceitar a crueldade do acaso quando se tratava de entes queridos.

— Salka! — conseguiu sussurrar.

A norte-africana, natural da Mauritânia, uma dentre os únicos 29 imigrantes que chegaram em pequenos barcos nas Ilhas Canárias, em 1995, vindos do Marrocos (feito do qual ela se orgulhava), havia tirado a própria vida com apenas 29 anos. Três vezes o número 29! Por que diabos o calendário marca o ano bissexto? Se não existisse um 29 de fevereiro de 2000, talvez Salka estivesse viva.

Um frasco vazio de pílulas para dormir testemunhou silenciosamente a passagem da dor para o descanso eterno. A pressão havia minado seu sistema emocional enfraquecido. A visita de Mauro havia quebrado as poucas esperanças de redenção que ainda existiam. Esse filho da puta do Mauro!

Estatística Descritiva

Primeira parte

FENÔMENOS CAUSAIS E FENÔMENOS ALEATÓRIOS

Capítulo 2

Setembro de 2010.
Universidade de La Laguna, Tenerife. Ilhas Canárias.

— Para melhor compreensão da ciência estatística, temos que começar com o fato de que há dois tipos de fenômenos: os fenômenos causais, experiências em que se pode saber de antemão o resultado sempre que o repetimos em condições semelhantes, e fenômenos aleatórios ou do acaso. Estes últimos são o objeto de estudo de nossa disciplina.

Com essas palavras, Isidro León, professor titular da disciplina "Estatística para Economia e Empresas", tentou atrair a atenção de seus alunos no terceiro dia do novo curso que estava começando agora.

— Nos experimentos aleatórios, não podemos prever o resultado antes de sua realização, pois eles podem dar origem a diferentes resultados possíveis. Tal é o caso do lançamento de um dado ou uma moeda.

Inconscientemente, o professor olhou para o relógio e calculou que ainda restava mais da metade da aula. Ele não costumava demonstrar cansaço nem ansiedade para terminar, mas era óbvio que, neste início de um novo ano acadêmico, ele ainda não deixara a preguiça das férias de verão para trás. Também poderia ser que o peso dos anos que passaram tivesse lhe tirado a vitalidade e dedicação aos alunos. Ele rejeitou logo essa possibilidade, porque não acreditava que, com 37 anos, suas habilidades estivessem diminuindo. Fez uma rápida varredura visual da sala de aula e leu algumas gotas de tédio nos rostos que o cercavam. Então, em estado de alerta, decidiu reagir com um ataque direto aos centros de atenção do cérebro.

— Qual o seu nome? — perguntou, apontando e se dirigindo a uma menina de cabelos compridos e desatenta, que estava sentada no banco esquerdo na segunda fileira.

Isidro bufou exprimindo tanta tensão, que deixou o ar, compartilhado por todos os ocupantes da sala, pesado. Todos, menos ele, graças à sua máscara invisível de supervisor.

— Irene — respondeu a jovem mulher, surpresa e com uma voz quebrada que escancarou seu nervosismo por conta da pergunta esmagadora e inesperada.

O professor sabia que, naquele momento (e por mais alguns minutos), a atenção da turma estava em suas mãos; os alunos estavam à sua mercê, pois, agora, temiam que o professor de reações imprevisíveis fizesse perguntas a qualquer um, até mesmo questões mais complicadas do que a que foi feita a Irene, e teriam que se valer de todos os cinco sentidos para não falhar ou gaguejar na resposta.

— Bom, Irene. Eu vou pressionar este interruptor. Que tipo de fenômeno ocorreria nessa situação? Causal ou aleatório?

Nos dias antes da aula, os alunos mais observadores notaram que Isidro acendera a luz do quadro-negro assim que subia no tablado.

— Eu diria que é um experimento causal, porque de antemão sei que, quando você pressiona o botão, a luz no quadro se apaga — respondeu Irene, mais aliviada do que orgulhosa por sua resposta.

— Alguém mais se atreve a opinar?

— Bem, eu digo que é um fenômeno aleatório — trovejou uma voz no fundo da sala.

— Quem o diz? — perguntou Isidro, tentando localizar com gestos, demostrando desorientação, a origem da voz.

— Meu nome é Agustín — disse um jovem com a mão erguida. Agustín usava uma camisa estampada que anunciava algum grupo de *heavy metal.* O cabelo castanho do menino lembrava a moda dos Beatles, que estava reinando novamente. Ao observá-lo, Isidro refletiu que, curiosamente, tudo na vida é baseado em ciclos; tudo volta a circular quando alcança uma volta completa. As modas não eram uma exceção.

— Vamos ver, Agustín, em que você baseia sua resposta?

— Bem, professor, provavelmente a luz do quadro se apaga. Mas o que aconteceria se houvesse um curto-circuito ou um cruzamento de cabos que o impedisse?

—Você tem os cabos cruzados! — gritou um engraçadinho de plantão, meio escondido entre uma pilha de cabeças.

— O que eu quero dizer — continuou Agustín — é que existe a possibilidade, embora remota, de que a luz não apague.

A sagacidade do menino era admirável, mas nenhum deles sabia que a pergunta era uma pegadinha.

Durante vários segundos, a turma se envolveu em uma discussão absurda (embora terapêutica) sobre as possibilidades de a luz permanecer acesa depois de pressionar o botão.

— Quem está certo, professor? Irene ou Agustín? — ouviu Isidro.

— Os dois e nenhum.

— Como assim?

Gerando intriga com o olhar, o professor apertou a alavanca e, diante do estupor de todos, a luz não se apagou.

— Agustín estava certo de que a luz poderia permanecer acesa, mas ele não tem motivos para afirmar que o experimento é aleatório. Irene está certa de que é um experimento causal, mas ela não tem razão ao dizer que a luz se apagaria com certeza. Esta é uma caixa elétrica com dois interruptores. É lógico que vocês não notaram; talvez vocês nem consigam ver isso dos seus lugares. O interruptor que indiquei e disse que eu apertaria é o de ventilação. Então, para mim, é um experimento causal, porque de antemão sei que a luz não vai desligar quando for ativada.

— O que você quer dizer com "para mim"? — perguntou o astuto Agustín.

— Bem, quero dizer que, na Estatística, como na vida, nem tudo é tão simples, nem tudo é sempre o que parece. Para vocês, como um grupo, ainda era uma experiência aleatória, porque vocês não sabiam o que poderia acontecer. Você mesmo, Agustín, tocou na ficção científica tentando encontrar uma explicação, talvez mais misteriosa do que científica, para justificar que a luz não se apagasse. Você certamente quase alcançou o orgasmo quando viu a luz depois daquilo que tinha sido anunciado como um apagão seguro!

A turma explodiu em gargalhadas e Agustín quis prolongar a piada.

— Eu vi a luz e ela é quem me guia!

A aula terminou e Isidro sentiu-se relativamente satisfeito, porque conseguira torná-la participativa, o que, normalmente, não era fácil de conseguir em um assunto como esse. Foi preciso um tremendo esforço intelectual para capturar a atenção do público durante os cinquenta minutos de aula, um preço que nenhum professor estava disposto a pagar dia após dia.

No caminho para o escritório, ele encontrou Gustavo e Jorge, professores do Departamento de Economia Financeira e Contabilidade, as duas únicas pessoas que ele considerava amigos e, ao mesmo tempo, colegas de trabalho. Na faculdade, Jorge e Gustavo sempre andavam juntos nos corredores. Sempre! Do refeitório aos seus escritórios e vice-versa, da secretaria ao departamento... a maneira deles de andar era especialmente curiosa. Jorge sempre andava atrás de Gustavo, motivo pelo qual ganhou o apelido de "a sombra".

Jorge era mais jovem que Isidro, embora sua calvície incipiente jogasse contra ele. Em seu início como professor, ele havia sido um verdadeiro prevaricador na hora de dar as notas, o que gerou muitos problemas. Naqueles anos, no momento da avaliação, ele usava critérios muito subjetivos e irracionais, como a condição social dos estudantes, sua ideologia política, suas roupas... Mas isso eram águas passadas. Gustavo tinha cerca de cinquenta anos e um senso de humor muito incisivo e irônico. Era um cara robusto, com uma cabeça muito grande e muito mais larga atrás. Suas bochechas se estendiam linearmente até os ombros, sem qualquer curvatura na intersecção com o pescoço; não se sabia se era devido a um excesso de papada ou a um pescoço tão largo quanto o perímetro facial.

— Vamos tomar um café? — perguntou Gustavo

— Vamos tomar um café! — exclamou Isidro, incapaz de resistir ao seu vício predileto.

Quando Gustavo estava brincando com uma garçonete sobre a prioridade do corpo docente em relação aos alunos no atendimento, o celular do professor de Estatística tocou e ele sorriu ao verificar que era o número da casa dele.

— Olá, Marlene! — disse Isidro, com ênfase.

— Olá, querido! — A doce voz de sua esposa era um bálsamo abençoado naquela hora da manhã. — Como está sendo o seu dia?

— Suponho que não tão bom quanto o seu. Você pode decidir o que fazer. — Era uma maneira um tanto inábil e forçada de incentivar Marlene, que, após três anos de trabalho no setor imobiliário, fora vítima de um corte de pessoal da empresa, depois de sofrer os efeitos devastadores da crise econômica e financeira que assolava o mundo ocidental. — Eu gostaria de estar em casa. Está tudo bem?

— Sim, tudo bem. Só que... eu estava faxinando um pouco e, ao mover seu violão, uma corda arrebentou. Você tem alguma sobrando?

— Deixa disso! Eu trocarei a corda, não se preocupe.

O violão. A evolução. Um violão espanhol acompanhou Isidro, desde criança, numa perfeita simbiose. Em seu círculo familiar e entre seus amigos era impossível dissociar um do outro. Aos dezoito anos, quando estudava na universidade, comprou um violão e um par de gaitas de blues. Então ele descobriu seu hobby.

Sua paixão! Algo que deu um novo significado à sua vida: composição musical. Sua habilidade inata para a matemática, sua facilidade para rimas e o manejo do violão deram a ele aquele ímpeto de ousar, algo que, antes, acreditava ser impossível. Vários fatores giravam contra Isidro. Por exemplo, ele não conhecia praticamente nada de solfejo, embora aprendesse o básico de uma maneira totalmente autodidata. A matemática não ajudou apenas ao facilitar a aprendizagem da linguagem do solfejo; fez muito mais que isso. A composição, como ele concebeu, consistia em resolver um sistema de equações lógicas, no qual cada equação era um sentimento melódico e cada incógnita era um verso poético. Consistia, portanto, em resolver um quebra-cabeça de fantasia.

Naqueles anos iniciais, as partituras fluíam magicamente e ele se sentia um Deus. Teria gostado de interpretar suas canções, mas, realmente, sua voz deixava muito a desejar. Isidro era canhoto e, como nunca tentou inverter as cordas do violão, acabou ficando um pouco limitado na técnica de execução com o violão. Mas ele não tocava nada mal. Seu trabalho, vinte anos depois, permanecia oculto em uma gaveta de sua mesa. Eram partituras muito básicas, aguardando arranjos musicais futuros, apenas um esqueleto de músicas com violão e gaita como a única instrumentação que acompanha a voz. Isidro fez somente uma exposição pública de sua composição muito anos mais tarde, ao embuti-la como música de fundo em sua página na internet, agora arcaica e disfuncional, que foi alocada para atividades acadêmicas. Isso ele não fez pelo ego (ou assim queria acreditar), mas, sim, para dar um toque lúdico ao ensino, porque acreditava que, pedagogicamente, os alunos teriam mais empatia com o assunto se o vestisse com algo original.

Depois de se despedir de Marlene, voltou a mergulhar na conversa inconsequente de Jorge e Gustavo.

— ... a piada que o Roque de Inglês me contou. — Ouviu Gustavo dizer. — Você sabe como se diz, em inglês, "colocar um"?

— Não faço ideia, rapaz! — respondeu Jorge.

—*Tô puta...* "Tô puta"! — respondeu Gustavo, soltando uma risada alta.

A ESTATÍSTICA DESCRITIVA

Capítulo 3

A Estatística Descritiva está limitada à coleta, ao estudo, à classificação e à interpretação de um conjunto de dados, sem tirar conclusões e inferências para um grupo maior.

Ao chegar ao escritório, um de seus alunos estava esperando por ele na porta. Era Agustín, aquele menino esperto que tinha mostrado um sorriso ousado e todo o seu penteado exótico. Era muito mais alto que Isidro, então o professor quase teve que levantar a cabeça para observá-lo. Observá-lo e interpretá-lo.

ᔕ

Os primeiros dias do curso são ideais para um professor coletar, estudar, classificar e interpretar informações relacionadas aos seus alunos. Colecionar, estudar, classificar, interpretar. É idêntico à Estatística Descritiva em si, é a própria lição que ele transmite durante a primeira semana. Com ela, o aluno aprende a recolher informações sobre as idades de seus pares, organizá-las em tabelas, representá-las graficamente e, ao fim, aplicar fórmulas para interpretar a idade média de sua turma, ou que idade se repete mais vezes etc. Por sua vez, Isidro, sutilmente, observa e coleta informações sobre as personalidades e habilidades de seus alunos. Não pode tabelá-las quantitativamente, mas as coloca em padrões aproximados aprendidos com a experiência dos anos como professor. Ele não podia definir esses padrões, é para isso que os psicólogos servem. Fazia apenas uma ideia abstrata. Nem tirava conclusões — o sistema de avaliação faria isso por ele.

ᔕ

— Agustín, certo?

— Sim. Eu queria perguntar como acessar o campus virtual para se inscrever na sua disciplina.

— Entre. Se você quiser, pode acessar do meu computador e já estará registrado.

O professor observou o rapaz que digitava seus dados pessoais. Algo chamou sua atenção. Foi o primeiro sobrenome, Figueruela, incomum nas Ilhas Canárias.

— Você é parente de Luis Figueruela?

— Sim... sim. Eu sou sobrinho dele. Meu tio me disse que você foi seu professor há vários anos — disse ele com um tom elusivo.

— Verdade. Eu me lembro dele perfeitamente. Era um estudante muito organizado e metódico. Ele gostava da precisão em seus argumentos e costumava corrigir ou terminar as intervenções de seus colegas com um zelo perfeccionista. Não digo isso como crítica, pelo contrário, merecia admiração.

Luis Figueruela fora um aluno exemplar. Pertencia à primeira geração de estudantes a quem Isidro ensinara. O professor lembrou que os alunos chamavam Luis de Adonis, ou algo parecido, porque ele era considerado o mais atraente da turma. O curso de 1996-1997 trouxe de volta boas lembranças. Assim que terminou seu curso, Isidro obteve uma posição de professor universitário. Ele nunca conseguiria esquecer aqueles ataques de nervos antes de entrar na sala de aula e esse sentimento constante de incerteza ao abordar o público. Sua própria juventude o enchia de insegurança.

Figueruela era atualmente diretor-geral da Doble Virtual Operativo Informático (VOI-VOI), uma empresa líder em consultoria virtual na ilha. Ele havia se casado com Sara, outra aluna daquela turma e que agora trabalhava no Departamento do Tesouro de Santa Cruz de Tenerife.

— Como está seu tio? E Sara?

— Bem... eles estão bem.

O professor notou que Agustín hesitou um pouco e se sentiu desconfortável, então decidiu rapidamente mudar de assunto.

— Pronto! Você já está registrado em tudo! Para as outras disciplinas, você terá que fazer o mesmo, mas inserindo o código que cada professor lhe der.

— Muito obrigado, professor.

Quando Agustín saiu, Isidro consultou seu e-mail. Tinha cinco mensagens não lidas na caixa de entrada. As duas primeiras eram autênticas besteiras de um amigo. Em uma, ele incluiu milhares de slides sequenciais sobre os danos causados pelo consumo excessivo de carboidratos, sendo que o slide final era, infalivelmente, um "tenha um bom-dia". Na outra, compilou toda uma bateria de piadas de segunda mão que, talvez, poderia ter sido engraçada para seu sobrinho Isaac quando ele tinha cinco anos de idade. Ele ficou surpreso ao ver pessoas que não tinham nada a fazer além de ler todos os e-mails recebidos e enviá-los de volta; ou talvez, o que é ainda pior, elas nem os lessem, mas os aceitassem automaticamente como uma brincadeira engraçada e irônica. Sem se preocupar em ir além da primeira página, ele os eliminou diretamente. A terceira e quarta mensagens eram informações sem importância do Departamento de Estatística Econômica, ao qual ele pertencia.

A quinta correspondência parecia um pouco enigmática. Estava escrita em francês, então ele não entendeu quase nada. Francês não era a sua praia. Ele intuía "alguma coisa" sobre "alguém" que viria a Tenerife em fevereiro. A mensagem foi enviada por Laure Libert; ele nem sabia se era o nome de uma mulher ou de um homem. Tinha um link direto para o Facebook, então ele pensou que era um desses e-mails de spam, talvez de um suposto banco que ameaçasse bloqueá-lo de sua conta inexistente naquela entidade inexistente. A mensagem de Laure foi diretamente para a "lixeira".

Fechou o e-mail. Teve uma sensação estranha; como se tivesse lido ou lembrado, inconscientemente, um nome entre essas mensagens. Algo subliminar, abaixo dos limites normais da percepção. Ele evocou memórias passadas, seu tempo de iniciação profissional. Até voltou ao seu estágio estudantil nas noites frias de Laguneras e se lembrou de que compôs sobre as sensações que experimentara então. Abriu sua página na internet, *http://cafema.webs.ull.es/*, aumentou o volume dos alto-falantes e concentrou-se para ouvir aquela melodia melancólica e noturna. "La Laguna".

Enquanto as notas do sistema MIDI [interface digital de instrumentos musicais] soavam, Isidro cantarolava a letra das primeiras estrofes, que ele quase esquecera.

Onde o estudante ruge
na eterna noite cinzenta,
onde o frio abre sua carne

quando ataca o mês de abril.
O vício cria as suas ruas
onde você inala o elixir,
A névoa atinge os bares
e na sua mão uma garrafa.
Todas as gerações
que passaram por lá
nunca esquecerão as noites,
seus colegas ou algo assim.
Você não se lembra dos punks
com suas cristas em azul índigo
invadindo Heraclio Sánchez
com cerveja de barril?

MEDIDAS DE POSIÇÃO

Capítulo 4

As medições de posição sintetizam as informações obtidas, reduzindo-as a um único valor. As mais comuns aludem a um número "central" e são chamadas de "médias". As médias mais importantes são: a média aritmética, a mediana e o modo. Mas existem outras medidas de posição não centrais: os quantis.

Novembro de 2010.
Arona. Tenerife Ilhas Canárias.

Médias

Isidro considerava sua esposa, Marlene, uma "média das médias". Ele a enxergava como uma média aritmética, porque, estatisticamente, esta representa o ponto de equilíbrio da distribuição. Caso representássemos graficamente uma distribuição de frequência e esse gráfico fosse um modelo suspenso no ar, a média aritmética seria o ponto de apoio que manteria o modelo em equilíbrio para que ele não caísse. Ele enxergava Marlene como seu ponto de equilíbrio que o impediu de cair.

Também se assemelhava a uma mediana, que, em Estatística, coleta o valor de forma que metade dos dados são inferiores a ela e a outra metade, superior. Marlene não era deusa nem demônio, não era opulenta nem magérrima, nem a mais esperta nem a mais desajeitada... metade das mulheres eram mais "alguma coisa" que ela e a outra metade, menos "alguma coisa" que ela.

Finalmente, era um padrão (um valor repetido muitas vezes), porque, se ele tivesse tido muitas namoradas em seu passado, o que não era o caso, tinha certeza de que a maioria delas seria muito parecida com Marlene. Ela tinha tudo que ele podia desejar.

Em suma, Isidro a "posicionou" no centro da distribuição de sua vida. Ela ficava deslumbrante com sua longa juba castanho-clara que, no verão, irradiava reflexos entre o dourado e vermelho. Ela tinha um corpo magro, quase jovem, o que lhe dava uma atração especial. A passagem do tempo ainda não havia castigado suas feições, para as quais seu eterno sorriso contribuiu. Isidro, por outro lado, era muito mais sério, com feições más e masculinas. Marlene costumava dizer que seu marido parecia ter vindo da Europa Oriental.

A personalidade de Marlene podia ser definida como uma esponja. Ela tinha aquela qualidade estranha, que Isidro não conseguia explicar, e por causa disso todos lhe contavam seus problemas. Certamente essa atração especial era porque ela sabia ouvir; até se atrevia a dar conselhos, e estes costumavam ser bastante precisos. Isidro achava que ela deveria ter estudado psicologia. Como uma boa esponja, também tinha uma facilidade admirável para drenar e esvaziar as neuras de seus confidentes. Ele, por outro lado, era incapaz de filtrar. Se ele se envolvesse nos negócios de outra pessoa, os misturava com suas próprias preocupações, o que o afundava indefinidamente.

Isidro e Marlene formavam um casal sedimentado com estabilidade. Sempre que podiam, estavam juntos. Antes de qualquer possibilidade de discussão eles costumavam conversar muito, até a exaustão. Em todo caso, a maioria de seus desentendimentos era por questões pueris, e eles aceitavam que a imaturidade manifestada nessas discussões não passava de um derivado lógico de um relacionamento repleto de familiaridade e empatia. Na tarde anterior, sem muita discussão, tinham decidido assistir na televisão a uma das séries de humor que costumavam passar em diferentes horários. Marlene sintonizou um canal quando Isidro chegou da cozinha com um pacote de pipoca recém-saído do micro-ondas. Então houve uma daquelas lutas absurdas (embora inocentes) pelo controle remoto.

— Como é que você está assistindo a uma série de humor americana? As europeias são muito melhores, Marlene.

— Qual é o problema, querido? Não importa, esta série é muito boa — disse ela, sem tirar os olhos da tela de 32 polegadas.

— É claro que importa. As séries de humor americanas, na maioria das vezes, estão contaminadas. Trata-se de humor misturado com moralidades. Parece oneroso. Os europeus, por outro lado, produzem séries de humor puro, desconectadas dessas mensagens malucas que só pretendem doutrinar.

— Mas o que você está dizendo? Eu só quero assistir a uma série e rir por um tempo! Eu não acredito que você levante tudo isso para decidir qual programa ver. Você seria capaz de não ver algo de que gosta por razões éticas?

Marlene conhecia as limitações do marido. Em alguns assuntos ele tinha algumas ideias bem claras, mas era um pouco excessivo e teimoso quando as exibia. Ela, é claro, sabia convencê-lo por meio de conversas e mais conversas. No final, ela conseguiu se safar e Isidro teve que engolir a série americana.

Sexualmente, a cumplicidade era perfeita, já que ambos eram inteligentes o suficiente para assimilar que um casal nem sempre coincide em momentos de apetite sexual. Eles entenderam que, nesses casos, um deles não podia depender do tempo do outro. É por isso que eles tinham um acordo implícito de participação desinteressada (mas divertida), na masturbação de quem estivesse excitado; e, vale dizer, eles nunca recriminavam um ao outro por nada.

Naquela tarde de 3 de novembro, tinham ido visitar amigos em Arona, ao sul da ilha, em um município em que Marlene e Isidro tinham vivido por quase dois anos antes de se mudarem em setembro de 1997 para La Orotava, na zona norte. Julian e Vera foram seus vizinhos, embora agora tivessem se mudado para outra área do município. Eles trabalhavam como pediatras em uma clínica. Estavam falando sobre estatística, já que ambos faziam parte de uma equipe de pesquisadores médicos que lidavam com dados desse tipo. Marlene suportou uma conversa chata com a qual ela pouco poderia contribuir.

Depois de se despedirem dos amigos, Marlene teve uma ideia.

— O que você acha de visitarmos o prédio do nosso antigo apartamento?

— Ótimo!

Estacionaram em frente ao prédio antigo, um complexo de apartamentos com piscina comunitária, quadra de tênis e academia. Como que movidos por uma força telepática, levantaram a cabeça ao mesmo tempo e olharam, no quinto andar, a varanda do apartamento que foi sua morada nos primeiros anos que passaram juntos. As enormes janelas, que uma vez pertenceram a eles, estavam agora adornadas com cortinas gastas e frágeis.

— Quem é que vive lá agora? Estou curiosa para subir e tocar a campainha — disse Marlene.

— E aí eles te olhariam com a desconfiança com que você olhava para estranhos que chegavam para vender uma enciclopédia ou alguma bíblia que respondesse às suas orações.

Eles deram uma olhada nas quadras de tênis ao ar livre, onde dois adolescentes suavam sob o sol intenso enquanto batiam com força na bola. Isidro refletiu sobre quão curioso era o contraste climático entre o norte e o sul da ilha. Os microclimas permitiam que, em novembro, enquanto as praias do sul continuavam lotadas, o município úmido de San Cristóbal de La Laguna forçasse as pessoas a se cobrir com luvas e cachecol.

Quando eles estavam prestes a entrar no veículo para sair, uma senhora de sessenta anos chamou-os da porta do prédio.

— Marlene? É você? Isidro!

— Olha só, é a Dora! — gritou Marlene alegremente. Ela se aproximou e beijou Dora na bochecha direita. — Como vai? Você ainda está trabalhando aqui?

Dora deu também um beijo em Isidro e convidou-os para o corredor.

— Bem, sim, eu ainda sou porteira! Este edifício é muito antigo e cada vez menos pessoas vivem aqui, mas, graças a Deus, não fui demitida. A associação dos proprietários continua a se comportar muito bem comigo.

Dora era porteira quando o casal morou lá. Certamente ela foi porteira a vida toda, pensou Isidro. Era uma mulher fisicamente pouco atraente, com uma grande verruga perto da boca e uma careta permanente um tanto repulsiva, reforçada por um olhar estranho que deu arrepios verdadeiros ao professor. Ela compensou seu físico com o fato inegável de ser uma pessoa muito boa. Eles gostavam muito de Dora, que nunca parou de falar sobre suas anedotas de trabalho. Depois de lembrar antigos episódios do passado, eles se despediram.

— Sabe, Dora! Quando você passar por La Orotava, nos avise e te chamamos para comer algo — disse Marlene, mostrando o enorme afeto que tinha por ela.

— Espere! Eu esqueci! Depois que você saiu, algumas cartas continuaram chegando para vocês. Eu acho que as mantive na portaria, caso um dia vocês viessem aqui. E esse dia chegou.

Dora entrou no pequeno cubículo onde costumava passar o dia lendo ou assistindo à TV. Depois de vasculhar algumas gavetas, saiu com um punhado de cartas e com uma expressão de sofrimento, como se elas estivessem pesando.

— A maioria era só publicidade e eu joguei fora imediatamente. Estas, eu guardei — disse a porteira.

Eles pegaram as quatro cartas. Duas vinham do banco em que trabalhavam na época e uma terceira pertencia a uma companhia de seguros. A quarta carta era autêntica, com selo e tudo; daquelas que não se recebia mais por causa da invasão do correio eletrônico. Foi lacrada em Montpellier, na França. O destinatário era Isidro León. O nome do remetente retumbou em sua mente: Salka Sidibe.

— Quem é, querido?

— Eu não tenho certeza, o nome soa familiar para alguns dos meus fantasmas do passado. Vou abrir em casa.

Marlene ligou o carro e eles pensaram que estavam se afastando de sua vida passada. Mas, poucos metros depois, Isidro experimentou uma nova regressão, muito mais intensa do que a visita que acabavam de deixar para trás. Quando passaram pelo ponto de ônibus mais próximo, ele a viu. Uma silhueta esfumaçada que criava um esboço distante no tempo. Uma lembrança. Ali, em pé, esperando o ônibus; tremendo de frio, consumida e desnutrida. Ela parecia ser muito jovem, mas certamente não era tão jovem. Sua magreza e sua pele escura lhe davam um toque exótico e uma atração especial. Aquela silhueta, que o professor havia contemplado tantas vezes ao passar em seu carro cerca de 15 anos atrás, encaixava-se em sua mente como um quebra-cabeça com o nome de Salka. Ele já sabia quem havia escrito a carta.

Quantis

Definitivamente, Salka não era uma média de nada; Isidro não conseguiu colocá-la na parte central de qualquer distribuição real. Sua posição, ele acreditava, seria bastante próxima de alguns dos dados extremos que atendem a praticamente qualquer critério. Mas ele realmente sabia muito pouco sobre a africana.

A primeira vez que ele a viu foi em setembro de 1996. Isidro não dormira a noite toda e, naquele momento, no início da manhã, ele teve uma tensão na área do estômago tão forte que achou que não conseguiria entrar na sala para dar a aula. Foi seu primeiro dia de aula como professor universitário. A selva estava esperando por ele do outro lado da porta de madeira marrom com uma janelinha retangular. Antes de entrar, deu uma olhada pela janelinha e sentiu que sua imaginação seria superada pela realidade.

Aquela grande reunião de inúmeros jovens alterados, que descarregavam sua tensão após a aula de matemática, lembrou-o do caos que reina no recreio de qualquer Jardim de Infância. Alguns caminhavam da esquerda para a direita; outros, da direita para a esquerda; alguns proferiam gritos sem sentido; outros, quando detectaram sua presença, olharam para ele atentamente, tentando entender o que um estudante de um curso superior estava fazendo parado à porta, os observando... porque Isidro, com apenas 23 anos de idade, parecia ser mais um aluno do que um professor. Embora durante os primeiros dias isso pesasse contra ele, a longo prazo isso o beneficiaria, porque seria mais fácil para ele entender as preocupações dos alunos. Afinal, ele acabara de se formar. Enquanto dava os primeiros passos em direção ao tablado, ficou impressionado com um detalhe. No meio do burburinho total, uma garota negra, extremamente magra, sentou-se na primeira fileira em absoluto silêncio. Possivelmente ela era a única que não sorria; o único olhar triste na sala de aula.

A partir daí, durante as primeiras semanas do curso, o professor pôde verificar que Salka não conversava com ninguém. Custava demais a ela ou apenas se recusava a fazer amigos naquele ambiente. Um sábado à tarde, ao sair de casa com Marlene para ir ao cinema, pensou ter visto Salka no ponto de ônibus, bem perto de onde moravam.

— Eu acho que eu vi uma das minhas alunas no ponto. Eu não sei se mora aqui, em Arona, ou se está apenas de passagem.

— Bem, se ela mora aqui e tem de ir de ônibus até La Laguna de manhã, precisa acordar muito cedo ou deve perder todas as primeiras aulas — dissera Marlene.

Com o passar dos dias, o ouvido desenvolvido de Isidro pareceu captar alguns comentários de estudantes sobre Salka que beiravam a xenofobia. Mesmo na hora do refeitório, piadas de mau gosto, sobre a cor da pele dela, circulavam entre os professores. Supunha-se que, naquela época, nos anos 1990, o preconceito racial já havia sido extinto, mas, é claro que algumas mudanças sociais demoram muito mais em sua jornada do que seria desejável. Embora seus princípios o tenham estimulado, Isidro quase nunca entrou em controvérsia, menos por covardia do que por fraqueza de caráter e porque nunca está evidente qual é a linha que separa a piada pesada da intolerância. Nas poucas vezes em que discutiu com um colega, não conseguiu nada. Com frequência, pensava que certamente não estava preparado para influenciar a consciências dos outros, claro, ele não era um psicólogo, e sua lábia era muito limitada!

Além de todo esse absurdo, surgiram também rumores sobre uma possível relação sexual entre essa aluna e um professor de Economia Aplicada, mas ele decidiu não continuar prestando atenção a esse tipo de descrédito gratuito.

Numa manhã de outubro, ao sair de casa, ele viu Salka no ponto de ônibus. O professor parou o carro e se ofereceu para levá-la à universidade. Ela agradeceu e entrou no carro. A princípio, mal falavam, porque a jovem era muito introvertida, mas a curiosidade de Isidro arrancou um pouco de sua história. Sem uma única lágrima em seus olhos e com uma frieza patológica, ela relatou que sua mãe havia morrido após o parto na Mauritânia. Então ela foi para o Marrocos, com o pai, para morar na casa de uma tia. Os anos passaram e as coisas não correram muito bem; e seu pai, que teve uma perna gangrenada amputada, gastou todas as suas economias em uma passagem sem volta (em um barco pequeno) para sua filha. Isso foi há pouco mais de um ano. Enquanto a ouvia, Isidro parecia estar vivendo aquela tragédia tão próxima no tempo, tão tangível. Ele podia tocar, ele podia sentir o cheiro de tudo aquilo somente vendo os olhos enormes daquela mulherzinha anoréxica, que provavelmente era um pouco mais velha do que seu corpo esguio sugeria. A aluna não quis entrar em detalhes sobre como ela sobrevivera para chegar às Ilhas Canárias, mas deu a entender que tinha sido de maneira muito dura para ganhar a vida, o que levou Isidro a pensar sobre prostituição. Ele também tinha certeza de que Salka nem estava matriculada na faculdade, porque não achava que sua situação estivesse regularizada — ela certamente queria aprender, apenas isso.

Coincidentemente, naquela mesma noite de outubro de 1996, Isidro viu na televisão um capítulo da série *Farmacia de Guardia*[1], em que um personagem do norte da África, chamado Mustafá, buscava viver do jeito que conseguia. Mustafá reforçou a história de Salka e Isidro, assaltado

1. Série espanhola que foi exibida de 1991 a 1995 e que mostrava o dia a dia em uma farmácia.

por sua própria sensibilidade, foi levado a compor. No dia seguinte, inspirado pela história de Salka e masculinizando o personagem (para despersonalizá-lo), começou a tecer seu novo quebra-cabeça musical. Ele escreveu parágrafos soltos e linhas melódicas que, pouco a pouco, foram preparadas para compor "Imigrante Ilegal", um eterno lamento crescente, como uma ladainha impiedosa implorando por equidade. Agora esse era o fundo musical do seu site: http://cafema.webs.ull.es/TECNICASMUESTREO/novedades.htm.

Pele escura, enormes olhos brilhantes.
Ele se pinta como Mustafá.
Guarnecido em seu albornoz creme
a bordo de um barco.
Ainda cheira ao mar.
Guarda receoso em seu bornal
a carteira e um pedaço de pão,
as sandálias só quando espremem
e uma foto de sua avó
que morreu de fome no Natal.
Ele dorme em um parque e na noite mais cinzenta
sente falta de seu país.
Pede esmola ou vende um colar,
ajudam-no três a cada mil.
Olha para aquele que passa, culto e feliz,
e não entende por que ele não é assim.

Agora, 14 anos depois, Isidro reafirmava que, definitivamente, Salka não estava em uma média de nada. Ela vivia em uma corda bamba. Podia se tornar um valor extremo dentro de qualquer coletivo.

Na Estatística, valores extremos não devem ser usados para calcular uma média, porque distorcem sua representatividade. Por exemplo, se seis alunos responderem corretamente apenas a uma pergunta de um questionário de cem itens, o número médio de perguntas respondidas por esses seis alunos será um; mas, se um sétimo estudante "especial", "um luminar", responder às cem perguntas corretamente, ele distorcerá o valor da média, que valerá 17,5 perguntas bem-sucedidas. Esse valor não representa a realidade. Ora, Salka era esse valor distorcido, aquele "cem" capaz de alterar com sua dura realidade a uniformidade na vida monótona e frívola de seus colegas de classe. A falta de comunicação com eles não era assim. Foi, antes, uma falta de harmonia. Não foi um problema de introversão, mas de maturidade forçada adquirida por tapas extremos e fortes.

ɞ

Isidro expressou isso à sua maneira no refrão de sua música.

Se a vida te dá à luz no Inferno
e você pretende erguer a sua cabeça,
pisarão em você com todas as forças
os privilegiados do acaso;
e eles justificarão sua crueldade dizendo:
"Ele é um imigrante ilegal."

Uma lembrança. Um ponto de ônibus. Uma carta. Salka certamente conhecia o antigo endereço de Isidro porque ela tinha morado perto dele. Ele não se lembrava muito mais dela. Pesquisando em sua memória, o professor lembrou que ela mal durara alguns meses na aula. Depois do Natal de 1996 não voltou. Talvez alguém tenha descoberto que ela não estava matriculada e provavelmente a convidou a se retirar da universidade.

Agora era hora de abrir a carta.

MEDIDAS DE CONCENTRAÇÃO

Capítulo 5

As medidas de concentração determinam o maior ou menor grau de equidade na distribuição total dos valores da variável entre as diferentes frequências.

Era segunda de manhã. Ele havia chegado à universidade há alguns minutos e estava começando sua primeira aula. Dois dias haviam se passado desde que ele recebera a carta de Salka, mas ainda não a abrira. O professor pretendia lê-la hoje em seu escritório, porque nos fins de semana ele se recusava a fazer qualquer coisa que tivesse a ver com o trabalho. Supunha que Salka se mudara para a França e que teria terminado seus estudos. E então, anos depois, ela estaria tateando a possibilidade de retornar às Ilhas Canárias para trabalhar, ou, simplesmente, precisava de ajuda estatística para algum projeto de pesquisa no qual ele poderia estar colaborando. Por isso que ela, na visão do professor, pediu sua ajuda. Com base nessas suposições, a carta ainda estava fechada. Nem mesmo Marlene insistiu para que ele abrisse, o que era estranho, dada a sua personalidade bastante curiosa.

Isidro estava explicando aos alunos as medidas de concentração.

— Imagine uma distribuição de salários. As frequências seriam os trabalhadores. O objetivo é obter uma medida que indique se a distribuição de salários entre os empregados é mais ou menos equitativa. Dúvidas?

Uma menina sardenta com óculos de armação verde levantou a mão.

— Como limitamos essa medida? Quero dizer... existe um limite de equidade mais alto e mais baixo?

— Sim, a medida terá que ser limitada tanto superior quanto inferiormente — disse Isidro. — Se todos os trabalhadores recebessem exatamente o mesmo salário, estamos falando do capital máximo ou, em termos estatísticos, da concentração mínima. Mas, se todo o dinheiro estiver concentrado em uma pessoa e o resto não cobrar nada, isto é, um sistema de escravidão onde o senhor leva tudo, estamos falando de equidade mínima ou concentração máxima.

Curiosamente, toda vez que explicava esse assunto, Isidro pensava em como ele distribuía os tons entre suas músicas. Considerando as 16 músicas que foram fechadas e gravadas, quase todas foram escritas em Sol maior, Dó maior e Ré maior. A exceção eram duas delas, em Lá maior. Se adicionasse outras dez canções nas quais estava trabalhando (quando tinha inspiração e tempo), sua herança musical então era composta de seis canções em Sol maior, oito em Dó maior, oito em Ré maior, três em Lá maior e uma em Lá menor; zero músicas para cada uma das tonalidades existentes restantes. Se levarmos em conta a existência de um total de 24 tonalidades possíveis, a concentração era mais do que evidente.

Isidro imaginou o que o levou a compor basicamente nessas três escalas musicais, Dó, Ré e Sol, sempre no modo maior. Proibiu a si mesmo o uso de tonalidades em sustenidos ou bemóis. Às vezes ele concluía que, talvez, suas escalas fossem as mais fáceis para tocar violão; era uma questão de conforto ou covardia. Em todo caso, suas canções eram só para ele e ele as cantava sozinho. Esse exercício de intimidade foi uma das poucas coisas que ele não compartilhou com Marlene, embora, sim, Marlene tivesse muito a ver com o conteúdo de algumas de suas letras e, acima de tudo, com a inspiração de Isidro. Na verdade, ele havia usado uma das frases favoritas de sua mulher para o nome de seu site.

A palavra-chave escolhida por Isidro, o "sobrenome" que o servidor da ULL permitia que seus usuários escolhessem, era "cafema". Foram as iniciais de uma expressão que, em tom zombeteiro, Marlene costumava se referir ao marido. C.A.F.E.M.A. Combinação aberrante: *freak* estatístico e músico amador.

Marlene chamava seu marido de *freak* estatístico porque não acreditava em Estatística; ou, pelo menos, nas estatísticas. "Eu passo suas estatísticas na minha bunda", costumava dizer a Isidro para irritá-lo. Essa situação veio da ocasião em que Marlene teve que prestar um exame oral em um concurso público, que consistia no desenvolvimento de um tema escolhido por ela a partir de três opções aleatórias na totalidade da agenda. Com base nos tópicos estudados, Isidro a tranquilizou, comentando que tinha 83% de chance de pegar pelo menos um dos que conhecia. Mas quando o presidente de sua corte extraiu as três opções, elas correspondiam a três assuntos para os quais ela não havia se preparado. Isidro tinha poucos argumentos para dar uma explicação convincente. A Estatística poderia prometer 83%, mas era ela que ia se ferrar por causa disso.

Marlene tampouco compartilhava da paixão que Isidro tinha pela música. A composição musical, tão repetitiva durante o período de criação e aprendizado, os constantes batimentos do violão que recomeçavam a cada momento como um loop, a desequilibravam. É por isso que a profissão e o hobby de seu marido eram uma combinação aberrante para ela. Mas isso tudo apenas por fora. No fundo, ela estava orgulhosa das habilidades criativas e de ensino de Isidro.

Depois da aula, o professor foi até o refeitório para cumprir o ritual de tomar o seu terceiro café da manhã (até o momento). Lá, ele observou um grupo de alunos do primeiro ano. Entre eles estava Agustín, sobrinho de Figueruela. Pareceu-lhe que aquele rapaz, tão inteligente e ousado durante as primeiras semanas do curso, parecia estar cada vez mais desligado e preocupado. Sua personalidade parecia ter passado por uma autêntica metamorfose, já que, a partir da jovialidade mostrada em setembro, em novembro ele havia entrado numa apatia de maneira radical.

Absorto nesses pensamentos, ele entrou em seu escritório e leu a carta.

Montpellier, 3 de novembro de 1997.

Eu quero que você veja esta carta como uma balada anônima, e não como a lacuna entre 4 e 5. Eu tomei a decisão de não ser direta com você porque eu quero que isto seja útil. Meus últimos dias em Tenerife foram um inferno tão doloroso que eu não acho que alguém possa entender a magnitude da minha dor. É por isso que apelo à sua sensibilidade. Eu sei que você pode me ajudar se decidir se envolver em decifrar esta carta.

Se eu lhe contasse diretamente o que estou sofrendo, você leria com muito cuidado, como se fosse um romance dramático. Talvez alguma lágrima escapasse de você; talvez você pudesse me entender. Mas então você sentiria pena de mim e, certamente, não faria nada para me ajudar. Afinal, sou praticamente uma estranha para você. É por isso que eu apresento um jogo. Um enigma que visa atrair a sua curiosidade e o levará a investigar um pouco sobre o que aconteceu. Se fizer isso, você estará emocionalmente envolvido no horror do que vai descobrir e talvez me ajude.

Certa vez, no refeitório da faculdade, ouvi você dizer a um colega que adora resolver palavras cruzadas. Desenvolvi uma muito especial para você. É um enigma depressivo, agridoce e cheio de arrogância da minha parte, já que misturo sua sensibilidade à minha dor. Quero que você, por meio da sua emoção, se conecte com a minha tragédia. Por isso, vinculei as duas. Palavras poéticas e nomes amaldiçoados. Aqui você vai descobrir a chave principal da minha história.

Em seguida, uma série de quadrados (alguns deles sombreados) apareceu na carta, formando um jogo de palavras cruzadas. E, logo abaixo, as supostas dicas de resolução.

Você percebe o maior drama social em La: na horizontal e vertical 1.
Horizontal

- *A 2 e a 3 causam o maior dano físico. Entre ambos, o lugar onde o mar cicatriza os passos. A 4 também deixou sua pegada nesse lugar.*
- *5 é o fim da sua flor. Tomara que este seja o elo mais fraco da cadeia, à sua direita.*
- *6. Você jamais viu a primeira, nem mesmo em sonhos. A segunda era o material da espuma.*
- *A última é a que faz a diferença.*

Vertical

- *A 2 marca o começo e o fim. A de cima, seu amor, a deixou deitada.*
- *A 4, primeiro tem que presumir o que é, mas com complexos. Então, cada uma delas cria dependência.*
- *Na 6 o pastor foi perdido.*
- *8. Por causa dela, você pode não se lembrar do meu nome, da mesma forma que não se lembra do seu.*
- *Da 9 parece ser feito o seu sobrenome.*
- *3, 5 e 7 formam um anagrama do que anseio nesses momentos.*
- *A Rainha Bruxa viveu antes e depois do campo. Ela tem algo de Marlene.*

Tente falar com Mauro. Você é minha única esperança.

Salka Sidibe.

Quando ele terminou de ler a carta, sua cabeça estava prestes a explodir. Não estava acreditando naquele absurdo temperado com corantes conspiratórios. Não entendia nada. Para ele, ficou claro desde o primeiro momento: essa garota era louca, daquelas que mereciam uma camisa de força.

— Ainda bem que esta carta foi escrita 13 anos atrás! Caso contrário, estaria com muito medo agora — murmurou para si mesmo.

Isidro se perguntou onde a equidade estava na distribuição da vida. Por que esses delírios costumavam atacar os mais destituídos, aqueles maltratados pelo acaso? Não havia oportunidade para eles? Ele se lembrou de uma estrofe esquecida de "Imigrante Ilegal":

E no avião de extradição
ele geme, porque não conseguiu.
Quando você chegar à terra e pisar no seu país,
ele sonha com um mundo de ficção.
Olhe para aquele que passa, culto e feliz,
e não entende por que ele não é assim.

Naquela mesma tarde, quando Isidro chegou em casa pronto para compartilhar com Marlene o conteúdo da carta misteriosa, achou sua esposa mais atraente do que nunca. Ela usava uma saia verde-turquesa que cobria um pouco mais da metade da coxa e meias pretas que subiam até os joelhos. O resultado deixou a parte inferior de suas coxas nua, em uma clara insinuação erótica. A saia era acompanhada por uma blusa laranja com estampas, bem como linhas pretas levemente onduladas e assimétricas, além de uma moderna jaqueta preta sintética aberta.

Ele nunca tinha visto essas roupas antes, ela tinha acabado de comprar e queria sair para jantar para celebrar alguma coisa, Isidro desconfiava.

— Confirmado! — disse Marlene, com o sorriso mais radiante que já vira.

— Confirmado? — perguntou o marido, o coração batendo forte quase a ponto de sair da boca.

— Estou grávida de dois meses!

MEDIDAS DE DISPERSÃO

Capítulo 6

As medidas de dispersão determinam a maior ou menor representatividade de uma grandeza de posicionamento baseadas em quantificar o quão dispersos ("longe") estão os dados pertinentes à referida medição de posição.

Durante as semanas seguintes, uma mudança radical em seus parâmetros emocionais modificou a personalidade de Marlene. Parecia ter hormônios totalmente fora de controle, à mercê dos caprichos dos gêmeos. As técnicas de inseminação artificial, finalmente, haviam valido a pena. Eles estavam tentando há mais de um ano. Agora, a chegada de dois bebês no mundo assustou seus futuros pais.

O comportamento de Marlene foi tão inconstante que uma manhã ela contagiou Isidro com uma euforia excessiva e, à tarde, descompensou em poças de lágrimas. Em seus momentos de depressão, ela demonstrou tal sentimento de culpa que costumava surpreender o marido. Pedia desculpas por não ter concordado muitos anos antes, quando ele estava ansioso, com as técnicas de fertilização. Fazia dez anos que um especialista deixara claro para eles que nunca poderiam ter um filho de forma completamente natural. Até recentemente, quando Isidro tentava entrar no assunto, Marlene era evasiva, buscando um adiamento ilimitado do problema. Aos 38 anos, talvez não seja a melhor época para engravidar, mas, nos tempos modernos, os riscos de gravidez tardia estavam diminuindo.

Uma tarde, no final de novembro, Isidro estava em seu escritório preparando intensivamente algumas aulas com antecedência, o necessário para lhe dar algumas semanas com mais tempo para se dedicar a Marlene. Seus companheiros Jorge e Gustavo o convidaram para tomar café e ele, pela primeira vez em muito tempo, rejeitou a oferta. Precisava de algumas anotações antigas sobre séries cronológicas e, distraído, enfiou-se nos arquivos que se avolumavam no armário do escritório.

Coincidentemente, encontrou algo que não via há algum tempo: seu álbum de fotos da graduação. Ele não era uma daquelas pessoas que enquadram e penduram suas realizações profissionais em uma parede para exibi-las (publicamente ou em particular), com o desejo de obter reconhecimento, seja para atrair clientes ou simplesmente por orgulho. Sorrindo, colocou seu diploma na borda na mesa para lembrar o passado.

— Olá! — cumprimentou Gustavo da porta. — Nós tomamos a liberdade de trazer seu café. Como você não quis nos acompanhar ao refeitório...

— Claro! Você colocou cianureto como vingança? Ou é para mostrar que você é muito mais gente boa do que eu? — brincou Isidro.

— A propósito, onde está o Alberto? — perguntou Gustavo. — Vim quatro vezes nesta semana à procura dele, porque estamos para escrever juntos um artigo que queremos publicar.

— Que fedor! Desde quando você fuma? Você sabe que é proibido! — atreveu-se a dizer Jorge.

— Eu não fumo. O cheiro vem do escritório do Alberto.

Alberto era um companheiro da Estatística de Isidro, cujo escritório era adjacente ao dele. A parede que os separava era tão porosa que permitia filtrar a fumaça completa (com todos os seus aditivos) do cigarro, que Alberto havia costurado à boca. Quando fumava, fechava a porta, acreditando que ninguém descobriria.

— Este é o seu álbum da graduação? — perguntou Jorge.

— Sim! Acabei de encontrar. E por acaso!

— Isidro! Você sabia que o Jorge vai matricular o filho naquela nova escola franciscana que eles abriram em Puerto de la Cruz?

Com essa pergunta, Gustavo tentava iniciar uma de suas costumeiras discussões absurdas e intermináveis com as quais, diariamente, ele e Jorge pareciam se divertir.

— Já começamos! Eu só precisava pedir sua opinião para decidir onde matriculo meu filho! — se defendeu Jorge.

— Seria bom que me permitisse mesmo opinar, já que você deixa um cara com um colarinho chamado Pai Angel decidir por você como veste seu filho — continuou provocando Gustavo.

— É nisso que consiste a uniformidade: que todas as crianças se vistam da mesma forma para que as diferenças sociais e culturais entre elas não sejam percebidas. É assim que se minimiza o classismo — disse Jorge.

— Hahaha! Você está vendo a realidade de cabeça para baixo! Você é disléxico? Veja como deforma as coisas! O que o uniforme da escola justamente pretende fazer é marcar a diferença entre esse grupo de crianças e o resto. Isso é classismo!

— Sabe o que te respondo? Espero que os professores do meu filho sejam licenciados, não bacharéis. Que o professor de Matemática seja um especialista.

— Ok, mas na idade do seu filho o que eles precisam é de um educador com muita pedagogia, não de um especialista em Matemática. E nesse ponto os professores ganham. O que eu não discuto é o mérito alcançado pelos professores do seu filho para estar lá. Um cunhado, uma amiga e uma concubina do diretor.

— Mas o que você está dizendo? O padre Angel está comprometido com Deus e não tem concubinas!

— Parem de dizer bobagens, vocês dois! — interveio Isidro.

— Você está certo — disse Jorge quando baixou a cabeça e se ajoelhou.

— O que está fazendo? Uma reverência as minhas blasfêmias? — continuou Gustavo, atacando.

— Cale-se! Eu só quero chegar mais perto para ver o álbum do Isidro!

Por alguns minutos, eles olharam atentamente para aqueles rostos perdidos de outros tempos e perceberam que Isidro não tinha mudado muito desde então. Havia também outro rosto conhecido pelos três.

— Este é o Mauro, certo? — observou Gustavo.

— Sim, é ele mesmo.

Um silêncio desconfortável preencheu o escritório de Isidro. Mais uma vez, os fantasmas do passado enredaram sua garganta. Foi a mesma sensação de opressão que, na época dos estudos, produzia a névoa espessa que cobria as noites de bebidas na cidade de La Laguna. Jorge e Gustavo sabiam o quanto a memória de Mauro significava para ele. É por isso que eles disseram adeus e o deixaram sozinho com seus pensamentos.

Isidro e Mauro eram compatriotas. Ambos vieram da ilha de La Palma, onde se conheceram na escola secundária. Embora naquela época eles não fossem grandes amigos, tendo saído da ilha para estudar o mesmo curso, na Universidade de La Laguna, forjaram entre si fortes laços emocionais. Com certeza eles se davam bem porque eram muito diferentes, quase complementares. Isidro era mais sério, mais formal. Seu senso de responsabilidade ao lidar com os estudos foi louvável, e foi graças a ele que conseguiu estudar sob uma forte pressão, imposta pela necessidade vital de passar em todas as matérias ano após ano para manter a bolsa de estudos que lhe permitia viver em La Laguna. Mauro encarava a vida como uma piada, com certo desleixo. Seu apoio econômico era melhor do que o de Isidro, porque a situação familiar permitia. Se o dinheiro fosse gasto antes do final do mês, tudo o que precisava fazer era ligar para o papai e o assunto estava resolvido. E se seu pai estivesse chateado com o desperdício contínuo, Mauro era um artista para inventar desculpas. Apesar de tudo, ele era muito inteligente e captava as coisas logo de primeira. Terminou os estudos e, como Isidro, conseguiu um cargo de professor universitário, no Departamento de Economia Aplicada.

Na solidão do cubículo, a inspiração metafórica levou Isidro a raciocinar que Mauro e ele avançaram por meio de duas distribuições estatísticas diferentes. O caminho percorrido por Mauro era muito acidentado, engraçado, alterado, com uma enorme dispersão. No entanto, foi um caminho muito mais estável do que o de Isidro, cujas seriedade, caráter, erudição e namorada Inma impediram qualquer tentativa de assumir riscos, ou, como diria Lou Reed, de dar uma volta no lado selvagem.

∽

Dispersão (em Estatística) é um conceito bastante indicativo. Isidro calculou que, nos anos de estudante, e até depois, o dinheiro que em média gastava semanalmente em café, cerca de 25 euros, chegava a coincidir com o dinheiro que Mauro gastava diariamente em álcool. Duas distribuições com média semelhante. Mas havia uma grande diferença. Isidro era muito constante em seu vício; praticamente toda semana ele gastava o mesmo, 25 euros, porque tomava o mesmo número de cafés. Mauro era inconstante: em uma noite, ele podia gastar 2 euros em uma cerveja e na noite seguinte bebia 80 euros de álcool.

Os 25 euros de Isidro foram um representante médio dos seus gastos. Os 25 euros de Mauro, não. Mauro andava na corda bamba, não equilibrava suas ações. Lidava com o álcool do mesmo jeito que lidava com as drogas. Suas ações estavam cheias de altos e baixos. É por isso que a vida o maltratou; ou melhor, ele maltratou sua vida. O acidente de trânsito em que ele morreu em 2004 foi uma consequência direta do álcool. A comunidade universitária estava com dor naquele dia, mas nenhuma dor era tão profunda quanto a de Isidro.

É claro que Isidro compôs uma canção para aquele menino grande que, sendo professor universitário, gostava de se socializar e de ficar bêbado com pessoas mais jovens do que ele, com alunos que lhe permitiam enganar o passar dos anos.

À noite, um copo de álcool nas mãos.
Apenas entre jovens de vinte anos.
Olha para as garotas fumando um charuto.
O mesmo "boteco" de sua juventude,
mas o dono parece um homem velho.
Mauro, solitário,
implora a perda de anos.
Quando o espelho cruel rouba seu cabelo
e embranquece o restante,
ele mata você dizendo:
"Mauro,
que o seu tempo já passou."

Isidro abriu o navegador, acessou seu site e foi para *http://cafema.webs.ull.es/TECNICASMUESTREO/fichas.htm* para ouvir a melodia de Mauro.

MEDIDAS DE FORMA

Capítulo 7

As medidas de forma estabelecem uma tipologia das distribuições de frequência sem função da forma de sua representação gráfica.

Dezembro de 2010.

Poucos dias após o confronto com o álbum de fotos, um novo encontro com os anos 1990, muito mais intenso, voltou a perturbar seus sentimentos. Mas isso seria ao entardecer. Agora, o professor explicou aos alunos as medidas usadas para determinar a forma gráfica de uma distribuição, especificamente as medidas de achatamento. Ele estava animado com a visita ao obstetra que ele e Marlene haviam planejado naquela tarde. Seu tom de voz e bom humor o traiu.

— A distribuição mais importante que existe em Estatística é uma distribuição simétrica e em forma de sino chamada distribuição normal. Caracteriza-se porque tem muitos valores centrais, são os que mais se repetem, aqueles com as maiores frequências. À medida que nos afastamos do centro para ambos os lados, as frequências diminuem.

— É algo semelhante a como estamos distribuídos na sala de aula? — perguntou uma aluna chamada Paula, que costumava fazer muita perguntar. Suas questões, às vezes, eram espirituosas e inteligentes, mas às vezes não; apenas perguntava. Parecia que, basicamente, ela queria ser notada, no caso de isso influenciar sua nota final.

O professor observou a turma e se surpreendeu mais uma vez com a agilidade mental de Paula. Na verdade, a maioria dos alunos estava sentada no banco central e, sobretudo, no meio da sala. Nas extremidades do banco central havia também alunos, mas um pouco menos. Havia poucos sentados nos bancos laterais, talvez porque, através das janelas entreabertas que ladeavam os dois lados, houvesse ar frio suficiente anunciando a iminente chegada do inverno.

— Bem, sim, é, embora esse caso seja abstrato demais para explicá-lo com variáveis. Vou te dar outro exemplo mais simples. Considere a variável "altura da população de pessoas que geralmente estão neste prédio". Eles são todos adultos. Haverá muitas pessoas que medem 1 m e 75 cm, o que é aproximadamente a altura média em nosso país. Haverá também muitos que medem 1 m e 70 cm e 1 m e 80 cm. Igualmente numerosos, mas um pouco menos, que medirão 1 m 65 cm ou 1 m e 85 cm. E assim por diante, como nós vamos para longe do centro, encontramos menos pessoas. O resultado gráfico se aproximará de uma distribuição normal: uma distribuição em forma de sino e praticamente simétrica. Se passarmos um pente-fino em todo o prédio, encontraremos alguém que tenha 1 m e 40 cm ou 2m e 10 cm, mas muito poucos serão colocados nesses extremos.

Enquanto projetava a imagem de uma distribuição em forma de sino, Isidro ouviu os sussurros com as típicas piadas que se repetiam a cada ano, sempre que usava esse exemplo. Falavam que, nesses extremos, foram localizados o professor de História Econômica, o qual, para conversar com os alunos, tinha de olhar para cima, ou um funcionário do refeitório chamado Armando, que diziam ser capaz de construir uma estação espacial sem sair do chão.

— Agora, como seria, graficamente, a distribuição de frequências de suas idades?

Na turma havia apenas alunos do primeiro ano; os reprovados que repetiam a disciplina estavam em um grupo separado.

— Bem... quase todo mundo tem a mesma idade — respondeu Paula novamente.

— Ok, quase todo mundo tem 18, 19 ou até vinte anos. Alguns terão 17; outros, mais de vinte. Minha pergunta é qual forma seria o gráfico dessa distribuição. Quase todo mundo estará no centro disso. Se representarmos, você pode ver nesta imagem que tem uma forma...

— ... como um pênis apontando para cima — brincou um aluno com o cabelo em forma de farpas afiadas, desencadeando uma risada da turma.

— Eu não teria expressado dessa forma, mas está correto, vou aceitar. É uma distribuição "mais direcionada" do que a normal. É a distribuição leptocúrtica. Imagine que esse gráfico ganhasse vida, quero dizer... que se pudesse tocá-lo e moldá-lo. Suponha que seja um objeto flexível.

— Um pênis flexível? — insistiu o garoto, ganhando algumas doses extras de riso.

— Se uma mão inocente, ou nem tanto, pressionasse aqui — apontou Isidro para a extremidade superior do "pênis" —, começaria a achatar o gráfico, ou seja, a sua ponta diminuiria. Chegaria um momento em que coincidiria com a distribuição normal. Se ainda estamos pressionando pelo centro, ele será esmagado cada vez mais, de modo que teríamos poucos indivíduos no centro da distribuição; suas frequências diminuiriam. Os valores seriam redistribuídos para os lados. Encontramos uma distribuição platicúrtica, que, como vocês podem ver, tem a forma de um prato invertido.

Isidro pronunciava aquelas palavras enquanto imaginava, em paralelo, a pressão de um feto na barriga da mãe e as mudanças que ocorrem durante o curso da gravidez. Imerso em seus pensamentos, o resto da manhã voou.

Inma. Já não a via há tantos anos. Só sabia que tinha se casado com um alemão e foi morar no exterior. Mas lá estava ela, à porta de um bar, segurando o braço de uma menina de dez ou onze anos que se parecia com ela. Seu rosto estava marcado de rugas, mas sua beleza ainda estava intacta.

Marlene e ele saíram muito felizes da consulta do obstetra depois de terem visto os gêmeos em um ultrassom tridimensional. Foi nesse momento, na calçada em frente, que viu Inma com sua filha. Ela pareceu olhar para eles e dar-lhes um sorriso. Com certeza gostaria de cumprimentá-los. Marlene não viu ou, se o fez, disfarçou. O professor sentiu seu coração pular. Sentiu-se constrangido com os sentimentos, tentou esconder sua preocupação e não disse nada.

Tecnicamente, Isidro tinha duas mulheres importantes em sua vida, mas eram três; e ele compôs uma música para cada uma das três. Uma de suas primeiras composições foi "Inma". Embora ela também tivesse vindo de La Palma, foi em La Laguna, quando ele estava em seu terceiro ano de carreira, que a conheceu. Esbarraram-se na saída de um concerto de jazz de um grupo local chamado Gato Gótico, cujas credenciais eram uma qualidade musical invejável, mas com o defeito (realmente uma virtude, de acordo com Inma) de terem mantido os seus princípios de estilo puristas e convicções artísticas altruístas, sacrificando, em troca, a possibilidade de alcançarem fama internacional.

Eles se apaixonaram. Inma era uma garota jovem e atraente, de olhos verdes e cabelos desgrenhados que, com seu sotaque, arrastava musicalmente as vogais ao falar. Trabalhava como cabeleireira nos arredores de La Laguna e estudou Direito na Universidade Nacional de Educação a Distância (UNED). Quando começaram a sair, Mauro separou-se sutilmente de seu amigo Isidro para dar um pouco de ar àquele relacionamento emergente. O professor de Estatística sempre agradeceu por esse gesto. Na época, Isidro se sentiu nas nuvens. Foi sua primeira namorada e ele se apegou totalmente. Ele teria dado a vida se ela pedisse. Para ele, Inma era um deleite. Portanto, a letra da música, que agora colocou em *http://cafema.webs.ull.es/tutorias.htm*, foi uma mistura romântica de sensações gustativas e versos apetitosos.

Pele de metal, dourada ao passar
meus docinhos de chocolate.
Cachos nos olhos caramelos de cristal.
Ternos sons mentolados,
sopros de sedução.
Quando na sua boca mastigava
saboreava um sorriso
de espuma de limão cremosa,
Eu sou atraído por seu corpo de merengue
derretido em um vestido jovem.
Como um sorvete de bolhas.
Banhada em geleias de cereja e alcaçuz.

— Qual é o problema, querido? Por que você está tão distante?

Marlene percebeu que seu marido estava desatento, mas culpou o nervosismo por conta da paternidade futura.

— Sinto muito, eu estava com a cabeça em outro lugar.

Marlene também estudou Direito, mas, ao contrário de Inma, terminou a graduação. Ambas se conheciam da Biblioteca Geral da

Faculdade de Direito, onde Inma passou muitas horas estudando porque era mais perto de casa do que a sede da UNED. Elas chegaram a ter algo como uma amizade, mas que mais se parecia com uma simbiose, no sentido de que se beneficiavam de uma troca de notas e se ajudavam na preparação para as provas. Inma e Isidro saíram algumas vezes com Marlene e Mauro. Foi assim que Isidro e Marlene se conheceram. Inma tinha um plano, como casamenteira, de unir Marlene e Mauro, e fazer com que o último assentasse um pouco a cabeça. Mas Mauro nunca pareceu interessado em Marlene, e isso seria apreciado por Isidro depois de alguns anos. Isidro lembrou-se de como Inma brincou com suas tentativas de casamento.

— Os dois "I" e os dois "M". — Costumavam rir juntos, às vésperas daqueles encontros duplos.

Em *http://cafema.webs.ull.es/ESTADISTICA/temario.htm* é possível ouvir a melodia de "Por amor a Marlene". Isidro tinha uma rusga com essa música, porque acreditava que esta letra não estava no nível emocional das duas que havia composto para Inma.

Noite de celofane,
já cansado de beber.
Eram quase três horas
e liguei para a sua casa.
O aroma de um café
adoçado de mulher.

Versos como estes não têm a força da paixão "Inma" e, menos ainda, o sentimento semidepressivo de "Balada anônima".

Alguns dizem que, quando o amor acaba, se a relação termina por mútuo acordo, é muito provável que os envolvidos se tornem bons amigos. Mas, se o término é unilateral, dói como se te perfurassem o coração pela parte de trás com uma broca de martelo e a mantivessem pressionada por um longo tempo. Nesse caso, muitas vezes há um profundo sentimento de ódio e reprovação. No entanto, quando Inma decidiu que ela não estava mais apaixonada, Isidro não sentiu ódio. Ele só sentia uma pena tão profunda que toda a sua sensibilidade e dor foram matéria-prima da construção de uma equilibrada composição melódica que transbordava amor, angústia e nostalgia. Nas letras de "Balada anônima", Isidro deixou claro que ele queria separar as duas "Inmas": a Inma de "tutti frutti nos lábios, pele com um toque suave" e aquela que tinha saído do seu lado, alguém diferente, de quem não queria se lembrar. É por isso que, embora tecnicamente houvesse duas mulheres em sua vida, a terceira era uma mulher anônima, uma divisão da Inma. A melodia estava em *http://cafema.webs.ull.es/ESTADISTICA/estadistica.htm*. Seu refrão era contundente.

Com poesia eu disse: "Eu te amo!"
Com doçura ela me deu um chute.
Por causa do tato que teve ao fazê-lo
eu pago com essa balada.
Eu a conheci na cidade dos sonhos.
Ela trazia o selo de um conto de fadas.
Foi há tanto tempo
que nem lembro como se chama.

Onde tinha lido ou ouvido, recentemente, algo sobre baladas anônimas? Agora elas estavam voltando à sua mente. Vendo Inma, muitos anos depois, Isidro não teve a sensação de um "caramelo que vicia como um beijo na boca entupido de mel".

Ele evocou a menina anônima, para quem compôs a balada, em versos de dez sílabas.

Tudo começou em uma noite de inverno.
Vem de sedução vestida.
A energia cobria o corpo
de uma artista mal aproveitada.
Deprimido na boca esse gesto,
no cabelo um laço de prata
e nos olhos dois mistérios verdes
radiografavam com um olhar.
Sua linguagem era puro talento
cuspido com poucas palavras.
Enquanto falava, seu sotaque me arrepiava;
Ela cantava as frases e as arrastava.
E a magia dos meus sentimentos
me levou a idolatrá-la.

Talvez fosse apenas o desejo.
Eu não posso expressar isso em palavras.

ᔕ

Se a qualidade de um relacionamento romântico pudesse ser medida graficamente, Marlene representaria uma distribuição normal para Isidro, na qual a maioria dos momentos compartilhados são bons, e os maus momentos, escassos. No entanto, Inma não podia ser coletada em uma representação gráfica estática; a curva máxima do gráfico do relacionamento teria se achatado ao longo do tempo. No começo, tudo seria perfeito, leptocúrtico: apenas bons momentos. Então, uma mão sombria, talvez a mão do acaso, pressionaria o centro nervoso do relacionamento, sem sequer parar numa situação platicúrtica, de maior distribuição de bons e maus momentos.

Em Estatística, se um gráfico platicúrtico continua a ser pressionado no centro, ele se torna uma distribuição uniforme, uma linha horizontal, isto é, uma monotonia. Todos os momentos são os mesmos, nem bons nem maus. Mas Inma tinha ido muito além disso. Ela havia mudado de curvatura. Se continuarmos pressionando a distribuição uniforme pelo centro, o interior começará a afundar e os lados subirão. De uma distribuição originalmente em forma de sino, a relação se tornou "o formato de U", com muitos momentos ruins e poucos bons. Como diria "arames farpados": no final da relação entre Inma e Isidro, o pênis apontaria para baixo.

REGRESSÃO E CORRELAÇÃO

Capítulo 8

O objetivo da análise simultânea de dois ou mais caracteres é estudar as relações entre eles para detectar a existência de algum tipo de dependência ou covariação. Esta análise é abordada de duas maneiras: a Regressão tenta explicar como uma variável se comporta de acordo com os valores da outra; a Correlação tenta medir o grau de dependência entre ambas, isto é, a intensidade com a qual essas variáveis estão relacionadas.

As férias de Natal estavam se aproximando. Naquela manhã, o professor estava em seu escritório resolvendo algumas perguntas que Agustín havia levantado sobre distribuições bidimensionais. Quando ele terminou, decidiu se arriscar com o garoto inclassificável.

— Quando você vir seus tios, mande lembranças minhas. Imagino que eles vão se lembrar de mim. Não me lembro de todas as pessoas que passaram por aqui, mas suponho que a primeira turma fique marcada na lembrança. Lembro-me de Luis Figueruela, sentado onde você está agora, fazendo perguntas para amarrar todas as pontas soltas. Eu os encontrei algumas vezes, mas não os vejo há muito tempo.

— Sim, eles se lembram de você. Vou mandar lembranças suas.

— Veja, Agustín, não gosto de me envolver nos negócios de ninguém, mas peço que, se você tiver algum problema na universidade, seja acadêmico, administrativo ou mesmo pessoal, considere a possibilidade de vir pedir minha ajuda, se achar que posso ajudá-lo. A verdade é que observei uma mudança profunda em sua atitude e personalidade desde o início do curso até agora, e não gostaria que você se desse mal nos estudos. Eu não sei se você está com problemas com seus colegas, ou com seus pais... Só estou dizendo que, se precisar de alguém para conversar, você tem a mim.

— Muito obrigado, mas não tem nada de errado. Tudo está indo bem — respondeu de forma brusca.

— Sim, talvez eu que esteja vendo problemas onde não há. Imagino que, se a sua personalidade tivesse mudado, seus pais seriam os primeiros a notar e dizer, mas, se sou o único vendo algo, tenho certeza de que deve ser um erro meu de percepção.

— Não tenho pais. Minha mãe morreu de câncer de mama quando eu tinha nove anos de idade. E quando eu tinha 13 anos, meu pai morreu de leucemia. Isso foi cinco anos atrás, de modo que não pode ser a causa de uma mudança de personalidade nos últimos três meses, não acha?

A voz de Agustín emitiu um tom deliberado de reprovação por conta de tantas perguntas sobre sua blindada vida pessoal.

— Sinto muito, eu não sabia. Espero que você perdoe a minha intromissão, mas minha oferta permanece, porque digo isso do meu coração. Posso fazer uma última pergunta pessoal? É pura curiosidade, se não quiser, não precisa me responder. Com quem você mora ou com quem morou desde os 13 anos?

— Com meu tio Luis e a esposa dele, Sara.

O professor foi surpreendido pela resposta. Não esperava por isso e acabou ficando desconcertado. Poucos segundos antes pedira a Agustín que desse lembranças a seus tios quando os visse, e o jovem não lhe dissera que os via todos os dias, que morava com eles. De fato, toda vez que Isidro falava de Luis e Sara, Agustín se sentia desconfortável. Ele não entendia a reação estranha do estudante; não foi capaz de ajustar uma equação de regressão que explicaria o comportamento de Agustín com base na relação com seus tios. Mas essa regressão existiu, com certeza que sim.

— Até depois, professor.

Agustín decidiu sair, aproveitando a cara sem graça de Isidro, para impedi-lo de continuar o interrogatório. Foi então que o professor retornou à carta.

Em algum momento da conversa com Agustín, ele teve um flashback que ainda alimentava sua memória. Era uma imagem clara, até agora latente, de Luis Figueruela sentado na primeira fileira da sala de aula E.3.2 (no terceiro andar da faculdade), em uma das turmas de "Estatística para Economia e Empresas" ensinada por Isidro no ano letivo de 1996 — 1997. Três bancos à sua esquerda (dois vazios entre eles) estava Salka.

É muito engraçado como nossa mente funciona. Dois registros do passado reaparecem em nossas vidas e os cabos neurais começam a cruzar informações até encontrarmos um ponto de encontro; um lugar comum em que coincidam, mesmo com dois bancos de separação entre eles.

Na privacidade de seu escritório, Isidro abriu a pasta e extraiu a carta. Embora em várias ocasiões ele tivesse pretendido se separar dela, a curiosidade sugeriu que a mantivesse até ter tempo para lhe dedicar alguns minutos. A prioridade da gravidez da Marlene tinha condenado a missiva ao esquecimento, mas Agustín Figueruela, involuntariamente, acendera um fusível que marcaria o início de um caminho sem volta.

Desde a primeira vez que ele lera aquela carta, havia algo na prosa que era estranhamente familiar, mas, como um homem de pensamento lógico, atribuiu a uma simples associação de ideias, a alguma conexão mental feita à base de semelhanças. Ao reler a carta, logo de início, achou curioso e, claro, casual, que, na primeira frase, Salka falasse de uma balada anônima. Então, todas as frases que precederam o enigma final foram uma sucessão de lamentos diante de uma tragédia na qual ela tentava envolver Isidro. Como se ele já não tivesse problemas suficientes! Em sua loucura, Salka disse que as palavras cruzadas ligavam sua tragédia à sensibilidade de Isidro.

— O que você sabe sobre minha sensibilidade se mal nos conhecemos? — perguntou Isidro à carta.

Talvez algo tão sutil, como ter dado carona a ela e ouvido sua história, fosse para ela, uma jovem condenada a se superar com base no sofrimento contínuo, uma prova de sensibilidade. E as palavras cruzadas? Isidro decidira que não havia para onde ir naquele enigma. Ele tinha dado muitas voltas na primeira vez que leu e agora estava quebrando a cabeça novamente.

— Talvez você tenha me confundido com outra pessoa — disse em voz alta.

Algumas coisas o deixavam muito perplexo. Por exemplo, a primeira frase do enigma, que apareceu antes dos dois blocos (horizontal e vertical) de definições.

Você percebe o maior drama social em La: na horizontal e vertical 1.

Não é de admirar que viesse separado desses blocos, porque estava claro que se referia a três palavras, correspondendo à lacuna de palavras na primeira linha e aos dois buracos na primeira coluna. O que Isidro não entendia muito bem era o “LA” com letra maiúscula; e um som que fazia eco: “em La: na”, como se estivesse gaguejando. Primeiro, ele atribuiu isso à dificuldade com a língua castelhana, mas imediatamente rejeitou essa ideia porque a norte-africana mostrara, naquela época, uma facilidade de falar muito louvável. Não era apenas na fala, pois, no que dizia respeito à escrita, o resto da carta não deixava margem para dúvidas sobre seu domínio da língua. Também podia ser um erro simples.

— Sim, é isso! Você escreveu uma frase errada e depois não a corrigiu. Você quis dizer "você percebe o maior drama social na horizontal e vertical 1"!

Isidro se congratulou por ter escapado de uma armadilha.

Mas não foi a única frase que impressionou o professor.

5 é o fim da sua flor. Tomara que este seja o elo mais fraco da cadeia, à sua direita.

— Por que você fala da "minha" flor? Por que você está se dirigindo a mim em tantas ocasiões?

A 4, primeiro tem que presumir o que é, mas com complexos. Então, cada uma delas cria dependência.

— Normalmente, costuma-se dizer que alguém presume algo, por exemplo, ser muito obeso, sem complexos. Por que, no enigma, seria "com complexos"? Presumir com complexos não seria redundante? — sussurrou Isidro enquanto pensava.

Imediatamente rejeitou o raciocínio por considerá-lo também forçado, mas o mais impressionante foi que havia algo na primeira instrução horizontal que soava muito familiar.

A 2 e 3 causam o maior dano físico. Entre ambos, o lugar onde o mar cicatriza os passos. A 4 também deixou sua pegada nesse lugar.

— Por que essa frase soa muito familiar para mim? Diga-me, Salka. O que está acontecendo comigo? E essa balada anônima...

O telefone tocou interrompendo a reflexão de Isidro.

— Alô?

— *Bonjour*!

— Oi?

A comunicação não estava nada boa. Uma voz entrecortada foi ouvida misturando francês e espanhol.

— Olá. Eu sou Laure! Eu te mandei um e-mail.

— O que está dizendo? Não te escuto bem.

— ... saber se você encontrou.

— Se eu encontrei o quê? Eu acho que você ligou errado!

— ... Laure Libert...

A chamada, finalmente, foi cortada. Isidro recolheu suas coisas e foi para casa. Está bom por hoje. Durante a viagem, ele lembrava vagamente que havia lido o nome de Laure em algum lugar. Parecia o nome que vira em alguma das mensagens de spam recebidas, mas não devia ser a mesma pessoa.

— Olá, querida! — chamou ao entrar em casa. Sua esposa descansava em um sofá enquanto assistia à televisão e respondeu com um beijo no ar.

De repente, o inconsciente de Isidro focou aquele e-mail de Laure, que ele certamente havia deletado, mais especificamente em uma palavra que não sabia se realmente estava lá. Algo sussurrou em seu ouvido que naquele texto em francês, recebido há dois ou três meses, estava escrito o nome de Salka.

— Outra associação de ideias — murmurou.

Ou talvez fosse uma função de regressão múltipla (pelo menos quadridimensional) na qual Salka representasse a variável dependente, que, se comportou de acordo com Laure, Luis Figueruela, Sara e quem sabe que outros componentes. Mas, na Estatística, encontrar a equação de regressão não é tão complicado e nem decisivo. O segredo (o importante) é medir o grau de dependência, isto é, a força com a qual esses personagens estão relacionados (a Correlação).

ESTATÍSTICAS DE ATRIBUTO

Capítulo 9

A Estatística de Atributo estuda características qualitativas, ou seja, aqueles dados cujas diversas modalidades não são numéricas.

Naquela mesma noite, no escritório de sua casa, ele começou a trabalhar em uma de suas composições. Ele não escrevia havia muito tempo, em parte por causa da preocupação com a gravidez de Marlene e em parte por falta de inspiração, mas eventos recentes, como a carta de Salka, a lembrança de Mauro e, acima de tudo, o reaparecimento de Inma, fizeram-no relembrar o passado, secando-o das pesadas chuvas de anestesia que o mantinham em silêncio.

A inspiração havia retornado, talvez devido a uma dívida inconsciente que o forçou a compor uma música intensa sobre seus sentimentos por Marlene e que ficasse igual a "Inma" ou "Balada anônima". Ele tinha um esboço das principais linhas melódicas e agora trabalhava no verso.

Quatro da manhã,
sinto sua respiração no travesseiro,
e, entre os tesouros escondidos,
não quero que o sol se levante.

Isidro riscava, escrevia, riscava de novo, ajustava a métrica à melodia ou tentava forçar o texto para se encaixar.

Você cheira a hortelã e laranja,
aromas de compota.
É a sua figura na noite e eu,
eu não quero que o sol saia.

Mas a cabeça do professor ruminou inspiração em diferentes frentes. As palavras cruzadas de Salka continuavam martelando sua cabeça impiedosamente.

Você tem sabor de morango,
Tem curvas finas,
Tem ilusões, querida,
Tem brilho no olhar,
Tem uma boca que me diz "beba-me".

— Ou talvez seja melhor "traz frescor à maçã"? — murmurou, sua cabeça prestes a explodir.

Não conseguia se concentrar. Ele largou a música pela metade e pegou as palavras cruzadas. Lembrou que, quando o telefone o interrompera à tarde, seus olhos foram direcionados para a última frase da carta.

Tente falar com Mauro. Você é minha única esperança.

A frase tinha um duplo mistério. Por um lado, parecia separada do resto das dicas verticais. Isso o levou a interpretar que a mensagem não fazia parte do jogo e que era mais um fruto de desespero, tal como o início da carta. Se assim foi, ficou claro que ela estava se referindo ao seu amigo Mauro, que também fora professor de Salka durante sua curta estadia. Mas Mauro havia morrido, então não havia a esperança de falar com ele; e isso sem mencionar que a carta foi escrita em 1997.

Também poderia ser que a frase em si fosse parte do hobby, pois ele havia lido em algum lugar que o nome de Mauro era de origem latina, Maurus, e se referia ao habitante da antiga província romana da Mauritânia. Salka nascera na atual Mauritânia. Poderia ser um jogo de palavras que escondesse algum enigma. Então, talvez, seu amigo Mauro não tivesse nada a ver com isso. Ou talvez tivesse!

A dica "6 vertical", embora não sugerisse, consistia em três palavras. Pelo menos, havia três buracos.

Na 6 o pastor foi perdido.

— Onde estão os pastores perdidos? No Monte? No campo? Eu acredito que no campo.

Embora fosse incapaz de interpretar o motivo, a cabeça de Isidro sugeriu uma associação de pastores de campo. Também poderia ser o Monte. Ou qualquer outra coisa. Embora fosse muito ousado, poderia ter conseguido a primeira palavra do enigma, pelo menos para começar a cruzá-la ou descartá-la ao relacioná-las às outras. Se ele adivinhasse as outras! Fotografou as palavras cruzadas e escreveu a palavra CAMPO no centro.

Feliz por ter começado, e apesar de ter muitas dúvidas de que a palavra estava correta, o professor se levantou e foi até a geladeira. Ele pegou uma cerveja gelada e abriu-a como um autômato. Marlene estava assistindo a um programa na televisão e o viu passar. O primeiro gole do líquido, ao descer em sua garganta, fez o corpo inteiro de Isidro tremer.

— Que foi, querido?

— Tomei uma cerveja muito gelada. Muito, muito gelada!

— Depois do jantar e com o frio que está fazendo? Você está louco! — disse, surpresa.

— Você está certa, estou louco. Mas louco de amor! — disse Isidro, encorajado pela euforia gerada pelo jogo de palavras cruzadas.

Ele se sentou novamente em seu escritório e estudou o enigma com cuidado. Fez uma varredura superficial daquelas frases enigmáticas esperando que elas falassem com ele. Colocou e tirou os óculos várias vezes, porque, geralmente, se sentia desconfortável com eles, assim como sem eles. Não tinha certeza se eram necessários, mas, por outro lado, achava que sim. Marlene chamava isso de "o paradoxo dos óculos de Isidro", tentando atrair a atenção de seu marido para fazê-lo ver que, provavelmente, a ótica não tinha aferido seu grau corretamente. Ele, no entanto, era muito teimoso e se recusava a refazer o exame. Ele continuou dando voltas nas palavras cruzadas.

Então, ele entendeu! Já sabia por que ele associara a palavra "campo": não por relacioná-la ao pastor, mas porque apareceram algumas linhas abaixo, na penúltima linha da carta.

A Rainha Bruxa viveu antes e depois do campo. Ela tem algo de Marlene.

Agora Isidro via claramente. A "6 vertical" tinha mais duas lacunas, uma antes e outra depois da palavra "campo". Antes e depois. E aqueles dois buracos, aquelas duas definições que estavam faltando, eram da Rainha Bruxa. Para começar, já era alguma coisa. Acreditava que tinha uma palavra no meio daquele emaranhado de pistas, embora também não tivesse certeza cem por cento.

O nome de Marlene naquele mistério o transtornava. Ele relacionou isso com a Rainha Bruxa, que parecia perturbadora, mas o que fazia seu cabelo ficar em pé não era isso. Era algo mais óbvio, mais direto: a simples menção de seu nome. Por que Salka, supostamente, sabia o nome de sua esposa? Não poderia ser outra coisa. Isidro estava começando a acreditar que as casualidades não existiam.

— Você estava obcecada por mim e investigou minha vida pessoal? Por quê? Talvez eu tenha lhe dito o nome dela naquela ocasião, quando levei você no meu carro para a universidade?

A última reflexão tranquilizou-o um pouco. Havia uma explicação muito mais racional. Certamente Salka, que morava perto deles em Arona, o vira com a esposa e ouvira seu nome ser mencionado. Mesmo assim, preocupou-se que ele estivesse pensando em seu enigma paranoico.

O jogo, que mal havia começado, estava indo longe demais. Isidro tinha um sentimento injustificado de culpa por dedicar minutos de seu tempo aos comentários de uma mulher que não tinha nada a ver com ele ou com a sua vida. Sentiu como se estivesse fazendo algo sujo, como se estivesse se enganando. Ele poderia estar preso nas redes viciantes que chegavam até ele e que começavam a descompensar seu nível emocional. Ele não ousara mostrar a carta a Marlene. O que ela pensaria de tudo isso? Pediria que a rasgasse, é claro! E é isso que ele faria. Mas ainda não. Guardou a carta e foi dormir.

O sonho que Isidro teve produziu, enquanto durou, um dos mais intensos prazeres de que se lembrava; e, quando ele acordou, uma das angústias mais tempestuosas de sua vida. Ele estava sozinho com Salka em seu escritório da faculdade. Era muito cedo e ainda não havia ninguém no prédio, exceto os dois e a equipe de limpeza. Ele explicou a Salka os caracteres qualitativos enquanto a aluna resolvia um jogo de palavras cruzadas. Ele falou sobre a Estatística de Atributos, o coeficiente de correlação de Spearman... Salka ficou excitada ao escrever no passatempo as definições deformadas das palavras que ouvia.

Os atributos viraram atributos sexuais, a correlação virava "ação de ter um orgasmo", o Spearman virava esperma... Ela se tocava e olhava lascivamente para Isidro.

Isidro ficou muito excitado. Salka abaixou suas calças, sua calcinha e se ajoelhou na mesa do escritório, de costas para o professor. Uma faxineira os observava da porta. Isidro penetrou repetidamente a morena desnutrida até que a poluição do sêmen o despertou. Ele estava muito envergonhado. Sua mão esquerda estava repousada na barriga inchada de Marlene, a camisola suja de sêmen. Já passava das três da manhã. O professor se levantou pronto para rasgar a carta.

∽

Se dirigiu ao escritório de sua casa, depois de preparar um café, e ficou muito mais calmo. Não podia voltar para a cama porque tinha despertado completamente. Antes de tomar a decisão final de quebrar a missiva do diabo, voltou a trabalhar em suas canções. Foi a melhor maneira de relaxar. Ele achou o título "Quatro da manhã" muito apropriado para a música que estava compondo, porque afinal essa era a hora e, além disso, a expressão apareceu na carta. Ele deu uma rápida olhada no conteúdo de sua pasta-fichário, que tinha uma etiqueta na qual se lia "LETRAS". Nela estavam, transcritas no Word, as letras de todas as suas músicas: "Por amor a Marlene", "Inma", "Yonki", "O olhar de León", "Balada anônima", "Complexos", "É La Palma"...

— Complexos? Complexos!

Como se possuído, ele pegou a carta da Salka e aproximou-a de suas canções. Se a carta era uma chave e a pasta uma fechadura, elas se encaixavam perfeitamente.

∽

Na Estatística, a correlação entre dois caracteres qualitativos só deveria ser determinada se houvesse suspeita de existência de algum tipo de associação entre tais atributos. Por um lado, havia o atributo "Canções", com suas diversas modalidades (títulos); por outro lado, o atributo "Palavra Cruzada Maldita", com suas modalidades "horizontal" e "vertical". Isidro suspeitava que ele teria que pagar um coeficiente de correlação muito alto entre os dois.

— A cadela profanou meu trabalho!

NÚMEROS ÍNDICE

Capítulo 10

Um número índice é uma medida estatística que mostra as alterações de uma variável em relação a uma situação inicial arbitrária.

Não sentia frio apesar das baixas temperaturas e das últimas horas da madrugada. Em vez disso, ele sentiu uma sensação de sufoco que era incapaz de controlar. Sua mão tremia enquanto segurava e relia a carta. Sua estratégia era começar detectando títulos de suas músicas no texto. "Balada anônima", no início da carta, foi o aviso, a pista definitiva que Salka usara para fazê-lo se atentar, e a mauritana estava esfregando na cara dele novamente só para não haver mais dúvidas.

É por isso que apelo à sua sensibilidade (...), já que misturo sua sensibilidade à minha dor. Quero que você, por meio da sua emoção, se conecte com a minha tragédia. Por isso, vinculei as duas.

Isidro pensou ter ouvido, entre essas linhas, a voz de Salka. "Para que você não duvide de que eu tenho suas músicas em meu poder."

Nas palavras cruzadas o título de uma de suas músicas apareceu explicitamente: "complexos", que tratava da análise introspectiva de um homem realizado que via a si mesmo enquanto observava o fogo de uma fogueira na noite de São João. Isidro virou as páginas de sua pasta e encontrou a canção. Ele leu e parou no refrão:

Ele come a cabeça,
é uma panela de pressão,
silêncios de amargura ao redor.
Faz pouco das mulheres e se julga um sedutor,
com a virilha cheia de rancor.
Os músculos que exibe
são um saco de complexos,
mas tão transparentes

que qualquer um possa vê-los.
Nunca brincou com fogo
porque era um livro aberto.
Apenas as bruxas o consolam quando ele chora
na noite cinzenta de São João.

Ele ligou o computador e foi até o endereço do seu site http://cafema.webs.ull.es/TECNICASMUESTREO/informacion.htm, onde podia ouvir a música. Queria se inspirar, controlar todos os parâmetros.

O nome de Marlene também estava lá e poderia perfeitamente se referir à música "Por amor a Marlene". Ele deu um suspiro de alívio. Salka podia não saber o nome de sua esposa. Só conhecia as músicas dele. Mas como era possível? Ele não tinha uma resposta lógica para explicar isso.

Em 1997, Isidro compôs a maioria de suas músicas "completas". Na década seguinte, sua capacidade criativa estava esgotada, porque, embora tivesse muitos projetos em andamento, não conseguia terminá-los. Mas suas composições deixaram sua casa, seu computador, sua gaveta, apenas muitos anos depois, quando foram encaminhadas para o Registro de Propriedade Intelectual. As melodias até podiam ser ouvidas na sua página... mas não naquela época. Quanto às letras... era impossível! Isidro tentou se lembrar. Será que já havia trazido a letra de suas músicas para a universidade? Ele tinha uma cópia em seu carro quando Salka entrou nela? Mas, por mais que buscasse algo, a resposta era sempre a mesma: Não! Não era possível.

Isidro sabia que era um beco sem saída. Ele tinha sido muito cuidadoso e caprichoso com seus temas musicais. Era desconfiado, e por isso registrou suas composições. Se ele não o tivesse feito, não teria colocado as melodias em seu site também. Antes de as registrar, a única pessoa que tinha acesso a elas, além dele, era Marlene. Mas sua esposa não pegaria uma música e tiraria de casa sem sua permissão; ela respeitava muito o hobby do marido e também não tinha interesse excessivo nele. Era absurdo acreditar que Marlene tivesse dado uma cópia a Salka, que ela nem conhecia. Embora o mistério o torturasse, ele fez um enorme esforço para afastá-lo por um momento e concentrar-se no jogo de palavras cruzadas.

Outro título óbvio de uma música era "Mauro". Agora, ele descartou aquela ideia de relacionar o nome à origem mauritana de Salka. Ele releu pela terceira ou quarta vez as horizontais.

A 2 e a 3 causam o maior dano físico. Entre ambos, o lugar onde o mar cicatriza os passos. A 4 também deixou sua pegada nesse lugar.

5 é o fim da sua flor. Tomara que este seja o elo mais fraco da cadeia, à sua direita.

6. Você jamais viu a primeira, nem mesmo em sonhos. A segunda era o material da espuma.

A última é a que faz a diferença.

Ele descartou a descoberta de mais algum título de música e estava prestes a decifrar a primeira linha horizontal, já que a frase lhe era familiar desde o começo. Agora sabia o motivo. Aqui, havia palavras suas, palavras incluídas em suas canções. Mas, antes de se concentrar nessa linha, na última leitura total do enigma, ele descobriu outro título, outro trabalho seu: "Sonhos". O professor pesquisou a melodia na subpasta "QUALIFICAÇÕES" da aba "TÉCNICAS DE AMOSTRAGEM". Ao clicar, os complicados acordes de "Complexos" abruptamente pararam e foram substituídos por uma balada lenta, porém fluida. Isidro cantarolou para si alguns versos.

Sonhou ser um cometa e atravessar a galáxia.
Sonhou ser uma estrela sideral.
Sonhava com vaga-lumes brilhando em champanhe.
Sonhou que o além existia.
Sonhava acordado negando aceitar
que nunca foi senão um simples sinal,
ou até mesmo uma ficha no registro municipal.
Sonhou que a morte não espera por ele no final.
Sonhou que seu sonho era verdadeiro.
Milhões de rosas inundaram sua casa
e cuspiram aromas ao explodir.

Tinha certeza de que ia dar um avanço decisivo no jogo de palavras cruzadas. Ele tinha tantas frentes abertas que não sabia por onde começar. Decidiu seguir a ordem natural.

A 2 e a 3 causam o maior dano físico. Entre ambas, o lugar onde o mar cicatriza os passos. A 4 também deixou sua pegada nesse lugar.

A "2 horizontal" tinha duas casas negras e a "3" tinha apenas uma. Então, os danos físicos se referiam à primeira palavra de "2" e também à "3", porque o termo "entre ambas", entre "2" e "3", tinha que se referir à segunda palavra de "2". A expressão "dano físico" não o fazia lembrar de nada. Não estava em lugar algum em sua memória, mas, em todo caso, ele verificaria cuidadosamente suas canções.

O que sabia era que ele era responsável pela expressão "o mar cicatriza os passos". Também soava bastante pessoal a expressão "deixar uma marca", embora isso pudesse significar qualquer coisa. Ele vasculhou os papéis até encontrar, pelo menos, a primeira parte. Foi a última estrofe de "Balada anônima". Nela, brilhou a palavra onde o mar cicatriza os passos: areia.

Como o mar que ao se aproximar e se afastar
cicatriza os passos na areia,
Podes ter deixado em mim uma marca,
mas não derramei nem uma lágrima.

Invadido pelo sentimento eufórico de triunfo, ele escreveu a palavra no jogo de palavras cruzadas. O quebra-cabeça tomou forma, não pôde parar. Talvez ele estivesse entrando em um terreno escuro e perigoso, mas agora não havia como voltar atrás.

— "Nesse lugar", isto é, na areia, deixou uma marca em 4. Eu não entendo isso.

Ele releu o texto e não conseguiu encontrar a resposta para o enigma. Quem deixou sua marca foi o mar ou a garota anônima (Inma). Mas o "4 horizontal" consistia em seis letras.

— Será que é "balada"? Balada anônima? Sim, claro! A balada anônima deixou sua marca.

Isidro se lembrou de algo. A carta dizia que as palavras cruzadas misturavam sua sensibilidade com a dor de Salka. Agora via claramente que "o 2 e o 3 causam o maior dano físico" tinha que se referir ao último, à dor. No momento, não podia fazer nada com essa parte.

5 é o fim da sua flor. Tomara que este seja o elo mais fraco da cadeia, à sua direita.

A frase poderia ter escapado dele se não fosse pelo "você". Ao falar da "sua" flor, Isidro percebeu que se referia a outra de suas canções: "Flor de Menta". Não havia detectado antes, porque a partitura não estava na pasta de covers, ao lado das outras. Alguns dias atrás, ele a pegou para ler enquanto cantava com seu violão, como costumava fazer com qualquer uma de suas músicas. Ele as escrevera há tanto tempo que não se lembrava de todas as letras. Agora, "Flor de Menta" estava em sua mesa de cabeceira, então foi procurá-la em silêncio para não acordar Marlene. Sua mulher se mexeu na cama quando ele entrou, mas não acordou. No caminho de volta, entrou em http://cafema.webs.ull.es/TECNICASMUESTREO/samplingtechniques.htm. Tratava-se de uma descrição simples e direta de como uma vida inocente é truncada.

Alma ingênua, cara de anjo,
vestida de atração.
Chamavam-na de Flor de Menta
pelo seu cheiro selvagem.

Suas amigas flertavam com o amor,
Mas ela estava fugindo dele.
A Flor de Menta espera nos sonhos
pelo seu príncipe: Ilusão.
Em abril, na Semana Santa,
um Don Juan a deslumbrou.
Manuseava as palavras
disparando no coração...

— Como era o fim da minha flor? Com quatro letras? O fim da minha flor está no final da música, no verso que é repetido três vezes.

E é dito que um dia,
de onde está a flor,
uma menta aromática
da sua sepultura brotou.

— Não acredito! É a única com quatro letras. Flor de menta, no final, estou surpreso. Espero que seja isso.

A outra parte da linha cinco não ficou compreensível. Ele não sabia nada sobre o "elo mais fraco da cadeia".

6. Você jamais viu a primeira, nem mesmo em sonhos. A segunda era o material da espuma.

Agora é hora de pesquisar em "Sonhos". Isidro releu a música do começo ao fim, procurando a pista. Aqui está a estrofe! Não pode ser outra.

Ele sonhava em ser o dono de um tesouro no mar
e convidou as sereias para dançar.
E aquelas jovens ninfas que ela nunca teve
desfilam nuas pelo bar.

— Bom! A primeiro do "6 horizontal" é "ninfas". Vamos para a espuma.

Ele se lembrava de ter escrito algo sobre espuma em algumas músicas. Talvez fosse na "Balada anônima". Ele releu a música, mas não encontrou nenhuma menção.

— Talvez em "Tacou de ouvido"?

O professor buscou pela música na pasta e a leu com cuidado. Ele sabia que ali falava-se de praias e ondas, mas também não encontrou nenhuma frase com a palavra "espuma".

Então, ele se lembrou. Estava procurando por algo relacionado ao mar e às ondas, mas foi no refrão de "Inma" que essa palavra apareceu. Tantas vezes ele cantou aquele refrão que automatizou todas as suas palavras e não fez a relação com o enigma prontamente.

Inma, espuma vermelha de chiclé,
pirulitos de crianças e bastões de "dez a dez".
Inma, pirulito frutado
como um beijo nos lábios salpicados de suflê.
Inma, jarra de geleia,
tutti frutti nos lábios, toque malva na pele.
Inma, caramelo que droga
como um beijo na boca entupido de mel.

— O material da espuma é o chiclé. Eu já tenho você, seis na horizontal!

A última linha horizontal não tinha número, mas estava claro que se referia à "7".

A última é a que faz a diferença.

— Aqui estão suas inquietações de novo? Ou minhas canções?

Ele se levantou e começou a andar aleatoriamente de um lado do escritório para o outro. Tinha os óculos na mão e, instintivamente, colocou-os e tirou-os novamente enquanto murmurava o que estava pensando.

— É claro!

Ao rever seu trabalho, ele não tinha percebido, mas agora sim. Um de seus temas era sobre uma relação impossível (ou talvez nem tanto), um casal separado por uma barreira aparentemente intransponível: a "diferença intelectual". Isidro "sintonizou" em http://cafema.webs.ull.es/ESTADISTICAI/profesorado.htm.

— Claro! A diferença. A diferença intelectual.

Semianalfabeta, Jenny, coração de morango.
Ele ficou com ela por sua maneira de beijar
com uma piscadela no final.
A selvagem inculta sabe que ele pegou a estrela.
Dono de uma empresa, uma Ferrari para mostrar
e uma casa à beira-mar.

Na Estatística, os números índice permitem comparar o valor de uma magnitude em um "período atual" com relação a um "período de base". Eles respondem a perguntas como as do Isidro. Qual é o valor, se houver, da carta de Salka em 2010, tomando-se como base o ano de 1997, em que foi escrita?

Por hora, ele havia terminado com as horizontais e com as palavras cruzadas. Era hora de descansar.

Você percebe o maior drama social em La: na horizontal e vertical 1.

Horizontal

- *A 2 e a 3 causam o maior dano físico. ~~Entre ambos, o lugar onde o mar cicatriza os passos. A 4 também deixou sua pegada nesse lugar.~~*
- *~~5 é o fim da sua flor.~~ Tomara que este seja o elo mais fraco da cadeia, à sua direita.*
- *6. ~~Você jamais viu a primeira, nem mesmo em sonhos. A segunda era o material da espuma.~~*
- *~~A última é a que faz a diferença.~~*

SÉRIES TEMPORAIS

Capítulo 11

Uma série temporal é uma sequência de observações numéricas ordenadas no tempo. Caracteriza o aspecto dinâmico da Estatística.

No dia seguinte, Isidro foi acordado pela sua esposa, enquanto pensou ter ouvido em um sonho a melodia de uma de suas canções detida em uma nota, a qual era transmitida continuamente em um silvo infinito: era o alarme solicitando uma resposta e o professor nem havia percebido.

— Vamos lá, querido, desligue isso e levante-se — sussurrou a sonolenta Marlene.

— Desculpe, ontem à noite dormi muito mal. Eu estava inquieto. Também... sabe? Eu tive uma ereção e... ejaculei. Eu até manchei suas roupas!

— Tudo bem. Vou colocar na máquina de lavar roupa.

Isidro esperou que Marlene lhe perguntasse detalhes do sonho erótico, e ele não sabia se devia dizer a verdade ou distorcê-la. Ele não gostava de mentir, mas não acreditava estar preparado para enfrentar uma discussão absurda e desnecessária que não levaria a lugar algum. Na verdade, Marlene, em vez de discutir, costumava conversar e raciocinar tudo até o extremo. De qualquer forma, ele não tinha intenção de contar a ela sobre a carta. Não queria compartilhar seus segredos, o que o entristeceu, já que eles sempre tiveram uma forte confiança mútua, sentia como se estivesse traindo.

No fundo, não temia que Marlene insistisse para que ele esquecesse o passado. O que o aterrorizava era que sua esposa, dada a sua curiosidade insaciável, se envolvesse naquela carta e, por meio da missiva, acabasse explorando a intimidade mais profunda e protegida do seu marido. Esses eram segredos que Isidro planejava levar para o túmulo: sua tristeza por ter amado Inma como sua grande paixão da vida, mais que ela, e sua obra, exibida abertamente por uma desconhecida. Porém, Marlene não tinha acordado completamente, então ele deixou isso de lado.

A manhã na universidade foi bastante pesada. Como ele não dormira quase nada, teve que recorrer a visitas extras ao refeitório. Em um de seus intervalos, encontrou Agustín no elevador ao lado de duas companheiras. Ele parecia muito mais animado do que em outras ocasiões. "A componente sazonal de uma série temporal", comparou Isidro. "Os altos e baixos que acontecem no tempo: para cima, para baixo, para cima, para baixo... variações periódicas repetitivas."

Em uma série temporal, o mais importante é a tendência. Trata-se da variação de médio e longo prazo, e essa variação é o que marca a regularidade. Regularidade é equilíbrio. Mas os movimentos de Agustín estavam cheios de fortes oscilações sazonais.

— Olá, prof.

Isidro teve uma ideia.

— Olá, Agustín. Gostaria de falar com você um instante. Pode vir ao meu escritório?

— É pra já.

No caminho do elevador para o escritório eles não disseram uma única palavra.

— Entre — convidou o professor.

O jovem estava novamente na defensiva. Seu professor de Estatística o pegou desprevenido. Será que ele ia insistir em vasculhar sua privacidade?

— Veja bem, Agustín — continuou Isidro —, é sobre o seu tio. Eu queria falar com ele. Não vou pedir o telefone dele, porque pareceria uma intromissão, então gostaria que você lhe desse o meu e pedisse para ele me ligar.

— Está acontecendo alguma coisa? Acho que, até os exames, o senhor não deveria tirar conclusões precipitadas sobre o meu desempenho.

— Sinto muito, Agustín, não é sobre você. Me desculpe por ter gerado esse mal-entendido. É uma questão pessoal.

— Vou tentar, mas não prometo nada — respondeu o estudante. — Meu tio está sempre muito ocupado. Estou quase convencido de que ele dirá "já já ligo para ele" só para depois esquecer de ligar, ou até perder o seu número de telefone.

— Ok... de qualquer forma, diga-lhe que há um problema que me intrigou. Diga a ele que é sobre Salka, uma mulher que estudou com ele.

— Ok, aviso você quando eu o vir.

— Obrigado.

Agustín saiu do escritório, deixando, novamente, um intenso aroma de intriga. Por que ele repetiu novamente "quando eu o vir" se ele morava com o tio? Isidro não queria mais nenhum mistério em sua vida e decidiu que se tratava de um menino muito estranho.

De tarde, Marlene e Isidro foram passear; ao retornarem, ela sentia um desconforto muito grande. A gravidez estava indo bem, mas às vezes ela tinha alguns momentos difíceis. Foi descansar e Isidro aproveitou a solidão para dar outro impulso aos seus segredos escondidos. Agora estava pronto para as verticais!

- *A 2 marca o começo e o fim. A de cima, seu amor, a deixou deitada.*
- *A 4, primeiro tem que presumir o que é, mas com complexos. Então, cada uma delas cria dependência.*
- *Na 6 o pastor foi perdido.*
- *8. Por causa dela, você pode não se lembrar do meu nome, da mesma forma que não se lembra do seu.*
- *Da 9 parece ser feito o seu sobrenome.*
- *3, 5 e 7 formam um anagrama do que anseio nesses momentos.*
- *A Rainha Bruxa viveu antes e depois do campo. Ela tem algo de Marlene.*

Ou ele não tinha a mesma inspiração de antes, ou não havia por onde atacar a primeira definição. Eram duas palavras que marcavam o começo e o fim. Isidro vasculhou o conteúdo de suas músicas procurando alguma pista. Ele tinha todas as consoantes da segunda palavra (na verdade, ele sentiu), mas isso não parecia ajudar no momento.

Durante a revisão dos temas, fez uma descoberta que lhe deu certeza sobre a primeira palavra que havia colocado: a "vertical 6". Intuíra "campo" e a última frase, a da Rainha Bruxa, parecia esclarecê-lo. Agora ele não tinha mais dúvidas. Na estrofe de abertura de "É La Palma", localizada em http://cafema.webs.ull.es/ESTADISTICAI/evaluacion.htm, composição inspirada na nostalgia que o levou a viver longe de casa durante os estudos, estava o lugar onde o pastor se perdeu.

Um jovem amanhecer,
geada nos pinheiros.
No campo, um pastor
entre os chocalhos perdidos.
Quando o sol traz das árvores
suco de eucalipto...
Quando o norte cheira a inhame,
o sul é inundado de vinho.

A "vertical 2", ele supunha, corresponderia à vida e às experiências de Salka, não à sua.

A frase seguinte, acreditava, parecia mais fácil só de olhar para ela. A primeira palavra iria encontrar em "Complexos", e a segunda, sem pensar muito, era estrada e pertencia à letra de "La Laguna". Um de seus versos dizia: "o vício cria sua estrada". E isso se encaixa perfeitamente! Em "Complexos" encontrou os versos:

Faz pouco das mulheres e se julga um sedutor,
com a virilha cheia de rancor.

— Você "presume", mas "com complexos", de quê? Ora, presume ser um sedutor! Peguei você, Salka!

Mas a euforia desapareceu ao ver que, embora correspondesse ao número de letras, a palavra "sedutor" não se encaixava: a "4 horizontal" o impediu.

— Não, não, não! O que está acontecendo aqui? Será que a "4 horizontal" está errada?

Ele checou a horizontal cuidadosamente e concluiu que estava errada.

— "Nesse lugar também deixei o 4". O "4". Ele. Masculino. Não pode ser "balada". Então... "o 4" também deixou uma marca na areia.

Ele revisou "Balada anônima", mas não esclareceu nada. Na noite anterior, já havia usado a palavra "balada" naquele espaço com muitas dúvidas.

— O que ou quem deixou uma marca? O mar cura pegadas na areia. Talvez esta parte seja de outra música e eu estou começando a partir de uma premissa errada?

Isidro tinha chegado à palavra "areia", na "horizontal 2", por meio de "Balada anônima". E a "horizontal 4" "também deixou sua marca na areia", mas poderia estar em outra música.

— Sim! Já sei! Agora você não pode me enganar! Eu sou o mestre aqui, porra!

Quando Isidro era muito jovem, ainda menor, conheceu um personagem que era uma lenda viva em La Palma. Os rumores disseram que ele havia perdido a cabeça por causa de uma mala que caiu de uma asa-delta, o que poderia ser uma lenda urbana. A verdade é que Evaristo, esse era o seu nome, recebia um pagamento por incapacidade mental. Muitos disseram que ele vivia por conta dessa história. Isidro dedicou a ele uma música intitulada "Tocado na cabeça", na qual ele contou sua história em versos, que foi acessada clicando em "ESTATÍSTICA EMPRESARIAL I" e depois em "INFORMAÇÃO".

Ao lado de uma amendoeira, abrigado em uma caverna.
Ele vive de um salário que é pago "pela cabeça".
Dois amuletos: o cartão-postal de Santa Rosa
e um almanaque de uma tia nua.
Festa em seu povoado, de pijama no festival.
Ele dança agarrado ao fantasma de uma velha
que estava em sua agenda havia muito tempo.
Todos eles o encorajam e ele sobe ao palco,
e entre as piadas ele tira algumas músicas.

No refrão da música ele encontrou as palavras "pegada" e "areia".

Ele diz que foi à guerra.
Jura incoerências em nome de Deus.
Na praia, sozinho, contando as ondas.
Da cabeça aos pés, vestido de rosa.
Fica marcada na areia
a pegada cinzenta de um demente
tocado na cabeça.

Quem deixou uma marca na areia não poderia ser "demente", porque não cabia, mas, sim, "tocado".

— Meu "tocado" na cabeça — murmurou Isidro. Então colocou a palavra depois de deletar "balada". Ele também escreveu "sedutor" na "vertical 4".

- *A 2 marca o começo e o fim. A de cima, seu amor, a deixou deitada.*
- ~~*A quatro, primeiro tem que presumir o que é, mas com complexos. Então, cada uma delas cria dependência.*~~
- ~~*Na 6 o pastor foi perdido.*~~
- *8. Por causa dela, você pode não se lembrar do meu nome, da mesma forma que não se lembra do seu.*
- *Da 9 parece ser feito o seu sobrenome.*
- *3, 5 e 7 formam um anagrama do que anseio nesses momentos.*
- *A Rainha Bruxa viveu antes e depois do campo. Ela tem algo de Marlene.*

O que você está fazendo, Isidro?

A voz de sua esposa, que se esgueirara para ficar atrás dele e olhar por cima do ombro, congelou seu sangue.

— Bem... estou resolvendo um enigma.

— Do que se trata? Posso ajudar você?

— Já está melhor? — perguntou ele para ganhar tempo, mas ela não estava disposta a conceder isso a ele.

— Sim. O que você tem aí? Essa é a carta que Dora lhe deu quando fomos a Arona?

Marlene era implacável.

— Sim, uma cópia, como você adivinhou? É um tipo de enigma relacionado à Estatística — mentiu e imediatamente percebeu seu erro.

Marlene ia ler sim ou sim. É por isso que ele tentou consertar o melhor que pôde. — Bem, quero dizer que é de uma ex-aluna a quem ensinei na primeira fase da minha vida profissional. Não me lembro muito, mas acho que ela é um pouco doida. O fato é que ela escreveu algumas coisas muito estranhas, além dessas palavras cruzadas que estão aqui, tá vendo? Elas me deixaram um pouco curioso.

— Desde quando você está com isso? Quando abriu a carta? Você recebeu há várias semanas. Por que não me disse nada?

— Por que minha esposa me interroga dessa maneira se eu não fiz nada de errado?

— Deixa de besteira e me ponha a par da brincadeira. A gravidez me deixa entediada e eu quero participar desse jogo.

Naquela mesma noite, o professor de Estatística tomou uma decisão. Era uma ideia que já passara pela cabeça dele, embora supusesse que não levaria a lugar algum. Era sobre escrever à Salka para o mesmo endereço do remetente. Mas, de 1997 a 2010, era mais provável que uma pessoa como Salka, acostumada (e obrigada) a seguir sempre em frente, tivesse mudado de cidade ou, pelo menos, de endereço. O que mais preocupava Isidro era o roubo de sua privacidade e como isso poderia ter acontecido. Escreveu a Salka explicando que não recebera a carta na época e que agora, com o passar do tempo, gostaria de saber do que se tratava. Ele exigiu saber como suas canções tinham chegado a ela. Na manhã seguinte, ele colocaria a carta na caixa de correio com pouca esperança de receber uma resposta, mas pelo menos não tinha nada a perder.

Teoria da Probabilidade

Segunda parte

CÁLCULO DE PROBABILIDADE

Capítulo 12

A Teoria da Probabilidade, baseada no acaso e na incerteza, contém os fundamentos teóricos que permitem a transição do nível descritivo para o inferencial. Ela estuda os fenômenos aleatórios: aqueles fenômenos que, sob as mesmas condições iniciais, podem dar origem a resultados diferentes.

Pelo resto da tarde, ele não poderia avançar. Marlene, depois do intervalo, resolveu fazer muitas perguntas sobre a carta.

— Mas se é praticamente uma estranha para você, de acordo com o que ela diz, o que ela quer de você? Por que ela escreveu?

— Eu não sei, eu realmente não sei.

— Deve haver uma razão — insistiu Marlene. — Como você adivinhou tantas palavras? Eu não entendo nada.

— Eu acho que ela tinha ou teve minhas músicas. As letras das minhas músicas. É por isso que ela fala sobre minha sensibilidade. Embora isso não explique por que ela me escreveu. Não entendo.

— Como assim ela tinha suas músicas? Você distribuiu cópias em sala de aula a seus alunos? Se bem me lembro, você as registrou nesta última década. Como é que essa garota as tinha ainda sem registro?

— Ela não era uma garota, era mais velha que o resto da turma. — Isidro se arrependeu logo que acabou de falar. — Não tenho ideia de como ela conseguiu minhas músicas, sempre as mantive dentro de casa.

— É melhor que não se lembre. Se ela viu as suas músicas é porque você as mostrou.

As cartas estavam viradas para cima, o que significava uma descarga parcial do peso que Isidro carregava por causa desse sigilo.

— Você quer que eu deixe isso para lá, querida? Estou fazendo isso por curiosidade, mas posso imediatamente esquecer que a carta existe.

— Faça o que quiser. Tente terminar as palavras cruzadas. Não acho que eu possa ajudá-lo, já que está relacionado às suas músicas. Mas não fique obcecado!

A ameaça velada do último aviso o irritou. Depois do alívio de poder compartilhar o enigma com Marlene, sentiu-se novamente culpado, vendo-se de novo sozinho e sem apoio. E o pior era que, agora, ela sabia o que ele estava fazendo e sentia sua preocupação.

Na manhã seguinte, ele recebeu um telefonema inesperado em seu escritório, na universidade. Era Sara, a esposa de Luis Figueruela.

— Oi, Sara. Como vai?

— Estou bem. Estou muito feliz em falar com você. Há muito tempo que não nos falamos. Acho que te vi no outro dia em um supermercado, mas de longe. Está tudo bem? Espero que Agustín não lhe cause problemas. Ele me disse que você se preocupa com ele mais do que o necessário.

— Não, ele não me causa problema algum. Ele é um menino adorável, embora talvez ultimamente eu o tenha achado um pouco sem foco.

— Acho que você não deveria se preocupar. Ele está passando por uma fase complicada em um nível pessoal, mas já estou lidando com o assunto.

Sara, aos 33 anos, era uma pessoa muito autoconfiante e não permitia que ninguém lhe desse conselhos sobre como proceder com quaisquer contratempos. Com sutileza, ela deixou claro para Isidro que ele não deveria interferir nos assuntos de seu sobrinho.

— Obrigado por me avisar, Sara. Se você me telefonou por conta do meu interesse pelas mudanças de Agustín, prometo que não vou incomodá-lo novamente — respondeu Isidro, deixando claro que havia percebido a indireta.

— Não, não é sobre isso. Isso nem incomoda tanto. Estou ligando porque meu sobrinho me disse que você queria falar com Luis sobre Salka.

— Exatamente. Embora, claro, eu também possa falar contigo. Você também estudou naquela turma. Desculpe ter pedido para falar com Luis e não com qualquer um de vocês. Foi uma descortesia da minha parte.

— Não precisa se preocupar com isso, Isidro.

O tom informal de Sara vinha desde que ela era sua aluna. Como Isidro começou a ensinar aos 23 anos, ele não permitiu que ninguém o tratasse como "senhor", porque acreditava que isso lhe colocava uma camada de velhice que ele não merecia. Ele ficou desconfortável porque agora Sara parecia "se preocupar com o fato de que Isidro não se preocupasse", pois repetia essa mesma resposta várias vezes.

— De qualquer forma, queria informações sobre Salka. Eu realmente apreciaria sua ajuda.

— Bem... é que o Luis está muito ocupado com o trabalho. Com certeza ele ligará para você quando Agustín lhe der sua mensagem.

Isidro percebeu que Sara estava se dando conta de que ela havia estragado tudo. Não poderia ela mesma passar a mensagem a Luis? A mulher começou a falar apressadamente, mostrando assim seu nervosismo.

— Olha, eu não me lembro muito de Salka, mas, se você quiser, pode falar com Rosa Martínez. Elas se davam muito bem. Eu vou lhe passar o telefone dela.

— Não se incomode, Sara. Eu não gosto de ligar para ninguém que não tenha me dado seu número pessoalmente. Soa um pouco estranho, mas eu sou assim.

— Bem, ligarei para Rosa e direi a ela para entrar em contato com você. Garanto-lhe que ela ficará encantada, mas tenha cuidado com ela. Vai atacar você sem piedade — respondeu Sara.

— Do que está falando, Sara?

— Então, parece que Rosa é agora uma espécie de militante ativa da Igreja Adventista do Sétimo Dia. Acho que ela vive disso... não sei. Sua única atividade é torrar a paciência de todos que cruzam seu caminho. É por isso que estou te avisando.

O comentário de Sara o lembrou de um primo de Marlene. O professor não sabia exatamente o que esse primo fazia para viver e, se alguém lhe perguntasse sobre sua profissão, ele respondia com naturalidade que era um salmista.

— Obrigado, Sara. Olha, não sei se vou parecer intrometido. Sei que não é da minha conta, mas tenho muito apreço por vocês e talvez esta pergunta me esclareça o comportamento de Agustín: as coisas estão indo bem com você e Luis?

Isidro trancou a mandíbula e apertou com força a sobrancelha contra os olhos, sinais de expressão facial que usava quando estava na defensiva, pronto para receber uma bronca.

— Estou feliz por ter falado com você, Isidro.

A rispidez com que Sara desligou o telefone foi nítida. Ela parecia incapaz de assumir sua (suposta) separação. Sua atitude, como a de Agustín, era muito infantil.

ᔓ

Naquela mesma tarde, ele recebeu uma visita inesperada em seu escritório. Apesar da raiva que causou a Sara, tinha que admitir que a esposa (seria ainda?) do Luis mantivera sua palavra. Ainda assim, Isidro nunca poderia esperar uma resposta tão rápida nem uma visita, em vez de um telefonema. Era evidente que Rosa estava muito interessada em conversar com ele, embora suspeitasse que não fosse precisamente sobre Salka.

— Olá, Isidro.

— Olá! Eu me lembro vagamente do seu rosto, mas não tenho certeza.

O nome Rosa Martínez não dizia nada. Quando Sara a nomeou, ele sabia que era outra aluna da turma, mas sem rosto. Agora, ao vê-la, as feições daquele rosto redondo e excessivamente maquiado lembravam uma menina bonita de cabelos escuros que passava despercebida na aula.

— Sou Rosa. Eu era colega de classe de Sara e Salka. Sara me disse que você queria me ver e aqui estou.

— É muita gentileza sua ter vindo. Não precisava ter se incomodado a esse ponto.

— Não é um problema falar com as pessoas. Além disso, é meu dever. Tenho certeza de que Sara falou alguma coisa contra mim, eu a conheço. E ela está certa, sou um tanto enfática! Mas, se você tiver cinco minutos, eu agradeceria se ouvisse uma mensagem que, certamente, fará você pensar e repensar alguns conceitos de sua existência.

A deixa de Rosa foi um erro da sua parte. Isidro era um ateu convicto e convencido de que ele "pecava" muitas vezes ao ser intolerante com os crentes mais recalcitrantes. Normalmente ele ficava de fora de qualquer discussão religiosa ou ideológica, mas, quando enfrentado abertamente e provocado, tratava de construir argumentos fortes e agressivos para defender sua posição. Sua falta de diplomacia a esse respeito era algo que ele não podia controlar. Por conta disso, acabou explodindo e entrando nesse assunto, esquecendo-se do que o levara até Rosa em primeiro lugar. E isso pode ter sido um grande erro.

— Sinto muito, Rosa, mas eu, quando quero comprar alguma coisa, vou a um ponto de venda. Não compro nada quando o ponto de venda vem até mim.

— Eu não vendo nada, Isidro — defendeu-se Rosa.

— Sim, você vende suas ideias.

— Talvez um pouco de paz para o seu espírito.

— Bem, eu lhe asseguro, não estou interessado em sua mensagem — disse agressivamente. — Mas talvez você queira ouvir a minha. Se você tem cinco minutos, como você diz, eu poderia explicar a você por que eu não me importo com nada que você possa transmitir para mim. Não quero ser rude, apenas dar-lhe a entender que não acredito no que você me diz, mesmo antes de ouvi-la.

— Ficarei encantada — respondeu Rosa, mantendo uma calma digna que Isidro invejava. — Eu não me importo de ouvir você, mesmo se você não fizer o mesmo.

— Tudo bem — disse Isidro, não caindo na armadilha emocional que foi armada. — Deixo você escolher. Eu tenho um argumento estatístico e uma teoria. O que prefere?

— Suponho que o argumento estatístico, que é algo seu.

Ele sabia que havia vantagens nesse terreno, mas não estava disposto a sentir pena dela.

— Em primeiro lugar, existem duas possibilidades. A primeira, que você está lucrando com essa "evangelização" sem realmente acreditar nela, o que significaria que você comete fraude. A segunda, que você realmente acredita no que prega, e, nesse caso, talvez meu argumento, quando o processar, fará você abrir os olhos e ver a luz.

— Eu lhe garanto que minhas crenças são muito sólidas e que nada vai derrubá-las — respondeu Rosa.

— Aqui vai o que eu penso. Hoje você vem me visitar, uma cristã, e me conta uma história muito atraente, sugestiva e esperançosa, mas que não é muito confiável. Construída à base de toneladas de poesia romântica; mas a poesia é apenas um conjunto de palavras. A solidez da base da sua história é muito discutível.

— Não estou de acordo. Eu posso te mostrar que é bem sólido — disse Rosa.

— Vou continuar. Amanhã, um católico vem me visitar e conta outra história totalmente diferente da sua. Talvez com os mesmos protagonistas, o filho da manjedoura, a mula, a Virgem, os querubins... mas outra história. Depois de amanhã, dois mórmons me visitam e dou outra refletida. Em seguida, vem um budista, uma Testemunha de Jeová, um bahá'í, um muçulmano, um hindu... algumas histórias se assemelham. Está me acompanhando?

— Sim — respondeu pacientemente.

— Você estudou Matemática, vou colocar duas suposições restritivas para terminar meu raciocínio. Primeiro, suponha que haja uma centena de religiões, seitas, crenças e filosofias no mundo; chame do que você quiser. Eu permito que você inclua o ateísmo, mesmo que isso signifique descrença. Segunda restrição. Suponha, e já é muito para supor, que todas e cada uma delas seja equiprovável, isto é, que cada pessoa das que me visitaram por cem dias tenha a mesma probabilidade de que a história que ela me contou, a que ela acredita, seja verdadeira. Então, querida Rosa, a probabilidade de que aquilo que você quer me dizer seja crível é de apenas um por cento. E por esse um por cento não vale a pena escutar.

Isidro sabia que havia passado do limite. Os acontecimentos das últimas semanas alteraram seus níveis de agressão e agora descarregava tudo contra a inocente Rosa. Ele estava sendo tremendamente injusto, porque ela não tinha nada a ver com uma estranha que voltava de 1997 para dizer "Eu tenho suas músicas, sua privacidade, o que você manteve em segredo. Plágio. Profanação". Rosa permaneceu em silêncio respeitoso. Como ele ia perguntar agora a ela sobre Salka? Se a história de Rosa tivesse uma credibilidade de um por cento, a probabilidade de ela mandá-lo para o inferno era de 99 por cento.

— Sinto muito, Rosa — reconheceu Isidro, baixando a cabeça. — Eu tenho alguns problemas pessoais e acabei de descontá-los, todos e cada um deles, com a pessoa que merece menos.

— Não se preocupe. Em todo caso, não creio que haja diferenças tão contraditórias ou insuperáveis entre as diferentes religiões. Talvez, se você olhasse um pouco mais para dentro, perceberia o quanto está errado. Acho que é melhor mudar de assunto, porque é claro que não chegaremos a lugar nenhum. Você queria falar sobre a Salka, certo?

Seu tom soava um pouco mais distante agora.

— Eu vou entender perfeitamente se você quiser ir embora por eu ter sido tão rude. Eu que te chamei e fui um anfitrião estúpido.

— Não, você só deu uma opinião e eu a respeito. O que há de errado com Salka? Você tem notícias dela?

— Algo assim. Não posso te contar tudo, porque eles me pediram para manter isso em segredo — mentiu Isidro. — Alguém quer descobrir o que aconteceu com ela. Aparentemente desapareceu depois do Natal de 1996.

— A verdade é que não sei o que aconteceu depois da festa. Eu acho que ela ficou tão brava que abandonou tudo. Cada um tem uma capacidade diferente de tolerância.

— De que festa você está falando? — perguntou Isidro com interesse. Isso prometia ser uma boa pista. — Por que você diz que ela ficou brava?

— A festa antes do Natal. Quando as aulas terminaram, todos fomos celebrar em um lugar alugado. Mas... você não estava lá?

— Garanto-lhe que, se eu estivesse, eu me lembraria disso, Rosa.

— Claro, você está certo! Estou fazendo uma confusão. Já faz muito tempo... eu estava confundindo você com Mauro, você sabe, pelo sotaque de La Palma. Agora me lembro perfeitamente. Mauro foi um pouco... agressivo... naquele dia.

— Entendo. E... o que aconteceu?

— Não me lembro muito, mas um grupo de companheiros bêbados se meteu com a Salka. Eles foram muito cruéis.

— Cruéis? Quanto?

— Muito. — Rosa fez uma longa pausa. Ela estava calculando o dano que poderia fazer com suas palavras. — Eles a chamaram de "negra" com desprezo. Perguntaram a ela como era transar com uma garota negra, como que ela fazia. Esse tipo de coisa. Eles a humilharam. Foi uma autêntica humilhação.

— Quem? Eu preciso dos nomes, Rosa. É importante. Essas coisas não devem ficar esquecidas por muito tempo.

Isidro não sabia realmente o que poderia ganhar com essa informação, mas algo, talvez a carta, o levasse a descobrir.

— Não me lembro, Isidro. Faz muito tempo, já. Uma pessoa tomou a frente nas agressões e o resto acompanhou. Você sabe o que o álcool faz.

Rosa não disfarçou bem. Ficou claro que ela se lembrava de quem era a pessoa responsável.

— Quem é, Rosa? Diga-me, por favor. Quem foi o instigador?

— A instigadora — respondeu por fim.

— Uma mulher? Uma companheira?

— Uma sul-americana, se quer mais informações. Você se lembra de Silvana Amanca, aquela garota do Peru?

— Claro que sim. Ela era uma estudante muito inteligente. Acho que foi a primeira de sua turma. Ela atacou Salka abertamente?

— Eu tenho uma teoria — aventurou-se Rosa. — No início do curso, Silvana sentiu na própria pele o assédio xenófobo e sutil de algumas pessoas da turma. Havia três ou quatro desgraçados com bocas muito sujas, a piada e a zombaria eram continuamente cuspidas. Alguma zombaria chegou até Silvana, tenho certeza disso. Possivelmente, ela ouviu alguns comentários racistas. Tenho a impressão de que, em vez de enfrentar o problema, o que ela fez foi escondê-lo e encobri-lo. Ela se escondeu atrás de outra coisa: transformou Salka no centro do alvo. Pouco a pouco, ganhou a confiança da turma. Tinha uma grande capacidade para manipulação e se aproveitou disso. Até ganhou o respeito da pessoa que mais mexeu com ela no começo.

— Quem estava implicando com Silvana? — perguntou Isidro.

— Bem... Luis Figueruela. Uma de suas palavras favoritas durante as primeiras semanas de aula foi "sudaca".

Essa revelação não era esperada. Isidro via Luis como um jovem perfeccionista, meticuloso e um pouco presunçoso, com o mau hábito de corrigir ou complementar as opiniões de seus pares. Mas essa nova faceta não combinou com seu caráter. O professor concluiu que todos nós temos o nosso lado oculto.

Isidro acompanhou Rosa até o refeitório da faculdade antes de se despedir. Eles pediram dois cafés puros, muito forte o de Isidro e muito fraco o de Rosa.

— Qual é o seu relacionamento com Sara? Você fala com ela frequentemente? — perguntou ele, concentrando-se no vapor que subia de seu copo.

— Sim, somos boas amigas. Quase toda quinta-feira nos encontramos no Meridiano Shopping Center, em Santa Cruz, e tomamos um café. Nós falamos sobre qualquer coisa, menos religião. A Sara está fora do grupo de pessoas que tento arrebanhar, por causa da nossa amizade. Às vezes sinto falta de algo, você sabe, admito que sou um pouco obcecada.

— Deixa disso! — Isidro riu. — Ei, Sara me contou o problema dela com o Luis. É uma pena — disparou ele às cegas.

— Do que você está fal...? Ela contou? Mas ela me fez prometer que eu não lhe diria nada!

— Bem, ela e eu temos alguma confiança. Não devia ter mencionado, perdoe minha indiscrição. Espero que você não diga a ela que conversamos sobre isso, mas, de qualquer forma, continuo dizendo que é uma lástima.

O anzol chegara à garganta de Rosa. Agora ela precisava ser fisgada.

— Até certo ponto — disse Rosa. — Eles eram um bom casal, é claro, mas, se você pega seu marido com a secretária, é melhor mandá-lo pastar.

Isidro foi surpreendido pela resposta esmagadora, vindo de uma mulher tão religiosa.

— Secretária? Eu sabia que era alguém da empresa, mas não exatamente quem — mentiu ele, em busca de mais informações.

— Secretária, sócia, faxineira, qual a diferença? O fato é que, quando Sara confirmou suas suspeitas, pediu para que saísse de casa, e o bastardo, no dia seguinte, estava instalado no apartamento da secretária. Acho que ela é muito mais nova do que ele, mas não tenho certeza. Deve ser a crise dos trinta que o levou a buscar novas experiências.

— Muito obrigado por me contar sobre Salka. Sara me disse que você era amiga dela. Você não lembra mais nada daquela festa?

— Amigas... foi muito difícil ser amiga da Salka. Era muito séria e extremamente reservada. Mas Cristina, Anita e eu tentamos, à nossa maneira, protegê-la. Lamentamos muito a situação dela.

— Que quer dizer com isso? — perguntou Isidro.

— Sabíamos que ela havia chegado em um dos primeiros barcos que entraram nas Ilhas Canárias. Ela tinha um olhar muito triste e sua introversão não a ajudou. Tentamos conversar, mas ela quase sempre respondia em monossílabos. No começo, até pensamos que não dominava a língua. Acontece que, na festa, enquanto ela era barbaramente humilhada por um grupo de fanáticos conduzidos por Silvana Amanca, a grande maioria permaneceu em silêncio, envergonhada. Constrangidos, mas sem mexer um dedo. Finalmente foi Anita quem tirou Salka de lá. Foi a última vez que a vi, passando pela porta da sala com lágrimas escorrendo pela roupa.

— Onde posso localizar Anita e Cristina?

— Cristina, eu não sei. Acho que ela deixou as Ilhas Canárias depois de terminar seus estudos. Anita é mais fácil. É minha esposa.

— Bem, vejo que Sara e Luis não foram o único casal que surgiu a partir da sua turma.

Depois de dizer isso e processar o que acabara de ouvir, Isidro esbugalhou seus olhos, de espanto e incredulidade. Isso já excedia a lógica.

— Como assim ela é a sua esposa? Você quer dizer que a Igreja Adventista aceita a homossexualidade? Eu não acredito nisso!

— Não, não aceita. A Bíblia não permite. Minha igreja se opõe e esse é um jugo que tenho que suportar. Oficialmente, ninguém na congregação sabe. Mas, no fundo, eles se fazem de loucos e não perguntam. Afinal, é minha vida particular. Quando eu digo "minha esposa" quero dizer que é minha parceira, porque não estamos realmente casadas, senão eles me expulsariam.

Foi um dia surpreendente e produtivo, afinal, ele havia obtido respostas importantes para algumas incógnitas.

Se a entrevista com Rosa tivesse ocorrido em outro dia, em outro momento ou em outro contexto, os resultados talvez não tivessem sido tão frutíferos. Os fenômenos aleatórios são assim: podem levar a vários resultados possíveis e você nunca sabe, de antemão, o resultado final. O acaso tinha jogado a seu favor, permitindo-lhe obter essa informação.

Havia detalhes realmente perturbadores sobre o papel desempenhado por Silvana Amanca. Para evitar o assédio, ela poderia ter usado sua grande inteligência de outra forma, mas preferiu oferecer aos seus coiotes uma presa mais fácil, comprando assim a sua própria liberdade. Parecia que a primeira turma a que Isidro tinha ensinado Estatística foi uma turma maldita: uma norte-africana obsessiva e enigmática que tinha sido humilhada, uma fundamentalista paradoxal com dupla moral, um xenófobo que abandonou sua esposa e seu sobrinho órfão, a moça assediada convertida em assediadora...

VARIÁVEIS ALEATÓRIAS

Capítulo 13

Variáveis aleatórias associam números reais aos resultados de um experimento aleatório.

Em uma tarde de sexta-feira após uma semana cansativa na faculdade, Isidro decidiu que devia acabar de uma vez por todas com aquelas palavras cruzadas demoníacas. Tentaria completar tudo o que fosse possível com as informações que tinha.

Quando cursava os últimos anos de graduação, Isidro León recebeu um dos golpes mais duros de sua vida. Seu primo, por quem ele tinha mais apreço como amigo do que como família, morreu após ser atacado com uma facada. O acaso tinha chegado a um jovem muito atraente, nobre, conciliador, com habilidades de liderança e grande talento natural para a música e os esportes. Naquele dia, ele simplesmente passeava pelo local onde foi atacado. E ali mesmo ficou. Depois desse trágico acontecimento, noite após noite, em sonhos, Isidro era martelado por esse drama. Foi assim que compôs uma canção, "O olhar de León", e desde então parou de ter pesadelos. Ele digitou no seu navegador http://cafema.webs.ull.es/TECNICASMUESTREO/temario.htm e ouviu a melancolia e a tristeza daqueles acordes simples.

Dominava nos anos 1980 a guitarra, a bola,
as orgias, os amigos, as mulheres mais bonitas.
Parecia ser feito de ímã.
Ao entrar nos anos 1990 ele empunhava uma rosa,
mas aquele filho da puta empunhava outra coisa.
Coube a ele perder sua vida por acaso.
Arrancou de seus dedos a farpa,
Arrancou de suas pernas a bola,
mas nunca, nunca, o olhar de León.

Agora eu poderia riscar a “vertical 9”. Seu sobrenome parecia ser feito de ímã.

- *A 2 marca o começo e o fim. A de cima, seu amor, a deixou deitada.*
- *A quatro, primeiro tem que presumir o que é, mas com complexos. Então, cada uma delas cria dependência.*
- *Na 6 o pastor foi perdido.*
- *8. Por causa dela, você pode não se lembrar do meu nome, da mesma forma que não se lembra do seu.*
- *Da 9 parece ser feito o seu sobrenome.*
- *3, 5 e 7 formam um anagrama do que anseio nesses momentos.*
- *A Rainha Bruxa viveu antes e depois do campo. Ela tem algo de Marlene.*

A “vertical 8” lhe preocupava bastante. Já que Salka se dirigia a Isidro, a solução tinha que estar nas músicas, mas ele já havia tentado mil vezes. Nem as duas letras que ele já havia inserido por meio de outras respostas o ajudavam. O professor pensava em voz alta, tentando enxergar a lógica.

— *Por causa dela, você pode não se lembrar do meu nome, da mesma forma que não se lembra do seu.* Por causa de quem eu não lembro o seu nome? De Mauro? Da Rainha Bruxa?

Não tinha mais como avançar. Quanto às “3, 5 e 7 verticais”, considerou-as impossíveis, pois supunha que eram letras soltas para combiná-las quando tivesse todas as respostas. Esse é o conceito de anagrama. Então chegou o momento que Isidro estava esperando ansiosamente. Teve uma ideia e uma esperança para descobrir um dos principais enigmas da carta. Algo que, desde o começo, chamou sua atenção. Ele não queria mais demorar.

— Caiba, por favor, caiba! — rogou Isidro, querendo saborear seu triunfo e confirmar sua intuição. — Onde foi isso? Antes e depois do "campo"!

Mas "Silvana" não cabia. Como era o sobrenome dela? Sim! O coração de Isidro saiu inteiro pela boca perante a naturalidade com que a palavra se encaixava.

— Amanca! A Rainha Bruxa! — gritou ele, enquanto escrevia "Ama" antes e "nca" depois da palavra "campo".

O que ainda não compreendia e lhe perturbava era que relação poderia ter Amanca com Marlene, mas, é claro, isso era ficção, jogo de palavras, algo que possivelmente estava nas letras de "Por amor a Marlene". Ele investigaria isso. Orgulhoso de seu trabalho, releu todas as definições para fazer uma recapitulação do que lhe faltava.

Você percebe o maior drama social em La: na horizontal e vertical 1.

- *A 2 e a 3 causam o maior dano físico.*
- ~~*5 é o fim da sua flor.*~~ *Tomara que este seja o elo mais fraco da cadeia, à sua direita.*

Vertical

- *A 2 marca o começo e o fim. A de cima, seu amor, a deixou deitada.*
- *8. Por causa dela, você pode não se lembrar do meu nome, da mesma forma que não se lembra do seu.*
- *3, 5 e 7 formam um anagrama do que anseio nesses momentos.*
- ~~*A Rainha Bruxa viveu antes e depois do campo.*~~ *Ela tem algo de Marlene.*

Ele tentou manter uma ordem estrita porque era assim que gostava de resolver palavras cruzadas. Voltando ao começo, percebeu que a primeira frase, que representava uma alta porcentagem de letras dessas palavras cruzadas, seria fácil de decifrar. Na verdade, o "Y" da "horizontal 5" (juntamente com o que estava abaixo) era uma obviedade. Imediatamente, ele entendeu tudo. Que "La" em maiúscula se referia à nota musical. *Você percebe o maior drama social em La.* Em sua obra, havia duas canções, apenas duas, compostas nessa nota. Elas tratavam claramente de dois dramas sociais diferentes: imigração e drogas. Agora faltava pouco para completar o jogo!

"Imigrante Ilegal" e "Yonki". Enquanto cantarolava, ele ouviu as notas de "Yonki" em http://cafema.webs.ull.es/ESTADISTICAI/examenes.htm. Era uma música com tons trágicos inspirados por seu tio Federico, que usava drogas durante os primeiros anos de democracia quando Isidro ainda era uma criança. Federico tornou-se outra vítima da rejeição social, sem possibilidade de redenção. Agora, Federico estava vagando pelas ruas de La Palma, buscando drogas e esperando pela morte. Era uma questão de tempo.

Era outra era, embora Franco já tivesse morrido.
Coisas de crianças, naquele dia não foi à escola.
Atravessa a praça onde está o camelô.
Curioso, queria provar o céu.
Seu primeiro porre tinha gosto de caramelo.
Quando adolescente, passou alguns minutos na cadeia.
Foi o suficiente, o de uniforme quebrou seus nervos.
Ele caiu na armadilha dos jovens de 15 anos.
Marcado por um jogo simples.
Pouco a pouco o cavalo o estava comendo.
E a semente do diabo atrofiou o seu cérebro.
Era o corpo dele e impedia que ele tomasse decisões.
Ele não tinha meios para corrigir seus erros.
E agora ele tinha o vício que a sociedade não tolera.
Vício por causa da repressão do sistema, um Yonki.

A capacidade de Isidro de raciocinar, em pleno andamento, intuiu a palavra da "vertical 8": "tempo". Não era uma pessoa, como esteve buscando. Por causa do tempo, talvez ele não se lembrasse do nome de Salka, mas queria ter certeza.

— E da mesma forma que não se lembra do seu... de quem? Pensa, pensa! Está nas músicas! Claro! Balada anônima!

Essa era a chave. A protagonista de "Balada anônima" (Inma) era, ou fingia ser, uma desconhecida; desconhecida pela passagem do tempo.

Eu a conheci na cidade dos sonhos.
Ela trazia o selo de um conto de fadas.
Foi há tanto tempo
que nem lembro como se chama.

Isidro parecia uma variável aleatória. Ele tinha conseguido associar um conjunto de resultados reais para esse enigma que, a princípio, parecia composto por uma sequência de campos aleatórios, em que quase qualquer letra teria cabido. O que dependia exclusivamente dele estava resolvido.

— Eu recuperei a minha obra! Agora é a minha vez de profanar a sua!

EXPERIMENTO DE BERNOULLI

Capítulo 14

É um experimento aleatório que consiste em realizar um único teste com dois resultados possíveis e excludentes: sucesso e fracasso.

Na hora de resolver uma palavra cruzada, o difícil é começar. À medida que avançamos, graças ao cruzamento de palavras, fica cada vez mais fácil, pois o número de pistas alfabéticas aumenta. Isidro era um especialista nesse assunto. Sabia que agora poderia completar 90 por cento ou 95 por cento só de olhar, mas, como uma pessoa excessivamente metódica, ele preferia ir passo a passo para se certificar de que não arruinaria tudo. Então, lendo nas entrelinhas do que havia preenchido e seguindo sua intuição, decidiu conversar com os pais de Mauro. Não poderia esquecer aqueles rumores, aos quais ele nunca prestara atenção (não porque não acreditasse neles, mas porque não eram da sua conta), sobre uma possível relação da Salka com um professor de Economia Aplicada.

Naquele sábado de manhã, tinha sido convidado para participar de uma conferência sobre "Modelagem de variáveis no setor de turismo na ilha de La Palma", organizada pelo Conselho da sua cidade natal. Ele havia se levantado muito cedo para pegar o voo às oito horas, que o levaria do Aeroporto de Los Rodeos, em Tenerife, para o Aeroporto de Mazo, na sede do conselho insular, em Santa Cruz de La Palma, por volta das nove horas, momento em que se iniciariam as apresentações.

— Tem certeza de que ficará bem sozinha, querida? — havia perguntado a Marlene quando se despediu.

— Não se preocupe. Se apresse ou perderá o voo.

A prosperidade sociocultural foi generosa com a ilha de La Palma nos últimos anos. Mudanças na mentalidade da população tinham conseguido que, em 2010, o turista ocasional percebesse uma mistura de progresso e modernidade, motivo de inveja nos outros lugares. De uma sociedade anteriormente aberta e fechada (aberta ao visitante, fechada em seus princípios teimosos e arcaicos), tornou-se uma sociedade aberta e aberta. O que a ilha nunca perdera e que tinha que ser apreciado era a natureza acolhedora de seu povo. Suas aldeias eram e continuavam sendo um doce com os estrangeiros.

Quando Mauro e Isidro chegaram ao ULL, no início dos anos 1990, tinham deixado para trás uma sociedade que gradualmente começava a expandir seu terreno graças aos esforços da juventude animada e empreendedora, nadando contra a corrente e derrotando a onda ultraconservadora da geração anterior. É que Santa Cruz de La Palma foi, pelo menos nos anos 1980, uma cidade perdida. Como em todos os lugares pequenos, onde todos se conhecem, a evolução social preguiçosa geralmente leva tempo para avançar. Os pais e avós desses jovens suportaram uma divisão de classe profunda, porque havia um setor importante da sociedade (que movimentava o dinheiro e que governava) constituído principalmente por um grupo de pessoas que se achavam deuses graças à herança de seus ancestrais: sobrenomes infinitos cujas sílabas eram autênticos versos de prata. O progresso foi longo, enquanto esses fósseis com pernas ainda estavam ancorados, esfregando com orgulho sua elegância social. Santa Cruz de La Palma, definitivamente, tinha sido um daqueles lugares onde a caricatura ganhara vida.

Os pais de Mauro pertenciam ao grupo que contribuía para a cidade vegetar e crescer a passo de caracol. Mas após a morte de seu filho, e ajudados pelo movimento juvenil que havia impulsionado a ilha desde os anos 1990, eles se adaptaram muito bem às mudanças. Embora, alguns, como Mauro, tivessem ficado pelo caminho, os jovens venceram. A classe mais antiga, que tinha criado uma grande seita para protegê-la do gado popular, foi sutilmente isolada em currais confinados em seu mundo medieval. Agora, os membros dessa seita eram o gado. De pata negra, sim, mas, em suma, eram gado.

O que para Isidro era óbvio é que os pais de Mauro nunca teriam aceitado que seu filho tivesse uma namorada de pele negra. Naquela manhã, ao terminar a série de palestras, ele foi para a casa deles.

— Olá, Isidro! Você está ótimo.

Ângela carimbou dois beijos nas bochechas do professor. O costume na ilha de La Palma de dar apenas um beijo também havia mudado.

— Obrigado, Ângela. Você é que se mantém jovem, como uma garotinha. — Embora para Isidro parecesse que a maquiagem era demais para a idade, sabia que Ângela gostava desse tipo de elogio. — Como está Don Mauro?

— Sente muitas dores. Ele passa o dia todo na fazenda e, quando chega à noite, só reclama das costas. Eu falo que ele precisa parar de trabalhar, mas sabe como é. Vou dizer a ele que você veio nos ver.

Don Mauro não precisava trabalhar. As fazendas de plantação permitiram que eles vivessem com margem suficiente para se admitir quase qualquer luxo, embora não fossem exatamente consumistas. Muito pelo contrário. Eles deram a seu único filho tudo o que ele pediu (e esse, talvez, tenha sido o grande erro deles), mas gastavam pouco. Isidro foi até uma mesinha e apanhou uma foto. Na imagem, ele e Mauro estavam no mato com três amigas. Mauro usava uma touca de cor creme que tinha uma viseira com veios de malva. Foi tirada em La Palma num dia de verão de 1994, antes dos exames de setembro.

— Eu sinto muito a falta dele, Isidro.

— Eu sei, Ângela. Eu sei. Queria te perguntar uma coisa, mas não quero lhe trazer lembranças que possam aumentar sua dor.

— A única coisa que me resta de Mauro são as lembranças. Não estou disposta a perder isso também.

— Sim, é lógico. É sobre as namoradas do seu filho. Ele era muito atraente e tinha as mulheres que desejava. Mas eu gostaria de saber se havia alguém especial em sua vida; algum relacionamento sério. Talvez você saiba.

— Acho que se ele tivesse uma namorada formal, você saberia antes de mim, Isidro. Mauro não tinha confiança suficiente para compartilhar seus casos amorosos. Ele trazia diferentes garotas a cada noite, quando vinha de férias. E para que não víssemos nada, entrava e saía com elas escondido. Claro que ele estava ciente de que sabíamos disso, mas, se ambos dissimulássemos, no dia seguinte não haveria perguntas sobre esse seu costume. Garanto-lhe que nenhuma daquelas garotas era o que poderíamos chamar de namorada.

— Suponho que você esteja certa. Eu sei que você vai estranhar esta pergunta: acha que Mauro poderia ter se apaixonado por uma garota de cor? Você sabe, uma mulher africana.

— Aonde você quer chegar com isso? Diga-me do que se trata — perguntou Ângela. Seus grandes olhos, destacados pela pintura, questionavam interrogativamente as intenções do professor.

— Eu acho que é uma pista falsa. Recebi uma carta de uma amiga em comum e ela sugere que teve um relacionamento com Mauro, mas não tenho certeza. Como ela não sabe que ele morreu, fiquei imaginando se deveria escrever e contar para ela. Chama-se Salka.

Ângela parecia estar meditando sobre o que tinha ouvido antes de formular uma resposta.

— Vou te contar uma coisa. Mauro pode ter tido relações sexuais com uma mulher negra. É possível que ele tivesse uma atração mórbida... mas ela nunca seria namorada dele. Nunca. Você entendeu? Não há dúvida alguma.

— Como tem tanta certeza? Talvez seja o que você quer acreditar... eu... me desculpe, Ângela. Eu não quis dizer isso — tentou se corrigir.

— Você está errado, Isidro. Sou muito tolerante com pessoas de outras etnias. Mas meu marido, não. Meu filho também não era, acho que ele herdou do pai. Eu não teria me importado, mas garanto que ele nunca se casaria ou moraria com ela.

O professor percebeu que às vezes sua psicologia para descrever as pessoas que conhecia não era infalível. Ângela o surpreendeu. Talvez a evolução a tenha purificado.

— O que você faria no meu lugar, Ângela? Devo escrever para Salka e contar a ela sobre o acidente de Mauro ou deixo isso pra lá?

— Olha, Mauro era um daqueles caras com uma vida sexual muito ativa e a sentimental muito pobre. Como mãe dele, eu o conhecia muito bem. Ele morreu antes de dar aquele passo de maturidade que em algum momento todos damos, alguns antes e outros depois. Para ele, as meninas não passavam de uma distração temporária, mas é possível que algumas delas se apaixonassem ou até ficassem obcecadas. Eu não sei o que ela diz na carta, mas se essa moça se lembra do meu filho tantos anos depois, deve ser porque ele deixou uma marca nela. Você não acha?

Isidro calibrou as palavras de Ângela. Se o relacionamento de Mauro e Salka aconteceu de fato, a mãe dele estava certa. Mauro deixara uma marca na africana, que talvez pudesse ser deduzida da carta. Mas o que ele queria descobrir, e por isso viera, era se Salka deixara uma marca em Mauro.

Sucesso? Fracasso? Isidro não sabia calibrar a sensação que a visita a Ângela deixou nele. Foi uma daquelas ocasiões em que você não sabe se as informações recebidas significam algo importante ou não. A verdade é que ou foi tremendamente confuso ou talvez eles estivessem trapaceando. Afinal, Ângela tinha sido muito insistente em deixar claro que Mauro nunca teria uma namorada com uma cor de pele diferente da sua.

Com uma sensação de desconforto e de deixar para trás algo importante, ele se despediu de Ângela e foi para a casa de seus pais, onde passaria a noite para voltar a Tenerife no primeiro voo no dia seguinte. Lá ele também veria sua irmã Andrea e seu sobrinho Isaac.

Isidro e Andrea deviam muito aos pais pela educação que receberam desde pequenos, não tanto por sua dedicação absoluta, nem por ficarem em cima deles de uma forma exagerada, mas pelo simples fato de terem casado e trazido os dois para o mundo. De forma que tanto o professor quanto sua irmã cresceram com o que Isidro considerava uma das experiências mais gratificantes da vida: seus pais eram "opostos". O "chefe de família", honrando tal conceito antiquado, tinha sido sempre um homem muito religioso e com ideais de direita. Ele tinha conseguido se virar muito bem nas águas turvas do regime ditatorial de Francisco Franco, que, felizmente, era passado. A mãe, por sua vez, flertara em sua juventude com o partido comunista ilegal, mas nunca se meteu em confusão. Como resultado deste contraste ideológico, as crianças cresceram entre intensas discussões dialéticas que nunca passaram disso, porque ambos se gostavam muito e nunca tentaram impor seus ideais, exceto através do raciocínio. Andrea e Isidro beberam duas fontes tão antagônicas que tinham sido capazes de formar uma opinião sobre a realidade bastante ampla e crítica.

Ele almoçou com a família. Lembraram os velhos tempos, enquanto folheavam um velho álbum de fotos, em que os jovens Andrea e Isidro incitaram a curiosidade de Isaac com suas roupas e penteados rocambolescos. Mais tarde, sua irmã se despediu e saiu com o filho, que teria à frente uma dura jornada de tarefas escolares atrasadas por ter tido uma gripe durante a semana.

Naquela noite, andando pelas ruas do que fora sua cidade perdida, cruzou com outro fantasma do passado. Ali estava Evaristo, muito velho e pedindo esmolas, sentado na calçada da rua O'Daly. Fazia muito frio e ele estava coberto com uma velha capa de chuva usada, que uma pessoa boa lhe dera. O professor deixou uma nota de dez euros como sinal de respeito. O velho, doente da cabeça, não se alterou, mas Isidro nem se importava. Afinal, Evaristo o inspirara uma vez.

Cheira a silêncio, a ressaca de uma soneca.
Ele sai para a rua, a rotina o lembra
que todo dia é uma festa.
Dois amuletos: o cartão-postal de Santa Rosa
e um almanaque de uma tia nua.

DISTRIBUIÇÃO BINOMIAL

Capítulo 15

A distribuição binomial mede em probabilidade o número de sucessos que ocorrem quando se realiza "n" testes de Bernoulli sucessivos e independentes.

No domingo de manhã, já de volta à casa, aproveitou que Marlene tinha saído para caminhar e deu o empurrão quase final à carta. Isidro foi muito cuidadoso em não se dedicar a Salka quando sua esposa estava presente. Ele queria terminar as palavras cruzadas de uma vez, se envolvendo o mínimo possível, para focar em Marlene por todo o tempo restante da gravidez.

Horizontal

- *A 2 e a 3 causam o maior dano físico.*
- *~~5 é o fim da sua flor.~~ Tomara que este seja o elo mais fraco da cadeia, à sua direita.*

Vertical

- *A 2 marca o começo e o fim. A de cima, seu amor, a deixou deitada abaixo.*
- *3, 5 e 7 formam um anagrama do que anseio nesses momentos.*
- ~~*A Rainha Bruxa viveu antes e depois do campo.*~~ *Ela tem algo de Marlene.*
- *Tente falar com Mauro. Você é minha única esperança.*

Ele descartou a frase que se referia a Marlene porque não foi capaz de encontrar a conexão. Tampouco estava preocupado com isso. Ele já tinha a palavra que queria: Amanca. Tinha certeza de que terminaria quase todo o jogo de palavras cruzadas. Embora seu metodismo o tivesse impedido de parar para raciocinar, sabia que a segunda palavra da definição "2 Vertical" tinha que ser "cuneta", que era como chamavam vala ou valeta; não havia outra palavra lógica que se encaixasse. Além disso, a frase fazia sentido. "A de cima, seu amor, a deixou deitada abaixo", isto é, "a deixou deitada na cuneta". E Isidro apostaria sua obra musical que "seu amor" era Mauro: a palavra acima, que começava com "M". E o resto seria moleza.

Salka estava apaixonada por Mauro? Ele correspondia? Segundo a mãe, isso era impossível. Além disso, a metáfora de Salka confirmava a opinião da mãe: "largou na cuneta".

Em meio a essas reflexões, o telefone tocou, e Isidro, com a carta na mão e ainda olhando para ela, levantou-se e atendeu.

— Alô... Pode falar.

Depois de algumas palavras entrecortadas, a comunicação foi desligada, então ele se sentou novamente e colocou a carta em sua mesa. Com as palavras "Mauro" e "cuneta" inseridas, ele acreditava que a "2 e a 3 horizontais" seriam fáceis. Não foi assim. Agora tinha dúvidas. O que Salka quis dizer com "causar o maior dano físico"? Dano real ou outra metáfora? O que causa o dano?

Outra coisa estava escapando. Então ele lembrou: as caixas sombreadas. Ele sabia que as palavras cruzadas estavam quase terminadas graças à ajuda que a proporção daquelas caixas lhe dava. Apenas duas letras estavam faltando, e elas tinham que ser um "d" e um "e" para fazer algum sentido: "MADRE CRUEL". Também poderia ser "muito cruel", tinha que considerar essa possibilidade, mas ele não acreditava nisso. Que mãe foi cruel? A de Mauro? Ou a sua, por tê-la deixado neste mundo, morrendo durante o parto?

— Agora é matar no peito e chutar. Vamos lá.

Só restava a Isidro uma palavra para completar a palavra cruzada, uma vez que dois homens tinham que ter causado danos físicos a Salka: "Edu" (completado automaticamente) e "Gérmen" (este último, por puro senso comum). E havia mais uma coisa, algo que tinha intencionalmente deixado para o fim. Ele sabia que a primeira frase da carta escondia uma palavra. "*Eu quero que você veja esta carta como uma balada anônima, e não como a lacuna entre 4 e 5.*" Entre a "4" e a "horizontal 5" havia uma lacuna com um "r" e um "m". A mensagem era clara: "Quero que você veja isso como uma balada anônima, não uma broma."

Quase pronto.

Horizontal

- ~~*5 é o fim da sua flor.*~~ *Tomara que este seja o elo mais fraco da cadeia, à sua direita.*

Vertical

- *3, 5 e 7 formam um anagrama do que anseio nesses momentos.*

— Eu só preciso do elo mais fraco da cadeia, querida Salka!

Isidro guardou a carta, pegou uma cerveja na geladeira e sentou-se, tentando pensar em como proceder agora. Ele tinha uma dívida moral com aquela africana magricela que, implorando por ajuda, tinha mandado uma carta de longe, tanto no espaço quanto no tempo, e conseguido atingir com ela o centro de sua alma. Ele havia escrito "Imigrante Ilegal" (inspirado por Salka) e ela lera. É por isso que ela foi até ele. É por isso que ele tinha que ajudá-la. O que deveria ter feito em 1997. Tarde demais.

— "Eu misturo sua sensibilidade com a minha dor." — Leu, quase em um sussurro. — Que dor? Uma humilhação, fato. Mas o quanto isso afetou você?

Isidro acreditava saber a resposta. Como uma pessoa que tinha abandonado suas raízes e arriscado sua vida cruzando o mar em um barco pequeno, em busca de futuro, não seria afetada por alguém que tentava truncar o seu futuro? Claro que a afetaria!

Então ele recebeu a ligação novamente. Se ele achava que tudo estava prestes a terminar, iriam dar um golpe terrível em seu frágil estado de espírito.

— Alô?

— Isidro?

— Sou eu. Quem é?

— Luis Figueruela. O que está acontecendo?

A voz soou tão tensa que o professor se sentiu desconfortável.

— Olá, Luis. Obrigado por ligar. Seu sobrinho lhe deu a mensagem? — perguntou, tentando suavizar calmamente o inexplicável cheiro do conflito. Depois de conversar com Agustín e Sara, ele não esperava uma atitude cordial de Luis.

— Sim, ele me disse algo. Mas não sei se entendi direito. Ele comentou alguma coisa sobre meus tempos de estudante.

Isidro sabia que Agustín, como fizera com Sara, teria dito o nome Salka, mas Luis Figueruela evitou o assunto e esperou que o professor o confrontasse.

— Estou mesmo à procura de informações sobre Salka, Luis. A norte-africana que estudou com você. O que pode me dizer sobre ela?

— O que você quer exatamente? Eu não entendo porque você está me perguntando sobre isso. Me diga a verdade: de que se trata isso tudo?

A estranhíssima reação de Luis foi surpreendente. Perguntava-lhe sobre uma velha companheira e ele parecia ter pegado um escudo, como se estivesse sendo baleado. Isidro sabia que, se explicasse toda a verdade para ele, talvez não conseguisse nada. Tinha que provocá-lo um pouco.

— Você me diz, Luis. Você acha que esta história é sobre o quê?

— Não tenho tempo para jogos. Se isso é uma brincadeira, eu acho que este é o melhor momento para acabar com isso e fingir que nada aconteceu. Está de acordo?

— E se eu lhe disser que recebi uma carta de Salka?

— Você é um filho da puta! — gritou Luis. Isidro ficou chocado. Agora era ele quem se sentia entrincheirado. Aquela agressividade não era nada esperada. Além disso, parecia absurda e desnecessária.

— Por que você está agindo dessa forma? — O professor se defendeu, tentando se recuperar do impacto.

— Diga-me uma coisa. O que você sabe exatamente? E quem lhe contou?

As palavras de Figueruela soavam cada vez mais misteriosas.

— Eu vejo, Luis, que por esse caminho não chegaremos a nenhum lugar. Prefere que falemos de Edu e Gérmen?

O sangue de Isidro bombeava brutalmente o próprio coração diante da expectativa ansiosa de uma resposta.

— Está brincando com fogo, seu desgraçado! Você não sabe onde está se metendo! — ameaçou Luis.

— Realmente acha isso? — continuou a manipular, sem saber do que diabos ele estava falando. — E o que você espera fazer?

— Você pretende me chantagear? O salário de professor é tão miserável que planeja roubar um homem de negócios de sucesso?

— Tudo que eu quero é que você me conte sobre Salka. Então eu o deixo em paz. Ela escreveu para mim.

— Ela escreveu para você? Como isso é possível? Salka está morta, seu maldito! E você vai desejar não ter se metido nessa história!

Depois de proferir a ameaça, ele desligou o telefone, deixando o professor com uma cara indescritível. Isidro estava com medo. Muito assustado. Qual o significado daquelas palavras, daquela agressividade? Em que Luis estava envolvido? A possibilidade de que Salka estivesse morta não parecia viável. A carta era de 13 anos atrás, sim, mas a leitura parecia viva, como se tivessem acabado de escrevê-la. E se ela estivesse morta? Isso poderia ser muito perigoso. Luis falou sobre chantagem. Ele a teria matado? Ele mataria Isidro agora?

Havia muitas perguntas girando como um carrossel em sua cabeça. Cada vez que ele terminava de fazer uma pergunta, a próxima vibrava. Quem eram Edu e Gérmen? Por que Salka tinha suas canções? Qual o papel desempenhado por Silvana Amanca?

Na Estatística, a distribuição binomial refere-se ao número de sucessos obtidos em "n" testes, cada um dos quais admite duas situações possíveis: sucesso e fracasso. Mas às vezes a Estatística nos leva a enganos. Se cada pergunta que fizera a Luis Figueruela fosse um desses testes, Isidro não poderia dizer se sua safra estava cheia de sucessos ou fracassos. Por um lado, ele sabia que tinha acertado em cheio, que havia encontrado algo importante. Mas, por outro lado, ele estava mais confuso do que antes. Longe de esclarecer as coisas, ele enxergava as respostas na escuridão. E a escuridão o aterrorizava.

DISTRIBUIÇÃO DE POISSON

Capítulo 16

Expressa, em termos de probabilidade, o número de sucessos que ocorrem por unidade de tempo ou espaço. As variáveis de Poisson referem-se aos "sucessos raros", uma vez que a probabilidade de ocorrência de sucesso por unidade de tempo ou espaço é muito pequena.

Na manhã seguinte, segunda-feira, 20 de dezembro, ele começou sua pequena investigação. Teve a ideia ao longo da tarde anterior, ao se tranquilizar um pouco depois da conversa com Figueruela. Marlene notou-o extremamente nervoso, mas ele a convenceu de que era por motivos de trabalho.

— São os últimos dias de aula do ano, minha querida — dissera ele. — E eu quase não tive tempo de cumprir o conteúdo programado.

Agora, a dois dias para as férias de Natal, Isidro consultou os registros de matrícula.

— Deixa eu ver se entendi direito — falou Azucena, uma funcionária administrativa da secretaria. — Você quer uma lista dos primeiros alunos matriculados no ano letivo de 1996–1997?

— Exato. Foi a primeira turma que lecionei. Estou tentando ajudar um grupo de ex-alunos que desejam organizar um jantar e não querem que ninguém fique de fora — mentiu Isidro. Nas últimas semanas, ele se tornara um especialista em mentir, e teria de se redimir em algum momento.

— E você vai ao jantar? Suponho que se os ajudar e eles o convidarem, você não terá que pagar sua parte! — brincou Azucena.

— Foi o que eu disse a eles. Mas você já sabe que, com a gravidez da minha esposa, não poderei dar certeza.

— Aqui está! — disse, triunfante, a funcionária depois de entregar um papel cuspido pela impressora. — Só tem os nomes, claro. Para consultar telefones e endereços, teríamos que ir, um por um, ao seu arquivo pessoal. Mas eu não acho que isso vai ajudar muito, porque, depois de catorze anos, quase ninguém mora no mesmo lugar.

— Claro que não. Isso é o suficiente para mim, não se preocupe. Se eu precisar de alguns dados em particular, passo aqui. Você é um anjo — disse Isidro, dando-lhe um beijo na testa.

Na hora certa, ele entrou em uma sala para dar aulas de Estatística Empresarial. Ligou o computador e o projetor, e retomou a fala áspera da Distribuição de Poisson que ele não conseguira terminar na semana anterior.

— Podemos até considerar um paralelismo entre essa distribuição e o binômio. A Distribuição de Poisson se torna um binômio com uma probabilidade muito pequena de sucesso e um número muito grande de testes — recitou para seu público.

Isidro observou as expressões dos alunos e percebeu que muitos haviam se desconectado, antes mesmo de começar a aula. Isidro não gostava de explicar essa distribuição, porque a experiência mostrara que os alunos tinham dificuldade em entender o significado dela, mas como seus colegas que também davam essa aula, Alberto e Arantxa, não reclamavam, ele havia chegado à conclusão oposta: os alunos achavam difícil compreender a Distribuição de Poisson porque Isidro não gostava de explicar.

— ... e tem assimetria à direita... — continuou, enquanto pensava que era a sua mente que tinha assimetria.

Sua cabeça estava em outro lugar. Finalmente, ele terminou a aula e entrou em seu escritório, desejando que ninguém o incomodasse por alguns minutos. Queria identificar dois nomes na lista: Gérmen e Eduardo. Porque, se não estivessem listados, talvez ele tivesse se precipitado ao considerar que aqueles que "causam os danos mais físicos" eram pessoas e, em particular, colegas de turma de Salka. Enquanto destrinchava a lista, invadido por uma estranha sensação de perigo, o campo magnético da africana voltou a empurrá-lo mais um pouco na direção do abismo. Ali estava, ameaçador, o nome maldito de Gérmen. Gérmen Escuela. Ele não se lembrava disso, mas tinha sido seu aluno.

Depois do olhar rápido e frutífero, ele voltou a estudar a lista com mais detalhes. A ordem era pelo sobrenome e havia um total de 729 alunos. Não eram só seus, mas de outras turmas, ensinadas por outros professores. Ele releu uma segunda e uma terceira vez. Ao prestar mais atenção à busca, seu desconforto aumentou. Definitivamente, não havia um Eduardo. Ele tentou outros nomes que começavam com "E" que pudessem ter escapado dele. Quatro vezes. Cinco. Ele até revisou os sobrenomes, mais fácil porque eles deram ordem à lista, mas não encontrou pistas relacionadas à palavra "Edu".

Ele pegou a cópia das palavras cruzadas de dentro da sua carteira para evitar qualquer possibilidade de erro. Com Gérmen havia possibilidade, mas não com "Edu". Se removesse a letra "u", não iria ler "Mui Cruel" nas caixas sombreadas. Ele pensou em voz alta, como costumava fazer quando buscava inspiração.

— Quem é? Por que você estava na festa se não era um estudante? Se é que isso tem a ver com a festa! Que outros "não estudantes" estavam lá?

Isidro sabia, pelo menos, de um. Mauro. Mauro era um professor muito jovem, com apenas 23 anos de idade, e sempre participava de qualquer celebração desse tipo.

Ele estava prestes a abandonar temporariamente a investigação quando decidiu revisar a lista novamente. Olhou para os nomes, um por um. Encontrou Luis Figueruela, Sara, Rosa... Salka não apareceu, mas ele já tinha assumido que a garota africana não estava matriculada. E continuou lendo. Então, se tocou de algo surpreendente. Como ele não percebera antes?

— O sedutor... — murmurou.

Javier Fernández, aos 32 anos, foi considerado um dos pesquisadores mais promissores no campo da Economia da Saúde. Se ele fosse 15 anos mais velho, poderia ser considerado o papa da Faculdade de Economia. Em alguns anos, passaria a integrar a lista de professores da ULL graças ao seu conhecimento refinado e extenso currículo. Javier era referência obrigatória em todas as reuniões, conferências e congressos de Economia da Saúde em nível internacional. Ele colaborou em pesquisas com vários dos grandes e prestigiados colegas de diferentes partes do planeta. Ele era um desses nomes comuns nas mais ilustres revistas de divulgação econômica.

Não era muito visto na cafeteria do edifício, porque, segundo ele, a qualidade do café servido lá era um pouco melhor que a água com que a senhora que trabalhava em sua casa limpava o chão. "Talvez o café seja um pouco melhor, mas cheira o mesmo", costumava dizer.

Como resultado de uma operação no quadril, à qual havia se submetido três anos antes, agora andava mancando um pouco para a direita. Seus alunos o chamavam de "Javi, o sedutor", um nome tremendamente injusto porque qualquer um que o escutasse poderia interpretá-lo erroneamente. Embora pudesse sugerir algum interesse doentio em temas sexuais ou imorais, o apelido "sedutor" realmente tinha a ver com um tique gestual de Javi: sempre que, em sala, terminava uma frase que considerava importante ou fundamental para os seus alunos, lambia escandalosamente ambos os lábios no que parecia um gesto lascivo obsceno, mas isso não era nada mais do que um trejeito intelectual. Isidro não podia dizer se Javier Fernández sabia que era chamado de "o sedutor". Ele nunca havia insinuado, então parecia que todo o corpo docente sabia menos ele. Tinha sido seu aluno naquela turma que começou os estudos no outono de 1996. Ele foi colega de Salka, Luis, Sara, Rosa etc. Dessa vez, o professor de Estatística tinha sido muito lento para lembrar. Determinado, bateu à porta do escritório de Javier.

— Entra! Olá, Isidro!

— Como você está, Javi? Ei, eu queria perguntar uma coisa. Me permite convidá-lo para um café?

— Aquele veneno antirratos vai lhe matar, você vai ver. Eu agradeço mesmo assim.

Javier nunca dava outra opção, ele nem sequer considerava aceitar algo além de café. Essa era apenas uma desculpa para não entrar no refeitório. Isidro tinha uma teoria pessoal, segundo a qual Javi tinha um grande complexo por sua claudicação e evitava ir a um lugar que evidenciasse tal deficiência em público. Ele não compreendia que, se alguém reparasse sua entrada no refeitório, não seria pelo seu mancar, mas, sim, pelo insólito de vê-lo lá.

— Eu queria que você me falasse sobre Salka — atirou, sem mais delongas, afiando os seus cinco sentidos para interpretar a reação de Javier. O nome de Salka parecia incomodar muitas pessoas.

— De Salka? Quem é Salka? — Ou era um ótimo ator, ou ele realmente não se lembrava dela.

— Aquela garota africana que estudou com você na primeira turma. Foi só até a época do Natal. Talvez seja por isso que você não se lembre dela — comentou, tentando refrescar a memória dele.

— Acho que sim! Claro, eu lembro! O que aconteceu com ela?

— Bem, é aí que eu queria que você me ajudasse. Alguém está tentando localizá-la e pediu a minha colaboração. Estou tentando descobrir por que ela deixou a faculdade e o que aconteceu na festa de Natal. Você se lembra da festa que foi realizada logo antes das férias?

— A festa... — Pareceu hesitar um pouco. — Eu me lembro de algo de uma festa, mas... não, eu não fui. Eu estava gripado, acho. Isso foi há muito tempo, Isidro. Você não deve voltar tanto assim. Não acho que vai chegar a lugar algum. Quem está procurando por ela?

— Isso não posso te dizer, pelo menos por enquanto, mas agradeço sua ajuda. Você se lembra de como Salka se comportava em aula? Ela teve problemas com alguém?

— Problemas? De que tipo? Não me lembro de quase nada sobre ela.

— Do tipo racista. De alguma coisa você tem que se lembrar — disse o professor de Estatística duramente.

— Olha, Isidro, éramos muito jovens. Pode ser que para alguém na turma ela fosse diferente, não sei. Mas estamos falando de 14 anos atrás, pelo amor de Deus!

— Foi rejeitada pela turma? Diga-me a verdade. Sim ou não? Nem vou perguntar se você era um deles. Só quero saber se o coletivo, como tal, a excluiu.

— Você sabe o que eu acho? Que ela tinha um caráter autoexcludente. Ela negava o coletivo. Talvez ela se sentisse superior, ou talvez fosse bastante introvertida, não sei. Mas o grupo agia à maneira dele. E Salka, à dela.

Isidro acreditou ler no rosto de Javier a sensação de ter falado demais. O que ele havia dito era bastante esclarecedor: a turma estava fazendo a coisa dela e Salka estava fazendo a sua. Isso sugeria uma fronteira clara entre os dois grupos. A turma, de um lado, e a africana, do outro. E não havia ser humano capaz de suportar isso por muito tempo.

— Obrigado pela sua ajuda, Javi — disse ele, sem esperar por uma resposta.

Talvez a enorme tensão a que ele foi submetido o tenha levado a desconfiar de todo mundo. Javier Fernández lhe dava mais a impressão de não querer lembrar do que a de realmente não lembrar. De qualquer forma, ele não estava na festa, então a informação que podia fornecer era bastante limitada. Isidro sentiu como se estivesse espartilhado por um feitiço secreto, cuja ausência de fissuras impedia o acesso a todas as notícias relacionadas a Salka.

Em qualquer caso, se fosse uma paradoxal variável Poisson, o número de "sucessos raros" ocorridos em um curto espaço de tempo era relativamente grande. Ele tinha conseguido a lista, tinha encontrado Gérmen mas não Edu, tinha chegado a Javi de forma completamente casual (embora talvez fosse mais correto dizer causal: por causa da lista) e as reações do próprio "sedutor" eram mais do que sugestivas.

DISTRIBUIÇÃO GEOMÉTRICA

Capítulo 17

A distribuição geométrica determina, em termos de probabilidade, o número de testes que devem ser realizados até que o primeiro sucesso seja obtido.

Em 23 de dezembro, começando as férias de Natal, ele decidiu abandonar momentânea e, talvez, permanentemente a busca pelo segredo de Salka. Sua ideia era retomar em janeiro, no começo das aulas, ou depois que Marlene desse à luz. Estava consciente de que, em seguida, quando os gêmeos preenchessem todos os buracos livres de sua vida, provavelmente esqueceria para sempre o assunto.

As ameaças de Luis Figueruela não o afetavam mais, porque não teve mais notícias dele. Mesmo a curiosidade insaciável que o tinha encorajado, ao passar mais tempo em casa com sua esposa, felizmente diminuiu. Isso o acalmou. Sentia-se muito mais relaxado, sem o peso das preocupações que não eram dele. Sua esposa merecia mais do que um marido presente no corpo e ausente na alma.

Por volta das 20h30, Marlene saía para a rotina diária que havia sido imposta nas últimas semanas. Ultimamente, não tinha falhado nem uma noite. Tinha que dirigir até o supermercado, a cerca de quinhentos metros de casa (e que fechava às 21h30), e estacionar do lado de fora, perto da entrada. Nesse horário, ela podia escolher um lugar, geralmente encontrando vaga até mesmo na porta do estabelecimento. Em seguida, faria uma pequena compra das coisas essenciais (naquela noite iria comprar mais do que o habitual por causa da ceia de Natal), guardaria tudo no carro, pegaria o colete refletor, fecharia o carro e caminharia os parcos três quilômetros a que havia se acostumado. Então, voltaria para o carro e dirigiria para casa. Sempre que podia, Isidro acompanhava Marlene. Ele não deixou de ir por quatro dias, mas uma dor de cabeça, provavelmente devido à tensão acumulada nos últimos dias de trabalho, pediu-lhe para ficar.

— Como você está, querido? Tomou um paracetamol? — perguntou Marlene antes de sair.

— Bem... ainda estou com dor. Talvez eu esteja incubando algum vírus. Sabe como a gripe é traiçoeira. Quer que eu lhe acompanhe? Contanto que você dirija, não me importo.

— Não, é melhor descansar. Se, em vez de relaxar, você se estressar, sua cabeça vai explodir.

Marlene sabia que Isidro ficava nervoso ao acompanhá-la nas compras. Quando ele ia sozinho, tudo funcionava bem, porque usava uma lista com os produtos necessários e com isso andava certeiro pelos corredores. Mas Marlene improvisava no supermercado e Isidro não tinha paciência, pois, já que não dependia dele, não sabia quando terminaria a peregrinação pelos corredores, onde se sentia atacado por um público de enlatados observando-o de todas as prateleiras.

— Tudo bem, como quiser. Tenha cuidado.

Julio esperava em frente ao supermercado como todas as noites anteriores. Sua paciência estava prestes a acabar. Afinal, seus planos não eram infalíveis e envolviam grande risco. Eles poderiam acontecer de várias maneiras. Decidiu que esta seria a última noite. Se ela não viesse sozinha, ele não voltaria mais. Mudaria os planos.

Ela apareceu. Estava dirigindo seu Volvo S40 2006, cinza metálico. E saiu do carro sozinha!

— Bingo! — Julio disse.

Ele esperou alguns segundos para ver se o ritual seria cumprido. Foi. Marlene tinha o hábito de não fechar o carro quando entrava no supermercado, depois de estacionar perto da porta de acesso. Não havia nada dentro que pudesse interessar a ladrões e, além disso, esses não eram comuns naquela área. A figura da mulher desapareceu quando ela se perdeu dentro do estabelecimento.

Julio esperara vários dias para que Isidro não a acompanhasse. Tinha que aproveitar esse momento. Dissimuladamente, foi até a entrada do supermercado e, quando se aproximou do veículo, abriu a porta do passageiro com toda a naturalidade, como se fosse seu próprio carro. Se ele estivesse nervoso ou em alerta, levantaria suspeitas. Deslizou as mãos para as costas do banco e lá, no bolso de trás, estava o seu objetivo. Ele o extraiu sem grandes dificuldades e foi embora. Então, entrou em seu próprio veículo, deu a partida e foi para o seu próximo destino.

Marlene ligou para o número de casa. Estava preocupada com o marido dela. A dor de cabeça não diminuíra com o paracetamol, e ele ainda precisava de uma dose maior.

— Marlene? — respondeu, olhando para o identificador de chamadas.

— Olá! Estou no mercado. Como está sua cabeça, amor?

— Está começando a aliviar um pouco, mas sinto umas batidas tão regulares e ritmadas que parece que estou sendo atacado por uma banda.

Isidro tentou, sem sucesso, fazê-la rir com um excesso ridículo de retórica.

— Tá, mas é melhor tomar outro comprimido. Vou caminhar agora. Beijos.

— Beijos, meu amor.

Marlene terminou sua compra e foi para o caixa. A atendente nem se incomodou em lhe pedir o bilhete de estacionamento, porque a via todas as noites e sabia que estacionava lá fora. Sabia também que todas as noites ela retornava de sua caminhada, quando o supermercado já havia fechado as portas e, consequentemente, bloqueado o acesso ao estacionamento interno.

Depois de colocar a compra no carro, as mãos dela apalparam o bolso de trás do banco, onde guardava o colete refletor. No entanto, elas não encontraram nada.

— Que estranho!

Ela tentou procurar mais duas vezes, mas não estava lá. Olhou para o chão, para o caso de ter caído. Nada. Verificou o porta-luvas, os assentos dianteiros e o chão, os bancos traseiros, tudo. Abriu o porta-malas, mas não estava lá. Também, não faria sentido se estivesse. Tentou se lembrar de onde o havia deixado na noite anterior. Não, não o esqueceu, simplesmente. A única coisa que ficou clara foi que sempre ia procurar no porta-malas do carro. A possibilidade de alguém tê-lo roubado passou pela sua cabeça.

— Por que alguém roubaria um colete? Se o estivesse usando e à vista, poderia até ser, mas invadir um carro... — sussurrou.

Ocorreu-lhe que talvez alguém entrara no carro à procura de dinheiro ou qualquer coisa e acabara se conformando com o colete, embora fosse muito arriscado fazer isso na frente da porta de um supermercado. De qualquer forma, o colete não estava lá e ela teria que comprar outro.

Tinha que decidir entre ir para casa ou ir caminhar sem ele. Com rumores que apontavam para a futura adoção de uma lei que proibiria o caminhar à noite, na estrada, sem o colete reflexivo, Isidro sempre insistiu que ela não andasse sem ele, pois era um grande risco. "Uma pessoa sem colete à noite é, para um motorista, o mesmo que um chute do Cristiano Ronaldo de fora da área para um goleiro. Você simplesmente não vê", ele costumava dizer.

A rota que Marlene costumava fazer ia ao longo de uma estrada rural, com algumas curvas, mas também com muito baixa visibilidade. O tráfego naquela época era escasso, o que facilitava a mobilidade dos pedestres. Durante o dia, era uma área muito movimentada pelos ciclistas. Ela já havia cruzado muitas vezes com um ou outro atleta praticando cooper à noite e com algumas pessoas caminhando. Decidiu fazer o exercício, mas se propôs a ser mais cautelosa do que antes. Conforme caminhava, sua confiança crescia. Os carros que passavam a viam perfeitamente e se afastavam um pouco dela. Enquanto pensava sobre o jantar de Natal no dia seguinte, que ela pretendia tornar romântico, chegou a uma encruzilhada onde a estrada se bifurcava em dois caminhos: um em cada sentido da direção dos veículos. Ela sempre tomava o caminho mais curto, cerca de duas centenas de metros, até que as duas pistas voltavam a se juntar. Aquela estrada significava ter de andar na mesma direção dos veículos. Os carros vinham pelas suas costas e ela teria que ter cautela extra.

De um lado da estrada, havia um veículo com as luzes acesas e o motor ligado, em frente a uma casa, possivelmente esperando por alguém. Marlene passou por ele. O ocupante parecia estar ocupado procurando algo no porta-luvas, talvez um CD. Ela continuou andando e chegou à beira da curva que dava para o trecho final. Logo após a curva, as casas iam comendo, literalmente, a calçada. Não havia acostamento e não tinha escolha a não ser se aventurar por uns poucos metros na estrada. Ainda assim, os carros tinham espaço para passar, deixando o pedestre ocasional à direita. Apesar disso, ainda era a área mais perigosa da rota.

Marlene não tinha colete e Julio não podia vê-la. Ou isso denunciaria o plano dele. A mulher ouviu o motor se aproximando, e a existência de uma curva entre o veículo e ela a encheu de medo. Confiava que os motoristas fossem muito cautelosos na estrada e, acima de tudo, nessa curva. "Se eu tivesse meu colete!", pensou. Com um certo desconforto no estômago pela caminhada e pelo sufoco, ela acelerou o ritmo o máximo que pôde. Os gêmeos a estavam puxando com toda a força que tinham. *Depressa, eles estão vindo atrás de nós.* As luzes do carro de Julio se alinhavam numa reta. Marlene estava alguns metros à frente, o suficiente para o motorista ver.

Julio não queria ver nada que não fosse reflexivo. Estava escuro, como ele poderia supor que uma mulher ia cometer o erro de andar sozinha naquela hora, ao longo de uma estrada escura, sem colete regulamentar? A velocidade em que estava não era excessiva, porque, caso contrário, seria um risco desnecessário para a sua defesa. Além disso, aquela cadela não precisava morrer. No começo, ele nem se importava, mas se ela morresse, as coisas ficariam complicadas em um nível de responsabilidade criminal.

O impacto foi brutal. O corpo de Marlene foi catapultado pelo ar, bateu no muro de uma casa branca à sua direita, e bateu no chão após o rebote pela lei da gravidade. Ela sentiu cada segundo desse filme como um abandono progressivo da realidade, uma transição hipnótica para um estado de agonia inconsciente e indolor, como se estivesse flutuando em algodões. Nessa viagem, ela sentiu suas mãos, ambas as mãos, apertando com força seu ventre para que os fetos não sofressem danos. Era sua única preocupação. O resto não importava, sua mente tinha dado a ordem precisa.

Da dimensão paralela em que se encontrava, escutou vozes aterrorizadas que pareciam vir de cima. Sua parte racional, que não escapara totalmente, afirmou que eram vizinhos inclinando-se para fora das janelas depois de ouvir a colisão.

Julio havia freado abruptamente nos últimos metros quando considerou que, naquele momento, a protuberância que aparecera na frente do seu carro era visível. Depois do golpe, a traseira do carro bateu em uma casa à sua esquerda. Vários veículos que chegavam à área começaram a parar. Ele saiu do carro, abriu o celular e ligou para a emergência.

— Por favor! Isto é uma emergência! Eu acho que atropelei uma pessoa!

Depois de indicar a situação exata do local do acidente, ele solicitou indicações para colaborar. Disseram-lhe para observar se a pessoa respirava e que era prudente aguardar a chegada do pessoal de saúde.

Julio se aproximou de Marlene. Respirava pela boca com grande dificuldade e era sacudida por espasmos violentos. Tinha a aparência de estar sofrendo muito e Julio sorriu. Ele até se permitiu o luxo indecente de deleitar-se com a beleza dela e a sensualidade de seus lábios. Então ela pegou a mão dele.

Marlene procurou por algo físico para se agarrar desesperadamente à vida. Queria que Isidro estivesse lá, segurando sua mão. Mas aquela mão grossa e peluda não era a dele. No entanto, era uma mão, e ela não a soltaria até conseguir ajuda. Se morresse, não queria que fosse sozinha. Toda a sua esperança foi depositada naquela mão que havia sido colocada para ela. É o paradoxo da vida.

Julio havia iniciado um processo associado a uma distribuição geométrica: um processo de testes contínuos que conclui quando o resultado desejado é obtido (sucesso ou falha, de acordo com o ponto de vista). A distribuição geométrica requer muita paciência. Julio estava prestes a perdê-la, mas sua espera finalmente foi recompensada.

DISTRIBUIÇÃO BINOMINAL NEGATIVA

Capítulo 18

A distribuição binomial negativa determina, em termos de probabilidade, o número de testes que devem ser realizados até obter "x" sucessos (ou falhas).

∽

A vida é tão cruel quanto um binômio negativo. Não paramos de tropeçar na mesma pedra de novo e de novo. Continuamos a arriscar, realizando testes sucessivamente e colhendo resultados. Mas você nunca para. Sua ambição, seu inconformismo, faz você continuar até que o enésimo evento pare em suas trilhas. Isidro só parou quando a fatalidade atingiu sua vida. Ou era nisso que acreditava então.

∽

Isidro se culpava porque achava que sua dor de cabeça era uma consequência do estresse derivado da carta de Salka. Por isso, uma vez que não acompanhara Marlene a andar, acreditava que havia uma relação indireta entre o atropelamento e suas investigações. Nada poderia estar mais longe da verdade. A relação entre as duas variáveis era direta. Muito direta. Só que ele não sabia.

Na fria sala de espera, uma autêntica armadilha psicológica, Isidro tremia como uma criança quando tem febre alta e não consegue parar de tremer. Ele teve a mesma sensação e os mesmos tremores que o atacaram quando seu primo morreu em um acidente de avião. Só que, naquela vez, Marlene envolveu seu marido em um abraço infinito até que ele se aquecesse. Agora, ela não podia repetir o ato, pois estava morrendo na sala de tratamento intensivo.

As primeiras tropas da Guarda Civil que vieram para a cena e encontraram o motorista auxiliando a vítima (pelo menos emocionalmente) haviam telefonado para Isidro imediatamente e o mandaram para o Hospital Universitário das Ilhas Canárias (HUC). Uma vizinha fez o favor de levá-lo. Isidro não estava em condições de dirigir.

— Me desculpe, não posso ficar — disse Joana três ou quatro vezes durante a viagem, embora ele mal estivesse prestando atenção. — Minha filha está sozinha e tenho que voltar imediatamente. Amanhã vou ver como Marlene está.

Ao chegar ao hospital, dois guardas civis o colocaram a par das circunstâncias fatídicas que levaram ao acidente: Marlene caminhava à noite sem colete (Isidro era incapaz de entender), uma curva fechada, sem acostamento para o tráfego de volta...

Agora, em um canto da sala de espera estava Pedro, o irmão de Marlene, tentando, sem sucesso, consolar seus pais idosos. Isidro olhou para eles. A dor refletida em seus rostos era um espelho da própria dor. Eles chegaram antes do professor. Isidro ligou imediatamente, pois moravam perto do hospital e sabia que tomariam conta de Marlene até ele chegar. O relacionamento com a família de sua esposa não era, precisamente, muito cordial. Nem Marlene contribuiu para isso. Não que ela fosse responsável, mas ela não se importava muito se Isidro e seus pais se dessem bem. O beijo que seus sogros lhe deram foi bastante frio. Recriminaram-no com o olhar, pela sua certa culpabilidade (embora desconhecida para eles).

— Eles não nos disseram muito — comentou Pedro, tentando aliviar a tensão. — Aparentemente... é muito ruim. Quando a examinarem, eles terão o que dizer.

Além deles, havia outras oito pessoas na sala, oito mentes torturadas que haviam aterrissado ali, descendo pelo tobogã do terror. Isidro levantou-se e, automaticamente, empreendeu uma jornada espontânea e involuntária sem uma direção fixa. Algumas pessoas, com os olhos vermelhos de tanto chorar, levantaram a cabeça no caminho. Ele tentou não se aproximar muito do grupo formado pela família de Marlene. Em sua jornada irregular, quase colidiu com um médico vestindo roupas cirúrgicas verdes, que estava entrando no quarto naquele momento. Ele estava de touca e a máscara, debaixo do queixo.

— Como está minha esposa, doutor? Está bem? — perguntou um Isidro desesperado, acordando de seu automatismo.

— Quem é você? — perguntou o médico por sua vez. O professor percebeu que ele não estava lá sozinho.

— Eu sou o marido de Marlene Ortega.

— Desculpe, senhor. Não estou cuidando desse caso. Em breve, um colega meu lhe dará informações.

Tendo dito isso, o médico virou-se para uma mulher de cinquenta anos, que já estava de pé esperando por ele, e começou a conversar com ela em um canto. Isidro observou as lágrimas disfarçadas que tentou conter, mas não conseguiu especificar se eram de alegria ou medo. Depois de um tempo a mulher saiu do quarto com o médico. Pedro aproximou-se do cunhado e sugeriu que não se desesperasse até que fornecessem alguma informação sobre Marlene.

Quarenta minutos se passaram desde a entrada do médico. Isidro tinha parado de tremer e tentou levar as coisas com um pouco de calma. A situação parecia que ia se alongar e não havia sentido em morrer de ansiedade. Ele olhou para seus sogros e pareceu-lhe que o oposto estava acontecendo com eles: a passagem do tempo deixou-os mais ansiosos e totalmente desconectados. Foi quando o médico chegou.

— Família de Marlene Ortega?

De súbito, em um ato coletivo, os pais, o irmão e o marido de Marlene se levantaram como molas, e seus músculos ficaram rígidos como um mecanismo de defesa. Os quatro se aproximaram do médico.

— Adianto a vocês que não trago boas notícias — começou, com uma expressão triste. — Vamos ver... antes de mais nada, vou informá-los sobre os danos colaterais e então...

— O que você quer dizer com danos colaterais? — interrompeu Isidro, pedindo ao médico que não se esquivasse. Notou que ele tinha um cartão de identificação em sua camisa onde se lia "dr. Antônio García — Chefe do Serviço da Unidade de Terapia Intensiva".

— Bem... você é o marido, certo?

Isidro assentiu.

— Seus filhos não sobreviveram — disse o médico.

Foi o primeiro golpe que teve que suportar. Sua preocupação por Marlene era tão grande que ele mal havia pensado nos gêmeos. Foi uma lástima deixá-los em segundo plano.

— O que você chama de consequências colaterais? Eles eram meus filhos, por Deus!

— Danos. Danos colaterais — repetiu o médico. — Me desculpe, você está certo. Eu acho que não foi uma expressão muito boa. Peço que me perdoe — disse ele, e inclinou a cabeça em arrependimento.

— Como está minha filha, doutor? — Foi Antônia, a mãe de Marlene, quem falou.

— Eu não quero enganar ninguém, não seria certo. Ela sofreu graves traumatismos e a senhora precisa ouvir com calma o que vou dizer. Agora mesmo... o estado dela é sério. Teremos que esperar para especificar se a vida dela está em risco. Eu... bem, quero dizer que neste exato momento a vida dela está em risco, mas não temos que antecipar os eventos — respondeu ele sem jeito.

O rosto dos quatro passivos ouvintes foi, lentamente, do desespero para a ruína. O dr. García fez uma pequena pausa antes de continuar para que a informação pudesse ser assimilada em sua totalidade. Ele sabia que estavam atordoados, mas não lhes contara tudo ainda. Não sabia se devia fazer isso agora, como era sua obrigação, ou esperar pela evolução do paciente, mas Isidro forçou.

— O que exatamente ela tem? Quero saber.

— Bem, ela sofreu uma lesão cerebral traumática e está em uma situação de inconsciência com resistência a estímulos externos.

— Isso significa que ela está em coma? — Pedro deu um passo à frente.

— Sim, de fato, mas nos estágios iniciais. Normalmente, em casos de trauma ou lesões na cabeça, as chances de recuperação são maiores.

— O que devemos fazer? — perguntou Arturo, o pai, praticamente chorando. — Podemos ficar ao lado dela?

— No momento, não. Ela está em tratamento intensivo e o senhor tem que esperar para ver como ela vai evoluir nessas primeiras horas. Eu aconselho a ir para casa e tentar dormir um pouco. No melhor dos casos, dias difíceis os aguardam. Se o estado de coma se prolongar, teremos que agendar algumas horas de visita nas quais os senhores deverão se revezar. E nessas visitas, terão que atuar como terapeuta para com a paciente. Ou seja, falar, cantar, lembrar coisas positivas... é importante ouvir vozes de sua família e... bem, acho que estamos nos adiantando. Eu não deveria ter dito isso, porque a Medicina, afinal, é pura estatística. Nós jogamos continuamente com probabilidades.

— Doutor, tem mais alguma coisa, certo? — O instinto agora infalível de Isidro estava lendo os olhos do médico. Sabia que ele guardava outra notícia difícil e queria que ele a desse imediatamente.

— Sim. Vamos ver, além da pancada na cabeça, obviamente, ela sofreu outros ferimentos. A equipe de trauma está especialmente preocupada com uma lesão na medula espinhal. — Ele novamente ativou o botão de "pausa" para deixá-los mastigar antes de digerir.

— Que sequelas ela pode ter? — O professor não teve paciência para continuar esperando.

— Não sabemos. Mas é possível que, se sair do coma, ela possa sofrer paraplegia, isto é, uma paralisia da parte inferior do corpo. Embora também seja possível que se recupere. Nós não sabemos disso ainda. Mas, sinceramente, acho que você não deveria pensar nisso. Seria tortura por algo que não se sabe se vai acontecer ou não. Minha obrigação era contar isso. Todas as cartas estão na mesa, e será o acaso que vai revelá-las.

— Quando vamos saber algo novo? — perguntou Pedro.

— Se houver alguma notícia importante, algo improvável nas próximas horas, ligaremos imediatamente. São cinco da manhã. Eu recomendo que os senhores saiam e voltem às dez da manhã, pelo menos alguns de vocês. Claro que o senhor pode ficar, se quiser, é apenas uma recomendação. É importante que estabeleçam um sistema de turnos. Quase sempre, os cônjuges e os pais se sentem responsáveis ou culpados e não querem deixar o paciente. Mas, acreditem em mim, o fato de estar sempre aqui não contribuirá para Marlene reagir mais cedo ou mais tarde. E não lhe fará bem ser cuidada por uma pessoa sem reflexos, por não ter dormido, descansado ou se alimentado. O sistema de turnos, digo por experiência, é a opção mais inteligente.

Dito isso, o médico foi embora. As últimas palavras pareciam coerentes para Isidro. Agora seria necessário concordar com Antônia nessa (quase certa) luta para decidir quem ficaria mais tempo com Marlene. Ninguém queria ir para casa, mas Isidro conseguiu que Pedro convencesse seus pais a se retirar. Eles concordaram que se encontrariam lá novamente às dez horas. Ele ficaria umas duas horas a mais, em caso de novidade, tomaria algo na cafeteria (embora tivesse certeza de que não passaria de um café de máquina) e talvez iria em casa para pegar algumas coisas. Além disso, tinha que pegar o carro de Marlene no supermercado. Ele iria até a casa da vizinha que o levara ao hospital para atualizá-la e pedir ajuda com algum serviço doméstico pendente, especialmente pegar as roupas que tinham deixado estendidas.

Pensou em todas essas trivialidades, fazendo um esforço voluntário para não ser martirizado diante da avalanche de infortúnios que o enterravam. Marlene poderia morrer ou não. Se ela não morresse, poderia ter sequelas cerebrais ou não (o que, a propósito, o médico não havia comentado), e poderia acabar em uma cadeira de rodas ou não. Na melhor das hipóteses, se Marlene se recuperasse sem sequelas cerebrais ou medulares (ao menos as mais graves), haveria ainda as consequências psicológicas pela perda dos gêmeos.

Entre a noite de 23 de dezembro e a madrugada do dia 24, ele havia experimentado os piores momentos de sua existência, mas o mais trágico foi que, possivelmente, os próximos momentos seriam ainda piores. A vida de Isidro León foi marcada por um ponto definitivo. Havia dois "Isidro León": o anterior a 23 de dezembro de 2010 e o posterior.

Quando a família complicada de sua esposa saiu, ele foi andar pelo corredor ao lado da sala. No posto de enfermagem, se comunicando com alguém do hospital por um telefone, estava o "doutor notícia", Antônio García, portador de más notícias e falsas esperanças, que encerrou sua conversa assim que Isidro passou por ele.

— Sinto muito pelo que você está sofrendo. Eu tenho um momento livre. Posso te convidar para tomar alguma coisa?

— Eu não acho que posso ingerir nada neste momento. Aprecio o tato que você teve para nos transmitir a situação. Acho que essa é a parte mais difícil do seu trabalho.

— Sim, no final, acostuma-se com tudo. Você nunca sabe como cada membro da família reagirá, mas geralmente há alguns padrões comuns de comportamento. Tentamos levar dados objetivos para vocês da maneira menos prejudicial possível, mas a dor que nossas palavras contêm também será injetada em seu estado mental já desequilibrado.

— Posso fazer uma pergunta que tenho guardada comigo? Não sei se é para você que devo perguntar. — Isidro hesitou. — É sobre o atropelamento. Onde está a causador?

— Eu entendo. É lógico levantar esse assunto. Talvez seja difícil digerir o que vou dizer, porque, em sua situação, qualquer um será culpado em todos os lugares. Começando com você mesmo, é claro. Mas, além do emocional, também procuramos alguém para cobrar responsabilidades diretas. Veja, isso não é mais da minha conta, é claro. Você vai agir como achar melhor. Mas, como você perguntou, vou contar uma coisa sobre o acidente.

Isidro não disse nada, esperando que o médico continuasse a história.

— O motorista deve estar agora prestando informações na delegacia da La Orotava. Paradoxalmente, além de ser o suposto responsável civil pela situação de Marlene, também, em certa medida, ele pode ter salvado sua vida. Isso não é um fato cientificamente comprovado, mas, como já disse a Guarda Civil com base nas declarações dos vizinhos coletadas no local, ao causar o acidente, chamou imediatamente os serviços de emergência e, em seguida, esteve o tempo todo segurando a mão de sua esposa. Talvez, ainda que você não acredite, esse contato físico pode ter mantido sua esposa viva até que os serviços de saúde chegassem.

— Eu agradeço novamente por suas palavras. Não sei se deveria odiar esse indivíduo, agradecê-lo por sua atitude ou ambos — afirmou o professor. — Boa noite, doutor.

— É por isso que eu disse que a situação é paradoxal. Boa noite.

DISTRIBUIÇÃO EXPOSICIONAL

Capítulo 19

Faz referência ao tempo decorrido entre a ocorrência de dois "eventos raros" de Poisson.

Às sete horas da manhã, ele cochilava na sala de espera quase vazia. Toda vez que entrava em transe, os pesadelos se tornavam ainda mais agudos e cruéis, mas o pior era o momento em que o sobressalto o fazia abrir os olhos e voltar à vida. Aquilo não era um sonho. Era a maldita loteria. E assim, uma coisa atrás da outra.

— Isidro León? — Foi acordado por uma voz radiofônica e determinada que o confundiu por um momento. — Com licença, você é Isidro León?

— Sim... me deixe recuperar um momento — respondeu o professor confuso.

Tinha diante de si um indivíduo impecavelmente vestido em um terno sob medida por cima de uma camisa branca e gravata listrada em azul e branco. Ele usava sapatos de alta qualidade. Seu rosto oval era adornado com um sorriso caloroso e correto que mostrava uma dentadura perfeita, o resultado de um belo trabalho de ortodontia.

— Desculpe minha intromissão no seu merecido descanso. Meu nome é Julio Domínguez — apresentou-se, estendendo a mão para Isidro. — Lamento dizer que sou a pessoa que atropelou sua esposa.

A entrada de surpresa foi totalmente desconcertante. Com o rosto de um tolo, Isidro não teve escolha senão apertar sua mão. Julio sentou ao lado dele e começou a consolá-lo.

— Não se preocupe com o que seu coração pode ditar sobre mim. Vou entender perfeitamente. Se você quiser, pode me denunciar. Eu suponho que a polícia entrará em contato com você. E se um juiz decidir punir minha responsabilidade civil injustamente e tiver que pagar uma indenização, meu seguro o fará. E se houver responsabilidade criminal, garanto-lhe que não haverá, todavia não me importaria de passar algum tempo em uma penitenciária desconfortável, pois mereço. Embora acredite que isso não vai acontecer. Mas garanto que não há punição econômica ou criminal que supere o sentimento de tristeza e culpa, ou melhor, de responsabilidade, que me invade.

— Bem... — O professor tentou pensar no que deveria dizer. — Eu não estava lá e não sei o que realmente aconteceu.

Soava tão exagerado aquele rosto e, acima de tudo, aqueles gestos, além daquelas palavras tão cuidadas e polidas. Julio provavelmente era um gênio da comunicação.

— Olha, senhor León. Deixe este motorista humilde dizer-lhe sua visão subjetiva dos fatos. Dado que sou uma parte teoricamente interessada, embora nada esteja mais longe da realidade, você terá que contrastar o que você vai ouvir com os relatórios policiais. Mas não se esqueça que sou o principal... melhor dizendo, a única testemunha que pode verificar o acidente.

— Eu entendo. Vá em frente, por favor. — Isidro não deixou seu espanto com aquele excesso de cuidado transparecer. E havia algo familiar, mas não conseguia decifrá-lo.

— De qualquer forma, eu estava a maior parte da tarde em um dos meus locais de La Orotava, como a polícia pode facilmente verificar (apesar de isso ser irrelevante), e dirigia pela estrada local para acessar a Autopista del Norte. Aí vem a parte mais triste, senhor. Você vai entender. Minha principal aflição deriva do fato de que o atropelamento podia não ter ocorrido, isto é, poderia ter sido evitado.

— Explique-se, por favor. Não faça tantos rodeios — desesperou-se Isidro.

— Sinto muito sobre esse excesso de prosa, mas é um feio costume meu. Enquanto estava dirigindo, eu queria ouvir música. Meu carro tem um desses dispositivos de leitura de MP3 e, como normalmente uso o rádio, não tenho CDs.

— Você está insinuando que começou a remexer no porta-luvas e seu carro foi andando sozinho? — A agressividade de Isidro, que aos poucos surgia, era evidente.

— Não, não, espere, não é isso. Eu parei o carro. Eu nunca procuraria coisas no porta-luvas enquanto dirijo, garanto. O que eu quero te dizer é que, quando eu parei para procurar a música, pouco antes daquela maldita curva, sua esposa passou pelo meu carro. Ela me ultrapassou. Pelo menos, eu acho que sim. Eu estava entretido no porta-luvas, mas agora, com o passar das horas, tenho uma vaga lembrança de ter visto alguém passar andando. As circunstâncias terríveis são o que me faz pensar que era ela.

— E... o que isso tem a ver com a sua...? Como você chamou? Aflição? — Isidro estava desesperado.

— Se eu não tivesse parado o carro, eu não a teria atropelado. Você não acha, Sr. León?

O tom de Julio tornou-se um pouco mais irreverente, o que não correspondia às suas formas (até agora) impecáveis. Muito calmamente, e direcionando a Isidro um sorriso inescrutável, ele tirou o paletó e abriu-o no braço da poltrona ao lado do dele.

— Você quer tomar um café? Eu o convido, tenho dinheiro — disse ele, tirando uma carteira do bolso e mostrando a Isidro como se quisesse reforçar sua reivindicação. As palavras e os gestos de Julio pareciam desconexos.

— Não, por favor. Eu te imploro: continue.

— Pouco mais a dizer. Eu me entretive por um tempo com o álbum, selecionando uma música. Eu coloquei a música "El atropello", do grupo de rap cubano "Los Aldeanos". Muito apropriado, certo?

Ele estava ouvindo bem? Não tinha Isidro despertado do sonho? A história soou absurda. Uma súbita sensação de náusea e tontura invadiu o professor. Tudo ao seu redor deu voltas e voltas. Julio continuou com sua façanha.

— Eu percorri a estrada e, depois da curva, não vi nada. Ela não tinha colete refletor. Eu andava quase no meio da estrada. No começo, eu não sabia por quê, mas depois os vizinhos me explicaram e me mostraram que não havia meio-fio. Talvez você possa tirar proveito econômico denunciando o departamento de Obras Públicas, sr. León. Você sempre tem que olhar para o lado positivo das coisas. Eu te apoiaria!

— Do que diabos você está falando? Parece que não coordena bem o que diz! Você tem bebido? Você fez o teste do bafômetro na noite passada? — Isidro chegou a pensar que, talvez, o homem pudesse ter algum distúrbio bipolar.

— Senhor León, é evidente que a Guarda Civil me fez o teste. Você deve saber que essa é a obrigação deles. Garanto-lhe que tudo o que eu disse está correto. Se desejar, posso desenvolver as questões que não ficaram claras em minha história. Eu entendo seu nervosismo. Eu o perdoo por me chamar de bêbado, não se preocupe com isso.

— Eu não me preocupo com isso! E vou te dizer o que não ficou claro para mim! Você está louco e tenta caçoar de mim? — perguntou um Isidro cada vez mais irritado. Esse cara parecia um verdadeiro torturador, que passou de excessiva gentileza e teatralidade para um tipo mais amargo. Sim, é isso! Um sádico!

— Por que me pergunta essas coisas? Isso é incoerente. Vou culpar o seu estado emocional — respondeu Julio.

— Peço-lhe, por favor, que vá embora.

Agora o professor elevou seu tom excessivamente e as duas pessoas no final da sala olharam para ele.

— Você está muito chateado. Como está sua esposa?

— Isso não é problema seu! Ou se retire daqui ou eu ligo para a polícia — disse Isidro.

— A polícia? E o que você vai dizer? — Julio mostrava agora uma agressividade totalmente oposta à sua atitude anterior. Sua metamorfose estava chegando à fase final. O contra-ataque ameaçador pegou o professor de surpresa. Ele falou em voz baixa, como se quisesse certificar-se de que os que estavam no fundo da sala não o ouvissem.

— Vá embora, por favor. Deixe-me com a minha dor — implorou Isidro, sem forças. A discussão não levava a lugar algum. Eles se veriam logo no tribunal.

Foi quando Julio decidiu atirar.

— Você tem investigado o passado. Fez muitas perguntas e sua esposa quase morreu, mas ela ainda está viva e você também. Deve se considerar afortunado depois de tudo. Pelo menos, se deixarmos as coisas como estão...

Depois de pronunciar essas palavras arrepiantes, Julio esticou a mão provocativamente em uma tentativa gestual ridícula de selar um pacto.

Encurralado no ponto limite da sanidade, Isidro explodiu. Primeiro explodiu por dentro. Era como se uma praga de neurônios radioativos explodisse dentro da cabeça. Aquele homem estava realmente aludindo ao que lhe parecia? Salka? Aquela carta infernal de 13 anos estava tomando a vida de sua esposa? Não! A carta não havia tirado nada dele. Ele não podia culpar Salka pelos atos de uma pessoa insana. Foi Julio, e não Salka, que atropelou Marlene. Depois de chegar a essa conclusão, explodiu. Ele comprimiu toda a sua raiva e depositou-a no braço esquerdo. Ele o levantou, o cotovelo para trás e, com toda a força que tinha, projetou-o brutalmente contra o rosto de Julio. Seu braço atingiu todo aquele sorriso estúpido e zombeteiro. Seus dedos explodiram, mas ele não sentiu dor.

Julio esperava ansiosamente pelo golpe. Ele foi jogado para trás e seu septo nasal foi quebrado. O sangue escorria abundantemente do nariz e da boca. Algum dente foi perdido, mas valeu a pena. Ele riu de Isidro e concedeu-lhe este pequeno triunfo de seus instintos mais primitivos. Ele gostava de saber que o professor estava queimando no submundo.

A enfermeira-chefe correu para a sala de espera, alertada pelos gritos das testemunhas. Quando ela chegou, Isidro arrastou o corpo de Julio pelo chão, tentando levantá-lo para derrubá-lo novamente.

— Por favor, pare! Liguem para a segurança, rápido! — gritou a enfermeira.

A mulher agarrou Isidro pelos ombros e ele reagiu dando-lhe um forte empurrão que a fez cair. O professor não atendeu à consciência. Ele olhou de lado para a enfermeira, que tentava se levantar enquanto o peso arrastado de Julio a atrapalhava, mas sua prioridade era aquele desgraçado. Ele estava disposto a matá-lo, mesmo que tivesse que pagar por isso com sua vida. Agarrou-o pela lapela e tentou levantá-lo, mas pesava mais do que ele. O dr. García, Chefe do Serviço da UCI, entrou na sala.

— Mas o que está acontecendo aqui? Quem o deixou entrar? Merda! Quem permitiu que ficassem sozinhos? Chega, sr. León!

Isidro empurrou a cabeça de Julio contra o chão e o soltou. Não conseguia mais lidar com ele, e o médico o interrompera.

— Ele é um assassino! Ele atropelou minha esposa! Ele tentou matá-la! — gritou, dirigindo-se ao médico. Então, se virou para Julio, que estava tentando se levantar, e se jogou de cabeça como um tiro contra ele. O sádico, com o rosto cheio de sangue, cobriu-se com as duas mãos para se proteger.

— Eu vou te matar, seu filho da puta!

Naquele momento, alguns membros da equipe de segurança do hospital chegaram. Eles separaram Isidro, que socava os antebraços de Julio com os punhos, e o seguraram com firmeza.

— Eu vou matá-lo! Deixem-me, seus idiotas! — gritou, enlouquecido. O dr. García ficou totalmente impressionado com a reação desproporcional.

— Foi minha culpa, doutor — disse Julio ofegante. — Eu só queria me desculpar e não medi bem as possíveis consequências de minhas ações. No começo tudo parecia bem, mas, de repente, ele correu para cima de mim e me agrediu. Embora eu entenda perfeitamente a sua situação, talvez eu reagisse da mesma forma, a gente nunca sabe.

— Eu juro que vou te matar! — Isidro tentou se livrar dos dois guardas, mas era impossível.

Duas enfermeiras cuidaram de Julio no chão e o ajudaram a se levantar.

— Você vai ter que passar pela área de emergência, senhor. Certamente eles têm que operar o septo nasal. Se quiser, ligaremos para a polícia agora para registrar a reclamação. — A enfermeira-chefe parecia ansiosa por justiça.

— Não. Eu não quero denunciá-lo. O pobre tem o suficiente nas mãos, com a infelicidade do acidente. Para ele, sou o único responsável, e isso é compreensível. Ah! Eu acho que eles vão ter que me dar um analgésico com urgência.

O professor continuou xingando e tentando escapar das mãos dos seguranças. Até as veias do seu pescoço tentaram agarrar Julio quando ele passou ao seu lado com uma das enfermeiras.

— Você cometeu um erro me dizendo a verdade. Não vou parar até acabar com você — ameaçou Isidro, com uma voz que mostrava uma calma que ele não tinha, para tentar intimidar.

— Sr. León, se você não se acalmar, não terei escolha a não ser pedir para que saia do hospital. E não acho que queira dizer adeus às visitas a sua esposa antes mesmo da primeira. — Desta vez foi o dr. García que ameaçou.

Ele sabia que o médico estava certo. Se continuasse com essa atitude, só pioraria as coisas. Não sabia como explicar ao médico o que estava acontecendo. Talvez pudesse ir à polícia, mas não tinha provas para apoiar os fatos. Ele se imaginou dizendo a verdade. "Recebi uma carta de 1997. É um jogo de palavras cruzadas e o resolvi com as letras das minhas músicas, entende? Aqui diz 'imigrante' e aqui 'ilegal', e eu tenho uma música chamada 'Imigrante ilegal'! Alguém agrediu a remetente da carta e, como eu estou investigando, eles tentaram me dissuadir atropelando minha esposa. Investigue o que o motorista estava fazendo no Natal de 1996 e que relação ele tem com Luis Figueruela."

Era tão absurdo que a ideia de buscar proteção na polícia foi descartada. O máximo que podia acontecer era eles acreditarem que havia ficado transtornado depois do acidente. A única coisa de que poderia acusar Julio, com alguma base (talvez), era a sua absurda imprudência. É o que seu advogado faria. Isidro só tinha um caminho. Havia dois, na verdade, mas o primeiro deles, esquecer todo o caso de Salka, era o que Julio queria. O motorista havia cavado uma cova: a dele ou a de Isidro. Não havia como voltar atrás. Ele ia chegar ao fundo desse mistério mesmo que morresse tentando.

Aquele homem louco tinha estragado tudo. Mas por quê? Bastava atropelar Marlene, e ele teria abandonado a busca por Salka, já que sua vida estava arruinada. No entanto, Julio o provocara, voluntariamente se entregara. Por quê? Havia apenas uma resposta possível: porque era um sádico safado. Alguém que gosta de aterrorizar as pessoas. Alguém que se orgulha da dor e do infortúnio dos outros.

Uma vez calmo, ele pediu desculpas ao dr. García e prometeu que algo assim não aconteceria novamente no hospital. O médico aconselhou-o a descansar por algumas horas e Isidro concordou. Os agentes de segurança se retiraram após avaliar a falta de risco, mais pela ausência do (agora) paciente do hospital, Julio, do que por confiar em Isidro. O professor deixou a sala de espera asfixiante e foi até a máquina de café no corredor. Precisava clarear a mente um pouco para poder dirigir. Ele colocou um euro, apertou o botão "Sem açúcar" e depois o botão "Café longo". Mas a máquina fez um barulho estranho e começou a cuspir um café sem copo. Tampouco devolveu o dinheiro.

— Maldita seja você também! — gritou, dando um chute e fazendo a máquina tremer. A enfermeira-chefe chegou alertada pelo barulho.

— Senhor León, se não se controlar, terei que notificar o pessoal da segurança novamente. Vou informar a gerência do hospital sobre o seu comportamento.

Retirou-se sem se dirigir à injusta vítima de sua ira. Quando ele deixou o Hospital Universitário das Ilhas Canárias, lembrou que não precisava de um café para despertar, porque não havia trazido seu carro.

Sua vizinha o havia levado para o hospital. Ele andou até o ponto de táxi e foi descansar.

ᔕ

No táxi, ele olhou para o relógio. Eram apenas 7h30 da manhã. Não passara mais de meia hora (e parecia-lhe uma vida) entre os dois "eventos raros": o aparecimento de Julio excessivamente eloquente, elegante e gestual e sua transformação no venenoso Julio, saturado de sadismo, que disparou para matar.

ᔕ

O jogo estava se tornando cada vez mais perigoso, mas ele aceitou o desafio. Talvez Marlene nunca saísse do hospital. Nesse caso, ele não tinha nada a perder. Ele ia com tudo e nem pensou em se proteger. "Pobre de quem tentar me impedir!", pensou.

DISTRIBUIÇÃO GAMA

Capítulo 20

Refere-se ao tempo decorrido até a enésima ocorrência em um processo de Poisson.

Ele retornou ao HUC por volta das 11h30 da manhã. Antes de tentar descansar, sem muito sucesso, tomou banho e fez um acordo com a vizinha para ajudar com as questões domésticas pendentes.

— Eu realmente sinto muito, Isidro, de verdade — dissera Joana, a vizinha, com os olhos lacrimejando e apertando as próprias mãos.

Mais tarde, ele ligou para seu advogado e tentou explicar-lhe a verdade em pinceladas, mas no meio da conversa percebeu que parecia ridículo. O advogado só simpatizava com Isidro por causa de sua perda de bom senso. Precisamente ele, que era um exemplo de prudência, objetividade e equilíbrio, estava se comportando como imprudente, subjetivo e desequilibrado aos olhos de qualquer um. Mudou sua estratégia e limitou-se a contar ao advogado a parte referente ao abuso. Ele mesmo lidaria com a ficção científica.

Pedro e seus pais já estavam no hospital. Antônia lançou-lhe um solene olhar acusador por chegar tão tarde.

— Não há notícias sobre o coma — explicou Pedro. — A médica que nos informou entende que isso não é uma má notícia. Ela disse que, antes, eles falavam de um estado crítico, e agora de estado grave. Aparentemente, "grave" é menos preocupante do que "crítico". Isso é o que eu entendi, Isidro.

— Não podemos vê-la? — perguntou esperançosamente.

— Sim, você pode vê-la só por um momento. Nós já fizemos isso. Olhe... você pode ficar um tanto impressionado... ela está entubada e... agora que o médico está com ela, você pode entrar rapidamente.

A entrada na sala da UTI onde Marlene descansava foi ao mesmo tempo recompensadora e deprimente. Ele estava preparado para tudo, e vê-la em um respirador, cheio de cabos com ventosas na pele, não foi tão duro quanto pensava. O mais impressionante era a extrema rigidez de seu corpo, a posição da cabeça (puxada pela ação de um colar em volta do pescoço) e os olhos fechados. Eternamente fechados.

— Você vai sair dessa — sussurrou em seu ouvido, esgotando a baixa possibilidade de ela ouvir.

Isidro se aproximou do corpo da esposa, inclinou-se para a frente e levou a boca à mão esquerda. Então ele beijou as pontas de cada um dos três dedos médios daquela mão. Era um costume afetuoso e familiar, o mais sentimental, que ele repetia todas as manhãs quando acordava ao lado dela. Com isso, pronunciou as rotineiras palavras mágicas daquele ato.

— Onde seus sonhos forem projetados, lá chegarei.

Ela não respondeu "e lá eu vou esperar por você" para concluir o ritual. Isidro começou a chorar inconsolavelmente.

Tal como a distribuição gama, a nova vida de Isidro modelou variáveis que descreviam o tempo decorrido até que "n" sucessos raros ocorressem. Só que, na Estatística, "n" são os mesmos sucessos raros, enquanto nas experiências de Isidro eram muitos e diferentes. Relacionados, sim, mas diferentes. Entre o primeiro e o último destes sucessos estranhos, ou seja, entre o recebimento da carta (quarta-feira, 3 de novembro, no município de Arona) e o atropelamento de Marlene (na noite de 23 de dezembro), o tempo decorrido foi de exatamente 50 dias. Alguns meses antes, ao navegar na internet, o professor tinha lido (em https://www.abc.es/ciencia/cometa-explota-cada-dias-201009150000_noticia.html) que haviam descoberto um cometa entre Júpiter e Saturno que passava a cada 50 dias. É assim que Isidro se sentiu, como se, em menos de dois meses, um cometa tivesse truncado sua vida duas vezes.

Os quatro membros da família passaram o resto do dia no centro hospitalar. Ninguém queria ir para casa. Esta véspera de Natal eles compartilhariam com ela, pelo menos fisicamente. Almoçaram juntos no refeitório do prédio e houve uma certa abordagem afetiva, motivada pelas circunstâncias, entre os pais de Marlene e Isidro. O professor não pensou em Julio, nem em Luis, nem em Salka. Haveria tempo para isso. Agora, ele tinha que estar lá, confortando os pais de Marlene, seu irmão e si mesmo.

Depois do almoço, eles tiraram vários cochilos, continuamente interrompidos por telefonemas na sala que trazia de volta memórias tão ruins para o professor de Estatística. Durante a tarde, a procissão de visitas começou. Eram realmente visitas à família, porque Marlene não podia ser incomodada. Isidro achava que as pessoas não se importavam em seguir esses costumes sociais arcaicos. Será que eles não percebem que no dia seguinte a um infortúnio os mais próximos da vítima não precisam de consolo, porque não ajuda em nada, mas sim de descanso?

Eles definitivamente tinham que esquecer o desejo de dormir. À noite, jantaram em silêncio alguns sanduíches. Era véspera de Natal, mas não havia nada para comemorar. Na lanchonete, havia alguns funcionários, parentes e até mesmo pacientes, desejando um ao outro um Feliz Natal. Quase todos sorriam, mas sem excesso. Todos ali tinham tato suficiente, adquirido com a experiência de ficar em um hospital, de modo a não contrapor a sua alegria com a tristeza e a desgraça dos outros. Aqueles outros, neste momento, eram Antônia, Arturo, Pedro e Isidro. Entretido ao observar esses rostos anônimos, o professor tolerava melhor o sanduíche de frango enjoativo que comia.

Os dias seguintes passaram praticamente da mesma forma, sem qualquer alteração na evolução do coma. As únicas notícias esperançosas, por conta dos achados radiológicos, eram que, se saísse do coma, Marlene provavelmente não precisaria usar uma cadeira de rodas pelo resto de seus dias. Ela teria que passar por uma reabilitação muito rigorosa, intensiva e bastante lenta. Ter paciência era a chave, eles disseram. Eles também removeram a gola do pescoço.

Na tarde de segunda-feira, 27 de dezembro, ele recebeu uma visita agradável. Era Dora, a porteira do prédio onde moravam, em Arona. Aquela mulher, com feições faciais marcadas, agora parecia um anjo para os olhos conformistas e agradecidos do professor.

— Olá, Dora. Obrigado por vir.

— Olá, querido. Como está?

Dora passou alguns minutos no quarto onde Marlene estava e voltou chorando para a sala de estar.

— Espero que esteja rezando muito por ela. Eu faço isso desde que descobri o que aconteceu. Nós temos que ajudá-la, juntos.

— Eu agradeço, Dora, embora eu não seja crente, e não creio que a oração sirva muito. Sou professor de Estatística e acredito mais no acaso.

— Você não deveria falar assim, pode receber uma punição terrível. Papai do Céu é onipotente e ele está te ouvindo.

— Desculpe, Dora, mas tenho minhas próprias ideias.

— Que ideias? Você não acredita em Deus? De verdade?

— Se quiser, posso lhe contar minha teoria. Eu a chamo de "teoria de Sancho Aranda".

Isidro não queria torturá-la com seus cruéis argumentos estatísticos que, segundo ele, eram inapeláveis. Dora não merecia isso. Mas ela não era uma mulher sem cérebro. Ele a via como uma pessoa de inteligência aguda, que poderia ter ido mais longe na vida se tivesse se dedicado a isso, ou se as circunstâncias tivessem sido mais favoráveis. Portanto, achava que era seu dever aplicar um pouco de lógica à mente sempre borbulhante de Dora. De sua lógica, claro. Isidro tinha o hábito indecente de doutrinar qualquer crente no ateísmo.

Sancho Aranda era um gênio da magia, basicamente de magia de cartas. Sua popularidade atual devia-se, em grande parte, a seus dons de entreter enquanto praticava suas ilusões, com um senso de humor bastante irônico e afiado. Ele trabalhou semanalmente em um programa de televisão que liderava o público naquele horário, e isso o ajudou a se manter no centro das atenções. Em seus números, ele sempre usava um escandaloso maiô feminino de competição, em cada show uma cor diferente.

— Sancho Aranda? O Ilusionista? Você acredita que Jesus Cristo é uma ilusão? — perguntou Dora, confusa.

— Algo assim. Bem, mais como um ilusionista. Se Sancho Aranda fosse viver naqueles tempos, digamos... alguns anos depois da morte de Jesus Cristo, ou mesmo como seu contemporâneo, a história poderia ter mudado. Sancho Aranda aterrissaria entre essas mentes primitivas e supersticiosas e causaria estragos. Começaria a tirar coelhos da cartola, mesmo que não usasse chapéu, faria todo mundo ficar doido ao misturar cartas do baralho dele, pegando ases daqui, reis de lá... isso deixaria todo mundo de boca aberta!

— Suponho que sei aonde você quer chegar, mas as pessoas não eram tão primitivas quanto pensa.

— O que eu acho, Dora, é que o estupor seria tão grande que os fatos trariam consequências decisivas para a humanidade. Soltar um três de copas na mesa virado para baixo, levantá-lo, e vê-lo se transformar num sete de espadas, superaria a conversão ou a multiplicação (não sei qual, nem me importa) de pães e peixes.

— O que isso tem a ver com minhas crenças?

— Bem, se as coisas tivessem acontecido assim, uma bíblia teria sido escrita sobre a vida de Sancho Aranda, e não sobre Jesus de Nazaré. Então, quando você entra em uma igreja, em vez de Jesus Cristo, você encontraria Sancho Aranda crucificado em um maiô de mulher. E, o que é mais curioso, nem parece grotesco! Então, os milagres viriam. As aparições de Sancho Aranda. Pessoas afirmando com os braços estendidos em oração: "Sancho Aranda apareceu para mim com um maiô de púrpura brilhante, com o cabelo molhado como se tivesse acabado de nadar na piscina."

— Eu acho que você está blasfemando, Isidro. O que você diz só pode ser por conta da tragédia que está passando — tentou justificar aquela boa mulher.

— Não é só por essa tragédia. A vida é uma piada chula. É injusta e absurda. Eu poderia falar sobre uma mulher norte-africana que conheci há algum tempo, cujo único crime neste mundo foi nascer no lugar errado. Ela tentou penetrar no paraíso das oportunidades, e lá ela encontrou apenas desprezo e oposição inflexível à sua tentativa de ocupar um espaço insignificante que ninguém mais queria. Talvez Salka tenha morrido por conta de uma agonia tão bruta quanto as da Bíblia — falou Isidro quase para si mesmo.

— Você disse Salka? Eu também conheci uma Salka. Você por acaso se refere à menina negra que morou em Arona há 15 anos? — perguntou Dora.

A adrenalina do professor disparou sem aviso prévio. Dora conheceu Salka! Como não pensou nisso antes? Ele tinha pesquisado sobre ela na universidade, mas não no lugar onde ela morava. Ele sabia que ela tinha sido sua vizinha. No mínimo, pegava o ônibus até a parada mais próxima do prédio onde morava e onde Dora ainda estava trabalhando.

— Você a conhecia, Dora?

— Sim... se estamos falando da mesma pessoa. Ela era minha vizinha. Você sabe que eu moro a algumas ruas do trabalho. Ela ficava em um apartamento alugado no 3B, e nós moramos no 3D. Isto é, na porta da frente.

Por "nós", Dora quis dizer que vivia com sua filha, Gloria, a quem Marlene e ele, naqueles anos, convidaram para um café, mais de uma vez, quando a viram na entrada do edifício à espera do término do turno de Dora. A porteira nunca se casou nem se juntou com o pai de Gloria nem ninguém. Gloria era uma jovem que estudava Medicina na época. Quando Marlene e Isidro estavam em Arona, em novembro passado, Dora lhes disse que sua filha tinha abandonado os estudos. Agora estava trabalhando em um salão de beleza em Los Cristianos na zona turística e costeira de Arona.

— O que você lembra da Salka? Sabe se ela teve algum problema? Eu gostaria de saber quando ela saiu de Tenerife — perguntou esperançoso.

— A verdade é que faz tanto tempo que não me lembro muito dela. Eu sei que alguma coisa grave aconteceu, mas naquele tempo eu passei um longo tempo no hospital por causa de um câncer de mama, você se lembra? Minha cabeça estava focada nos meus problemas. Sei que eu ouvi coisas sobre Salka... mas não posso te dizer ao certo, me desculpe.

— Suponho, Dora, que você talvez conheça alguém em seu prédio, ou que conheceu Salka, que possa me dar essa informação. Pode parecer estranho o meu interesse, mas ela foi minha aluna, e a faculdade quer saber o que aconteceu com ela.

Foi a enésima mentira de Isidro, que, qualquer um diria, não gostava de mentir. Mas esse era um jogo perigoso que ele tinha que jogar sozinho. Não iria envolver mais ninguém.

— Claro. Sei exatamente quem pode ser. Salka e ela quase todas as noites se reuniam em seu apartamento e contavam segredos uma a outra. Elas eram boas amigas.

— Pode entrar em contato com essa pessoa? Passar o telefone dela? — perguntou o professor animadamente.

— Não acho que vai ser necessário. Vou dizer a ela para vir aqui falar com você. Dessa forma, ela também pode orar por Marlene.

— De quem você está falando?

— De minha filha. Gloria.

Era hora de repor as energias. Ali, sentado o dia todo, não era útil para ninguém. Marlene não recuperaria a consciência por causa de sua presença ou ausência. Tinha que retornar ao assunto da carta. A pista que Dora lhe deu o animou. Com todo o tempo do mundo para pensar, ele tentou reciclar e classificar as informações.

Faltava uma palavra nas palavras cruzadas, "o elo mais fraco". Havia quatro nomes: Mauro, Edu, Gérmen e Amanca. Quem era Edu se ele não era estudante? Ele não sabia o papel desempenhado por Mauro em tudo isso, mas suspeitava que ele e Salka haviam tido um relacionamento. Tudo isso foi derivado da carta de Salka. Além da carta, havia outros parâmetros misteriosos que não sabia como encaixar. Basicamente, causavam surpresa as curiosas reações dos colegas de classe de Salka. Por um lado, Javi, o professor "sedutor" de Economia da Saúde, tinha sido bastante evasivo quando Isidro o questionou. Ele deu a entender que Salka foi assediada porque merecia. E tinha a Sara, esposa de Luis, mas seu comportamento tinha a ver com a decepção com seu marido, não com a questão de Salka. A princípio, foi excluída de qualquer suspeita. Também tinha falado com Rosa, a crente fanática, com quem ele havia sido rude, mas que, ainda assim, foi a pessoa que o havia trazido mais informações. Paradoxos da vida.

Intencionalmente, deixou um nome para o final. Na verdade, dois nomes. Ia começar por aí. O enlouquecido Luis Figueruela. A única pessoa (exceto Marlene) com quem tinha falado diretamente sobre a carta, Edu e Gérmen. A única pessoa que havia advertido e ameaçado Isidro. A única pessoa que poderia contratar um assassino chamado Julio para intimidá-lo ou tirá-lo do caminho, arrancando do seu lado quem ele mais amava neste mundo: Marlene. Figueruela não era, obviamente, o elo mais fraco da cadeia.

DISTRIBUIÇÃO NORMAL

Capítulo 21

A distribuição normal é, sem dúvida, a distribuição de probabilidade mais importante da Estatística. Muitas medidas de dados reais abordam isso.

O Dia dos Santos Inocentes foi escolhido para fazer a visita a Luis Figueruela. Ele soube que tiveram que operar o septo nasal de Julio, mas não sabia se lhe haviam dado alta ou não. Agora isso não era uma prioridade. Tinha a firme intenção de investigar a verdade sobre aquela festa anterior ao Natal de 1996, e, enquanto isso, apaziguaria seus sentimentos de raiva, tanto quanto possível.

Durante a noite, ele tentou fazer um verdadeiro "exame de consciência" junto com um "propósito de emenda". Eram alguns dos poucos conceitos cristãos de que se lembrava do seu tempo como um jovem adolescente praticante, uma declaração de princípios necessários para a confissão, sobre a qual recitava o catecismo: "exame de consciência, dor pelos pecados, propósito de emenda, dizer os pecados ao confessor e cumprir a penitência." Agora, paradoxalmente, Isidro pegou a poesia para aplicá-la à própria carne.

Seu "exame de consciência" consistia em analisar racionalmente seu comportamento nas últimas semanas, mas principalmente como a raiz do acidente, ou melhor, da tentativa de assassinato. Ele tinha que aprender com os erros que cometera, especialmente o espetáculo embaraçoso que estrelou no hospital, onde estava agora, ao atacar ferozmente Julio e agredindo uma enfermeira no processo. O "propósito da emenda" era sua determinação de "nunca mais pecar". Ele tinha que considerar seriamente o autocontrole, não cair em seus instintos primários. Não por motivos de arrependimento, que não existia. De fato, ele havia voluntariamente pulado a "dor dos pecados". Fazia isso porque tinha que ser muito cauteloso e agir com inteligência. E aquela não foi uma maneira muito inteligente de abordar a questão.

Pelo menos, o sistema de turnos e a relação com seus sogros estavam funcionando. À noite, ele ficava no hospital, e as tentativas de descansar em poltronas desconfortáveis em uma sala especial, na ala adjacente de oncologia, tinham sido mais ou menos gratificantes. Ele sonhava com o passado, quando dividia o apartamento alugado em Arona com sua recente namorada. Tinha sido muito difícil combinar as últimas turmas da sua carreira com essa lua de mel particular, nesses meses iniciais de convivência incerta, nos quais o coração impede de ver além da fantasia e da alucinação emocional. No sonho, Dora lhes pedia, da porta da frente do apartamento, o favor de entreter sua filha até que ela saísse do trabalho. Então, a porta se fechava e abria em menos de um segundo e surgia a silhueta de Gloria (transformação digna dos melhores truques de Sancho Aranda). Gloria entrava no apartamento e atrás dela vinha Salka, tímida, retraída, resignada, esperando ser convidada para entrar ou ser expulsa. No sonho, Isidro achava que estava resolvendo um dos maiores enigmas daquela confusão. Ele estava prestes a fechar a porta para impedir que a ladra entrasse, mas Marlene o impediu e deixou-a passar. Salka olhou para o professor com uma expressão triunfante e foi direto para seu escritório. Procurou em todas as gavetas até encontrar as músicas e correu com elas do apartamento. Isidro não pôde fazer nada para impedi-la.

— Bom dia, Isidro. Você dormiu bem? — A voz de seu cunhado o trouxe de volta à realidade. Já passava das oito da manhã e ele tinha que passar em casa para tomar um banho antes de seguir para as dependências do império Figueruela.

A sede da Doble Virtual Operativo Informático (VOI-VOI), a empresa de que Figueruela era CEO, ocupava todos os andares de um edifício na avenida Tres de Mayo, em Santa Cruz de Tenerife. O edifício tinha duas frentes, uma voltada para a dita avenida e a outra voltada para a traseira e incipiente rua Álvaro Rodríguez López. Era uma construção mais larga do que alta, com uma emaranhada rede de escritórios e várias salas que davam à empresa um ar de atividade incessante. Isidro havia entrado ali duas ou três vezes e, em uma das ocasiões, até conversara com Luis Figueruela em seu escritório sobre um assunto profissional.

O professor entrou no elevador e apertou o botão do sexto (e último) andar. Ao sair, encontrou um amplo corredor que dividia as salas superiores em cinco seções. No final deste, no alto do Império VOI-VOI, onde não podia entrar, atravessou uma porta de vidro e tocou a campainha. Ele estava em um grande salão todo coberto por um carpete cor de terra queimada. As grandes janelas estavam parcialmente cobertas com venezianas entreabertas que combinavam com o carpete. No balcão da sala, uma secretária olhou para ele. Ela não era uma mulher muito atraente, mas elegante, sobretudo graças ao gosto cuidadoso na escolha de roupas que usava. Tinha cerca de quarenta anos de idade.

— Bom dia, senhorita. Eu gostaria de falar com o sr. Figueruela.

— Seu nome, por favor?

— Isidro León.

A secretária consultou uma lista que estava em sua mesa, olhando para cima e para baixo, mas não encontrou o nome.

— Sinto muito, sr. León. O senhor tinha marcado uma reunião?

— Não. Eu vim sem avisar. Não me diga que é impossível ele me atender. Tenho certeza de que ele terá um tempinho para mim.

— Bem, receio que não. O sr. Figueruela está preparando uma reunião para o Conselho de Administração para amanhã e deu ordens expressas de que não deveria ser perturbado sob quaisquer circunstâncias.

Isidro deu àquela mulher eficiente um sorriso largo e sarcástico.

— Bem, eu trago uma circunstância que me permite perturbá-lo. Diga-lhe que Isidro León está aqui.

— Como eu disse, sr. León, se seu nome não está na lista, terá que marcar um horário e voltar depois. Se quiser, vou anotá-lo na agenda. Vamos ver, o que acha da semana que vem?

O soco violento que o professor descarregou no balcão interrompeu abruptamente o discurso da secretária. Mas, longe de estar com medo, que era o que Isidro queria, ela continuou falando com o mesmo tom profissional.

— Receio que vou ter que chamar a segurança agora — disse, e pegou o telefone.

Isidro, vendo que por esse caminho não ia conseguir nada, se debruçou sobre ela e apertou o botão para cortar a comunicação.

— Espere um momento, por favor! Ok, vamos fazer uma coisa. Você transmite a mensagem para Luis e, se ele não quiser me encontrar, eu prometo que vou embora sem fazer qualquer escândalo.

A secretária observou o professor de perto. Ela achou curiosamente suspeito que ele tivesse se referido a Figueruela de maneira tão informal, mas não comentou nada. Aquele indivíduo parecia tremendamente nervoso, mas também muito seguro de si mesmo.

— De acordo. O senhor pode esperar aqui e eu levarei a mensagem.

— Bom. Anuncie Isidro León. Diga que o sr. León não vai sair sem falar com ele ou, caso contrário, contarei para alguém da empresa, como para a sua secretária, a história de Salka. E diga a ele que vou contar tudo com detalhes. — Jogou com a vantagem de que Luis não sabia que ele desconhecia a misteriosa história por trás da norte-africana.

Sem dizer uma palavra, a secretária de Figueruela levantou-se e foi até uma enorme porta de madeira maciça esculpida à mão. Ela tocou a campainha e a porta se abriu eletronicamente. Entrou na sala e fechou a porta novamente. Isidro tentou pensar rapidamente em como abordar a conversa. Ele havia tentado se preparar psicologicamente para não estragar tudo, mas agora estava convencido de que seus nervos e sua raiva iriam traí-lo.

— Foda-se o propósito da emenda! — disse suavemente.

Quase um minuto depois, a secretária saiu e disse que ele podia passar. A mulher aguardou na porta até ele entrar e, quando Isidro passou, olhou-o de cima a baixo com um rosto sério. Uma vez lá dentro, Isidro tinha uma vantagem. Ele já estivera naquele escritório e sabia, porque Luis lhe dissera, que ele era à prova de som. Se Figueruela precisasse de ajuda, ele teria que usar o telefone. A secretária desavisada não ia saber (nem interromper) se a conversa aumentasse de tom.

— Olá, Luis. Aqui estou eu — apresentou-se o professor.

— O que você quer, Isidro? — A resposta foi ainda mais precisa.

— Eu vim para "dizer os pecados ao confessor", mas garanto que não pretendo "cumprir a penitência". Não eu, claro.

— Posso saber por que essa sua atitude? O que você está tentando tirar disso tudo? Se é uma piada, é hora de me dizer. Caso contrário, seja direto e me diga o que você quer.

Ele notou um certo medo em Figueruela. Medo de quê? Ele temia que o professor descobrisse algum segredo escandaloso de muitos anos atrás. O problema era que Isidro não sabia de nada e não podia reconhecê-lo, porque senão ficaria sem cartas na manga. Notou um abridor de cartas afiado na mesa do empresário. O resto do escritório não lhe interessava.

Ele só tinha olhos para Luis e seu abridor de cartas, já que o culpava pela situação de Marlene.

— Eu vou dizer o que quero. Eu quero sua confissão. Primeiro me conte tudo, com detalhes. Então vamos ver como proceder — disse, tentando imprimir um tom tão ameaçador quanto possível às suas palavras.

— Mas você está louco ou o quê? Quão importante é isso? Salka está morta, pelo amor de Deus! Não piore as coisas!

— Filho da puta!

Instintivamente, Isidro, com a imagem de Marlene morrendo em sua mente, se lançou sobre o abridor de cartas e o empunhou com fúria. Ele hesitou entre esfaqueá-lo brutalmente ou intimidá-lo até que o viu implorar. Contendo seus instintos, ele agarrou Luis por trás e apoiou a ponta da arma em sua garganta, pressionando-a contra sua pele.

— Ah! Espera, por favor! Não me mate! Eu vou te pagar o que você pedir! — implorou Luis.

— Você diz para eu não continuar fazendo mais estragos, filho da puta? Por que você tentou matar Marlene? — Isidro cutucou com mais força a ponta da adaga no pescoço de Luis.

— Do que você está falando? Quem diabos é Marlene? Eu não sei do que você está falando!

— Pare de mentir ou você vai sangrar mais cedo do que pensa! Você contratou um bandido para atropelar minha esposa!

Todo o seu corpo lhe pedia para atravessá-lo, para terminar com aquele pesadelo de uma vez por todas. No entanto, Isidro sentiu em Figueruela uma autêntica expressão de surpresa. Ele afrouxou a pressão do abridor de cartas e permitiu que Luis falasse.

— Ouça, Isidro, por favor! Eu não sei o que está acontecendo com você! Talvez... talvez você precise de tratamento psiquiátrico. Eu não sei o que está dizendo, não conheço sua esposa, e espero que o que você esteja dizendo seja loucura ou um mal-entendido. Eu nunca pensaria em contratar alguém para matar.

Sem Isidro perceber, Luis apertou um botão embaixo de sua mesa.

— Com quem você falou sobre Salka depois da nossa conversa? — perguntou Isidro, pressionando a ferramenta novamente.

— Que você quer dizer? Não sei a que se refere!

— Você conhece Julio, certo? Você o contratou! — insistiu Isidro, implorando por uma confissão.

Nesse momento, a porta se abriu violentamente. Quando se tocou, dois funcionários de segurança (novamente a segurança!) estavam apontando armas para ele. Um deles, pela abundância de tecido muscular que exibia e pela dureza de suas feições, parecia um verdadeiro gorila. Um sentimento de absoluta impotência percorreu o corpo do professor. O controle da situação, pelo menos no nível psicológico, não era mais dele.

— Ponha a arma na mesa bem devagar! — Gritou o guarda corpulento, usando um tom firme para intimidá-lo. Esse cara teve uma boa formação profissional para negociar em tais situações. As pernas do professor estavam tremendo e seu medo era evidente. — Exceto se você quiser se machucar, é claro!

Sem muita convicção e encurralado, Isidro tentou tirar proveito de sua posição. Embora soubesse que era um beco sem saída.

— Se vocês não baixarem suas armas e saírem da sala, vou furar as amígdalas dele. Ele sabe que eu vou.

Os funcionários da segurança não estavam dispostos a deixá-lo levar o bastão. O outro guarda interveio com um tom mais conciliatório.

— Senhor, não queremos que ninguém se machuque. Nem você. Pense que, se você prejudicar o sr. Figueruela, mesmo que seja um movimento mínimo de pressão contra o pescoço dele, seremos forçados a derrubá-lo. Mas, se você baixar a arma agora, amanhã verá um novo dia amanhecer.

Sabia que estava perdido. Não havia sentido em prolongar essa situação absurda. Tudo acabou. A polícia iria detê-lo e ele não poderia nem mais cuidar de Marlene. Desamparado, ele começou a chorar como uma criança e soltou o abridor de cartas. Sem tempo a perder, os dois seguranças o derrubaram no chão, imobilizando-o e algemando-o. A secretária, que estivera ouvindo parte da conversa, levantou a cabeça.

— Eu chamei a polícia. Eles devem estar prestes a chegar.

— Obrigado, Rebecca, você pode se retirar — respondeu Luis Figueruela.

Quando os seguranças iam tirar Isidro do escritório, Luis os impediu.

— Matías! Nacho! Um momento! — ordenou e fez sinal para que eles se aproximassem. Sem tirar os olhos do professor, eles foram até a área da escrivaninha e Figueruela falou para eles em voz baixa, quase em seu ouvido.

— Sinto muito, senhor, mas o que você está pedindo é impossível. — Isidro ouviu o musculoso "valentão". — Nossa obrigação é protegê-lo até a chegada da polícia. Nós poderíamos ter problemas.

— Confie em mim, droga! Sou eu quem paga seu salário e posso demiti-lo a hora que eu quiser!

— Negativo, senhor — respondeu o funcionário em tom marcial.

Mesmo o profissionalismo extremo tem um preço. Figueruela fez um gesto com o dedo indicador, levantando-o, e pedindo que esperassem um momento. Os dois homens se aproximaram. Luis abriu uma das gavetas da escrivaninha e retirou um pequeno cofre. Ele tirou uma chave do bolso do paletó, colocou-a em uma fechadura, digitou o código de abertura e gentilmente virou a chave. Uma vez que a caixa foi aberta, extraiu algo dela e a fechou novamente. Depois de devolvê-la na gaveta, estendeu uma nota de quinhentos euros para cada um dos guardas. O mais contido soltou um chiado quase imperceptível e uma ligeira expressão de surpresa. O homem musculoso nem sequer recuou. Ambos aceitaram a propina sem dizer uma palavra.

Isidro não ficou surpreso. O que proporia Figueruela? Por que ele não os deixou entregá-lo à polícia? Com verdadeiro terror, ele viu como aqueles animais vieram em sua direção e o ergueram no ar, cada um agarrando um braço. Em vez de retirá-lo de lá, fecharam a porta para evitar, possivelmente, a curiosidade de Rebecca.

— O que você está querendo, Luis? — perguntou Isidro, ainda trêmulo e com algumas lágrimas. Ele havia elaborado um plano para vingar Marlene e isso não o ajudara, só havia piorado tudo. Sua impotência era absoluta.

Os guardas retiraram uma das algemas e sentaram-no violentamente em uma cadeira. Então, eles passaram as mãos atrás do encosto e o algemaram novamente, para que ele não pudesse se levantar.

— Eu os avisarei para vir buscar o "pacote" quando eu terminar com ele — anunciou Luis.

— E a polícia, senhor Figueruela?

— Enrole-os. Conte que tudo foi um alarme falso. Um cliente um pouco alterado, mas que não aconteceu nada grave.

— Tudo bem — disseram em uníssono, e saíram, fechando a porta antes do estupor de Isidro.

— Bom, bom, querido Isidro! Agora você está desamparado, não é mesmo?

O professor temeu o pior. Ele supôs que Luis ia bater nele com selvageria enquanto estava imobilizado. Mas com que finalidade? Ele era outro sádico, como Julio, e estava tentando matá-lo? Seria capaz de matá-lo ali em seu escritório? Isso não fazia muito sentido. Talvez, simplesmente, ele ficasse feliz em lhe dar uma surra, e então os gorilas "se livrariam do pacote" em alguma lata de lixo. Outra possibilidade era que ele não o fizesse por prazer ou vingança, mas para assustá-lo. Só que ele já estava com medo o suficiente e não precisava de uma dose extra. Então, ele se tocou do quanto estava errado em suas suposições.

— Vamos ver. Você disse que Julio tentou matar sua esposa? Foi isso que você sugeriu para mim? — O professor ficou confuso com essa atitude questionadora. — Eu juro que não queria chegar a esses extremos. Mas você quem buscou isso. Se o que diz é verdade, as coisas já chegaram num nível que eu não tenho mais como controlar. Eu realmente sinto muito, se você não estiver mentindo para mim.

— Quem é Julio? — Se atreveu a perguntar Isidro e, imediatamente, percebeu que tinha estragado tudo. Mas Luis também sabia disso e não havia como voltar atrás.

— Isidro, não sei o quanto você sabe sobre esse assunto. Eu não sei se é muito, um pouco ou apenas um tiro cego. Alguém lhe disse para me perguntar sobre Salka e você não sabe do que se trata?

— Eu só quero saber a verdade. — Ele havia arruinado todas as possibilidades de conseguir informação.

— A verdade? Que verdade? — Enquanto falava, Figueruela apertou com força o pescoço no ponto em que Isidro havia pressionado o abridor de cartas. Havia uma pequena ferida, mas nem mesmo sangue saía dela. A ponta estava menos afiada do que parecia. — Ouça, Isidro. Se Julio entrou nessa e você realmente aprecia sua vida e a de sua esposa, esqueça completamente esse assunto. E se tiver a chance, deixe clara sua determinação de abandonar esse caso para Julio. Se você quiser, posso cuidar disso.

Com isso, Luis acabara de confirmar que conhecia Julio. Certamente tinham falado sobre Salka, e Luis, segundo ele mesmo, não sabia que Julio havia atropelado Marlene. Era possível. A menos que eles estivessem jogando e dando uma de policial bom e policial ruim.

— Luis, eu não sei qual o papel que você desempenha nessa história, essa é a verdade. Se me contar tudo, talvez eu consiga entender.

— Você nunca saberá nada sobre Salka vindo da minha boca! — respondeu desconfortavelmente.

— Eu vou dizer o que vou fazer. Eu vou descobrir tudo, mesmo que isso me custe a vida. Agora tenho motivos pessoais. Minha esposa está morrendo no hospital. — O rosto de Luis se fechou instantaneamente.

— Eu repito: isso se tornou muito perigoso e, pelo seu bem, deve esquecer essa história.

— Quando eu descobrir o que você está escondendo, vou vingar Marlene e Salka. Então, você provavelmente vai se arrepender de não ter falado comigo agora, quando teve a chance. Será tarde demais, Luis. E, vendo você agora, tenho a impressão de que não conseguirá dormir mais até esse dia chegar.

Mais uma vez, o rosto de Luis era de puro medo, mas Isidro não conseguia entender *do que* ele tinha tanto medo.

— Como quiser, Isidro, estarei esperando por você. No entanto, com Julio envolvido, não acho que você viverá tempo suficiente para descobrir a verdade. Agora estou completamente calmo, porque percebo que você não sabe de nada. Eu não sei onde você conseguiu a pouca informação que tem, e essa fonte é a única coisa que me deixa desconfortável, mas acho que você não vai revelar isso para mim.

— Claro que não. O que vai fazer agora, Luis? Vai me denunciar? Você também pode me entregar a esses seus bandidos para me despedaçar e garantir que eu não cruze seu caminho novamente.

— Não vou denunciar você. Sinto muito pelo que aconteceu, juro. Quero que sua esposa melhore, e até gostaria de ajudá-lo se pudesse. Mas o que eu não posso tolerar é que você se intrometa na minha vida sem o meu consentimento. Se você tivesse mais noção, perceberia o quanto está me incomodando por causa de algo que não conhece e que faz suposições impiedosamente. E ainda mais por algo que aconteceu há catorze anos.

O empresário apertou o botão. Os funcionários de segurança entraram e levaram Isidro.

De volta ao hospital, que agora se tornara seu primeiro lar, Isidro tentou situar os personagens do jogo seguindo a distribuição estatística por excelência: a distribuição normal, simétrica e em forma de sino.

Na parte central da distribuição, onde a maioria dos valores estava localizada, estavam quase todos os colegas de turma da Salka. Eram pessoas que não tinham muito a ver com ela, nem por bem nem por mal. Estudantes para quem Salka passou despercebida e para quem ela era indiferente. Poderia estar, perfeitamente, Sara, a esposa de Luis. E talvez Javi, o promissor professor de Economia da Saúde.

Conforme a imaginação de Isidro foi em direção à ponta esquerda do sino, ele estava encontrando (cada vez menos) pessoas: aqueles poucos que, de alguma forma, intimidavam ou defendiam a africana. Cristina, Anita e Rosa (segundo a própria Rosa) estavam localizadas nessa área. E na cauda direita, a cauda amaldiçoada do canhoto Isidro, lá estavam eles, rindo dele, Edu, Gérmen e Silvana Amanca.

Mas o quebra-cabeça tinha peças perdidas; ou, pelo menos, peças que desalojaram Isidro. Em que parte da trama Luis Figueruela foi colocado? Por que ele estava com tanto medo? Ele tinha quase certeza de que deveria estar localizado à direita. Afinal, Luis teve, ou tinha tido, um ingrediente xenófobo, porque, de acordo com Rosa, ele usou o termo "sudaca" para se referir à Silvana.

Onde estava Mauro? Embora a Estatística tente modelar a vida, às vezes o modelo gera situações paradoxais, já que a vida é mais complexa do que qualquer modelo que pretenda explicá-la. Mauro não podia estar no centro da distribuição porque estava no centro da vida. Da vida de Salka. Isso implicava sua presença em uma das duas filas, mas ele não sabia em qual delas.

Quem era Julio, aquele personagem sinistro que veio do nada e não sabia o que ele fazia lá, na extrema direita do gráfico em forma de sino?

O modelo estatístico estava se moldando em sua forma, mas havia muitas incógnitas ainda a serem resolvidas.

DISTRIBUIÇÃO QUI-QUADRADO

Capítulo 22

É uma distribuição de probabilidade contínua associada à distribuição amostral da variância.

O calvário vivido na empresa do Figueruela foi tão devastador que Isidro decidiu ir para casa e colocar sua mente em repouso para tentar, assim, recarregar o bom senso. No HUC estavam Antônia, mãe de Marlene, e Pedro, o irmão. De noite, seria a vez do pai. Sempre que saía do hospital, Isidro tinha a sensação de estar traindo seu amor e abandonando-a nos piores momentos da vida. Quando voltasse no dia seguinte, ela poderia estar morta e, assim, ele teria perdido os últimos minutos ao seu lado. Mas estava racionalmente ciente de que sua presença não mudaria o destino.

Em casa, tentou relaxar compondo, e começou a trabalhar numa nova música que ele dedicaria a Marlene, "Quatro da manhã".

Eu sou um viciado preso
nesse perfume envolvente,
e quando ouço sua voz inocente,
ouço cores pastéis.
Você tem sabor de morango,
Dá frescor à maçã,
Traz um pouco de experiência,
às quatro da manhã.

O telefone o interrompeu. Era sua irmã Andrea, que ligava de La Palma. Isidro informou-a das últimas notícias inexistentes sobre o estado de saúde de Marlene.

— Seu sobrinho está mandando um grande abraço... espere, ele diz que quer falar com você.

Isaac, aos doze anos, era um menino muito inteligente e um tanto irônico para a sua idade. Ele nasceu quando Isidro ensinava havia apenas dois anos. Andrea o criou sem muita ajuda, porque o pai de Isaac não queria nem saber dele antes mesmo de ele nascer. É por isso que Isidro, toda vez que viajava para La Palma com Marlene, especialmente no Natal e no verão, passava a maior parte do tempo com o sobrinho. Foi assim desde o nascimento. Quase se podia dizer que ele era como um pai para a criança. Um pai à distância, claro. Ele até compôs uma canção, "Isaac", logo após seu nascimento.

— Olá, tio! Eu só queria corrigir a mamãe. Eu disse a ela para lhe mandar um beijo, não um grande abraço. Tenho a impressão de que, pelo telefone, o segundo é impossível, você não acha? Eu nem sequer disse um forte beijo, porque iria estalar o seu ouvido — recitou com sua voz infantil, mostrando o seu grande senso de humor.

— Até mais, Isaac. Dê beijos aos avós em meu nome.

— Nos ouvidos?

Após desligar, ele voltou a se concentrar na música.

— Mais alguns versos e estará pronto — murmurou.

Coquetel de flores silvestres
coloca o seu cheiro de inocência,
e com essência azul exótica
você faz feitiços de limão.
Quatro da manhã,
sinto sua respiração no meu travesseiro,
e entre os tesouros escondidos eu
não quero que o sol saia.
Você cheira a hortelã e laranja,
aromas de geleia.
É a sua figura durante a noite e eu
não quero que o sol saia.

Gustavo também telefonou, o robusto professor de Economia Financeira, que era um artista na hora de entreter e distrair qualquer um que estivesse passando por maus momentos. Gustavo causou um forte efeito balsâmico em Isidro.

Finalmente, na manhã de quarta-feira, 29 de dezembro, o sol apareceu. O dia amanheceu totalmente fechado, alternando, em toda a zona norte, momentos de nevoeiro intenso com um leve chuvisco desde as primeiras horas do dia. À noite, o vento soprava com alguma intensidade, embora agora tivesse se acalmado definitivamente. Isidro saiu da garagem de sua casa às oito e dezessete e precisou acender as luzes traseiras de nevoeiro para serem detectadas pelos outros veículos. Dirigiu muito ansioso, com nervos alterados, mas, acima de tudo, esperançoso e feliz. Porque naquela manhã o sol nasceu. Não no céu, isso não importava, mas no hospital.

O telefonema de uma enfermeira, uns quinze minutos antes, assustara-o. Isidro temia o pior. Mas...

— Sr. León, precisa vir imediatamente. Sua esposa despertou do coma.

Antônia e Pedro ainda não haviam chegado. Isidro entrou no quarto de Marlene com os olhos vermelhos de chorar durante a viagem. Arturo, o pai, que estava sentado ao lado dela e segurando sua mão direita, levantou-se quando Isidro entrou. Marlene estava com os olhos fechados.

— Como ela está? — perguntou o professor.

— Adormeceu. O médico acabou de sair e disse que ela precisava descansar. Perguntei-lhe se ela não havia descansado o suficiente e ele riu. Ele disse que ela tem que se readaptar aos poucos. Fique, vou tomar um café.

— Quando acordou, Arturo?

— Pouco antes das oito. Eu estava segurando a mão dela quando abriu os olhos. Meu coração quase saiu pela minha boca!

Isidro experimentou um sentimento de inveja e culpa. Por que não era ele quem estava segurando a mão dela naquele momento? Arturo saiu da sala e Isidro tomou o seu lugar. Ele pegou a mão dela e sentiu-a pulsar de outra maneira. O toque foi mais relaxado, ou assim parecia a ele. Ele a observou. Detectou uma expressão calma em seu rosto. Antes não tinha, ou assim parecia a ele. Eles haviam mudado muitas coisas, ou assim parecia a ele. Levantou-se da cadeira e se inclinou sobre o corpo de Marlene alongando-se para acessar o outro lado da cama. Gentilmente levantou a mão esquerda e beijou a ponta dos três dedos do meio.

— Onde seus sonhos forem projetados, lá chegarei — disse ele, num sussurro.

Naquele momento, os olhos de sua esposa se entreabriram. Isidro deixou cair uma lágrima de emoção a princípio e depois um choro silencioso. Marlene olhou para ele e sorriu quase imperceptivelmente, mas o professor percebeu seu sorriso, como se estivesse escrito no mais básico dos alfabetos. Marlene disse com os olhos "e eu vou esperar por você lá". Então fechou os olhos novamente. Isidro sabia que precisava se recuperar devagar. A realidade pouco tem a ver com a representação cinematográfica do despertar de um coma.

Os quatro membros da família de Marlene passaram a manhã toda no quarto da UTI. Disseram-lhes que na manhã seguinte, se tudo corresse bem, a levariam para um quarto da clínica. Com o passar das horas, Marlene parecia estar se recuperando e mantendo a atenção, graças, acima de tudo, ao estímulo de ver seus entes queridos ao redor. Tudo sob supervisão médica estrita. Pouco a pouco os músculos faciais estavam respondendo e os avanços gestuais não demoraram a ocorrer. Correspondia aos sorrisos que lhe davam e fazia tentativas fúteis de articular palavras.

À tarde, o dr. Antônio García confirmou mais uma boa notícia.

— Teremos que ser muito pacientes, mas quase posso garantir que Marlene voltará a andar. Não será amanhã, nem na próxima semana, nem no próximo mês. Mas acreditamos que recuperará a mobilidade com um programa de reabilitação adequado e exigente. Outra coisa. Não diga nada sobre os gêmeos ainda. Espere ela perguntar. Não estará pronta antes disso.

— Obrigado, doutor. A propósito, o que aconteceu com Julio Domínguez? — questionou o professor.

— Bem... Sr. León, acredite em mim, compreendo perfeitamente sua reação contra ele. É comum nestes casos, se o causador de um acidente se deparar com um parente direto da vítima. Eu não culpo você, foi nossa irresponsabilidade que acabou permitindo esse encontro. De qualquer forma, você tem sorte que o sr. Domínguez não quis registrar uma queixa.

— Sinto muito por tudo que aconteceu. Agora que Marlene está se recuperando, eu gostaria de me desculpar — mentiu Isidro. — Ele ainda está internado no hospital?

— Não, ele já foi dispensado.

— Como posso contatá-lo?

— Receio que seja impossível fornecer-lhe essa informação. Acho que você compreende — respondeu o médico.

— Sim, claro que entendo.

Naquela mesma tarde, Gustavo e Jorge visitaram Marlene. Eles estavam conversando em um quarto com os parentes, e então foram autorizados a ir com Isidro para a sala da UTI.

— Amanhã estaremos mais à vontade com as visitas. Eles vão movê-la para um quarto — disse Isidro.

Gustavo era muito carinhoso com Marlene, fazendo piadas gestuais e caretas escandalosas e ridículas com a boca e as bochechas. Jorge, muito mais introvertido, gostava de observar. Quando eles foram convidados, Gustavo estava desesperado.

— Estamos saindo agora. Não suporto ficar tanto tempo em uma prisão para não fumantes. Receio que a lei antifumo piore isso.

Isidro decidiu acompanhá-los até o ponto do bonde elétrico. Gustavo acendeu um cigarro assim que saiu do hospital. Isidro, por outro lado, abriu um pequeno pacote de *goji berries* e entregou-as aos seus companheiros, que recusaram com movimentos da mão.

— Esse veneno ainda vai te matar. Logo, Jorge e eu vamos visitá-lo no hospital, lá na ala de pneumologia.

— E essas pequenas porcarias vão matar você — disse Gustavo, apontando para as *berries*. — Uma vez eu coloquei algumas na boca e que piada! Passei vários minutos cuspindo espuma vermelha.

— Pare de dizer bobagem, Gustavo — disse Jorge. Esperaram por quatro minutos até o bonde chegar.

— Sabe de uma coisa? Alguns dias atrás, eu estive no escritório de Javier Fernández porque queria perguntar algo a ele. Eu o vejo cada vez menos. — Isidro lançou a tentativa improvável de obter informações de um especialista em Economia da Saúde, ainda que soubesse que isso poderia não levar a lugar nenhum.

— Javi, o sedutor? — exclamou Gustavo, gritando e chamando a atenção de várias pessoas que esperavam pelo bonde.

— Fale mais baixo! — protestou Jorge.

— Eu o encontrei outro dia em uma cervejaria e quase o derrubei. Como sua perna direita é mais frouxa, ele permaneceu desequilibrado por alguns segundos, na ponta dos pés. Caio para este lado? Caio para o outro?

As piadas de Gustavo, às vezes, beiravam o mau gosto. Era impossível saber se aquela situação grotesca era real ou resultado da sua imaginação. Além disso, quando começava, não conseguia parar de falar.

— O fato é que, no final, eu o agarrei pelos ombros e o impedi de cair. Então, quando terminei de ajeitá-lo, ele quase caiu de qualquer maneira. Sabe como é, Isidro. Se ele não parar de cheirar essa merda, vai acabar mal.

— É verdade isso das drogas? — perguntou Isidro, intrigado, olhando para Jorge. A expressão dele costumava dar pistas sobre a veracidade ou não das histórias de Gustavo. Agora ele permanecia muito sério.

— Você se finge de tolo ou o quê? Você é o único que não sabe! O bonde está chegando! Venha, Jorge! Suba, suba, suba, suba!

Naquela noite, Marlene falou as primeiras palavras. Sua angústia perfurou o coração do marido como uma adaga.

— O que aconteceu comigo, amor? Eu não posso me mover da cintura para baixo! — lamentava-se ela, impotente, com um olhar de terror em seu rosto.

— Não se preocupe com isso agora. Você vai se recuperar pouco a pouco — respondeu ele com um nó na garganta.

— Por que estou aqui? — chorou, desconsolada. — Quero ir para casa! Por favor, Isidro, me leve!

— Querida, você tem que ter paciência — disse ele, tentando esconder o desejo de chorar. — No momento você não pode sair, mas estarei aqui com você.

— Não me deixe aqui! Não posso me mover! Não posso! Eu vou ficar inválida?

Naquele momento uma enfermeira entrou, alarmada depois de ouvir a voz alterada de Marlene.

— Fica tranquila. É normal que esteja nervosa. Você sofreu um acidente, mas vai ficar bem — disse a enfermeira, que, enquanto sorria, injetou nela um relaxante.

Marlene olhou diretamente nos olhos de Isidro.

— Como estão nossos filhos? Eles nasceram bem? Eu quero vê-los — perguntou ela, sorrindo de repente.

Essa súbita evasão da realidade foi definitiva para ele e, sem conseguir se conter, começou a chorar. A enfermeira olhou para os dois.

— Você acabou de acordar de um coma, é normal sofrer confusão e ausências. Mas isso não deve te preocupar. É uma amnésia passageira.

— Onde estão as crianças? — insistiu ela.

— Querida, você foi atropelada. É por isso que está aqui — disse o professor calmamente, tentando se recompor. — No começo, estávamos com medo pela sua vida e mobilidade, mas eles nos garantiram que você vai ficar bem. Nós só temos que ter paciência.

Entre as palavras do professor e o efeito do analgésico, Marlene começou a relaxar fisicamente, porém no seu interior estava afundando, sentindo a notícia fatal.

— Porque faz tantos rodeios? — disse, com aparente calma, mas ainda chorando. — Morreram? Os dois? Diz que não! Meu Deus, não permita isso! Eu não aguentaria!

O silêncio do marido, acuado pela impossibilidade física de articular palavras, era resposta suficiente. Marlene olhou para a enfermeira, que baixou a cabeça, e depois chorou e chorou até adormecer.

Na sala de espera, Isidro abriu a mochila onde guardava seus pertences pessoais. Antes de continuar com suas pesquisas, teve que verificar algumas coisas que vira nas últimas horas, cujas circunstâncias não lhe permitiram dar a devida atenção. Por um lado, devia verificar novamente a lista de alunos matriculados no primeiro ano da turma de 1996–1997. Queria ter certeza de que Julio Domínguez não estava na lista. Supunha que não. Ele ainda acreditava que era um assassino a mando de Luis Figueruela ou outra pessoa com quem Luis tivesse falado, mas, pela aparente idade, Julio poderia muito bem ser alguém daquela turma que estava fazendo justiça com as próprias mãos.

Por outro lado, daria uma outra olhada no jogo de palavras cruzadas. Faltava uma palavra, "o elo mais fraco". Tinha que tentar três candidatos. Um era o próprio Julio. Outro, Javier Fernández, professor de Economia da Saúde, cujo nome ele não tinha certeza se tentara encaixar anteriormente. Ocorreu-lhe que também poderia tentar "sedutor", mas imediatamente descartou a ideia como boba: esse nome era atual, não da época de 1997. Finalmente, ele teve um palpite. Já havia tentado "Luis" e "Figueruela", mas lembrou que o empresário tinha um apelido naqueles anos. Adonis, se estava lembrando corretamente. Pelo número de letras que (fotograficamente) tinha na memória, poderia caber.

Primeiro, ele pegou a lista. Verificou a letra "D" em busca do sobrenome "Domínguez". Havia quatro pessoas, mas nenhuma com o nome de Julio. No entanto, "Domínguez" poderia ser seu segundo sobrenome. Na primeira varredura, encontrou um único registro com o nome de Julio. Seu sobrenome era "Martín Gómez". Ele checou a listagem inteira uma segunda vez, mas não encontrou mais nada.

Podia ser que Julio o tivesse enganado e não se chamasse assim e que seu sobrenome fosse "Martín Gómez" em vez de "Domínguez". Mas, novamente, ele descartou a ideia como absurda. Em um caso de atropelamento, com uma investigação policial associada, ele não andaria pelo hospital com um nome falso. Isidro era uma pessoa excessivamente metódica e sempre considerava todas as opções por mais doidas que parecessem. Mas, se fossem mesmo doidas, ele as descartava imediatamente. Também contemplou outra possibilidade, embora menos provável: que Julio "frequentou as aulas, mas não estava registrado", assim como Salka. A garota africana foi uma estudante dessa turma, mas não constava na lista porque nunca tinha se matriculado.

Guardou a lista de volta e, como se fosse um ritual, retirou lentamente a cópia da carta de Salka. Desde o primeiro dia em que resolveu trabalhar no jogo de palavras cruzadas, ele fez uma cópia para poder escrever, apagar ou riscar sem danificar a mensagem original. Mesmo assim, tratava a cópia como se fosse um papiro egípcio prestes a se desintegrar. Ao olhar para o espaço livre, ele descobriu que a palavra ausente tinha apenas cinco letras e a segunda era um "P". Não cabia "Adonis" nem, consequentemente, palavras como Julio, Domínguez, Javier. Sua esperança de finalmente fechar as palavras cruzadas se esvaiu. Ele estava desapontado, não tinha ideia de quem ou qual era o "elo mais fraco".

Isidro tentou colocar suas ideias em ordem para planejar como proceder em seguida. Seu principal objetivo a médio prazo era localizar Gérmen, Silvana Amanca e Eduardo. Quanto a este último, em vez de localizá-lo, ele tinha que descobrir quem era. Para encontrar o paradeiro desses personagens, primeiro teria que conversar com algumas pessoas. Era isso que iria fazer.

Isidro adormeceu em uma poltrona, que deixou de ser uma tortura para o seu corpo (em dias anteriores) para se tornar o colchão mais macio do lugar. São as curiosas respostas de defesa do organismo ante as adversidades. Ele sonhou que fazia perguntas, muitas perguntas. Alunos questionados estavam no centro de um grande sino de Gauss, a forma gráfica da distribuição normal. Queria ir para a esquerda para ver a luz. Marlene esperava por ele sem cadeira de rodas ou muletas, caminhando perfeitamente. Também havia Salka, mas sem sua eterna expressão de tristeza. De repente, no entanto, a cauda da esquerda começou a fechar-se sobre si mesma, empurrando-o para o centro: o sino normal foi se tornando uma distribuição qui-quadrado. Agora era quase meio sino, só com uma cauda à direita. As distribuições de qui-quadrado não são simétricas. Só têm uma cauda que se estende para o lado amaldiçoado: à direita. Isidro foi empurrado para lá. Continuava fazendo perguntas, muitas perguntas a pessoas cada vez mais perigosas. Conforme andava, ia cruzando com Javier Fernandez, Luis Figueruela, Julio, Gérmen, Eduardo... e na extremidade do lado direito, Silvana Amanca, a Rainha Bruxa, esperava disposta a contar uma história de horror.

DISTRIBUIÇÃO T DE STUDENT

Capítulo 23

É uma distribuição de probabilidade contínua que é usada no caso de amostras pequenas e de variação desconhecida.

Janeiro de 2011.

Os dois últimos dias do ano passaram com alguma tranquilidade. Os parentes de Marlene, seguindo algumas diretrizes comportamentais estabelecidas por psicólogos clínicos, colaboraram da melhor forma possível em sua recuperação mental. Aceitar a ideia de ter perdido os gêmeos demoraria muito tempo.

A família passou a noite de Ano-Novo no quarto do hospital. Mais do que uma celebração, eles fizeram um brinde de esperança. Tinha uma cama extra, onde um deles poderia passar a noite, e seria assim, pelo menos por três ou quatro dias, até que a equipe médica considerasse Marlene psicológica e clinicamente capaz de passar a noite sozinha. Com isso, talvez, passasse a compartilhar um quarto com outro paciente.

Então, 2011 começou. Implacavelmente. Toda vez que um ano novo entra, você sente como se o anterior não tivesse existido. Ao olhar para trás, tudo parece um erro emocional implacável cujo preço não está ao nosso alcance. Mas, para eles, os eventos foram tão recentes que não tiveram outra escolha senão pagar esse preço.

Isidro acordou às sete da manhã naquela cama ao lado da esposa. Ele dormiu feito uma pedra em comparação às noites de pesadelo nas enfermarias do hospital. Marlene estava dormindo, então ele se levantou, tentando não fazer barulho, e foi até o banheiro para se lavar. Depois saiu para passear pelo centro do hospital, como se fosse uma excursão, para esticar um pouco as pernas e encontrar uma boa máquina de café. Colocou uma moeda em uma máquina de venda automática, que nem o recompensou com café e nem devolveu o dinheiro. Não queria ir até a lanchonete, mas não estava disposto a perder o pouco (devido à crise econômica) do dinheiro nessas armadilhas para viciados. Ficou claro que esse era um período propício para os especuladores de todos os tipos. Aqui alguém estava ganhando dinheiro em troca de café evaporado servido em copos invisíveis.

Ele entrou no refeitório, pediu um café bem forte e se sentou em uma das mesas. Um momento depois, ouviu uma voz atrás dele.

— Oi, professor.

Ele se virou e se sentiu confuso. Era Agustín o sobrinho do homem que, apenas quatro dias atrás, ele tinha tentado furar a garganta com um abridor de cartas.

— Agustín! O que faz aqui?

— Ouvi falar de sua esposa. Sinto muito. Ela vai se recuperar?

— Sim. Pelo menos, eu espero que sim. Como você soube?

— Violeta, uma colega da universidade que está no segundo ano. Você é professor dela em algum curso eletivo. Ela tem cabelos longos e geralmente usa jeans e...

— Sim, acho que a conheço. Ela está inscrita em Análise de Dados Estatísticos.

Durante os últimos dias, o professor se encontrou no hospital com alguns conhecidos (incluindo alunos) e contou o que aconteceu. Considerando que todo o pessoal da faculdade estava ciente do atropelamento, e que muitos estudantes passam grande parte do Natal estudando na biblioteca, a notícia só podia mesmo se espalhar como nevoeiro, e naquele momento, arranhava as janelas da cafeteria. Isidro ficou surpreso que Agustín fornecesse tantos detalhes sobre Violeta, a garota que lhe dera a notícia.

— Você veio ao hospital para me ver, Agustín? — disse ele, tentando relacionar essa visita ao incidente na companhia de seu tio.

— Não. Estou aqui por outro motivo — hesitou.

— Sente-se, por favor — convidou o professor, e Agustín aceitou.

Ele olhou atentamente para o rosto do aluno. Seus olhos indicavam que ele havia chorado durante algum tempo. Isidro era agora um especialista em detectar tais situações. O jovem ficou pouco à vontade com o exame visual inquisitivo a que foi submetido e, para evitá-lo, continuou falando.

— Ouvi dizer que você esteve na VOI-VOI. E aparentemente estragou tudo.

— Como sabe disso? Seu tio contou a você pessoalmente? Olha — Isidro mudou o assunto. — Eu sei que Luis não mora mais com Sara. São problemas muito comuns entre adultos e você, na sua idade, deve ser maduro o suficiente para aceitá-los.

— O que você está tentando me dizer? — perguntou Agustín.

— Bem, toda vez que perguntei sobre seus tios nesses meses do curso, você adotou uma atitude defensiva estranha e eu não conseguia entendê-la. Agora, sabendo que estão separados, só posso dizer que seu comportamento é típico de um adolescente diante da separação dos pais. Não estou dizendo que não seja difícil e que não afete você, mas precisa assumir isso ao invés de evitar o problema como se fosse algo vergonhoso.

— Você não entende. Fala sobre coisas que não sabe. — Os olhos de Agustín estavam prestes a explodir.

— Você ainda não respondeu à minha pergunta. — Isidro mudou de assunto novamente. Queria confundi-lo, desequilibrá-lo, para ver se, com essa estratégia, o jovem se sentia encurralado e falava com sinceridade de uma vez por todas. — Seu tio falou sobre o incidente?

— Não. Claro que não! Eu nem falo com ele. Ele apenas me sustenta financeiramente, embora eu já tenha Sara e não precise do dinheiro dele. Foi um amigo que trabalha na empresa do meu tio que me contou.

O professor percebeu que, quando retomaram o assunto do incidente na VOI-VOI, o menino se acalmou. Seus olhos venceram a batalha contra as lágrimas.

— Posso saber o que ele te contou? — questionou o professor.

— Ninguém sabe praticamente nada. Só que você invadiu como um elefante o escritório do meu tio. Eles dizem que os funcionários da segurança tiveram que intervir. Que problema você tem com ele? Não entendo. Tem algo a ver comigo ou com a Sara?

— Claro que não. É um assunto privado, não tem nada a ver com você ou sua tia.

— Sara não é minha tia!

A mudança agressiva no tom de voz do garoto o pegou de surpresa. Aquele jovem havia sido abandonado pelo parente que o adotara quando seus pais morreram, e agora o condenara a viver com sua ex-esposa. A relação entre Sara e Agustín devia ser tão tempestuosa que isso explicaria o caráter volúvel do estudante.

— Sinto muito, Agustín. Acho que me expressei mal. Você vive à força com uma pessoa que nem conhece direito. Sente ódio do Luis, porque ele o força a estar sob o mesmo teto com alguém que você odeia.

Isidro não conseguia entender, naquele momento, o quão extremamente duras eram suas próprias palavras. Agustín se levantou abruptamente e se inclinou sobre ele, aproximando seu rosto transtornado e agressivo ao do professor.

— Você é um fofoqueiro! — gritou ele, e todas as pessoas na cafeteria se viraram para encará-los. — Não tem nenhuma ideia sobre nada! Você só está inventando um filme e escrevendo o roteiro de qualquer jeito e, se ele não se encaixa, adapta-o à sua conveniência!

Agustín, depois de conter o desejo de bater em Isidro, sentou-se e explodiu, debulhando-se em lágrimas como uma criança. O celular do professor tocou. Ele olhou para o identificador de chamadas e descobriu que era sua vizinha, que tinha combinado de ligar bem cedo para saber notícias de Marlene. Embora fosse um momento inoportuno, teve que confiar que Agustín não fugiria.

— Desculpe, um momento — disse, dando um tapinha nas costas dele. O jovem assentiu com a cabeça baixa.

— Olá, Joana. Tudo bem?

De forma resumida, explicou à Joana as oscilações (previsíveis) no humor de Marlene e a deixou a par de todos os detalhes.

— Esta tarde vou vê-la. Precisa que eu leve algo?

— Não, mas não se esqueça de fertilizar minhas buganvílias. — Isidro se permitiu brincar.

A piada era porque eles viviam em um prédio de apartamentos com disposição horizontal, de modo que todos eles, um total de doze moradores, rodeavam um pátio central, formando uma estrutura em forma de "O". Cada casa tinha um jardim que dava para o exterior. Joana, que vivia duas casas para a esquerda de Isidro havia plantado em seu jardim, fazia agora três anos, uma videira que, ao longo do tempo, tinha invadido e ultrapassado o jardim ao lado do seu, estendendo-se pelo de Marlene e Isidro. Como Joana era muito supersticiosa, costumava dizer que, a este ritmo, a planta continuaria a crescer e se espalhar, casa após casa, até contornar completamente o edifício e voltar para o seu jardim novamente. E se a planta "mordesse a cauda", como ela dizia, o infortúnio invadiria toda a comunidade de vizinhos.

Mais uma vez, sentado ao lado de Agustín, ele retomou a conversa.

— Me desculpe se ofendi você. De verdade. Mas você precisa saber que as coisas devem ser aceitas como são, mesmo doendo ou quando alguém o faz lembrar da situação. Talvez eu esteja pecando por paternalismo, não sei, porque nunca tive filhos. Se realmente não consegue viver com Sara, deve falar seriamente com seu tio. Eu acredito que...

— Já basta! Já falei que você não sabe nada sobre isso! O que acabei de falar sobre inventar um roteiro não é uma metáfora. Isto não é o que parece.

Ele percebeu que Agustín estava falando sério. Queria deixar claro o quão errado Isidro estava. Então, o que estava acontecendo? Finalmente o menino parecia disposto a conversar.

— Estou aqui por causa da Sara — disse ele, e seus olhos se encheram de lágrimas.

— Você quer dizer que ela foi hospitalizada? — Isidro estava alarmado, temendo ter estragado tudo ao falar de forma desajeitada e sem o menor tato.

— Sim... sim. — Agustín alongou o silêncio antes de continuar. — Por minha culpa. Ontem, eu cheguei em casa e a encontrei sangrando na cama. Ela tinha cortado os pulsos.

— Sara tentou se matar? — Não acreditava no que estava ouvindo. Seu aluno escolheu não disfarçar seus sentimentos, deixando as lágrimas correrem livremente pelo rosto.

— Olha, professor. Meu tio tem sido um verdadeiro filho da puta com ela. Eles foram muito felizes, posso atestar. Moro lá desde meus 13 anos, ou seja, por cinco anos da minha vida. Sara o adorava. É por isso que não conseguiu aceitar a traição. Ela acreditava que eles eram um daqueles casais indestrutíveis que o cinema americano nos mostra todos os dias. Mas meu tio, de repente, começou a ter um comportamento estranho. Há cerca de um ano isso. Ele voltava cada vez mais tarde do trabalho e suas desculpas soavam pouco críveis. No começo, Sara não ousou duvidar da palavra dele, mas acho que foi mais por medo de encarar a verdade e perdê-lo do que por confiar nele.

— E chegou ao ponto de tentar tirar a própria vida? — interrompeu Isidro.

— É um pouco mais complicado — continuou Agustín. — Finalmente, Sara tirou a venda dos olhos. Não se importava em perdê-lo, só queria saber a verdade. É por isso que contratou um detetive.

— Eu imagino o resultado — disse o professor.

— Descobriu que o grande empresário Luis Figueruela estava envolvido com Rebecca, a secretária. Ele passava uma boa parte do tempo, quando deveria estar trabalhando, na casa da secretária. O detetive entregou a Sara fotos comprometendo o marido. Algo para chantageá-lo e obter uma fatia no divórcio. Você sabe como esses profissionais pensam! Eles acreditam que as pessoas que os contratam buscam descobrir uma infidelidade para obter benefícios econômicos com a separação. Não compreendem o sofrimento que tudo isso causa.

— Bem, Agustín, acho que, em vez disso, o que o detetive queria era que Sara contratasse seus serviços por mais tempo para ser o único que ficaria com essa fatia — deduziu Isidro.

— Sim, com certeza. Quando Sara o confrontou, meu tio não hesitou em negar tudo. Disse que era paranoia dela, e que, se o casamento deles ruísse, ela que seria a responsável! Muito cínico! Eles passaram algumas semanas sem se falar um com o outro e dormiam em camas separadas.

Isidro ouviu atentamente, mas ainda não conseguia antecipar o final da história.

— Até que chegou o grande momento. Uma única noite que meu tio não passou em casa foi suficiente para ela. Sara virou uma fera quando ele retornou no dia seguinte. Disse a ele para fazer as malas e sair. Foi muito corajosa por ter deixado claro que não iria se mudar de lá. Ela o expulsou da própria casa. Nesse mesmo dia, meu tio se instalou na casa da secretária e lá continua.

— Um momento! No outro dia, quando fui ver Luis, havia uma secretária, e acho que lembro que todos se dirigiam a ela pelo nome de Rebecca. Ela não é, exatamente, mais jovem que sua tia, como poderia ser deduzido das crises que os homens sofrem quando atingem uma certa idade.

— Isso pode ter sua importância na segunda parte da história, professor. Mas é óbvio que no amor não há idade, você não acha? — Isidro assentiu. — Sara também pensava que seu marido a estava traindo com uma menina. É o típico caso do empresário que se engraça com a secretária. Nós sempre a imaginamos muito mais jovem do que o homem. Acho que, precisamente por ter julgado assim, foi Sara quem sofreu uma daquelas crises que as mulheres também sofrem quando atingem uma certa idade.

O esclarecimento de Agustín, a quem sempre admirara, desarmou Isidro. O comentário do professor tinha uma conotação machista involuntária, e Agustín estava recriminando-o com uma sutileza requintada. O jovem continuou falando.

— O fato é que o tio Luis se apaixonou por uma mulher mais velha que ele, talvez não muito graciosa fisicamente, mas com certa elegância. Claro que, até então, Sara não sabia. Eu nunca tinha visto Rebecca pessoalmente, só tinha falado com ela pelo telefone. Uma noite, alguns dias depois do meu tio sair de casa, Sara veio ao meu quarto e me acordou. Ela estava tendo um tremendo ataque de ansiedade. Eu fiquei com muito medo, porque não estou acostumado com esse tipo de situação. Disse a ela que, se quisesse, podíamos ir a uma clínica para tomar um calmante. Mas tudo o que ela precisava era descarregar, expulsar todo o ódio e a impotência que se acumularam e que não haviam transbordado até então. Ela começou a falar e a tremer. Se aproximou de mim e me pediu para abraçá-la. Foi o que eu fiz. Ela continuou falando, enquanto eu a abraçava, porém ainda estava tremendo. Então, chorando, me olhou nos olhos e me disse que não podia mais aguentar aquilo. Meu coração batia forte. No começo, porque eu estava com medo. Depois, pelo jeito que ela olhou para mim. Ela parou de falar e ficou olhando para mim.

Agustín fez uma pausa e tomou um gole de água de uma garrafa de meio litro que trouxera consigo. Isidro percebeu onde ia essa história, mas não se atreveu a dizer nada. Ele estava tenso como uma corda de violino e esperou que o menino a concluísse.

— Eu olhei para ela. Tinha feito 18 anos há menos de duas semanas. Ela tinha 33 anos. Talvez ela quisesse mostrar que, assim como o marido, também poderia conseguir alguém mais jovem. Talvez, se soubesse que a amante do meu tio era mais velha que ele, nada disso teria acontecido, não temos como saber.

— O que aconteceu? — Ousou perguntar Isidro.

— Nós nos aproximamos. Nossos lábios se buscaram e se encontraram em um beijo apaixonado, tão carregado de sentimentos que eu acho que nunca mais vou experimentar algo como aquele momento. Foi pura magia. Ela me deu tudo: o gosto de sua boca e o gosto de sua alma; todas as suas emoções e seus medos. Tudo... num beijo sem fim.

Agora, o professor começava a entender a personalidade complexa de Agustín, que contava a história de maneira descontraída, lenta. As lágrimas em seus olhos deram lugar à tristeza.

— O pior de tudo, professor, é que, embora aquele beijo significasse tudo isso para mim, era ainda mais intenso para Sara. Ela me pegou gentilmente pela mão e me levou para a cama. Não queria usar a minha, pois suponho que quisesse marcar o espaço que antes pertencia ao marido dela. E nós dois desfrutamos de uma experiência sexual como nunca tivemos antes.

— Deus! Eu nunca poderia imaginar uma coisa dessas. Tenho sido bastante imprudente com meus comentários. A única coisa que posso dizer é que sinto muito — desculpou-se Isidro.

— Nós vivemos uma espécie de lua de mel que durou alguns meses — continuou ele. — Éramos invencíveis e podíamos conquistar o mundo; juntos, os dois. Eu não precisava mais do meu tio. Sara veio me dizer que estava contente pelo marido a ter traído porque, caso contrário, teria perdido a oportunidade de me conhecer como homem. Para mim, com uma incipiente mentalidade adulta, suas palavras me encheram de orgulho. Naqueles dias, eu era Deus. Mas então veio a universidade. Quando me matriculei na Faculdade de Economia, tudo mudou.

— Em que sentido mudou? — A curiosidade de Isidro era insaciável.

— Eu conheci Violeta. Foi uma verdadeira paixão, ali mesmo, no bar do refeitório. A ironia é que foi no mesmo dia em que fui me inscrever e Sara me acompanhou. Sara era muito discreta em nosso relacionamento. Quer dizer, ela não se atrevia a fazer qualquer manifestação pública do nosso amor. Eu não a entendia e a recriminava, mas ela acreditava que ser visto beijando uma mulher mais velha poderia me prejudicar socialmente. Naquele dia, ela se comportou como minha tia ou como a esposa do meu tio. Ela me disse que a garota que estava tomando um refrigerante, no canto do bar, ficava olhando para mim. O que ela não sabia, ou talvez até soubesse, era que eu também lhe dera uns olhares. Acho que ficou com um pouco de ciúmes no início das minhas aulas na universidade.

— E suponho que com razão — apontou Isidro, desnecessariamente.

— Toda vez que eu voltava da aula, ela vinha cheia de perguntas como aquelas que as mães fazem para seus filhos. Bem, Sara foi muito mais longe. Queria indagar sobre minhas companhias, não gostava que eu chegasse tarde em casa, eu não podia ficar para estudar na biblioteca... um dia, brigou comigo porque o carro da Paula, você sabe, a nerd da turma, quebrou e eu a levei em casa. Então, entendi que contar a verdade não era uma boa opção com Sara. Aí eu me acostumei a mentir.

— Você já estava saindo com a Violeta?

— Não, isso foi só depois. Embora nos conhecêssemos apenas de vista, ambos sentíamos uma atração mútua e sabíamos disso. Nós dois estávamos esperando para ver quem daria o primeiro passo. Eu não ousei, porque pensei que flertar com uma garota seria trair Sara. Mais tarde, entendi que a traição não é flertar, mas mentir. Bem, foi finalmente Violeta quem deu o passo. O resto você pode imaginar.

— Acho que sim.

— As coisas com Sara estavam piorando. Nós tínhamos discussões o tempo todo por causa de seu ciúme. Ultimamente, quando chegava em casa, as perguntas que ela me fazia eram insuportáveis. "Com qual mulher você esteve hoje?" Foi uma tortura horrível suportar isso todos os dias. Se alguma vez senti amor por Sara, porque agora acho que talvez tenha sido apenas paixão, parei de sentir. Era como uma mãe. Uma mãe ditatorial. Mas nunca abandonamos o sexo. Isso é que atrasou o inevitável. Você quer saber o final?

— Eu posso imaginar — disse Isidro, já não tão seguro de suas previsões.

— Não, professor, você não pode imaginar isso. Eu garanto a você. O fato é que, dois dias atrás, cheguei em casa pronto para finalmente terminar com ela. Se me expulsasse de casa, eu iria morar com Violeta. Seus pais me receberiam, tenho certeza disso. Assim que cheguei, Sara colocou os braços em volta do meu pescoço e me beijou. Nos últimos dias ela estava sendo muito carinhosa comigo. Acho que foi estratégia dela para tentar impedir o fim do nosso relacionamento, porque já havia sofrido uma derrota com o meu tio e não queria perder de novo. Eu me senti confuso e incapaz de resolver o problema. Eu nunca quis machucá-la. Mas eu tirei força da fraqueza e deixei claras minhas intenções. Eu disse a ela que tinha uma namorada e que eu a amava. Eu até disse a ela que queria me casar quando as circunstâncias permitissem. Sara começou a chorar. Tremia novamente como naquela primeira noite que passamos juntos. Sara temia que esse dia chegasse, ela me avisou: algum dia eu me apaixonaria por uma garota mais nova que ela. Quão certa ela estava.

— E então ela tentou cometer suicídio?

— Ela me implorou, humilhou-se, ajoelhou-se... me disse que faria o que eu pedisse. Até me permitiria fazer sexo com outras garotas, ela toleraria isso. Mas não podia superar que eu a deixasse. Queria que eu prometesse pensar sobre isso. Eu tive que ser muito duro, e disse a ela que minha decisão tinha sido pensada e não havia como voltar atrás. Saí de lá e deixei-a no fundo do poço. À noite, fiquei na casa de um amigo. Como eu estava dizendo, isso aconteceu anteontem.

Agustín olhou para Isidro em silêncio. Estava tentando encontrar as palavras certas para concluir a história. Suas lágrimas ressurgiram e ele continuou a falar para detê-las.

— Ontem cheguei em casa e, como eu disse, encontrei-a na cama sangrando e com um sorriso doce nos lábios, praticamente sem consciência. Liguei para a emergência, e felizmente ela está viva. E eu, professor, sou um lixo humano. — Agustín improvisou um sorriso.

— Bem, Sara não conseguiu superar outro abandono — disse Isidro.

— Não é só isso — Agustín disse novamente. — Na mesa de cabeceira, ao lado da cama, encontrei dois objetos. Um deles era a lâmina com a qual tentou se matar. E o outro era uma tira de teste que ficou rosa. O teste de gravidez foi definitivo para ela desejar morrer. Queria também levar a vida do meu filho consigo.

A distribuição T de Student é usada quando o número de dados (da amostra) é pequeno e a dispersão (em termos de variação) é desconhecida. O comportamento de Agustín entre setembro e dezembro foi distribuído assim. Por um lado, até hoje, Isidro tinha poucos dados para entender o problema a fundo. Por outro lado, era impossível analisar a dispersão, essas mudanças constantes no comportamento dele. Mas agora, já em 2011, Agustín parou de se aproximar da curva e a distribuição T de Student tornava-se uma distribuição normal.

DISTRIBUIÇÃO F DE SNEDECOR

Capítulo 24

É uma distribuição de probabilidade contínua que é construída a partir do quociente de duas variáveis de distribuição qui-quadrado. Na Inferência Estatística é usada para a comparação de variâncias.

Quando voltou, Marlene já havia acordado. De vez em quando, mostrava uma força psicológica invejável para lidar com a situação, mas, às vezes, ao tentar se sentar na cama e ver que as extremidades inferiores não respondiam, o desespero a abatia. Tanto quanto possível, ela tentava esconder seu sofrimento do marido. Sempre foi muito lutadora e nunca desistia. Sabia que seria duro e que passaria por momentos difíceis, mas não pensava em desistir. As circunstâncias atuais eram muito piores do que as anteriores, é claro, mas esperava sair vitoriosa. Além do mais, as probabilidades jogavam a seu favor. Os médicos explicaram que, com vontade e determinação, teria sucesso. "Intenção e perseverança, essa é a chave", foram as palavras.

— Eu acordei e não vi você ao meu lado, querido. Onde estava?

— Olá, linda — respondeu Isidro. — Fui tomar café e encontrei um aluno cuja tia está internada no hospital.

— Olha, Isidro, me sinto mais animada. Assim que meus pais chegarem, acho que você deveria ir para casa. Você sabe, sair dessas quatro paredes. Se eu pudesse, acompanharia você, mas temo que eles não vão me deixar sair daqui — disse ela, tentando levar o pesadelo em que estava vivendo com tanto humor quanto possível.

O professor aceitou e foi até La Orotava para atualizar as tarefas domésticas. No caminho, pensou cuidadosamente sobre o que Agustín lhe dissera. Isidro manifestou sua intenção de visitar Sara, à qual o menino respondeu que era melhor esperar até o dia seguinte, quando ela estivesse mais calma. Sara perdera muito sangue e o embrião estava em perigo, mas Agustín sabia que esse perigo havia passado. Um bombardeio completo de psiquiatria e psicologia clínica esperava por Sara para avaliar seu estado mental e analisar o que a induzira a tentar o suicídio.

Isidro suspeitava que a situação do garoto era desesperadora. Tal como saída de um manual. Jovem apaixonado por outra, na mesma fração de segundo descobre que engravidou a esposa de seu tio e que ela tentou tirar a própria vida. Agustín teria que decidir. Sara, por sua vez, já havia decidido, mas falhara. E havia perdido pela terceira vez. Essa decisão (e, acima de tudo, esse fracasso) complicava muito a de Agustín. Ele estava preso em um intrincado labirinto com várias saídas possíveis, mas não seria fácil encontrar a menos angustiante.

No caminho de volta ao hospital, mentalmente planejou os próximos passos em sua investigação. Enquanto fazia isso, ouvia "Sunchyme", de Dario G, no rádio, uma canção que havia sido lançada em setembro de 1997, pouco antes de Salka lhe enviar a carta. Ele tentou criar um esquema de ações, mas não sabia exatamente como proceder para abordar certas pessoas. Finalmente, decidiu que iria se concentrar em um personagem e, dependendo das informações obtidas, escolheria quais caminhos seguir.

— Sim, vou fazer isso — disse ele em voz alta enquanto dirigia e se deixou envolver pela música suave. — Não vou traçar um caminho que não conheço. Deixarei que as pistas que encontrar me levem pelos caminhos certos.

Ele sabia exatamente onde começar a investigar seus personagens sombrios. Falaria com a pessoa que lhe dera mais informações até agora. Rosa e ele, apesar de suas fortes discrepâncias no nível teológico, tinham empatia um pelo outro. A cristã, que fora sua aluna 14 anos antes, não hesitara em lhe dar detalhes sobre Salka de maneira generosa e despreocupada. Foi ela quem lhe contou sobre a festa, o assédio xenófobo de Silvana Amanca sofrido pela norte-africana (a quem Salka chamou na carta de "Rainha Bruxa"), a opinião pejorativa de Figueruela em relação a Silvana... e ainda falou sobre a infidelidade de Luis. Chegou a confessar que morava com uma mulher que fora colega de turma, uma tal de Anita. E isso é confissão suficiente para alguém comprometido com uma religião que proíbe relacionamentos homossexuais. Anita, Cristina e Rosa foram as únicas que se atreveram a defender Salka publicamente. Uma delas tirou Salka da festa assustadora. Ele achava que tinha sido a Anita. Tinha que falar com ela, também.

Quando ele entrou no quarto de Marlene, além de seu sogro, havia uma mulher que se virou para cumprimentá-lo.

— Olá, Isidro.

— Olá.

No começo, ele não a reconheceu, porque não a via há muitos anos e, na época, ela era muito jovem. Agora ela teria por volta de 35 anos. Suas feições nem mudaram tanto, mas existia um detalhe oculto responsável pela confusão do professor. Depois de um momento, ele percebeu que era Gloria. Usava óculos que deveriam ser muito caros, porque, milagrosamente, conseguiam esconder o estrabismo, o tal detalhe oculto, que Gloria tinha herdado de sua mãe.

O professor sorriu de satisfação ao ver Gloria, não só por seu duvidoso efeito terapêutico sobre Marlene, mas porque tinha algumas perguntas a fazer sobre Salka. No carro, ele estava pensando por onde começaria, e agora, sem precisar fazer nada, sua primeira testemunha veio em sua ajuda.

— Estou tão feliz que Marlene recuperou o tino — disse Gloria, sem saber que a palavra usada não era exatamente a mais adequada. De fato, não era apropriada.

— Muito obrigado pela sua visita, Gloria. Sua mãe estava aqui quando Marlene estava em coma, mas, como você vê, as coisas mudaram para melhor — respondeu o professor sem tentar corrigi-la. Lembrou-se de que Gloria se caracterizava, precisamente, por sua falta de conveniência e tinha facilidade de se meter nas mais variadas situações.

— Sim, percebi. Estou aqui porque minha mãe me disse que você queria falar comigo sobre Salka.

Com isso, Gloria se intrometia de novo. Duas vezes seguidas. Por um lado, parecia sugerir que o motivo de sua visita não era a convalescente Marlene. E além disso, mencionar Salka dentro do quarto, na frente de Marlene, não era o que Isidro queria. Parecia inacreditável que essa pessoa tivesse estudado na universidade, e nada menos do que o curso de Medicina!

— Salka? — perguntou Marlene, surpresa. — Salka não é aquela aluna que lhe enviou a carta? Aquela que roubou as músicas? Parece que você não conseguiu resolver o enigma nesse momento tão difícil!

A própria Marlene imediatamente se arrependeu do tom e do vocabulário usados para interrogar o marido diante de uma mulher quase desconhecida. Ela mudou de assunto. Teria tempo depois para conversar com ele sozinho.

— Como vão as coisas no salão de beleza, Gloria?

Gloria aproveitou a deixa para falar sobre seus sentimentos. Aparentemente, estava apaixonada e queria se casar o mais rápido possível. Já tinha ido com sua mãe em uma loja especializada em vestidos de noiva e tinha, mais ou menos, uma ideia de qual vestido usaria quando subisse no altar. Ela até se permitiu o luxo de adiantar a Marlene e Isidro sua intenção de convidá-los para o casamento. Mas havia um pequeno problema a ser resolvido que deixava claro o estranho funcionamento daquela cabeça meio doidinha. A pessoa por quem estava irremediavelmente apaixonada era um cliente regular do salão onde trabalhava. A cada duas semanas, cortava o cabelo e sempre pedia a Gloria que o atendesse. Além disso, recompensava-a com uma gorjeta generosa. Mas ele ainda não havia sido informado das intenções dela. Gloria disse que era uma questão de tempo. Isidro estava prestes a perguntar se ela havia cogitado a opção de que o cliente não gostasse dela com interesse amoroso, mas como cabeleireira. Então, ele descartou a ideia porque se lembrou de que Gloria não cogitava opções. Gloria imaginava uma coisa e a tornava real.

Depois de duas ou três horas, a filha de Dora se despediu e a cabeça de Marlene latejava. Quando Isidro se ofereceu para acompanhá-la até a saída, Marlene olhou para ele com expressão de poucos amigos.

— Assim podemos falar sobre Salka. Falando sobre outras coisas, esquecemos do problema principal — acrescentou Gloria, para o caso de não haver lenha suficiente no fogo.

Enquanto caminhavam pelos corredores assépticos, o professor se aproximou dela.

— Então, Gloria. Eu queria informações sobre Salka. Tudo que você conseguir se lembrar. Sua mãe me disse que você era grande amiga dela e que ela lhe contava segredos.

— Sim, nos encontrávamos em seu apartamento antes de ir dormir. Chegava tarde da faculdade e, depois do jantar, conversávamos por um tempo. Isso foi no início, antes de todos os problemas. Então minha mãe teve câncer, suponho que você se lembre disso. Eu não tinha tempo para estudar, cuidar da minha mãe e socializar. Salka passou por maus momentos e deixamos de ser amigas. Acho que nós duas mudamos um pouco e acabamos nos distanciando.

Isidro não ficou surpreso com o fato de Gloria não ter perguntado sobre seu interesse por Salka. Essa era a parte boa sobre Gloria, sua ausência total de curiosidade sobre os assuntos de outras pessoas.

— Você diz que ela teve problemas. De que tipo, Gloria? — perguntou, esperançosamente.

— Eu não lembro... ou talvez eu nunca soubesse. Eu já disse que Salka ficou muito reservada e eu estava muito ocupada.

— Talvez alguém da vizinhança saiba? — insistiu o professor.

— Duvido. Salka não falava com ninguém. Acho que eu era sua única amiga e confidente.

— Mas você não sabe praticamente nada sobre ela — insistiu, tentando provocá-la.

— Eu não sei exatamente o que aconteceu com ela, mas uma teoria me ocorre. Ela provavelmente brigou com o namorado. Ou ele a abandonou. Sim, claro que é isso! Lembro-me de que me contou sobre uma decepção que teve com ele.

— Você está me dizendo que Salka tinha um namorado? Quem?

— Sabe de uma coisa? No começo eu pensei que fosse você. Achei que ela fantasiava e depois dissimulava, mas sabia que estava apaixonada por você. — A resposta de Gloria surpreendeu Isidro.

— Por que diz isso?

— Porque ela disse que estava saindo com um professor. No começo não liguei isso a você. Eu sabia que você dava aula para ela porque ela havia me contado. Salka tinha visto você pelo bairro e comentado que o professor de Estatística tinha um Toyota verde e que certamente vivia em Arona, e eu lhe disse que o conhecia porque sabia que você morava no prédio onde minha mãe trabalhava. Um dia, um vizinho me contou que a viu entrar em seu carro e foi quando suspeitei que ela estava envolvida com você. Mas nunca me ocorreria dizer isso a Marlene!

Esse era mais um dos comentários absurdos fora de contexto da filha de Dora. Isidro continuou o interrogatório.

— Pelo visto, você logo descartou essa possibilidade.

— Sim. Eu me atrevi a perguntar diretamente a ela. Salka começou a rir. Ela me disse que você a viu no ponto de ônibus e a levou para a aula, só isso. Fiquei feliz que o namorado dela não era você. Especialmente por causa da Marlene. Ela confirmou que era outro professor.

— Qual era o nome desse professor? Isso pode ser muito importante para mim, Gloria — insistiu, certo de que ela não iria investigar esse interesse excessivo.

— Não tenho nem ideia. Mesmo se me disser, talvez eu não lembre.

— Você se lembra do nome Mauro? — Isidro foi acelerado.

— Mauro? Não sei. Pode ser.

— Bom... Você se lembra de outra coisa? Algum detalhe importante desse relacionamento? — insistiu.

— Sim, claro. Salka suspeitou que o professor só queria uma relação de sexo com ela. Eu disse que era algo pecaminoso, mas ela não me escutou. Estava apaixonada e é por isso que suportou ficar com ele. Até descobrir que esse professor tinha uma amante habitual. É por isso que tenho a impressão de que Salka caiu em depressão. Certamente o professor a deixou para ficar com sua amante.

Isidro achou suspeito que Gloria, depois de afirmar que Salka e Mauro não tinham um relacionamento muito sério, usasse a palavra "amante" para se referir a uma outra conquista de Mauro. Amante habitual. Se ele tivesse uma "amante habitual", a palavra "namorada" seria mais apropriada. Em todo caso, a amante seria Salka. Mas, vindo de Gloria, não podia dar tanta importância. Por outro lado, conhecia Mauro muito bem. Mauro não namorou sério nenhuma mulher, seus rolos eram todos ocasionais. Isidro sabia ler nas entrelinhas e não estava disposto a confundir suas deduções tentando interpretar, literalmente, todas as palavras usadas pela complexa Gloria.

— Você sabe de mais alguma coisa? Por exemplo, como era Salka? Que relação ela tinha com seus colegas?

— Nenhuma — respondeu. — Alguns colegas tentaram se aproximar dela sem sucesso. Salka se considerava uma mulher com muitos problemas e não pretendia compartilhá-los com ninguém. Você sabe, a situação irregular dela na Espanha, a maturidade, devido a sua idade e experiências, o assédio contínuo...

Ocorreu a Isidro que Salka só havia permitido a aproximação de Gloria. Não queria que ninguém com um mínimo de sensibilidade se preocupasse com ela e lamentasse seus problemas. Ela não queria compaixão. Mas pessoas como Gloria e, com certeza, Mauro, pessoas sem emoções reais, eram capazes de ouvi-la sem sofrer por ela. Isso era bom para Salka, era o que ela precisava. Um ombro para chorar, mas não para manchá-lo com lágrimas.

— Você disse assédio? — Os alertas do Isidro dispararam.

— Sim, claro. Salka era negra, você não lembra?

A pergunta de Gloria não foi uma ironia. Gloria era tão simples e tão ingênua que geralmente não cogitava opções e, quando cogitava alguma, costumava ser improvável.

— Sim, me lembro. Acho que era africana, certo? — A resposta do professor, sim, foi uma ironia.

— Exatamente. Bem, você sabe que, naquela época, havia muitas pessoas xenófobas que contavam piadas sobre negros. E não pense que isso acabou! Dia desses, no salão, recebemos dois clientes que se conheciam e se esbarraram por lá. Eu atendi um deles e Luisa, minha companheira de plantão, atendeu o outro. Bem, eles começaram a contar histórias sobre negros de tão mau gosto, que nós...

— Desculpe-me por um segundo, Gloria. Você me disse que Salka estava sendo assediada? — repetiu Isidro, tentando fugir do que seria um monólogo sem fim.

— Sim. Pelos seus próprios companheiros. É por isso que Salka se recusou a receber apoio moral naquele ambiente. Não queria que, por causa dela, a turma se dividisse. Aí, sim, eles a odiariam. Além disso, ela sabia que provavelmente não duraria muito ali, e não tinha por que jogar uma bomba, fugir e deixar para trás uma ferida incurável.

— Você sabia que ela não duraria muito por lá?

— Claro. Ela me fez prometer não contar nada a ninguém. Agora isso não importa mais. Salka não foi inscrita porque sua situação não permitia. Não tinha documentos em ordem, nem dinheiro para pagar a mensalidade. E não me pergunte o que Salka estava fazendo, porque não sei.

Isidro não queria cavar esse terreno a menos que encontrasse alguma conexão com os fatos que estava tentando investigar. Ele suspeitava que, em algum momento, Salka havia se prostituído para seguir em frente. Havia outros trabalhos no mundo da economia do submundo, mas a prostituição era o negócio mais seguro para sobreviver.

— Você sabe quem estava assediando ela? Você se lembra de um nome?

— Ela nunca me deu nomes. Ela não odiava ninguém, então todo mundo que a assediava era um estranho para ela. Não queria guardar rancor contra eles, apenas esquecê-los e ignorá-los. Não queria vingança, só tranquilidade.

O professor entendeu o que Gloria queria dizer. Salka não tinha inimigos de fato. Seu inimigo era, simplesmente, a sociedade ocidental, o gerador de monstros. Salka veio do inferno, nasceu no lugar errado e foi pisoteada. Os privilegiados do acaso. A Rainha Bruxa, Edu, Gérmen e quem sabe quantos mais. Mesmo assim, ela não permitia que ninguém a defendesse, ela não queria dividir nossa sociedade. Se a grande maioria silenciosa se deixasse arrastar pelos xenófobos ou não os enfrentasse por conveniência ou interesse, ela não seria a pessoa que forçaria a mudança nessa situação. Cada um deve agir de acordo com seus princípios e defender o que seu coração determina. Salka não era ninguém para determinar coisa alguma. Talvez ela tenha pago por isso com a vida.

A aplicação fundamental da distribuição F de Snedecor é a comparação de variâncias (dispersão); as abstratas metáforas estatísticas utilizadas por Isidro significavam que, neste caso, foi precisamente a maior dispersão no comportamento da maioria em relação a da minoria que conseguiu derrubar Salka. O comportamento dos intolerantes é geralmente plano, primário, pouco disperso, quase constante. Mas a maioria das pessoas é bastante versátil: adapta-se a situações de conforto, sem fazer nada para modificá-las ou confrontá-las, mesmo que tais situações sejam nocivas. Essa dispersão, essa passividade, poderia ter entregue Salka em uma bandeja de prata para seus predadores.

DISTRIBUIÇÃO NORMAL BIVARIADA

Capítulo 25

A distribuição normal bivariada constitui uma generalização do modelo normal unidimensional.

Quando Marlene o encarou, Isidro achou que o mundo estava caindo sobre sua cabeça. A intromissão da esposa nessa cruzada que ele havia empreendido significava mais estresse a ela.

— Pode me explicar por que você pediu a Dora para enviar o papagaio da filha falar com você sobre aquela aluna? Como é possível que Gloria a conheça? Não faz nenhum sentido! — perguntou ela enfurecida.

— Ex-aluna — corrigiu Isidro.

— Chame do que você quiser. Você se dedicou a essas palavras cruzadas enquanto eu estava morrendo? Ah! Não acredito!

O humor de Marlene azedou muito depois do acidente. Os médicos disseram a Isidro que era normal e para que ele tivesse paciência. Paciência. A palavra favorita de todos os seres em uniforme branco ou verde. Marlene era uma pessoa que se caracterizava por um diálogo excessivo e exaustivo para combater qualquer discussão, e com esse diálogo ela sempre derrotava Isidro. Mas agora, depois do acidente, estava adquirindo um lado forte polemista.

— Sinto muito, Marlene. Eu não me dediquei especialmente a nada — mentiu. — Só tentei ocupar minha cabeça com assuntos triviais para não desmoronar e poder continuar lutando por você.

— Eu quero que você rasgue essa carta na minha frente. Uma coisa é se distrair fazendo palavras cruzadas, e outra é trazer especialistas em passatempos para o meu quarto para ajudá-lo a resolver suas dúvidas existenciais.

Ele entendeu o ponto de vista da esposa. Embora não tivesse ligado para Gloria, a verdade era que, enquanto Marlene estava lutando entre a vida e a morte, ele estava investigando. O pior era esconder a verdadeira razão pela qual ele estava fazendo isso. Se eles não tivessem tentado matá-la, as palavras cruzadas não existiriam mais pra ele, mas agora tinha que continuar por ela. E, ao mesmo tempo, seu principal obstáculo era sua esposa.

Em várias ocasiões, ele considerou seriamente ir à polícia, esquecer tudo e deixar que eles investigassem. Talvez eles encontrassem alguma relação entre Julio e Salka e não o tomariam como um paranoico. Mas, nesse caso, deveria ter feito isso logo no começo. Agora, ninguém iria ouvi-lo. Embora houvesse um relacionamento no passado entre a africana e o assassino, isso não provava nada, não era Salka quem havia sido atropelada. Além disso, todos nos encontramos uma vez com alguém do nosso passado. Por isso, ele não poderia afirmar que o atropelamento de sua esposa tinha sido intencional e que ele não havia dito antes por medo de não ser levado a sério. Soaria absurdo. Nunca poderia provar que tal acidente não tinha sido acidental. Os especialistas em acidentes tinham a última palavra e, certamente, quando fizeram a reconstrução dos fatos, não pensaram nem por um momento no cenário conspiratório ilógico que o professor tentava defender.

Em suma, não importava quantas voltas desse nesse assunto, sempre chegava à mesma conclusão: ele tinha que seguir em frente sozinho e enfrentar todos os contratempos. Mas o muro que Marlene ergueu em seu caminho era o mais difícil de superar. A única maneira de fazer isso era contornando-o, e não escalando. E escalar seria muito difícil, quase suicida. Contornar consistia em pedir ao mago Sancho Aranda que lhe ensinasse um truque que lhe permitisse transpassá-lo. Algo como abrir o tijolo, atravessar o muro e voltar a construí-lo atrás de si. Em palavras mais simples: mentir.

— A carta não existe mais. Eu não liguei para Gloria, asseguro-lhe. Admito que falei sobre Salka com Dora porque eram vizinhas. Salka morava em Arona. Uma vez eu a vi no ponto de ônibus e a levei para a universidade.

— Você teve um relacionamento com ela, Isidro? Não minta para mim. — Marlene olhou diretamente nos olhos dele para evitar que ele escapasse com uma mentira.

— Não! — respondeu com força para deixar claro.

— Eu acredito em você. Estou um pouco chateada, me perdoe. Você quer dizer que uma aluna escreveu uma carta para você, e que você era um vizinho? Isso me dá ideias. Ela te escreveu porque você foi o professor dela ou porque era o vizinho? Ou por ambos, e isso a excitou? Talvez ela tivesse fantasias sexuais nas quais você era o protagonista! — Marlene tentou substituir a agressão por ironia.

— Eu não sei por que ela me escreveu, eu já disse. Eu não sei como tinha minhas músicas. Não sei o que aconteceu com ela depois, a carta é de 1997, por Deus, Marlene!

— Então, entendo menos ainda porque você continuou com isso.

— Ok, querida, você está certa. Não faz sentido continuar discutindo algo sem fundamento. Eu já lhe disse que foi Dora quem enviou Gloria. Eu queria que ela orasse por você. Você sabe como elas são religiosas!

— Dê-me um beijo.

Marlene começou a chorar. Estava ciente de que seu ânimo estava muito alterado e não podia controlá-lo. E era Isidro, seu amor, quem estava pagando o pato. Era uma carta estúpida, isso era só um pretexto. Eram seus hormônios que a devoravam. Ela não queria perder o marido por causa da adrenalina.

Não havia mais necessidade de palavras. Isidro percebeu que sua esposa sentia muito por ter ido longe demais, mas também sabia que, se ele fosse em frente, e nem cogitava parar, teria que ser muito cauteloso. Se só por falar com Gloria, Marlene ficou tão nervosa, o que poderia acontecer se ela descobrisse que, por causa da carta, esteva prestes a matar ou ser morto por Luis Figueruela? Durante o resto do dia, o professor não saiu do quarto, exceto para ir comer. Esteve lá o tempo todo, retido por um sentimento de culpa, enquanto pessoas diferentes entravam e saíam, cumprimentavam-no, conversavam com sua esposa, se despediam...

Em 2 de janeiro, ele se levantou pronto para entrar no túnel do qual não pretendia sair sem uma resposta. Ligaria para Rosa e estava pensando em apertá-la ao máximo para conseguir dados de sua memória. Sabia que Rosa era uma das pessoas que se entregavam ao máximo à vida, e não apenas em um nível religioso e sentimental. E também provara ser generosa ao compartilhar informações com ele. E tudo sem pedir nada em troca, sem investigar as verdadeiras razões que levaram Isidro a encontrar Salka. Gloria também não estava interessada nas razões que o levaram, mas por motivos diferentes. Rosa não pedia prudência e o assunto não era da sua conta. Gloria só não perguntou porque a pergunta não lhe ocorrera.

Ele saiu do quarto por volta das nove horas da manhã, exatamente quando Antônia chegou. O professor lhe disse que estava indo tomar café da manhã e que então visitaria a tia do aluno com quem havia falado na manhã anterior. Depois do café, ele foi para a área onde Sara estava internada e encontrou o rapaz no corredor. Estava pegando um refrigerante de laranja em uma máquina. Agustín, pelo menos, tinha sorte com as máquinas, pois Isidro não recebia nada quando tentava tomar um café.

— Bom dia, professor — disse Agustín ao vê-lo.

— Olá, Agustín. Como a Sara está?

— Parece um pouco mais calma, mas acho que é o efeito do sedativo forte a que ela foi submetida. O problema é que eles podem estar prejudicando o embrião com a medicação.

— Não se preocupe, eles sabem o que estão fazendo — respondeu Isidro sem muita convicção. — Seu tio vem?

— Não, talvez ele nem saiba ainda. Eu não planejo ligar para ele. Acho que vai aparecer a qualquer momento. Apenas parentes distantes de Sara e colegas de trabalho vieram. Ela não tem pais e seus dois irmãos moram na península. Eles ligam toda hora e estão pensando em vir.

— Os médicos não perguntaram pelo pai da criança? — perguntou Isidro educadamente.

— Sim, claro. Eu disse a eles que Sara e seu marido brigaram e que ele viria hoje para vê-la. Essa é a versão oficial para médicos e parentes. Eu não tive coragem de dizer a verdade. Estou muito mal. Se estivesse apaixonado por ela, as coisas seriam diferentes.

— Sim, você está muito mal. Não importa se você está apaixonado ou não. A verdade é que a criança é sua e não sei se é prudente escondê-la. Não sei.

— Ele nem é uma criança! — Agustín ficou irritado com a impotência que a situação lhe trouxe.

— Talvez Luis assuma... — falou Isidro, sem saber o que dizer.

— Luis cuida da filha de Rebecca. Eu costumava pensar que minha tia não podia ter filhos, e essa era uma das razões pelas quais eu não tinha primos. Eu pensava que era por isso que meu tio a abandonou. Mas talvez ele seja o estéril. Ou nem um nem o outro. Não sei e nem me importo. Estou farto deles!

A responsabilidade que o jovem não queria assumir estava levando-o a um labirinto que seria muito difícil de sair. Isidro mudou de assunto para não o perturbar ainda mais.

— Posso entrar para vê-la?

— Como quiser, mas está dormindo. São os remédios. Na sala, há um primo assistindo à TV. Eu pedi para abaixar o volume para que Sara pudesse descansar, mas ele me ignorou. Isso me deixa nervoso!

— Bom, Agustín. Eu não tenho nada a fazer lá se ela estiver dormindo. Vou tentar passar em outro momento. Se precisar de alguma coisa, não hesite em me avisar. Você sabe qual é o quarto da minha esposa?

— Sim, você me disse ontem — disse ele.

— Ok. Então, vou embora. Prometa-me que se precisar falar, desabafar, você vai me dizer.

— Claro.

Isidro deixou a área sentindo uma grande tristeza por aquele jovem cuja vida estava sendo projetada a partir de padrões que não eram previstos. Ele foi a uma área de telefones públicos ligar para Rosa, a ex-aluna que tinha contato com Sara. Seu celular estava com pouca bateria e, além disso, não tinha cobertura garantida naquela parte do hospital. Então, reconsiderou a relação entre Rosa e Sara, e decidiu voltar até o jovem. Agustín, dominado pelas circunstâncias, estava sentado em um banco no corredor com olhos vermelhos enquanto bebia o refrigerante.

— Agustín, queria lhe perguntar uma coisa. — A voz de Isidro alertou o menino, que imediatamente se levantou.

— Do que se trata?

— Bem, eu estava prestes a telefonar para uma amiga da sua tia, Rosa. Não sei se você a conhece. Ela era uma colega de turma de Sara e Luis.

— Você é um idiota do caralho! — exclamou Agustín, sem esconder sua raiva, interpretando as intenções do professor. — Por que você não liga para o jornal e pede que eles publiquem a tentativa de suicídio na primeira página? E Sara não é minha tia!

Isidro esperou dois assistentes passarem, que estavam observando a cena de lado.

— Espere, não é o que parece. Eu não vou ligar para ela por causa deste assunto, mas por causa de um outro. É precisamente por isso que voltei. Eu só queria saber se devo mencionar o incidente ou não. Eu não gosto de mentir, e se Rosa descobrir que liguei para ela sabendo da situação de Sara e eu não disser nada, ela não vai me perdoar. Mesmo assim, só contarei a ela se me der a sua permissão.

— Todo mundo vai descobrir. Já sabem no trabalho dela, não sei como vaza a informação de que alguém tentou tirar a própria vida. Não é suficiente dizer que está hospitalizada por conta de um ataque cardíaco ou algo assim? — disse desesperadamente.

— Não é tão fácil. Quando alguém tenta cometer suicídio, eles precisam de um bom psicólogo para redirecionar suas vidas. E não me refiro necessariamente a um profissional, mas a uma pessoa de confiança que consiga transmitir esse desejo de seguir em frente. Às vezes, essa pessoa é a menos esperada. Às vezes, um simples conhecido, por algum detalhe insignificante, se conecta com a pessoa afetada e é responsável pela sua recuperação. Escondendo a realidade só serve para prolongar uma segunda tentativa de suicídio.

Isidro sabia que suas palavras eram muito duras e que somente pouco a pouco fariam sentido para seu aluno. Agustín ouvira atentamente e filtrava a mensagem.

— Uma segunda tentativa? Do que está falando? Você acha que é provável?

— Você estuda Estatística. Claro que é provável. Muito provável. — O professor, antes de continuar conversando, fez uma breve pausa para lhe dar tempo para reconsiderar. — O que eu acredito, Agustín, e talvez eu esteja enganado, é que a personalidade de Rosa poderia ser a ideal para ajudar Sara a superar esse transe. Rosa está ciente da separação de Sara e Luis, mas acho que ela não sabe sobre o relacionamento entre vocês. Ela é uma boa pessoa e gosta de ajudar os outros.

Evitou falar sobre o fanatismo religioso de Rosa, já que não sabia quais eram as crenças de Agustín e temia que isso influenciasse sua decisão.

— Suponho que, mais cedo ou mais tarde, Rosa descobrirá — respondeu o jovem, implicitamente dando ao professor o aceno de cabeça.

— Então, vou contar a ela. Do jeito que eu a conheço, você terá uma visita dela ainda esta tarde.

— Alô?

— Olá, Rosa. Aqui é o Isidro. Seu ex-professor de Estatística.

— Olá, Isidro! — A voz de Rosa transmitiu mais alegria do que surpresa. — Vamos ver se eu adivinho por que ligou. Você se converteu ao Evangelho e procura aconselhamento profissional!

— Não brinque. — Isidro riu. — Estou ligando por dois motivos. O menos importante, embora muito importante para mim, é que eu quero falar com você pessoalmente. É sobre o mesmo problema que já falamos, lembra?

— Sobre Salka? Você ainda está pensando nessa história? — perguntou ela, intrigada.

— Sim, ainda. Seria muito inconveniente que me ajudasse a entender algumas coisas?

— Não, claro que não. Podemos nos encontrar em algum lugar quando você quiser.

— Bem, acontece que estou no Hospital Universitário e talvez você prefira nos ver aqui — disse o professor, gerando incerteza.

— Que quer dizer? O que você está fazendo no hospital?

— Estou aqui porque minha mulher foi atropelada. Foi muito sério, vai ser difícil recuperar a mobilidade, mas conseguirá daqui a algum tempo.

— Você não faz ideia do quanto eu sinto muito, Isidro.

— Olha, eu lhe disse que talvez você prefira que nos vejamos aqui, porque tenho más notícias. É outro paciente hospitalizado que você certamente desejará visitar. Sara.

— Sara? Ela está hospitalizada? Eu não a vejo há várias semanas. Ela me disse que estava com alguns problemas. O que aconteceu?

— Por telefone, acho melhor não... é que... tem relação com esses problemas. O fato é que houve uma tentativa de suicídio.

— Eu ouvi corretamente, Isidro? — perguntou ela incrédula.

— Temo que sim. Sara precisará do apoio de seus amigos.

— Isso tem a ver com o Luis? Eu pensei que ela havia superado o trauma inicial.

— Indiretamente sim, mas... há uma parte, a chave para tudo, que tem a ver com o sobrinho dela. O que contarei quando nos encontrarmos lhe dará arrepios, e você terá que agir com muito tato. Ah! E seria melhor se o sobrinho não soubesse que lhe contei. Ele me deu permissão para ligar para você, mas nada mais. No entanto, se você não conhecer a história completa, não será capaz de ajudar Sara.

— Do que você está falando? Como o sobrinho lhe deu permissão para me dizer que Sara tentou se matar? O que você diz é absurdo, Isidro. — Rosa não entendeu nada.

— Não, não é. Quando eu lhe contar você vai entender.

— Bom. Estarei aí às quatro. Primeiro, vamos ver Sara e depois conversamos.

— Não. Primeiro, eu te conto o que aconteceu com ela. Então, você poderá vê-la e, finalmente, falamos sobre Salka. Pode ser assim?

— Claro, é o mais lógico.

Isidro desligou e voltou rapidamente para o quarto de Marlene. Ele passou a manhã inteira lá, porque à tarde teria que sair sob algum pretexto.

Naquela mesma manhã, o telefone tocou no luxuoso escritório de Luis Figueruela.

— Sim, Rebecca?

— O sr. Julio Domínguez na linha dois.

— Julio Domínguez? Obrigado, Rebecca. Vou atendê-lo.

— Alô? Aqui é o Luis Figueruela.

— Luis? Como vai? Aqui é o Julio. Estou muito feliz em ouvir o sonoro tom de sua voz melodiosa.

— O que você quer, Julio?

— Eu ouvi sobre o incidente que ocorreu nesse escritório ocioso onde você está passando a manhã. Refiro-me à visita do senhor Isidro León.

— Estou trabalhando e muito ocupado. Eu não perco tempo no trabalho, Julio. Não sei se você pode dizer o mesmo.

— Ora Luis, não faça rodeios. Me diga: o que Isidro queria exatamente? Ele não se conformou com o que aconteceu com a esposa?

— Ouça, Julio! — rugiu Luis. — Isso já foi longe demais, saiu do controle! O que você queria? Matar a esposa dele? Você ficou louco!

— Louco? Você acha que eu deveria ficar de braços cruzados como você, enquanto aquele intrometido investiga o passado de Salka? Você que é louco, Luis!

— O pior de tudo, Julio, além da tentativa de assassinato, é sua estupidez. O mais absurdo é que você foi lá e se entregou! "Olá, bom dia, senhor León. Eu atropelei a sua esposa, porque você está se metendo na minha vida." Pelo amor de Deus, Julio! Isidro nem se lembra de você! Ele não sabe quem você é e você vai lá e dá corda! — Figueruela parecia que ia explodir de raiva.

— Sim, essa parte do ego é a minha sina, mas gosto de desfrutar do meu trabalho. E é justamente essa minha exibição meu maior entusiasmo.

— Seu trabalho? Você está tomando isso como um trabalho?

— Sabe que sim? A Rainha concordou, ela que me deu o empurrão final para jogar o carro contra a cadela.

— Por que você continua chamando-a de "Rainha"? Muitos anos se passaram. Escute, depois desse acidente execrável, se você tivesse deixado as coisas como estavam, Isidro teria esquecido tudo e poderíamos estar tranquilos agora. Mas você não podia pensar em outra coisa senão em incentivá-lo a continuar. O objetivo era precisamente o oposto: impedi-lo.

— Claro que sim, estimado amigo Luis, claro. O que acontece é que esse humilde pecador gosta de resolver problemas com um pouco de teatralidade e estrondo. Seria muito chato aleijar sua pequena esposa e ele não saber nada sobre nós. Seria chato se ele achasse que tudo era fortuito! Não, Luis, não podia ser assim. A diversão é dizer na cara que eu era o pior pesadelo dele e ver como ele reagia.

— Você é teimoso como uma mula, seu maldito lunático! — gritou Luis.

— Eu sou aquele que decidiu conceder ou tirar a vida da esposa dele. E ele sabe disso. Se ele quiser seguir em frente, posso acabar com ele ou ela. Posso levar mais ou menos tempo, mas eu que decido se aquele pedaço de merda e sua cadela devem viver ou não.

— Não quero saber nada sobre isso, Julio. O que você fez é culpa sua. Apenas sua — disse Figueruela.

— Você está errado, meu bom amigo. Estamos juntos e somos invencíveis. E a Rainha Bruxa também está conosco. Você quer que eu vá até aí para tomarmos umas cervejas e comemorar? Eu gostaria de lhe dizer, em detalhes, o prazer que senti quando aquela cadela pulou no ar.

— Se você tentar me envolver nessa loucura, juro a você que vou matá-lo com minhas próprias mãos, seu sádico maldito! Você deveria consultar um especialista nas patologias mais distorcidas!

— Sim, eu já tinha pensado nisso. É possível que faça isso. Eu aprecio sua preocupação. Tchau, meu amigo. Vamos nos ver — disse e desligou.

O que unia e separava Julio e Luis? Em distribuições de probabilidade, o fato de duas variáveis aleatórias (X e Y) seguirem uma distribuição normal cada uma não implica que o par (X, Y) siga uma distribuição normal conjunta ou bivariável. Isso dava a impressão de que, separadamente, Luis Figueruela e Julio Domínguez compartilhavam um grande segredo, um passado comum, a mesma distribuição que os condenava individualmente à mesma linhagem: a linhagem da Rainha. Mas isso não implicava uma distribuição conjunta similar. Diferenças no modo de agir e de pensar eram tais que o segredo zelosamente guardado podia explodir em qualquer lugar.

DISTRIBUIÇÃO MULTINOMIAL

Capítulo 26

É uma generalização da distribuição binomial que é utilizada para estudar, em vez de um único acesso, a ocorrência de vários.

— Tenho que ir para casa, Marlene. Preciso dessas anotações para me preparar para as aulas do segundo semestre.

Estava procurando por um álibi para poder conversar calmamente com Rosa, mas sua esposa não estava disposta a ceder.

— Eu entendo, querido, mas deixe para amanhã. Eu preciso que você fique comigo esta tarde. Não sei se são os remédios, mas estou passando por um momento delicado. Sinto que estou em uma depressão profunda.

Marlene segurou-o com força enquanto conversava com ele. Um nó de marinheiro, duro e áspero, estava preso na garganta do professor. A situação era muito dolorosa e não sabia como lidar com isso. O encontro com Rosa já estava confirmado e não podia ser cancelado. Não podia, nem queria. Certamente Rosa já estava ali no hospital.

— Prometo que voltarei assim que possível. Além disso, tenho uma roupa pendurada há dois dias e, se não a pegar, ela vai se desintegrar. Sua mãe ficará com você e seu irmão virá daqui a pouco. Eles vão te fazer companhia até eu chegar.

— Não tem outro jeito? Você realmente não pode esperar até amanhã? Seria muito importante para mim — insistiu ela.

— Eu prefiro que seja hoje. — Isidro tentou ser inflexível, mas por dentro estava desmoronando.

— Está bem. Dirija com cuidado e tente voltar o mais rápido possível. Acha que consegue voltar em uma hora?

— Vou tentar, Marlene.

Ele a beijou e saiu.

A forte pressão exercida por Marlene estava destruindo seus nervos. A conversa com Rosa teria que ser corrida, e isso era precisamente o que não queria. Teria que mudar os planos: abordar ambos os temas, Sara e Salka, e somente depois ela poderia ir visitar Sara. Ele entrou na cafeteria e lá, sentada, estava Rosa segurando um café com leite. Isidro pediu um café e se encontrou com ela.

— Olá, Isidro.

Rosa se levantou e carimbou dois beijos nas bochechas do professor. Ela também gostava de Isidro. Quando ele lecionou à turma dela, era muito jovem e parecia ser mais jovem do que muitos estudantes. Ela se lembrava de um estudante chamado Marcos, que sentava no final da sala ao lado da porta de entrada. A barba pesada do Marcos a impressionava, e ela sempre imaginava que ele poderia ser, perfeitamente, o pai de Isidro. Rosa admirava a facilidade de uma pessoa tão jovem em transmitir esses complicados conceitos estatísticos. Também lembrava que a dureza de seu rosto tornava Isidro muito atraente. Uma vez sonhou em ser sua namorada. Foi tolice de estudante. Agora, apesar de seu ateísmo radical, ela se sentia muito à vontade falando com ele. Era como conversar com seu irmão mais velho, que não via há oito anos, quando foi morar na Alemanha.

— Estou muito feliz por você ter vindo, Rosa. É muito importante para mim. Como eu disse em nosso encontro anterior, alguém está interessado em saber o que aconteceu com Salka. Eu não posso dar mais detalhes porque fiz uma promessa. Mas é importante descobrir se algo incomum aconteceu nesses anos.

— Não se preocupe com isso. Eu o ajudarei da maneira que puder, mas não farei perguntas. Não acredito que minhas lembranças, apesar de conterem a verdade, possam ferir algum inocente.

— Obrigado pela compreensão.

— Bem, vamos ver. Você não havia dito que a ordem dos papos seria diferente? Primeiro: você me conta sobre a Sara. Segundo: vou visitá-la. Terceiro: falamos sobre Salka — registrou Rosa.

— É verdade, mas há uma mudança de planos. O segundo ato se tornará o último. Primeiro vamos falar sobre Sara — respondeu Isidro, tentando controlar sua ansiedade para resolver a questão de Salka.

— Você me disse que Sara tentou se matar. O que está acontecendo? Estive pensando sobre este assunto durante todo o dia e eu não consigo entender. Eu sabia que a separação estava sendo muito difícil para ela, mas nunca pensei que poderia chegar a esse ponto. Qual o papel do sobrinho dela nessa história toda?

— Para começar, não é sobrinho dela. Ele é sobrinho do Luis — respondeu o professor.

— Que quer dizer? Algum problema de coexistência? Ninguém tenta cometer suicídio por causa de um problema de coexistência. Menos ainda com um sobrinho.

— Não é verdade. Mas repito que, na verdade, não é sobrinho de Sara.

— E isso tem alguma importância? — insistiu Rosa.

— A menos que você aprove relações incestuosas, é um detalhe importante, garanto-lhe.

As palavras de Isidro lhe deram "arrepios", como ele próprio a advertira ao telefone. Ele estava sugerindo que Sara tinha um relacionamento sexual com o sobrinho de Luis Figueruela? Não esperava por isso.

— Do que você está falando? Está falando sério? — perguntou com tristeza.

— Sim. É certo. Sara e Agustín...

— Espere. Isso significa que Luis saiu de casa por esse motivo e que Sara mentiu para mim? Não estou entendendo nada!

— Não. A relação com Agustín começou depois que Luis saiu. Eu acho que Sara estava muito solitária e confusa. Ou talvez ela realmente tenha se apaixonado por Agustín, não sei. A questão não é essa. Se eles estivessem apaixonados e felizes, não haveria problema. O fator idade não precisa necessariamente ser um impedimento.

— Eu suponho que não... — Rosa duvidou de suas próprias palavras. — Acho que posso concluir a história, não precisa ser muito inteligente para isso. Agustín conheceu uma garota da sua idade e se apaixonou. Ele disse à tia, aí ela não aguentou, porque era muito apegada a ele e cortou os pulsos. Mesmo assim, acho excessivo.

— Você acertou. A tentativa de suicídio foi cortando as veias, e Agustín apaixonou-se por outra e contou isso a Sara. Mas há algo mais, um fator decisivo que fez o copo de dores dela transbordar. Sara, no mesmo momento em que recebeu a confissão de Agustín, descobriu que estava grávida dele.

— Como?

Dizem que as notícias mais chocantes geralmente geram conflitos internos naqueles que as recebem e podem até mudar sua visão das coisas. Por causa da expressão de desolação em seu rosto, algo assim deve ter acontecido com Rosa. Mais de dois minutos se passaram sem que alguém falasse. Terminaram o café e olharam um para o outro. O professor considerou até que ponto Sara se angustiava ao enfrentar a morte de maneira tão direta.

— Como está sua esposa, Isidro? — perguntou Rosa, mostrando que estava bastante tocada e desconfortável falando sobre Sara.

— A recuperação dela está bem devagar. Precisamos de muita paciência. Pelo menos é o que dizem os médicos que a tratam. Mas vai conseguir seguir em frente.

— Bem, acho que vou ter que visitar Sara, mas não sei se estou pronta. Ela precisará de muita alegria e vitalidade, e eu, na verdade, não sei se poderei prover isso. Bem, eu poderei, mas não sei se agora.

— Estou convencido de que você vai se sair muito bem. De qualquer forma, agora vamos falar sobre Salka e assim escaparemos um pouco da realidade atual. Você verá que mais tarde estará em condições de ver Sara. Tente disfarçar na frente de Agustín. Ele é um garoto excessivamente esperto e poderia ler em seu rosto que você está a par do relacionamento dele com Sara. E não vai me perdoar.

— Não se preocupe, sou boa em esconder coisas. O que você quer saber sobre Salka que eu não lhe contei ainda? A verdade é que tenho tentado me lembrar de coisas importantes, mas não consigo pensar em nada. Acho que nossa conversa será tão breve que vou tomar um uísque para entrar no quarto de Sara — brincou.

— Não, eu tenho certeza que você pode ser de grande ajuda para mim, porque não vou perguntar nada sobre Salka. Apenas sobre as pessoas que a rodeavam. Eu quero que você fale comigo sobre uma série de personagens do passado. Está preparada?

— Sim.

— Vamos encarar isso como um jogo. Vou lhe dizer nomes e você me conta o que lembrar deles, especialmente se estão relacionados a Salka ou à festa de Natal — disse o professor.

— Tudo bem, pode atirar — aventurou-se.

— Vou começar com Javier Fernández. Você se lembra? Foi da sua turma.

— Javier Fernández? — O rosto de Rosa refletia seu esforço em tentar se lembrar. — Você quer dizer Javi? Javi, o sedutor? — deduziu Rosa.

— Sim, ele. Espere, como você sabe que eles o chamam assim? O apelido é recente — disse Isidro, intrigado.

— Sim, eu sei que é um apelido no trabalho. Eles só o chamam assim na universidade. Ele lambe os lábios quando ensina. Foi exatamente isso que Sara me disse. E ela, é claro, soube pelo sobrinho do Luis. Aparentemente, Javi é professor dele — respondeu Rosa.

— Tem razão. Ele dá um curso da Teoria Econômica no primeiro ano. O que você acha do Javi?

— Bem, eu não sei muito sobre sua vida atual, só o que eu ouvi. Pelo que entendi, é uma espécie de luminária com pernas.

Isidro achou que, dada a questão física de Javi, o comentário pegou mal. Mas, provavelmente, Rosa nem sabia sobre o mancar dele.

— Dizem que ele tem um futuro promissor — continuou ela. — E parece que ele estava prestes a jogar tudo fora por causa das drogas. Bem, imagino que você já sabia disso.

Essa era a segunda vez que relacionavam Javi às drogas. Primeiro, foi Gustavo, e Isidro achou que poderia ser uma piada de mau gosto ou exagero, mas a confirmação de Rosa não deixava mais dúvidas.

— Não, Rosa. Eu não sabia nada sobre esse assunto. E ele é o meu colega de trabalho!

— Sim. É por isso que supus aquilo. Pelo que entendi, ele passou alguns verões em uma clínica de desintoxicação. Graças a isso, ele foi capaz de continuar com carreira. Dizem que ele tentou manter isso em segredo no local de trabalho. É por isso que usou os verões para se curar. Mas essas coisas dificilmente podem ser escondidas.

Estava espantado. Aparentemente, ele nunca se inteirava sobre o que estava acontecendo ao seu redor. Rosa agora era uma torrente de novidades.

— A questão das drogas não surgiu só em seu tempo como professor. Quando estávamos estudando, ele já experimentava de tudo: heroína, cocaína, comprimidos e uma vez eu o ouvi contar suas tristes origens. Foi uma história comovente, mas não me lembro dos detalhes.

Isidro lembrou logo de "Yonki", a canção que ele escreveu inspirada em seu tio Federico.

Ele tem mais de trinta anos.
Para na praça do bairro.

Mil picadas nos braços.
Seringas nos bancos.
Ele se resigna em ser o cara mau.
Há bem pouco tempo, ele estava feliz.
E agora ele tem o vício que a sociedade não tolera.

— É estranho que, como gostava muito de se divertir, ele não tenha ido a essa festa — disse Isidro.

— Para a festa de Natal? Claro que ele estava lá!

— Ele me disse que não foi! — disse o professor, surpreso.

— Talvez ele não se lembre disso porque estava drogado, mas garanto que sim — insistiu Rosa.

— Você se lembra de algo que aconteceu na festa? Que atitude ele tomou com relação ao assédio de Salka?

— Desculpe, Isidro. São muitos rostos e muitos nomes, não tenho como lembrar de todos. Estou certa de que ele não foi líder de nada, porque senão eu me lembraria disso. Suspeito que, como seu único interesse era se posicionar, o tema de Salka teria servido. Mas não tenho certeza.

— Vamos tentar outro personagem. Gérmen. Não me lembro do sobrenome, mas tenho certeza que anotei em algum lugar. — Ele abriu a mochila onde guardava seus pertences, mas a voz de Rosa o interrompeu.

— Gérmen Escuela. O neonazista. Claro que eu lembro dele.

— Você disse neonazista?

— É assim que o chamavam. E não pense que ele ficava bravo, pelo contrário! Ficava orgulhoso. Ele até costumava dizer "com muita honra" se alguém o chamasse assim — disse ela, muito convencida. — Suas ideias eram radicais. Ele as expunha publicamente e as justificava. Gostava de exibi-las e demonstrá-las. Estava perdido. Era do grupo dos xenófobos e racistas, um dos mais expressivos. Ao lado dele, estava a raposa da Amanca, que era como uma irmãzinha. Ela os encorajava, sim, mas caras como Gérmen é que revelavam o lado mais primitivo de suas entranhas.

— E você se lembra da atitude dele? — Isidro queria detalhes concretos.

— Na outra vez em que falei com você me lembrei de dados, mas não de rostos concretos. Agora, ao nomear Gérmen, lembro-me de que foi ele quem fez a Salka as perguntas mais humilhantes. Você sabe, "como as meninas negras fodem?", coisas assim. Salka sempre tentava não responder e engolia os insultos. Certamente é por isso que ninguém veio em sua defesa. Ela não queria defensores, apenas que a deixassem viver em paz. — A voz de Rosa soava cada vez mais angustiada.

— Quem mais mexeu com ela sem ser Gérmen e Silvana?

— Não me lembro, Isidro.

O professor fez uma pausa e pegou um caderno. Ele apontou para uma questão que não havia sido levantada até agora. Por que Salka foi para a festa? Lá, a africana seria um peixe fora d'água. Ele perguntou a Rosa, mas ela não conseguiu responder. Uma ideia lhe ocorreu.

— Mauro e Salka se falaram durante a festa?

— Não me lembro disso. Comentei com você que Mauro tinha passado lá, não? Ele... você o conhecia, ele não ficava muito atrás em comparação ao Javi. Não acho que ele tenha prestado atenção em ninguém.

— Você sabe onde posso localizar Gérmen? O que aconteceu com ele?

— Acho que ele só fez o primeiro ano do curso. Depois, saiu.

— Vou verificar nos registros da faculdade. Mudança de personagem. Eduardo. Eu não sei o sobrenome.

— Eduardo? Não lembro. Havia pessoas demais, não me lembro de todos os nomes. Talvez uma foto ajude. — O nome de Eduardo parecia ser um beco sem saída.

— E algum "Julio", com uma personalidade parecida com a de Gérmen? — Ele fez a pergunta com relutância, pois tinha certeza de que Julio era um assassino.

— Eu não tenho certeza.

— Ok. Silvana Amanca. Onde posso localizá-la? Você sabe alguma coisa sobre ela? — Foi uma pergunta que ele havia esquecido de perguntar na conversa anterior. A Rainha Bruxa parecia ser "o elo mais forte" da trama.

— Você realmente quer falar com aquela cobra? Eu não posso acreditar, Isidro! Depois do que te contei sobre ela! Ok, talvez eu possa te ajudar. Creio que...

— Estou interrompendo alguma coisa? — A voz chegou ao professor por trás. Quando ele se virou, sua expressão caiu.

— Oi, Pedro. Como vai?

— Bem. Eu tive um dia horrível no trabalho — disse ele, e olhou para Rosa.

— Desculpe, Pedro! Esta é a Rosa. Eu a encontrei aqui. — Rosa pareceu surpresa. Por que Isidro estava mentindo? Ela o tinha como uma pessoa muito sincera. — Ela foi minha aluna há muitos anos.

— Encantado, Rosa. Meu nome é Pedro e sou o cunhado de Isidro.

— É o irmão de Marlene, minha esposa. Você vai beber alguma coisa, Pedro?

— Não, não se preocupe. Vou descer daqui a pouco. Primeiro, vou ver minha irmã e mandar uma mensagem urgente para a mamãe. Ela tem que ligar para casa porque meu pai não sabe como mexer na máquina de lavar roupa. Problemas domésticos, você sabe! Prazer em conhecê-la, Rosa.

O professor ficou bastante nervoso. Pedro diria a Marlene que o vira no refeitório. Supunha-se que Isidro tinha ido para casa para fazer algumas anotações. Rosa olhou para ele tentando examinar sua expressão. Para quebrar o gelo, ela disse uma frase irrelevante.

— Você notou? Fomos capazes de ter uma longa conversa sem falar sobre questões religiosas.

— Desculpe, Rosa, eu estava em outro lugar. Acho que você está se perguntando por que eu disse a Pedro que nos vimos casualmente.

— Não, não é da minha conta. Você não precisa se justificar.

— Eu vou te dizer a verdade. Minha esposa precisava de mim ao seu lado e eu tive que inventar uma desculpa para vir.

— Poderíamos ter adiado essa reunião.

— Isso não importa agora. Nós estávamos falando de Amanca. Você sabe onde ela está morando? Se foi para o Peru ou para algum outro lugar?

— Não. Ela ficou em Tenerife. Sabe, Anita a viu há alguns meses e estava falando com ela. Eu posso perguntar a Anita. Eu te ligo para contar.

— Ei, Rosa, e se eu falar com a Anita? Quanto mais testemunhas da festa, mais informações eu reunirei. Você também me falou sobre uma Cristina. Vocês três se preocupavam com Salka.

— Não. Acredite, não nos preocupamos o suficiente. Nós poderíamos ter feito mais por ela e não fizemos. No fundo, éramos muito jovens e tínhamos tudo o que queríamos neste mundo. Nós não movemos um dedo. A religião me ensinou muito desde então. Garanto-lhe que, se pudesse voltar no tempo, arrancaria os olhos de mais de uma pessoa naquela festa.

— Foi isso que sua religião lhe ensinou, Rosa? — brincou, ironicamente, Isidro.

— Não comece! Cristina saiu de Tenerife. Eu não sei nada sobre ela. Vou marcar um encontro com Anita. Tenho certeza de que ela ficará encantada.

— Obrigado, Rosa. Mais uma coisa sobre Anita. É que eu não me lembro dela. Eu tenho uma lista com todos os alunos. Talvez pelo último nome eu a identifique. Ou talvez, quando eu vir o rosto dela... você tem alguma foto dela? Me dá uma sensação estranha falar com uma aluna e não lembrar dela direito.

Enquanto Isidro continuava o discurso, Rosa sorriu. Ela parecia estar se divertindo com as palavras do professor.

— Não precisa de uma foto. Você não sabe quem Anita é? Eu vou te dizer e você vai se lembrar. A neta de Umberto Eco!

— A deputada do grupo socialista? — perguntou Isidro espantado. — Essa é a sua namorada?

— Minha esposa!

Anita Eco foi uma aluna da turma, daquele tipo que passa completamente despercebida. Isidro nunca teria se lembrado dela se não fosse pelo sobrenome. E por sair nos jornais. De origem italiana, seus companheiros e até mesmo muitos professores brincavam com seu sobrenome. "Você é neta de Umberto Eco?" Naqueles anos, era moda em alguns ambientes acadêmicos um romance do escritor e filósofo italiano, publicado em 1994, *A ilha do dia anterior* e, coincidentemente, seus companheiros tinham visto Anita lendo este romance num café. Daí veio a piada.

Agora, em 2011, seu nome era lido continuamente nos jornais porque ela era uma famosa deputada socialista e uma grande defensora dos direitos sociais. No geral, era muito respeitada pela imprensa e até mesmo por seus colegas de outros partidos políticos, pelo sucesso na atual crise econômica, e mais ainda por seus colegas do partido socialista.

— Aguardo esse contato, Rosa. Você realmente tem sido uma grande ajuda para mim. Vou acompanhá-la até o quarto de Sara, mas não entrarei. Tenho que voltar para Marlene imediatamente.

Enquanto vagava pelos corredores, de volta ao quarto, suas pernas tremiam. Marlene lhe dissera que precisava dele ao seu lado. Ele mentiu para ela. Havia falhado com sua esposa. Agora tinha que encará-la, e isso o entristecia.

— Oi, querida, estou aqui. Eu nem sequer passei em casa. Fiquei preso esse tempo todo no refeitório — disse ele.

— Olá. — respondeu Marlene secamente. Não queria dizer mais nada na frente do irmão e da mãe.

Enquanto se aguarda o confronto, e sabendo que não podia atravessar a barreira que Marlene tinha levantado, ele pegou algumas notas da mochila para rever aulas futuras. Seus olhos focalizaram o terceiro problema de uma coleção de exercícios sobre a distribuição polinomial ou multinomial.

"No primeiro quarto de um jogo de basquete infantil, uma equipe do município de Tacoronte fez sete cestas de dois pontos. Calcule a probabilidade de que o Jogador A tenha acertado duas cestas; B, uma; o C, nenhuma; o D, três cestas; e o jogador E, uma."

Abaixo, havia algumas informações adicionais sobre as probabilidades do lançamento de cada jogador. A leitura do exercício deu-lhe o que pensar, já que tinha a cabeça em outro lugar. Ele também tinha cinco jogadores: Javi, Edu, Gérmen, Luis Figueruela e Julio.

— Como eles compartilham as cestas no jogo contra Salka? — murmurou. — Haverá algum, como o jogador C, que não marcou ponto? Alguém está faltando? Apenas o treinador pode saber. A Rainha Bruxa.

Pedro e Antônia não saíram do quarto a tarde toda. Sim, eles até saíram para tomar uma bebida, mas em turnos. Isidro não ficou sozinho com Marlene naquele dia. Ele tinha recebido uma prorrogação. Por volta das nove horas da noite, quando a paciente adormeceu, seus pais aproveitaram a oportunidade para sair. Isidro decidiu ir ao refeitório para jantar. Aquele hospital o afogava. Não. Não era o hospital. Era Marlene. Por causa daquele maldito acidente, ela estava com os nervos à flor da pele e estava constantemente assediando-o. Ele não podia dar um passo sem pedir permissão. Isidro tinha pensado que nunca seria capaz de se sentir assim, mas queria impetuosamente que as férias estivessem acabando. Queria que seu trabalho fosse o pretexto de que precisava para respirar um pouco de ar fresco.

Pela enésima vez, ele foi martirizado por suas reflexões. Foi cruel. Sua esposa não podia se mover da cama porque, afinal, foi ele quem abriu a maldita carta e seguiu suas instruções ao pé da letra. E além de tudo, ele queria se afastar dela um pouco. "Eu deveria queimar a carta agora mesmo!", pensou. Mais uma vez, a tortura psicológica.

— Eu deveria aproveitar o fato de que estou aqui para visitar um psiquiatra. Estou precisando disso — sussurrou.

CONVERGÊNCIA DE VARIÁVEIS ALEATÓRIAS

Capítulo 27

Seja {Xn} uma sequência de variáveis aleatórias, X1, X2..., Xn. O objetivo é analisar as diferentes formas em que a referida sucessão converge para uma determinada variável aleatória X.

O dia 3 de janeiro amanheceu coberto por poucas nuvens e com a sensação de que as temperaturas haviam subido ligeiramente. Os jornais ecoaram a notícia mais atual da época: a lei do tabaco. Era um tema de contínuos comentários no HUC pela equipe médica, um dos coletivos mais interessados em que a lei servisse para mais do que apenas gerar polêmicas absurdas e ultrajantes em terreno político.

Estava na cafeteria tomando café da manhã e lendo o jornal. Marlene havia sido retirada da sala para começar os exercícios de reabilitação, então ele teve tempo de pensar em como explicar o que havia acontecido no dia anterior. Em uma seção do jornal, dados resumidos sobre acidentes foram coletados referentes ao ano que expirou, "46 pessoas perderam a vida nas estradas das Canárias em 2010". Um arrepio percorreu seu corpo. Com Marlene, poderia ter sido muito bem quarenta e sete. Ele descartou qualquer possibilidade de abandonar a investigação. Fraquejar agora, depois de chegar a esse ponto, era uma atitude excessivamente covarde. Continuaria por Marlene, mesmo que tivesse que passar por cima dela. O eterno paradoxo.

Ele encontrou Agustín, que veio para o café da manhã quando ele saiu. O jovem tinha um rosto péssimo. Estava com a aparência de quem vive no hospital, assim como Isidro.

— Nós devemos mudar um pouco a decoração da nossa casa, você não acha, Agustín? — disse o professor, cobrindo todo o espaço do hospital enquanto desenhava um arco imaginário com um movimento da mão esquerda.

— Sim, poderíamos, pelo menos, colar nas paredes páginas de quadrinhos para dar-lhes um pouco de alegria — respondeu Agustín com uma careta que tinha a intenção de simular um bom humor.

— Como está a Sara?

— Sabe o que estou pensando? Eu deveria te agradecer. A visita de Rosa foi um verdadeiro bálsamo.

O tom neutro do aluno não esclareceu se ele estava falando sério ou ironicamente. Era difícil para Isidro classificar o sobrinho de Figueruela.

— Fala sério? — perguntou.

— Claro que sim. Garanto-lhe que, depois da sua visita, Sara me pareceu melhor. Ela chegou a sorrir. Não quer que falemos sobre a criança ou nosso relacionamento. Melhor assim, eu também não. Mas suponho que, mais cedo ou mais tarde, ela vai abordar o tema. Às vezes, penso que quem tinha que cometer suicídio sou eu. Mas para isso você tem que ter motivos bem claros.

— Ou estar muito desesperado — disse Isidro.

De manhã, Isidro aproveitou a oportunidade para ir até em casa e pegar algumas coisas. Marlene estaria ocupada com os médicos até quase meio-dia. Às 11h30, o professor estava de volta ao quarto de sua esposa. Ela voltou pouco antes da uma da tarde, mas não conseguiam se falar por conta de uma constante movimentação de médicos e enfermeiros. Eles lhe serviram a refeição, mas ela mal a provou. Finalmente, eles conversaram. Eram 14h30.

— Acho que você me deve uma explicação, querido. — Marlene pareceu recuperar um tom que lhe era habitual antes da admissão no hospital ou talvez já tivesse perdido devido às alterações hormonais da gravidez, Isidro não se lembrava. Os gêmeos eram algo que ele queria esquecer o mais rápido possível, e é por isso que os havia deslocado para bem longe no tempo.

— Sim, eu sei, mas é fácil de entender. Antes de ir para casa, fui ao refeitório. Eu precisava de um café para dirigir melhor. Lá encontrei a Rosa. E, claro, você se perguntará quem é. É uma antiga aluna minha. Ela estudou com a tia de Agustín, a quem veio visitar. Agustín é o aluno que encontrei ontem no café da manhã. Acho que te disse que a tia dele foi hospitalizada.

Isidro estava falando apressadamente.

— Sim, você me disse algo assim. Por que você passou uma hora conversando com uma ex-aluna quando eu lhe disse que precisava de você?

Estou ficando cansada dos seus velhos alunos! Se não é alguém com quem conversa por cartas, é alguém com quem toma um café — disse Marlene, tornando a conversa mais difícil.

— Agora, você vai entender. Ela me disse a razão pela qual Sara foi hospitalizada e o tempo voou. Acontece que...

— Sara? Quem é Sara? — interrompeu Marlene.

— Você não está me ouvindo? — Isidro estava começando a perder a coragem. — Sara é uma ex-aluna minha que estudou com...

— Outra antiga aluna sua? Você quer me provocar? Você nem tem imaginação para inventar uma desculpa! Você é patético! — gritou ela. Uma das enfermeiras chegou à porta.

— Algum problema? — perguntou.

— Nos deixe em paz! — respondeu Marlene, gritando novamente. A enfermeira fechou a porta do quarto e saiu. — Escute, Isidro — falou Marlene mais devagar, tentando se acalmar. — Eu estou passando pelo momento mais difícil da minha vida. Não sei se você percebe, mas parece que não. Estou ciente de que para você também tem sido um inferno. Eu entendo que você pode se sentir estranho e confuso, é normal. Se você quiser, pode conversar com um psiquiatra para lhe prescrever um calmante. Eu os tomo e nada acontece. Mas o que eu peço é que você tente aceitar a realidade. Isso realmente aconteceu. Não é uma brincadeira.

— O que você quer dizer, Marlene? Você acha que estou brincando?

— Não. O que eu acho é que você está fugindo da realidade. Seu subconsciente nega que temos um problema suficientemente sério e o leva a adotar uma atitude indiferente, de desinteresse. É meio infantil. Talvez você esteja se afastando de mim, porque eu sou o problema, sou o fardo, sua responsabilidade. Mas você nem percebe. Eu sei que você não faz isso conscientemente, tenho certeza disso.

Mais uma vez, Marlene derrotou Isidro com sua dialética. Tudo o que ela disse foi um absurdo supremo, mas, vendo-o objetivamente, seu ponto de vista era lógico, uma vez que ela não tinha todas as informações. Em seu argumento, o parâmetro básico estava faltando: ela não sofrera nenhum acidente, houve uma tentativa de assassinato. O professor não tinha opções de réplica. Ele só queria terminar de explicar sua conversa com Rosa e nada mais.

— Tudo bem, Marlene. Talvez você esteja certa. O que você diz pode fazer sentido. É óbvio que ambos estamos vivendo um momento ruim e estamos muito nervosos. Mas o que aconteceu ontem é que Rosa me disse que Sara estava no hospital porque tentara se matar. Ela cortou os...

— Você vai começar de novo com isso? Você não me ouve, Isidro? — Marlene começou a chorar de impotência. — Eu não quero mais desculpas, não importa. Eu só peço para você embarcar nessa comigo ou não serei capaz de superar. Só isso. Promete.

— A única coisa que posso prometer é que todas as minhas ações têm uma razão para ser. Algum dia você vai entender.

— Você disse que aquela mulher cortou os pulsos? — Sua curiosidade, desta vez, traiu seu sermão.

— Sim, querida. Era o que eu estava tentando explicar. Elas são boas amigas, e Rosa estava muito nervosa. Ela estava me dizendo o que aconteceu e nem vimos o tempo passar.

— Sim. Mas eu também estava muito nervosa. E eu não sou Rosa, sou sua mulher. — Então, ela virou a cabeça para a parede. Se pudesse, teria virado todo o corpo para dar as costas ao marido.

— Vou almoçar, preciso me acalmar — disse Isidro, dominado pela situação, e partiu.

Quando o professor saiu, Marlene fitou o teto. Se fechasse os olhos, seria capaz de descrever cada centímetro quadrado daquela superfície alta que tinha sido sua principal companheira nos últimos dias. Mesmo sendo toda branca. Ela podia mover os braços à vontade, embora com dor. Sentia perfeitamente todo o seu tronco, mas da cintura para baixo não havia recuperado praticamente nenhuma sensibilidade. Para mudar de posição e deitar de lado, precisava da ajuda dos enfermeiros. Disseram-lhe que podia tocar a campainha quando quisesse, mas geralmente faziam isso duas ou três vezes por dia e, para Marlene, era suficiente.

Ela sentiu uma sensação de sonolência. Apesar de estar nervosa, os medicamentos a mantinham sedada o dia todo. Eles haviam assegurado que, pouco a pouco, diminuiriam a dose, mas ela acreditava que estava tudo igual. "Seja paciente", pensou ela. Era o que todos diziam. Seus olhos se estreitaram e sua mente começou a fantasiar enquanto deformava os ruídos reais do hospital, transformando-os em sons mágicos e oníricos de um cochilo. Adormeceu. Depois de alguns segundos, que pareciam uma eternidade para ela, um daqueles sons imaginários tornou-se real novamente num processo inverso que a levou da calma ao sobressalto. Abriu os olhos, aborrecida. Seu coração estava batendo rápido.

Que barulho foi esse? Ela inclinou a cabeça para a mesa de cabeceira e descobriu que Isidro havia deixado o celular lá. Meio sonolenta, ela estendeu a mão e o pegou. O identificador de chamadas dizia “Rosa”.

— Falou ontem por uma hora com ela e hoje ela já tá ligando? — murmurou. — Eu nunca fui tão ciumenta. Não sei se estou vendo chifres onde não existe, mas não gosto nada disso.

— Alô?

Silêncio.

— Alô? — Marlene interpretou o silêncio como uma intenção de esconder uma cumplicidade.

— Olá! Não é este o número de Isidro León? — perguntou Rosa.

— Sim, é isso. Eu sou sua irmã.

— Ele pode atender?

— Receio que no momento seja impossível. Ele está com a esposa em uma sessão de reabilitação. Deixou o celular comigo e me pediu para pegar suas mensagens. O que posso fazer por você?

— Talvez seja melhor ligar para ele depois. A que horas?

— Não, por favor, pode deixar a mensagem. Por acaso, o seu nome é Rosa? — tentou Marlene.

— Sim. Por que a pergunta?

— Isidro me disse que podia receber um telefonema especial de uma tal de Rosa. Ele disse que era muito importante para ele e que dissesse a ela que tenho total confiança dele para receber a mensagem. Afinal, sou sua única irmã. Ele sabe que eu nunca o trairia. — Marlene mordeu o lábio, esperando para ver se Rosa mordia a isca.

— De acordo. Diga a ele que pode conhecer Anita amanhã. Ela está em Madri, em uma reunião do partido socialista, mas retorna hoje à noite. Depois de amanhã ela tem que viajar para Bruxelas. Então, terá que ser amanhã ou esperar o feriado dos Reis passar.

Marlene estava confusa. Esperava algumas confidências escondidas ou algum encontro com ela, mas ela estava falando de um encontro com outra mulher! Começou a pensar que seu marido estava delirando e acabou tendo uma suspeita totalmente absurda e irracional, talvez exagerada pelos efeitos da sedação, mas, mesmo assim, lançou a questão sem hesitar.

— Ei, essa Anita... foi, por acaso, aluna do meu irmão? — A questão era tão patética que ela se arrependeu ao formulá-la.

— Sim, claro. Como você sabe? — A conversa parecia um concurso para determinar quem, das duas, estava mais intrigada.

— Eu já lhe disse que, entre meu irmão e mim, não há segredos. — Marlene não acreditou. Outra estudante antiga? O que era isso? Uma convenção de ex-alunos? Uma invasão extraterrestre? — Ok, vou passar a mensagem. Você disse Anita, certo?

— Sim, Ana Eco. Ele sabe quem eu quero dizer.

— Ana Eco? A deputada? — Marlene foi pega de surpresa de novo. — Meu marido tem um encontro com a deputada?

— Você disse "meu marido"? — perguntou Rosa, totalmente alerta.

— Eu disse isso? Você deve ter ouvido errado.

— Você se chama de Marlene, certo? — perguntou ela desconfiada.

A mulher do professor desligou o telefone.

O que diabos Isidro estava organizando? Estaria preparando um jantar que celebraria anualmente o típico grupo de alunos de cada turma? Isso não fazia sentido, porque são os alunos que organizam essas coisas e não os professores. Na melhor das hipóteses, eles poderiam convidá-lo, mas ele não passaria as semanas anteriores conversando com todos os seus ex-alunos. Marlene sabia que estava criando hipóteses doidas, mas não queria e nem podia pensar nisso agora. O sono a venceu novamente. As drogas estavam se provando implacáveis.

Adormeceu novamente. Sonhou com Isidro. O professor estava sentado em seu escritório com uma lista telefônica de três metros de comprimento, cheia de números de telefone de ex-alunos. Isidro os chamou, um por um, e eles responderam que sim. Antes de cada afirmação, ele cuspia espuma de prazer pela boca. Estava organizando uma orgia e todos aceitaram. Mas quando ele chamou o último era de Marlene, que havia se matriculado em suas aulas de Estatística. Então, o professor teve que inventar desculpas para justificar sua atitude.

Pelo resto da tarde nada de especial aconteceu. Antônia e Arturo estavam ao lado de sua filha e Isidro aproveitou a oportunidade para preparar algumas aulas. Não era o lugar mais confortável para isso, mas, sentado ao pé da cama auxiliar, ele podia se refugiar da sensação de ser um estranho naquele quarto. Marlene não disse nada sobre a ligação. Pedro ficou apenas meia hora no hospital, pois tinha uma importante reunião na empresa imobiliária em que trabalhava. Marlene havia trabalhado nessa mesma empresa, até que dispensaram seus serviços num corte brutal de pessoal, em um dos setores em que os efeitos da crise foram mais devastadores.

Por volta das 20h30, Isidro desceu para jantar no refeitório. Ele pediu um sanduíche de frango e um café com leite, uma mistura que, em condições normais, ele nunca teria ousado pedir. Na verdade, odiava frango. Mas agora o corpo estava pedindo por qualquer coisa que visse no balcão. Quando ia se sentar, teve uma surpresa. Em uma das mesas, olhando para ele, estava Rosa. Ele supôs que ela tinha ido ver Sara e estava prestes a sair.

— Olá! Posso sentar com você?

A cristã tinha, à sua esquerda, um prato com restos que Isidro identificou como resquícios de uma salada. Estava segurando um copo de refrigerante, ainda inacabado.

— Claro, eu estava esperando por você! — respondeu ela.

— A mim? — Isidro ficou surpreso.

— Sim. Eu visitei Sara, e fiquei uma hora andado pelo hospital a sua procura. Presumi que, mais cedo ou mais tarde, você viria ao refeitório.

— Por que você não pediu o número do quarto da minha esposa? Agustín tem. Você poderia ter...

— Não teria sido uma boa ideia — explicou ela. — Falaram a você que eu liguei? Quando não retornou minha ligação, tive a impressão de que não te avisaram.

— Você me ligou? Quando? — perguntou ele intrigado.

— No início da tarde. Sua esposa me atendeu — disse ela.

— Ah! Quando desci para comer, deixei o telefone no quarto. Mas ela não me disse nada.

— Escute, Isidro. Seus problemas são da sua conta e não estou interessada. Como eu te admiro, vou te contar o que aconteceu, mas só estou fazendo isso para informá-lo. Então, não me dê nenhuma explicação, porque não é da minha conta.

Rosa contou a conversa com Marlene em detalhes. Isidro não ficou surpreso. Sua esposa estava fingindo ser sua irmã para investigar suas perambulações! Não entendia por que Marlene não lhe contara sobre isso. O lógico era que teria tomado outra bronca. Mas não havia se passado muito tempo também, pois os pais dela voltaram logo depois que ela acordou.

— Eu agradeço muito por sua discrição, Rosa. Em todo caso, você vai entender que estamos passando por momentos difíceis, especialmente ela — desculpou-se o professor.

— Eu disse que não vou julgá-la e menos ainda você. Voltemos ao motivo da ligação. Amanhã, você está convidado para almoçar na nossa casa. Anita estará esperando por você ao meio-dia. Tenho coisas para fazer e não chegarei até uma da tarde. Então, vocês podem conversar com calma e me esperam para comer. Claro que não é um compromisso. Se você não puder ficar para o almoço por causa de sua esposa, vamos entender. Você é quem decide.

— Obrigado, Rosa. Você é um doce.

Rosa entregou-lhe um pedaço de papel com seu endereço escrito. Elas moravam em Santa Úrsula, muito perto de La Orotava. Isidro já estava pensando em uma desculpa para Marlene. Desta vez, ninguém iria levá-lo para o hospital.

À noite, Antônia insistiu que queria ficar com a filha. Isidro disse que para ele tudo bem e se despediu de sua esposa.

— Amanhã, vou ficar em casa a manhã toda — disse ele com firmeza. — Vou aproveitar para dar um gás na preparação das aulas. Aqui, mal consigo me concentrar, muito menos escrever.

— Quando volta? — perguntou, desconfiada.

— Pela tarde. Além disso, é absurdo vir de manhã, porque você estará quase todo o tempo na reabilitação. Ao meio-dia, passo no supermercado para comprar legumes e como uma salada fresca para que meu estômago possa se desintoxicar da porcaria que como aqui.

— Ora... Isidro!

— Sim?

— Não... nada.

Ele já estava saindo quando sua esposa o chamou novamente.

— Isidro! Amanhã você vai falar com a Anita?

Antônia, a mãe de Marlene, que parecia concentrada lendo um romance, olhou para cima.

— Com quem? — perguntou ele, atordoado.

— Nada. Eu estava dormindo hoje e você recebeu uma ligação no seu celular. Eu atendi — disse ela. A mãe não escondeu interesse.

— Quem era? O que disseram a você? — Isidro moveu sua peça.

— Eu estava tão atordoada de sono e com os remédios para dormir que nem tenho certeza se a ligação era real. Talvez eu tenha sonhado. — Sua esposa ainda segurava seu pulso para forçá-lo a dar uma explicação.

— Então como foi esse sonho e essa ligação? — Ambos usavam um código infantil absurdo de "Eu não acredito em você e você sabe disso". Eles nunca se comportaram assim antes, mas estavam cansados de discutir.

— Não me lembro, mas era algo sobre um encontro com Anita. Amanhã. E já que você está dando desculpas para não vir de manhã, pensei que talvez...

— Este jogo está indo longe demais, Marlene! Amanhã, nós conversamos — disse ele, desafiando Antônia com os olhos. Imediatamente, sua sogra voltou enfiar a cara no livro.

Isidro estava com raiva e triste ao mesmo tempo. Esperava encontrar Marlene mais calma no dia seguinte. Ambos precisavam de algumas horas sem se ver para refletir. O problema era que Marlene tinha todo o tempo do mundo para refletir, e ele não. Ele não sabia como filtrar. Não era capaz de dissociar problemas familiares do trabalho ou de enigmas. E, talvez, todos estivessem relacionados, por isso era impossível desintegrá-los.

Naquela noite, Isidro planejou seu encontro com Anita. Não que ele tivesse muitas perguntas a fazer, mas eram pequenos passos no progresso da investigação. O mais importante era localizar a Rainha Bruxa, e talvez amanhã conseguisse. Ele também queria conversar com Cristina, mas Rosa não sabia nada sobre ela, então, tentaria localizar Gérmen e falar com ele. E com a Silvana. E, claro, ele não podia se esquecer de Edu.

Convergência em probabilidade significa que a diferença entre a sequência de variáveis, {Xn}, e a variável que converge, X, tem uma grande probabilidade de ser pequena quando o número de variáveis (n) é grande. Isto é, significa que as variáveis da sequência cada vez se concentram mais em torno de X e quanto mais numerosas são. É assim que Isidro León viu seu próprio quebra-cabeça. A sucessão de variáveis eram os colegas de turma da Salka. Ela era o X, o incógnito. Nem todos eles levariam Isidro à africana, mas a maioria "n", isto é, com o maior número de ex-alunos entrevistados, mais o cerco apertaria em torno de X. A verdade sobre Salka era apenas uma questão de convergência, de regularidade estatística.

A LEI DOS GRANDES NÚMEROS

Capítulo 28

A lei dos grandes números estabelece a convergência da média de uma sucessão de variáveis aleatórias em relação ao seu valor esperado conforme o número delas aumenta.

Isidro foi acordado pela campainha às nove horas da manhã. Era Joana, sua vizinha, que veio dizer-lhe que no sábado teriam uma importante reunião da comunidade do bairro.

— Se você não puder vir, não se preocupe. Vou mantê-lo informado. Como está Marlene? — perguntou ela.

— Um pouco nervosa. Agradeço sua preocupação.

Isidro tomou um banho e comeu algumas fatias de pão com geleia de mirtilo, acompanhados de um copo de leite. Pela manhã, ele ficou preparando algumas anotações. Antes de sair, colocou um romance policial em sua mochila, do qual Marlene havia lido quase a metade. Pensou em lê-lo durante o tempo que passaria no hospital. Faltando quinze minutos para o meio-dia, ele saiu de casa. Abriu a caixa de correio na entrada e encontrou uma resposta esquecida, porém esperada. Era a carta que ele escrevera para Salka num tiro cego. A agência postal devolveu por "mudança de endereço do destinatário". A indicação veio em francês e espanhol. A notícia não pegou o professor de surpresa.

Anita e Rosa viviam em uma linda vila construída em um terreno previamente adquirido na área de La Quinta, no município de Santa Úrsula, no norte do país. O professor ligou para o interfone que estava no portão de acesso e o abriu devagar. Ele estacionou dentro da fazenda e, enquanto saía do carro, viu a deputada na porta da frente, sorrindo e acenando.

— Olá, Isidro.

Ana Eco deu-lhe dois beijos.

Pessoalmente, Anita era mais bonita que nas fotos da imprensa ou na televisão. Tinha cabelos loiros lisos que chegavam até as costas. Agora, ela o havia prendido em um coque com uma fita azul, a mesma cor dos olhos dela. Era uma mulher muito atraente. Muito mais que Rosa.

Entraram na luxuosa casa. A decoração era muito ousada, com uma personalidade própria, mas feita com bom gosto, objetos de arte e misteriosos acessórios em abundância estavam distribuídos em uma sequência irregular de móveis de madeira e vidro, o que deu ao ambiente uma atmosfera elegante, confortável e enigmática. Algumas dessas peças estranhas, quase todas abstratas, tinham cores brilhantes que facilmente capturavam a atenção daqueles que entravam na casa pela primeira vez: tons de escarlate, damasco, âmbar, ocre, turquesa...

— O que você quer tomar? — Anita ofereceu, sorrindo o tempo todo.

— Se puder, um café.

— Ok. Vou à cozinha. Você gosta de arte? Se quiser, pode admirar as paredes por um tempo. Ou, se preferir, pode me acompanhar. — Anita pescara o interesse de Isidro por objetos tão raros.

— Ficarei por um tempo olhando essas pinturas — disse o professor.

Uma fotografia de Rosa e Anita repousava sobre uma mesa baixa e moderna repleta de sulcos. Isidro a observou. Elas estavam numa posição muito carinhosa, um abraço apertado e sorrindo, com os rostos unidos e virados para a câmera.

Essa foto o fez repensar sobre o relacionamento que as duas tinham. Nada menos que uma deputada socialista casada com uma fanática religiosa, cujas fundações doutrinárias condenavam a homossexualidade.

— Você quer que eu te dê um pouco de leite? — A deputada enfiou a cabeça na sala onde o professor estava. — Gosta da foto?

— Como? Ei! Sim! Sim para ambas as perguntas. Eu gostei da foto e quero um pouco de leite. — Ele nunca tomava leite com café, exceto no desjejum, mas havia respondido sem pensar, depois de ser surpreendido pela voz inesperada.

— Ok — respondeu a "senhorita sorriso".

— Ei, Anita. Posso fazer uma pergunta pessoal? Já aviso que é um pouco ousado da minha parte. Se lhe ofender, basta dizer que sou um intrometido. — Isidro tentou mascarar sua ousadia com humor.

— Claro. Vamos ver se consigo te responder — disse ela e continuou sorrindo eternamente. Isidro achava que Anita era uma pessoa muito gentil ou uma grande política. Ou ambos, tudo era possível.

— Você é crente?

Ela fez uma expressão de quem estava pensando muito, valorizando a questão. O professor sabia que o que Anita estava fazendo era procurar uma explicação do porquê ele tinha perguntado aquilo. Ela terminou de pensar muito rapidamente, pois logo estava sorrindo de novo.

— Não, Isidro. Eu não sou. E sei o que você está pensando. A crente e a lésbica! Um tópico de coluna social, não acha? Uma mulher como Rosa não deveria sentir impulsos sexuais por alguém do mesmo sexo. E uma lésbica não deveria sentir nada além de rejeição por parte de alguém que condena a homossexualidade. No nosso caso, Rosa é quem mais se arrisca. Afinal, não estou apostando nenhum dos meus princípios, mas ela, sim. Está jogando fora todas as suas crenças por mim. E isso, querido Isidro, não tem preço. Se o paraíso existe, ela já o ganhou.

— Eu vou te dizer o que eu penso, Ana. Eu acho...

— Anita, por favor.

— Anita. Acredito que uma das experiências mais enriquecedoras que você pode ter na vida é viver com seus opostos. É muito fácil e muito confortável estar sempre ao lado daqueles que pensam da mesma maneira que você. Essa situação gera muito pouco problema e dificuldade, portanto, geralmente não há grandes desafios para evitar a superação dos contratempos. Dessa forma, também, você não aprende. No entanto, se desde pequenos vivemos com pessoas de todos os tipos, começando com a sorte de estar em uma sala de aula com crianças de diferentes estratos sociais, aprendemos continuamente.

— Bem, você definiu muito bem. Parece um especialista no assunto — disse ela.

— Além do fato de meus pais terem ideologias opostas, quando vim estudar em Tenerife, dividi um quarto com um parceiro que não tinha nada a ver comigo. Nossos princípios eram tão opostos quanto nós mesmos. Aos domingos, eu ia assistir ao basquete enquanto ele ia à igreja. Na sala, quando ele sintonizava "Antena 3", eu mudava para "Tele 5" e vice-versa. Ele estudava à noite, eu tentava adormecer e não podia suportar a luz de sua luminária. Mas depois de dois ou três meses, éramos inseparáveis. Nós aprendemos um com o outro. Se você mora com seus oponentes, você sabe como eles pensam e será capaz de entendê-los um pouco melhor.

— Sim, acho que sei o que você quer dizer. Essa é a base da tolerância social — disse a anfitriã e levantou sobressaltada. — O café!

Sozinho na sala, Isidro recordou os últimos anos de 1990. Acreditava lembrar que estava em seu segundo ano como professor quando um professor mexicano chegou para trabalhar na ULL em um programa de intercâmbio. Ele era bastante educado e atraiu muita atenção por causa de sua maneira de falar e andar. Isidro teve uma tremenda surpresa ao ouvir, continuamente, como vários de seus companheiros faziam piadas de mau gosto sobre o convidado, usando estereótipos básicos e primários: se ele é educado, ele é homossexual. Alguns até usavam a palavra "bicha" para se referir ao mexicano. Claro, tudo isso sem ele saber. Independentemente de ser ou não gay, o que não era (ou não deveria ser) problema de ninguém, a sensibilidade de Isidro sofreu um duro golpe.

Ele teria gostado se, quando criança, seus pais (e todos os pais do mundo) lhe dissessem que as relações poderiam ser menina-menina, menino-menino ou menina-menino. Mas isso era impensável nos anos 1970 e início dos anos 1980. Desde o estabelecimento da democracia, a Espanha lutou uma dura batalha contra a intolerância social e tinha feito grandes progressos sobre a questão da xenofobia e do racismo. E Isidro acreditava que em 1998, no limiar do século XXI, a homofobia seria praticamente superada. Então, percebeu seu erro. Ataques vergonhosos e covardes ao professor mexicano por dois ou três professores universitários, pessoas com ensino superior que supostamente eram referência na luta contra a desigualdade, abriram os olhos de Isidro, que viu a estrada longa à frente: a sociedade deixou de ter uma homofobia nua e direta e passou a ter uma homofobia enterrada, encoberta e até (às vezes) politicamente apoiada. Aquele ano de 1998 lhe ensinou que o pior inimigo do homossexual não era o radical intolerante que insultava abertamente, nem o analfabeto que o considerava um doente, porque estes comportamentos, no final do dia, eram amplamente rejeitados pela sociedade. O pior inimigo era aquele que, disfarçado de tolerância, dizia "eu respeito os gays". Porque, com essas palavras, ele estava segregando, estava aludindo a uma espécie separada, a uma "espécie gay". E com as lésbicas acontecia o mesmo.

Agora, em 2011, as coisas eram diferentes. Mas em 1999 Isidro compôs "O pub dos gays", uma canção cuja letra Salka não tinha tido acesso. Em seu site, http://cafema.webs.ull.es/TECNICASMUESTREO/turnosordenador.htm, tinha inserido a música.

O pub dos gays,
o seu local de encontro.
Olhos esquivos,
lábios de manequim.
Gosta apenas de homens,
mas prefere escondê-lo.
Esta é a história de um homossexual envergonhado.
Medo da lei
que pune o amor.
Algum maldito homem
faz a piada mais cruel
e em um ambiente hostil
finge e faz sofrer.
Todo sábado à noite,
ao pôr do Sol, se vestia de branco
uma camisa apertada, a braguilha marcada,
seu perfume de flores, cabelos untados,
cintos de couro, interiores dourados.
É hora do açúcar,
Transpirando medos, vai em busca de seu macho.
Ao sair, o vizinho sussurra no quarto:
Esse que rebola é a mocinha do bairro.
Esse que rebola é a mocinha do bairro.

Anita voltou com um café para ela e outro com leite para Isidro. Sentaram-se em longas poltronas baixas, verde-maçã, cobertas com várias almofadas laranja, verde-maçã e verde-caçador.

— Bem, vamos ao ponto. Rosa me disse que você está tentando descobrir o que aconteceu com Salka. Eu não acho que possa te ajudar muito, mas vou tentar. Estou ciente do que Rosa lhe disse. Talvez eu possa fornecer alguns detalhes.

— Obrigado. Qualquer informação será útil.

— Posso perguntar uma coisa? Rosa não conseguiu me explicar. Qual é o seu interesse nisso? — A pergunta pegou Isidro de jeito. Ele deveria ter se preparado para essa possibilidade, mas ultimamente seus reflexos pregavam peças nele.

— Como eu disse a Rosa, não posso revelar. Há alguém que quer saber o que aconteceu com Salka e prometi ajudar. É complicado. Eu percebo que estou sendo muito enigmático e egoísta, pedindo ajuda e nem sequer dando uma explicação em troca.

— Não, você não precisa dar. Eu estava apenas curiosa. Você diz que alguém quer saber o que aconteceu com Salka. Tem alguma coisa errada? — perguntou, novamente, Anita.

— Nós também não sabemos com certeza. É o que estamos tentando descobrir. Já te disse que isso tudo soa um pouco estranho, mas...

— ... mas você não pode me dar mais informações. — Ela riu.

— Exatamente.

— Comece — encorajou. — O que você quer saber?

— Apenas quatro coisas. Quatro nomes. Você se lembra de alguém chamado Edu?

— Edu? Rosa me disse que você havia perguntado sobre um certo Eduardo.

— Sim, suponho que o Edu seja o diminutivo de Eduardo — respondeu o professor.

— Logicamente, eu já ouvi esse nome mil vezes, mas, se você quer dizer alguém da nossa turma com esse nome, garanto a você que não tem. Além disso, quando Rosa me contou sobre isso, procuramos o nome de Eduardo na foto da nossa graduação e não havia nenhum. Você quer ver o álbum?

— Bem... não sei se vai me ajudar. Talvez mais tarde eu dê uma olhada. Outro nome, Julio Domínguez. Eu não acho que ele esteja relacionado à sua turma, mas quero amarrar todas as pontas.

— Olha, é um nome muito comum. Ele me soa familiar, mas pode ser qualquer coisa. Me desculpe, eu não estou ajudando muito — desculpou-se Anita.

— Não se preocupe. Eu já imaginava que, depois de conversar com sua esposa, pouco ia extrair desta conversa. O que ela sabe, você sabe e vice-versa. Vocês são o par perfeito, Anita! Conversar com Rosa foi como conversar com as duas.

— Hahaha! Mas há algo interessante que eu posso contribuir: o paradeiro de Silvana Amanca.

Amanca era a personagem sobre quem Isidro viera falar com Anita. Portanto, ouvir esse nome colocou todos os seus sentidos em alerta.

— Dois ou três meses atrás eu a encontrei em um shopping center. Mudou um pouco, quase não a reconheci. Já ela me reconheceu facilmente. Suponho que eu também tenha mudado, mas o bom de sair na televisão e nos jornais é que, como eles te veem com frequência, as mudanças não são tão perceptíveis. Nós nos cumprimentamos, e até trocamos telefones, mas antes que você me peça, eu lhe digo que o perdi. Embora eu não ache que seja difícil localizá-la.

— Onde está? — perguntou ansiosamente.

— Você já ouviu falar da cadeia de lojas Yesnay?

— A de roupas têxteis?

— Sim. Bem, ela é a proprietária. Acho que Yesnay é o nome de uma irmã dela que contribuiu com grande parte do capital e exigiu reconhecimento. Silvana é bastante empreendedora. Tem lojas distribuídas por vários municípios da ilha, cinco na Grã-Canária e uma em Lanzarote. Eu li em algum lugar que, em breve, eles vão abrir uma Yesnay em La Palma.

— Obrigado. Acho que é um bom ponto de partida.

— Ela me disse que geralmente fica na loja principal, em Puerto de la Cruz. Ela deve morar ao norte, em El Tanque.

— Sabe... Você é um doce, Anita! Me ajudou muito. Vê só? Tudo está se encaixando passo a passo. Agora tenho uma informação extra para adicionar às notas.

— Você fica para comer com a gente? Rosa deve estar prestes a chegar.

— Claro. Eu aceito, com prazer.

Rosa voltou ao meio-dia. Ela veio muito cansada de uma espécie de reunião evangélica. Ela explicou com cuidado, mas Isidro só podia entender que era algo como a preparação de um jornal religioso, uma monografia sobre quantos anjos existem. Na semana seguinte, viajaria ao Paraguai para participar de algumas palestras. O professor começava a suspeitar, como Sara sugerira, que Rosa vivia disso.

A cristã revelou-se uma cozinheira maravilhosa, embora, para o gosto de Isidro, ela abusasse um pouco do tempero. A comida era um verdadeiro luxo, não tanto pelo cardápio em si, mas também pela conversa agradável. Eles falaram de anedotas universitárias compartilhadas do trabalho estressante de Anita, da situação emocional de Sara e de uma ampla gama de questões variadas.

— Eu tenho que ir — anunciou Isidro depois de tomar um café. — Sinto muito ser tão abrupto, mas minha esposa precisa de mim. Muito obrigado novamente — disse ele da porta. — Uma coisa, Anita. Há algo que eu não lhe perguntei. Acabei de me lembrar, embora não ache que você possa me ajudar. Você se lembra de alguém apelidado de Gérmen Escuela? O neonazista, de acordo com Rosa.

— Sim. O que houve com ele? Não acho que Rosa tenha me falado ontem — disse ela, olhando para a esposa.

— Certamente que não. Isidro me bombardeou com tantos nomes que alguns deles passaram batido. Você se lembra dele, Anita? Ele dizia "com muita honra" — registrou Rosa.

— Sim, lembro-me perfeitamente. Ele costumava ir com uma jaqueta muito grossa.

— Por acaso você sabia mais alguma coisa sobre o Gérmen? Segundo Rosa, ele estava apenas no primeiro ano e deixou a faculdade.

— Você realmente não sabe, Rosa? — Anita olhou para a esposa.

— O que você quer dizer? — perguntou a cristã, intrigada.

— Bem, se bem me lembro, eles o mataram durante uma viagem. Eu acho que foi no Natal, mas não tenho certeza.

— Onde? — A voz de Rosa foi pura surpresa.

— Não me lembro. Já faz muitos anos.

— Uau! — exclamou Isidro, irritado. — Menos uma testemunha. E a mais importante. De qualquer forma, espero que nos encontremos novamente quando Marlene se recuperar. Eu vou convidar vocês para um almoço lá em casa.

Em Estatística, a Lei dos Grandes Números diz que a média de uma amostra de variáveis aproxima-se da média real da população (desconhecida) conforme aumentam em número. As informações fornecidas por Anita não deram a Isidro a solução, mas foram um passo decisivo para abordar o verdadeiro parâmetro desconhecido. Estava chegando na Rainha, uma peça importante em qualquer jogo de xadrez. Mas para finalmente convergir para a africana (ou seja, para que a média de todas as informações recebidas por Isidro seja explicativa), a Lei dos Grandes Números requer que o número de variáveis aumente; com Silvana, as variáveis aumentaram, mas com Gérmen, fora de circulação, diminuíram. Foi um pelo outro.

De volta ao hospital, Isidro planejou iniciar seriamente um "propósito da emenda" gradual. A partir de agora, ele tinha que reduzir as mentiras que o escravizavam para sua esposa. O que ele não podia revelar sob quaisquer circunstâncias era a intencionalidade de Julio. Ele já havia dado muitas voltas e sempre chegava à mesma conclusão. No hipotético e improvável caso em que Marlene acreditasse nele, ela nunca o perdoaria por não ter dito antes e por não o ter denunciado. Esse assunto teria que esperar até que os testes fossem concluídos, isto é, até que o enigma de Salka fosse resolvido.

Ao atravessar a porta principal do HUC, ele esbarrou com Antônia e Arturo. Estavam de saída, e não voltariam até o dia seguinte. No quarto, Isidro encontrou Marlene acordada e olhando para o teto. Essa era a condenação dela. Ao vê-lo chegar, ela se lançou à acusação à queima-roupa.

— Você veio depois de ver Anita? Ou Rosa?

— As duas. Elas são um casal e moram juntas — respondeu com a tranquilidade de quem diz a verdade.

— Ah, é? E vocês ficaram juntos como um trio? Você gosta de ménage? — Seu ciúme começou a ser cansativo.

— Sinto muito, Marlene, mas não estou disposto a jogar esse jogo. Se você continuar nesse caminho, não responderei.

— Está bem. Vou perguntar abertamente se é isso que você quer. Sem rodeios. Você está cansado de mim? Não me ama mais ou será que agora sou um fardo para você, um excesso de responsabilidade?

— O que você está dizendo? Pelo amor de Deus, Marlene!

O professor colocou a mão na testa em um gesto claro de não acreditar no que estava ouvindo.

— Vou lhe dizer o que penso. Você quer me deixar, mas não tem coragem suficiente. Você está me provocando para que eu tome a decisão e, assim, você lava sua consciência.

— Você é teimosa como uma mula! — reclamou Isidro impotente.

Fez-se um silêncio tenso. Enquanto suas lágrimas escorregavam, Marlene mantinha um rosto sério, ameaçador e inflexível. Isidro tomou a palavra novamente.

— Olha, eu amo você. Eu faria qualquer coisa que você pedisse de mim, mas, neste momento, há algo que comecei e devo terminar. Tudo isso, minhas conversas com essas pessoas, está relacionado com as malditas palavras cruzadas da carta. Eu não tenho interesse em outra mulher, você pode ter certeza disso. Além do mais, acho que você sabe disso, mesmo dizendo essas idiotices.

Marlene permaneceu em silêncio, olhando para ele, tentando em vão entendê-lo.

— Essa palavra cruzada me arruinou, está arruinando minha vida, nossa vida — continuou Isidro, sem ter certeza se essas palavras eram as mais apropriadas. — Mas, se eu não terminar, será muito pior. Essa carta enigmática esconde algo do meu passado. Nela estão minhas músicas! Eu não posso explicar todos os dados ainda, mas prometo a você que um dia você entenderá. Tem que confiar em mim!

— O que você propõe? — perguntou Marlene.

— Eu pretendo continuar. Não vou contar mais mentiras, estou esgotado e não tenho orgulho disso. Mas também lhe digo que não estou contando toda a verdade. Há coisas que precisam esperar. Você está muito melhor e tem se dedicado à reabilitação pelas manhãs. Vou usar só esse tempo para pesquisar e no meu tempo livre, quando você não precisar de mim. Esse é o acordo que posso lhe oferecer.

Marlene alongou o silêncio, tentando entender aquele amontoado de palavras. Uma ideia se formou em sua cabeça. Jogou para o marido uma pequena pista para se certificar.

— Você disse "investigação", certo? Você quer investigar no seu tempo livre. Não sei, Isidro, não sei.

— Você só tem que me deixar fazer isso. E as mentiras acabam! Estou fazendo muito progresso, vou ter alguns resultados em breve. — O humor do professor cresceu por um momento. Sim, isso poderia funcionar. Um pacto com Marlene!

— Você acha que terá resultados em breve? Sobre o quê? — perguntou ela.

— Na investigação. Sobre Salka e a carta. Eu vou chegar ao fundo da questão e vamos viver felizes para sempre. — Suas próprias palavras soaram um pouco estranhas.

Então, Marlene não falou mais. Ela não falou porque sua interpretação do que estava ouvindo agora estava muito clara. Começou a chorar, desconsolada, incapaz de se conter. Isidro foi até ela e a abraçou. Ele a abraçou como nunca antes. Estava querendo fazer isso há dias. Mas os sentimentos de sua esposa não tinham nada a ver com os dele, desta vez não havia cumplicidade. E, pela primeira vez, Isidro não entendeu.

Marlene tinha certeza. Doía não o ter notado antes. Isidro a amava tanto que não conseguira superar o medo de perdê-la. O atropelamento e a perda dos gêmeos o levaram à loucura. Seu marido definitivamente estava perdendo a cabeça, e a demência cruel lhe causava devaneios. Ela tinha que ajudá-lo, mas não achava que tinha mais força para lutar. Já era demais lutar por si mesma. Como poderia puxá-lo, prostrada em uma cama sem ser capaz de se mover, enquanto Isidro vagava, delirante, pelos corredores? Estava afundada na impotência. Queria morrer.

CONVERGÊNCIA EM DISTRIBUIÇÃO OU EM LEI

Capítulo 29

Uma sequência de variáveis aleatórias {Xn} converge para uma lei variável aleatória X quando, ao aumentar o número de variáveis "n", as funções de distribuição e sucessão se aproximam da função de distribuição X.

Ele sabia que tinha apenas algumas cartas na manga. Talvez apenas uma: Silvana Amanca. Somente após a conversa com a Rainha Bruxa, se ela concordasse em falar com ele, podia decidir que caminho seguir. Estava angustiado com o fato de ter chegado a um beco sem saída. Se assim fosse, não ia jogar a toalha. Ele começaria de novo desde o início: falar com Figueruela depois de evitar seus capangas, com Javi, Rosa... mas ele estava com medo de cair em um círculo infinito. Por enquanto, planejou fazer uma pausa até o início da atividade acadêmica na segunda-feira, 10 de janeiro. Queria passar o resto das férias com Marlene. Ela precisava dele. Tinha sido muito compreensiva, não se opondo a sua intenção de continuar investigando.

O Dia de Reis amanheceu com um céu tão claro que parecia pressagiar um inverno muito curto, que se diluía quase sem começo. No dia anterior, o quarto de Marlene tornara-se a cabana dos irmãos Marx. Todas as visitas concordaram em ir ao hospital em peregrinação. Agora, ao meio-dia, Isidro estava terminando o almoço no refeitório. Havia um médico muito corpulento que devia ter 1,90 de altura. Ele usava grossos óculos velhos e seu rosto era muito sério. Pareceu a Isidro que estava olhando para ele. O homem tomou um suco de pêssego e foi até a mesa do professor.

— Desculpe-me. Você é o sr. León? — perguntou educadamente.

— Sim. Isidro León. — O professor se levantou e estendeu a mão.

— Eu sou o dr. Brouwer, um dos médicos que cuida da sua esposa. Posso me sentar com você?

— Claro! Sente-se.

— Sinto muito por essa invasão, mas não queria ficar sozinho e achei que o tinha reconhecido. Acho que nos vimos uma vez no quarto. Você chegou e eu estava de saída — disse.

— Lamento não lembrar disso. Há tantos médicos indo e vindo que fico um pouco perdido. Além do mais, não sou muito bom em lembrar rostos.

— A verdade é que eu queria falar com você para lhe dizer que, a partir de segunda-feira, sua esposa passará as noites sozinha. Não queremos que nenhum membro da família passe a noite com ela. Nós nem vamos colocá-la, no momento, com uma companheira de quarto. É uma terapia para adaptá-la à autodependência psicológica. Se percebermos que a adaptação é difícil, daremos um passo para trás, você voltará a ficar à noite e, depois de um tempo razoável, tentaremos novamente. Ok para você?

— Claro. Vocês são os médicos.

— Como você está levando isso tudo? Quero dizer, em um nível pessoal. Isso é bem difícil emocionalmente — disse ele distraidamente, e tomou um gole de suco.

— Sendo bem sincero, estou arrasado. Mas Marlene é a paciente e ela precisa de toda a atenção. É muito difícil sair de uma situação como essa, ainda mais com a questão da incapacidade física e psicológica por conta dos gêmeos.

— Essa é uma boa observação, sr. León. Mas, na verdade, nesses casos, não é apenas o paciente que precisa de ajuda. Normalmente, os parentes se sentem sob tal pressão que não conseguem progredir sozinhos. Olhe para mim. Eu sou psiquiatra. Suponho que você tenha deduzido isso pelo tipo de conversa que iniciei, mas, ei, isso é estereótipo profissional. Uma vez perdi um dos meus melhores amigos e me coloquei nas mãos de um colega, porque não fui capaz de aceitar a perda. Estamos preparados para ajudar os outros, sim, mas quando se trata de nós... afundamos.

O psiquiatra falou de uma maneira totalmente despreocupada e informal, ou assim pareceu a Isidro, mas ele não era idiota, desconfiava por natureza. Achou estranha a abordagem do dr. Brouwer e sua maneira de falar, com uma suposta naturalidade, mas, talvez, forçando uma barra. É por isso que ele decidiu colocá-lo à prova.

— Bem, doutor. Prazer em conhecê-lo. Mas tenho que ir. — Ele se levantou e apertou a mão dele.

— Um momento, por favor. — O pedido alertou o professor completamente. — Você não acha que talvez devêssemos falar sobre você?

— O que quer dizer? — perguntou Isidro, sentando-se novamente, sem entender de onde vinha a estranha atitude do psiquiatra.

— Como eu disse, quando sofremos um choque em nossas vidas, muitas vezes nosso organismo adota um mecanismo de defesa que consiste em buscar alternativas ao sofrimento. Tentamos embarcar em projetos importantes para evitar problemas reais — afirmou o médico.

— Sim, eu sei o que você quer dizer. Mas esse não é meu caso. Na verdade, tenho pensado ultimamente sobre a possibilidade de cuidar da minha mente, você sabe. — Isidro acompanhou as palavras com batidas engraçadas na cabeça, infligidas pelo indicador esquerdo. — Mas eu superei esse momento. Agora me sinto melhor do que nunca. Se me desculpar, doutor...

— É precisamente esse o grande problema do parente de uma vítima. Acreditar que ele está melhor que nunca. Quando considerou a possibilidade de procurar ajuda psicológica, você provavelmente não precisava disso. Estava muito consciente do seu humor. Mas quando pensa que não precisa talvez seja o momento em que mais necessite. — O médico havia desistido das sutilezas por medo de que a presa escapasse.

— Você acredita, doutor Brouwer — Isidro leu o nome no cartão de identificação — que me conhece o suficiente para saber qual é o meu estado emocional sem ter me analisado em profundidade?

— Não, não acredito. É por isso que eu gostaria que fizéssemos uma consulta. Você teria coragem? Talvez você me prove que tem razão. Eu só exponho possibilidades.

— Olha. Vou lhe explicar. Eu estava perdido porque Marlene estava mal. Tivemos alguns problemas devido à pressão do hospital e discordamos em alguns assuntos. Mas agora, finalmente, minha esposa e eu concordamos em tudo. E eu estou muito feliz! É por isso que lhe garanto que estou perfeitamente bem — disse Isidro.

— Então, você não procurou nenhuma atividade especial para tentar barganhar a dor? Não há algo que você esteja fazendo para tentar superar o pesadelo enlouquecedor? — insistiu ele.

— Aonde você quer chegar? Acho que encerramos essa conversa.

— Vejo que você é muito teimoso. Tudo bem, vou ser honesto. Sua esposa pode não estar tão feliz quanto você. Ela pode não ter concordado em tudo, como você acredita.

Isidro sentiu o mundo cair sobre si.

— Quer dizer quê? — Seus olhos se encheram de lágrimas.

— Ela só tem algumas dúvidas. — O médico tentou amenizar a situação.

— Ela mandou você falar comigo? Marlene acha que estou louco? É isso? Que só tenho seguido a maré de tragédias nestes últimos dois dias?

— Repito que ela pode não ter certeza de nada. Ela está confusa e você não a ajudará se não adotar uma atitude cooperativa — disse Brouwer.

— Cooperativa? Você quer examinar meus neurônios, doutor? Com quem você acha que está falando? — O tom de Isidro cresceu exponencialmente. — Com um perturbado?

O dr. Brouwer manteve o silêncio. Isidro sabia que o psiquiatra estava ganhando. Esses profissionais gostavam de enfurecer suas vítimas deixando-as confusas para estudá-las em sua forma mais pura. O momento chegou, fez silêncio para ouvir o professor e deduzir seu grau de sanidade. Mas o raciocínio de Isidro foi superior à sua indignação e ele também ficou em silêncio. Por alguns segundos, ambos permaneceram em silêncio, o que desconcertou o psiquiatra, embora tentasse escondê-lo. Brouwer esperava por mais agressividade por parte do professor, mas Isidro manteve o pulso firme. Acionando seu coração esmagado pela dor causada pela desconfiança de Marlene, ele decidiu brincar com Brouwer. Seria um jogo desigual e tinha tudo a perder, mas não se renderia logo no primeiro lance.

— Bem, doutor? Estou esperando uma resposta — disse ele com toda a tranquilidade que poderia demostrar. — Você acha que está na frente de um perturbado?

— Não importa o que eu acredito, mas o que você acredita. E você acredita que é o principal protagonista de uma conspiração secreta de ex-alunos. Você foi o professor de todos eles, então imagina que só você tem as chaves para resolver a situação, estou errado?

Isidro León saiu vitorioso. O médico havia caído na armadilha, ele já sabia qual era seu jogo. O que ele lhe dissera estava totalmente errado e Marlene parecia acreditar mesmo na sua loucura. Marlene tinha certeza de que Isidro deveria ser internado. Mas o professor tinha uma vantagem neste jogo, claro. Ele era o único jogador que sabia que a conspiração (ou seja lá como quisessem chamar) realmente existia. O que era de fato improvável. Ele tentou outra estratégia, ser irônico, sem muita convicção de que isso o levaria a algum lugar.

— Ok, doutor. Você tem razão. Eu sou um paladino social e a humanidade precisa de mim. É por isso que me afastei da minha esposa. Mas chegamos a assinar um pacto. Eu vou cuidar dela e, no meu tempo livre, posso me dedicar a cuidar da cidade. Mesmo que você já soubesse disso, ela teria lhe dito! Sabe por que ela mandou você até mim? Porque ela não quer cumprir o acordo. — O professor exagerou no tom irônico caso Brouwer não tivesse entendido.

— Sr. León, não posso forçar você a se submeter ao tratamento. — Sua voz agora estava extremamente dura. Seu verdadeiro caráter estava emergindo; ou talvez o profissionalismo dele, Isidro não sabia dizer. — Mas prometo a você que, se sua atitude afetar o estado de saúde mental de minha paciente, proibirei você de vê-la novamente enquanto estiver neste hospital. Tenha um bom dia.

Ele ficou lá por uma hora, pensando e chorando. Totalmente perdido. Tinha falhado com a pessoa que mais amava no mundo. Ele falhou, mas não era culpa dele.

No Cálculo de Probabilidade, a convergência na lei significa convergência de funções de distribuição, ou, em outras palavras, significa a aproximação de algumas distribuições por outras. A convergência na lei justifica, por exemplo, a aproximação da distribuição hipergeométrica mediante a do binômio, a do t de Student mediante a normal, e assim por diante. Mas, para que essas aproximações ocorram, certas condições precisam ser atendidas, como um tamanho de amostra "n" elevada o suficiente.

Uma hipergeométrica será sempre hipergeométrica. E se Isidro não estava louco, então ele não estava louco. Como o hipergeométrico do binômio, ele poderia convergir para a loucura, ele não descartou isso, mas neste momento as condições apropriadas para isso não foram dadas. Um especialista em Estatística nunca afirmaria categoricamente que essa aproximação é verificada se ele não tiver a certeza (cem por cento) de que o "n" está alto. Mas, aparentemente, um especialista em psiquiatria ousou afirmar isso. Afinal de contas, justificou Isidro, o dr. Brouwer não era um especialista em Estatística e, portanto, não embaralhava todas as opções, por mais loucas que parecessem.

Isidro percorreu um dos corredores do hospital, de norte a sul e de sul a norte, diante dos olhares inquisitivos das enfermeiras que trabalhavam naquela área. Estava pensando no que poderia fazer. Não queria confrontar o quarto de Marlene, cheio de familiares e visitantes ocasionais que o julgariam assim que aparecesse à porta. Agora, ele entendia por que seus sogros e seu cunhado tinham tido essas estranhas reações com ele nas últimas horas. Eles lhe fizeram perguntas constantes que não pareciam vir genuinamente. "Como você está, Isidro? Você quer voltar para casa e preparar uma refeição quente? Por que você não vai para casa por um tempo para descansar e ver como você se sente? Não se preocupe tanto com Marlene, que nós vamos cuidar dela."

O mais difícil era olhar diretamente para Marlene, agora que ele sabia que ela o achava louco. Combinava com a mudança de atitude dela. "Pega leve. Eu vou ajudar você daqui no que puder. Se estiver enfrentando algum perigo, prometa-me que vai fugir. Melhor encontrar com seus ex-alunos aqui no hospital. Não vá para a casa deles, porque alguém pode machucar você." Isidro tinha escutado pacientemente todos aqueles comentários incoerentes, achando que fossem fruto dos agressivos relaxantes, antidepressivos e dos comprimidos para dormir e Deus sabe que outras drogas químicas a faziam delirar. Mas não, não foi isso. De acordo com Marlene, era Isidro quem estava delirando e ela estava apenas seguindo a vida normalmente. Não sabia se por iniciativa própria ou seguindo o conselho do indesejável dr. Brouwer. Ele estava com medo de entrar no quarto e a saudação de sua esposa fosse algo como "Olá, querido, como vai sua missão? Você capturou o estudante diabólico que codificou a carta?"

Então, ele recebeu uma ligação que seria uma virada decisiva para o "caso Salka". Não identificou o número, mas, pelos dígitos iniciais, sabia que se tratava de um telefone fixo na ilha de La Palma. O número lhe parecia familiar. Lembrava o passado.

— Alô?

— Isidro? É a Ângela.

Seus sentidos foram ativados. Por que a estranha ligação? Ele a visitou recentemente e perguntou-lhe sobre a possível relação de seu filho Mauro com uma mulher africana. Ela lhe dissera que um relacionamento sério entre eles era impossível, mas o contato sexual, provável. Ângela teria se lembrado de alguma coisa? Talvez quisesse contribuir com algo que, quando estava lá na sua casa, não ousara dizer. Por uma breve fração de segundo, todos esses pensamentos passaram por sua cabeça, mas ele rapidamente os descartou, pois se tocou da razão mais provável para a ligação. Ela devia ter ouvido sobre o acidente de Marlene. Mesmo que não a conhecesse pessoalmente, gostaria de lhe dizer o quanto lamentava. Afinal, Ângela sofreu muito (e ainda sofria) com um acidente de trânsito que levara Mauro embora para sempre.

— Como vai, Ângela? Fico feliz em ouvir sua voz.

— Olá, Isidro. Como vai tudo? Eu acho que está torcendo para que as férias durem um pouco mais, certo? Você começa na segunda?

A naturalidade com que despejou essas palavras e a segunda pergunta o intrigaram. Ficou claro que Ângela não tinha ouvido falar sobre o acidente de sua esposa. Então, por que ligava?

— Bem, Ângela. Não está indo tão bem quanto eu gostaria, há uma semana aconteceu o pior. Minha esposa sofreu um atropelamento enquanto caminhava em uma estrada. Ela está hospitalizada e a recuperação é lenta e dura. Mas está progredindo aos poucos. — Isidro preferiu ignorar os detalhes mais tristes: a perda dos gêmeos, o coma, a ameaça de paraplegia... não queria se lembrar deles.

— Nossa, sinto muito! Não sabia de nada.

O professor percebeu um contraste entre seu tom despreocupado e a tristeza extraída das suas palavras. Agora não sabia mais o que dizer.

— Bem, não se preocupe. Eu já lhe disse que ela está melhorando. E, nesses momentos tristes, é sempre reconfortante conhecer pessoas ou ouvir vozes que você não ouve há algum tempo. É por isso que estou tão feliz com sua ligação.

— Suponho que não escolhi o melhor horário. Você está passando por algo muito difícil, e o motivo da minha ligação é uma verdadeira frivolidade se comparado a isso. Se você quiser, ligo de volta em algumas semanas.

— Não, Ângela, estou bem. Estou ansioso para que você me conte qualquer coisa que me distraia. Estou te ouvindo.

— Está bem. Quando veio me ver algumas semanas atrás, você me perguntou sobre uma garota de cor que, segundo a própria, tivera um relacionamento com Mauro.

— Eu disse que não tinha certeza. Foi uma interpretação simples minha. Minha intenção, para falar sobre isso, era saber se você a conhecia e se eu deveria comunicar a ela sobre o falecimento de Mauro. Ela não sabia de nada.

— E você fez isso? Você disse a ela que Mauro morreu? — perguntou ela, surpreendendo Isidro.

— Bem... a verdade é que eu não tive tempo para escrever para ela. O fim das aulas, e depois o acidente da minha esposa... fui impedido.

— Olhe, temos um quarto em casa. É o quarto onde Mauro dormiu quando estava de férias. Não é o mesmo quarto de sua infância, porque, quando ele começou a trabalhar na universidade e saiu por definitivo, fizemos algumas mudanças em nossa casa. Mas isso não importa. A questão é que nesse quarto estão armazenadas algumas coisas dele. A maioria é de Tenerife, claro. De fato, quando ele morreu, doamos muitos de seus pertences pessoais para instituições de caridade. Você sabe, roupas, calçados, livros, até mesmo computadores e outras porcarias.

A intuição de Isidro se apoderou de sua paciência, porque os desvios de Ângela eram desesperadores.

— Diga-me, Ângela. Você encontrou alguma coisa e quer me contar?

— Sim. Você vê, nós queimamos todos os documentos pessoais de Mauro em Tenerife. Refiro-me a tudo que já não era útil porque pertencia à sua privacidade. O pai dele e eu não queríamos mais lembranças do que as que vivemos com ele. Não queremos saber nada que ele não tenha voluntariamente compartilhado conosco, porque seria algo como uma interferência em sua vida privada. Pelo menos, é o que o pai dele diz.

— Sim... mas você não estava tão certa disso? — Isidro jogou uma isca.

— Eu acho que se há algo em sua vida que pode servir a alguém, mesmo que não seja para nós, devemos considerar isso. — Parecia um pouco angustiada. — Isidro, às vezes não o ouço muito bem. A comunicação não está muito boa. Você está com pouco sinal?

— Sim. Mas já estou indo em direção a uma área melhor. Espero que ajude — respondeu o professor. Ele também estava tendo dificuldades para entender Ângela.

— Agora parece que melhorou, Isidro.

— Tudo bem, Ângela. Vou dizer o que vamos fazer. Me diga que encontrou e eu a ajudarei a decidir o que fazer com essa informação. Imagino que foi para isso que você me ligou, certo? — perguntou.

— Sim. Como eu dizia, Mauro tinha tudo em Tenerife, mas passava alguns meses por ano aqui conosco. E tinha, aqui também, algumas coisas. Num dia, o pai dele decidiu que era hora de limpar e aniquilar toda a memória inútil do nosso filho. Então, em uma cômoda, encontrei uma carta. Ele recebeu em seu endereço em Tenerife, mas certamente coincidiu com os dias antes de suas férias e trouxe com ele. Ou talvez ele considerasse importante e quisesse reler durante sua estada aqui.

— Você conhece o conteúdo da carta? Acho que foi por isso que você me ligou.

— Meu marido queria jogar fora. Ele me proibiu de abrir as coisas do Mauro. Cheguei a pegar a carta e ir até a lixeira com ela. Mexi no envelope externo e algo me chamou a atenção. Era o nome da remetente. Eu tinha ouvido em algum lugar, mas não sabia onde. E decidi guardar no meu bolso para ler depois. Não sei se fiz a coisa certa. Espero que meu filho, onde quer que esteja, me perdoe.

— Se é algum consolo, Ângela, acho que não fez nada de errado. Qualquer mãe que perde o filho teria feito o mesmo. Você só quer saber como ele era, o que ele estava fazendo, com quem estava. Você deu a ele sua vida e queria saber se ele estava feliz. — O professor tentou consolá-la.

— Mas meu marido não pensa como eu. Ele tem uma personalidade mais forte e me arrasta em suas decisões. É por isso que fiz isso em segredo.

— Então, o que pode me falar sobre a carta, Ângela? — perguntou, intrigado e ansioso.

— Eu a li. E enquanto eu fazia isso, lembrei-me do nome daquela mulher que você pronunciou quando veio me ver. Salka. Creio que seja aquela garota negra que você me contou. Chorei muito pelo sofrimento dela repassando aquelas linhas, Isidro. Eu não queria falar com Mauro, mas também não quero deixar isso de lado. Eu não sei se você tem mais informações.

— O que você quer dizer, Ângela? Realmente, eu não sei do que você está falando.

— Eu acho que, então, é melhor que leia a carta e tire suas próprias conclusões — ela limitou-se a dizer.

— De acordo. Vou te dar um número de fax para você a enviar para mim.

— Não, Isidro. Sinto muito. Eu não quero que a carta saia da minha casa. Eu a escondi e não vou sair com ela. Não tenho fax, scanner nem fotocopiadora. Quero que você venha e faça uma cópia. Então, o original permanecerá oculto. Venha no início da tarde, depois da hora do almoço.

Meu marido sempre vai à fazenda a essa hora e, obviamente, ele não deve saber disso.

— Ok. Eu tenho um scanner de bolso. Vou levá-lo comigo e fazer uma cópia se você assim permitir. Mas, se preferir, posso ler a carta aí mesmo e pronto. Eu não quero causar nenhum problema — disse ele, encantado.

— Não. Na verdade, prefiro que não leia na minha frente. Sofro muito e não quero chorar na frente de ninguém. Prefiro que você faça a cópia.

— Eu vou, Ângela. Quando posso ir?

— Se meu marido descobrir a carta, ele a queimará. Eu a tenho bem guardada, mas não descarto essa possibilidade. Você deveria vir o mais rápido possível. Assim, se eu a perder, sei que você terá uma cópia como testemunha.

— De acordo. Eu vou me organizar e ligarei para você. Neste momento, eu não conseguiria comprar passagem. Você sabe, as férias acabaram e todos estão viajando. Além disso, preciso de mais alguns dias para acompanhar Marlene. As aulas começam na segunda-feira. Se você aceitar, na sexta-feira, dia 14, quando minhas aulas terminarem ao meio-dia, pego o primeiro voo à tarde e às quatro horas estou em sua casa. Ligo em breve para confirmar.

— Combinado. Eu espero por você, Isidro. Lembre-se: quando chegar aqui, se meu marido ainda estiver em casa, não mencione nada sobre esse assunto. Se ele descobrir o conteúdo da carta, não sei como pode reagir.

— Vou levar isso em conta. Tchau.

Isidro mal podia acreditar na reviravolta que a ligação lhe trazia. Ele iria receber uma segunda carta de Salka? Invadido por um intenso sentimento de nervosismo e insegurança, foi até o quarto de Marlene. Não pretendia dar um único passo até a sexta-feira seguinte. Se Marlene estava jogando um jogo, ele faria o mesmo. Dessa forma, ficaria um passo à frente. Agora, ele não estava tão preocupado com sua esposa. O que o incomodava mais era o possível conteúdo da carta. Sobretudo, seus efeitos colaterais, as possíveis repercussões que poderia gerar. A primeira carta mudara sua vida e quase levara Marlene embora para sempre. Ele estava com medo do que poderia vir da segunda. Mas tinha uma vantagem. A primeira carta de Salka foi um tiro certeiro em seu coração. A segunda era uma bala perdida, não era para ele. Ele iria apenas colocar o alvo no caminho da bala.

A DESIGUALDADE DE TCHEBYCHEFF

Capítulo 30

A desigualdade de Tchebycheff estabelece um limite para a probabilidade de forma que qualquer variável aleatória tome valores situados abaixo de "k" vezes o desvio padrão em relação à média.

Durante os últimos dias de férias, na acirrada partida entre Isidro e Marlene, o professor controlava (ou julgava controlar) o jogo, pois ele era o único que segurava a maior quantidade de informações. Era um jogo de gato e rato, mas os dois assumiram o papel de gato.

Isidro sabia que o psiquiatra devia ter comunicado a Marlene o resultado de sua conversa no refeitório, mas ela não lhe revelou nada. Então, Isidro suspeitava que Marlene sabia de que ele tinha descoberto que estava sendo vigiado por ela. Marlene acreditaria então que ele estava tentando esconder seu comportamento, e era exatamente isso, mas não sua loucura. Ele de fato se escondia para fazê-la acreditar que ele estava se escondendo. Isso a manteria entretida em um trabalho de vigilância inocente e improdutivo. Gato e rato.

A intenção de Isidro era deixar passar alguns dias sem dar nenhum passo importante. Ele estava preocupado com a ameaça de Brouwer e planejava fingir que estava disposto a se reabilitar. Podia até conversar com o psiquiatra e fazer o jogo, mas depois descartou a ideia porque não achava que fosse capaz de enganá-lo. Com certeza, na primeira sessão, Brouwer perceberia que Isidro estava mentindo para ganhar tempo.

As únicas coisas que Isidro fez naqueles dias foram alguns telefonemas para localizar Silvana Amanca. Para fazê-lo, aproveitou as horas durante as quais Marlene estava na reabilitação e seus pais ou seu irmão negligenciavam, exaustos, a vigilância cerrada a Isidro que esposa e o médico lhes haviam ordenado. Aquele era todo o espaço de manobra que a sua suposta reabilitação lhe permitia. Ele descobriu, ligando para as lojas, que Silvana estava viajando e não voltaria até a semana seguinte. Decidiu esquecê-la (momentaneamente) e se concentrar exclusivamente em sua esposa até sua próxima viagem a La Palma.

Em 8 de janeiro, o professor encontrou Luis Figueruela em um corredor do hospital. O homem de negócios carregava um buquê de flores.

— Olá, Isidro — disse ele secamente.

— Olá, Luis. Suponho que tenha vindo ver Sara — interpretou o professor.

— Sim. Que ironia, você não acha? Há alguns dias, você apareceu no meu escritório, acusando-me de ser responsável por sua esposa estar aqui, e eu recebo uma punição por algo que não fiz. Agora é a minha que está hospitalizada.

Isidro ainda ficava surpreso com algumas reações daquele homem. Continuava sem entender por que um grande empresário como ele perdia a calma tão facilmente com algo que aconteceu muitos anos antes, embora, é claro, não soubesse o que era. Mas as palavras que ele acabara de falar ainda eram mais surpreendentes.

— Você disse "sua" mulher? Estou ciente de que você mora com sua secretária, e isso, claro, é da sua conta. Mas estou surpreso que você se dirija a Sara nesses termos.

— Eu a amo. E eu ainda a considero minha esposa, embora ela não entenda isso. Existem circunstâncias na vida que levam você a tomar decisões muito dolorosas. E para mim uma dessas circunstâncias ocorreu.

— Não fode, Luis! Eu realmente não te entendo.

— Você não conseguiria entender. Na verdade, espero que nunca entenda isso. Eu também desejo que sua esposa se recupere em breve. Agora, se me der licença...

O enigmático Figueruela continuou seu caminho, deixando o professor de boca aberta. Sara estava prestes a receber alta. Isidro desejou que a visita de Luis não fosse um retrocesso em sua recuperação.

Enfim, chegou a noite de domingo, 9 de janeiro, a primeira que Marlene passaria sozinha.

— Acha que vai ficar bem em casa, querido? — perguntou ela em uma voz de preocupação genuína.

— Claro, Marlene. Preciso colocar minhas coisas em ordem, amanhã eu tenho que estar na faculdade bem cedo. Ligo ao meio-dia quando você voltar da reabilitação. Tem certeza de que não quer que um de seus pais fique com você? O dr. Brouwer disse que é só a partir de amanhã que você tem que ficar sozinha.

— Não. Um dia a mais ou a menos não me importa. Eu acho que posso suportar isso. — Marlene deu-lhe um sorriso.

— Tchau.

— Isidro...

— Sim?

— Você realmente me preocupa.

— Por quê?

— Nenhum de nós foi sincero nestes dias. Eu sei que o dr. Brouwer conversou com você e como resultado dessa conversa você mudou. Mas também sei que você está apenas tentando não me preocupar. No fundo, duvido que tenha esquecido as palavras cruzadas.

— Eu disse que não ia lhe enganar mais, mesmo que não conte toda a verdade, e mantenho minha palavra. O que você diz está correto. De qualquer forma, estou pegando leve. E outra coisa, prometo que não estou louco. Espero poder provar isso algum dia, Marlene. — Isidro acompanhou suas palavras com tanta tranquilidade e um sorriso tão amplo que confundiram sua esposa.

— Você não estaria disposto a falar com o psiquiatra, nem mesmo por mim?

— Se eu fizer isso, Brouwer vai se certificar de que preciso de reclusão imediata. Estou muito consciente de que meu comportamento pode ser interpretado como paranoico. Me desculpe, mas não agora. Talvez mais tarde.

— Eu vou dizer algo para você pensar. Você é muito inteligente e talvez reconsidere, se analisar minhas palavras. Às vezes, é melhor se distanciar para ver as coisas. Quero dizer que a análise pessoal de nossa própria vida ou de nossos próprios problemas é sempre subjetiva. Isso é óbvio. Mas quando alguém olha para as coisas do lado de fora, essa pessoa as vê com uma perspectiva mais objetiva e clara. E se, acima de tudo, alguém é especialista em interpretação, como o dr. Brouwer, é lógico pensar que seu ponto de vista será sempre mais neutro e mais profissional.

Isidro acreditava que Marlene tinha que estar muito desesperada para recorrer a tópicos tão banais. Na verdade, ele não estava de acordo. Marlene misturava "ver as coisas de longe" com "analisá-las objetivamente".

No segundo dia de aula, ainda em setembro, Isidro explicou aos seus alunos os abusos que às vezes a Estatística sofre, usando como exemplo a evolução do desemprego em uma determinada cidade. Mostrou-lhes um gráfico em que se via, no eixo das abscissas, uma série de anos sucessivos e, no eixo das ordenações, o número de desempregados. A escala do eixo vertical implicava "saltos" de dez em dez mil, ou seja, a partir de zero, em seguida, dez mil, vinte mil etc. À primeira vista, os alunos puderam ver uma espécie de linha suave, quase em linha reta, com uma inclinação incomensurável, isto é, muito pouco inclinada.

— Qual é a conclusão que podemos tirar? — perguntou o professor em voz alta.

— Que nessa cidade o desemprego quase não cresceu, praticamente se manteve constante — respondeu Paula.

Então Isidro tirou o chapéu, emulando Sancho Aranda, aquele mago de maiôs femininos, e, com um simples clique do mouse, o zoom foi ativado. Como no Google Maps, a escala do eixo vertical foi aproximada e ampliada. Agora, em vez de coletar saltos de dez em dez mil, a evolução do desemprego em mil em mil foi observada. E o resultado, abracadabra! A aproximação da realidade mostrou uma crescente linha poligonal, com seções muito íngremes em alguns anos.

— Às vezes, nossos políticos escondem a verdadeira escala do gráfico para nos enganar sem mentir demais, para nos entregar uma realidade distorcida. Nesta cidade, o nível de desemprego aumentou consideravelmente durante este período, mas eles nos fizeram ver que este não era o caso.

Portanto, Isidro não concordava com Marlene. As coisas tinham que ser analisadas com objetividade, sim, mas o exemplo do desemprego dizia que era necessário vê-las de perto, nunca de longe. Esse foi o erro que ela, influenciada pelos óculos grossos e desfocados do dr. Brouwer, estava cometendo.

— Professor, então... — havia perguntado, em setembro, Julia, uma de suas alunas. — O que você acabou de fazer é mágica?

Isidro pensou por um momento antes de responder.

— Não. É poesia.

— Tenha cuidado, Isidro — implorou Marlene ao sair do quarto.

A primeira semana de aulas, em janeiro, foi, na verdade, uma semana de revisão de conteúdo antes do início iminente dos exames. Na segunda-feira seguinte, dia 17, a atividade de ensino ficaria paralisada e a avaliação começaria. Seriam dias mais calmos para os professores, com uma troca de tráfego: em vez de aproximar os professores das salas de aula, os alunos se aproximavam dos escritórios para resolver as dúvidas de última hora. Mas, na semana atual, a revisão e as dúvidas eram coletivas e resolvidas em sala de aula.

Ele sentia falta de Agustín. Observou clandestinamente Paula, a nerd para quem Agustín uma vez deu carona em seu carro e Sara ficou com raiva. Havia também Carlos, Roberto e Maria, os companheiros mais próximos do sobrinho de Luis. Estavam todos, exceto ele. Sua vida estava na fronteira que marca, infalivelmente, o antes e o depois. Na aula anterior, a opcional "Análise Estatística de Dados", estivera observando Violeta, a namorada do jovem. Ela era uma garota muito bonita, com longos cabelos negros e olhos sedutores, aquelas garotas capazes de cativar qualquer alma solitária com a suave cadência de sua voz.

— Então, professor, se os assuntos da Estatística dividem o programa em três partes, descritiva, probabilidade e inferência, como você diz que as Estatísticas podem ser divididas em dois blocos? — A pergunta foi feita por um aluno com a cara de pau de quem, com certeza, não assistiu aos primeiros dias de aula ou não ouviu nada.

— De um ponto de vista clássico, podemos dividir as Estatísticas em duas, embora isto seja discutível e reducionista: as Estatísticas Descritivas e a Inferência Estatística. Comentei com vocês, durante os primeiros dias do curso, que a Estatística é uma disciplina independente, uma ciência. É errado considerá-la parte da Matemática.

— E então como definir a Probabilidade? — insistiu o jovem.

— Vamos lá. — Isidro estava exausto para repetir o básico inicial. Essas aulas de explicações pareciam uma tortura, porque quando alguém fazia uma pergunta cuja resposta era conhecida por todos, o resto da classe se desconectava e sussurrava as intimidades que não tiveram tempo para compartilhar antes de entrar na sala de aula. — O cálculo de probabilidade em si é uma parte da Matemática, e não da Estatística. É a ferramenta matemática necessária para passar da descrição para a inferência.

Um garoto gorducho de rosto vermelho levantou a mão. Ele parecia bastante nervoso, como se sua vida dependesse daqueles exames, os quais provavelmente o atormentavam à noite em seus sonhos. O professor ficou um pouco triste, porque seus colegas de classe costumavam zombar dos trejeitos histéricos e angustiados que exibia quando fazia perguntas.

— Professor, há três coisas que não ficaram claras para mim — disse ele apressadamente. Queria cuspir rapidamente as dúvidas para que Isidro tivesse tempo para dar uma resposta antes do fim da aula e, assim, ser capaz de dormir tranquilamente à noite sem o assustador horror desses conceitos tão incompreensíveis para ele.

— Me diga, Martín.

— As três dúvidas são do único problema que venho revisando minuciosamente no Natal. Primeiro, eu não entendo bem a matriz de covariância na regressão múltipla. Em segundo lugar, não entendo a diferença entre os coeficientes de determinação múltipla, total e parcial. E terceiro... não me lembro... ah, sim! Na regressão linear múltipla, quando minimizamos o...

Martín era uma metralhadora autêntica. A ansiedade que cuspiu estava concentrada em suas bochechas, que estavam tão acesas e atingiam tal vermelhidão que era possível acender um fósforo nelas. Isidro, para equilibrar a decepção que ia transmitir a Martín, tentou dar uma pincelada de humor à sua resposta.

— Lamento desapontá-lo, Martín, mas você está um pouco confuso. Antes das férias, eu disse claramente que o único tópico que não entrava no exame era, precisamente, o de múltiplas distribuições. Acho que você desperdiçou o seu Natal. Teria sido mais divertido cantar canções natalinas nas praças e pegar nos livros em janeiro.

A sentença final não pretendia ser sarcástica, mas uma piada para tentar atrair a atenção dos alunos para ele, tentando assim evitar que debochassem de Martín. Mas o excesso de efeito em suas palavras constituía uma gafe completa. Quando percebeu que não tinha medido as consequências corretamente, era tarde demais. O riso retumbante de seus companheiros acabou por levar Martín, naquele escárnio, a lançar um olhar odioso a Isidro e sair da sala. Talvez outro estudante tivesse recebido melhor a brincadeira, e até mesmo rido da ocorrência, mas Martín interpretou como uma zombaria implacável. O professor teria que se desculpar, mas o estrago estava feito. Ele lembrou e concluiu que nunca, em seus anos como professor, tinha tido uma atitude tão estranha.

Isidro sempre se gabou de ter quase absoluto controle sobre seus alunos. Ele era um observador meticuloso e estudava cada comportamento pessoal para depois tentar adaptar suas ferramentas didáticas para a turma. Ele interpretou como se seus alunos estivessem em uma distribuição normal. Uma das características do normal é que 99,7% dos valores (ou seja, 997,000) se concentra, sob o capô, a menos de três vezes o desvio padrão da média (centro do gráfico). Esse era o intervalo de controle do professor, não menos do que três vezes o desvio padrão! Mas a maldita pressão que desgastava seu cérebro também corroía a forma perfeita de sino de sua capacidade didática, e agora Isidro não se mexia nos parâmetros "normais". A desigualdade de Tchebycheff é a que, nesses casos, assume e relaxa as probabilidades. Se uma distribuição não for normal, a porcentagem de valores localizados menos de três vezes o desvio padrão será de 89% (ou um pouco mais).

Isidro não tinha mais tanto controle. Martín "o gordo" era um daqueles onze de cada cem estudantes com quem Isidro, por causa de seu estado emocional, poderia falhar.

Ele ficou nervoso durante toda a semana. Todos os dias, almoçava na faculdade e, à tarde, viajava de bonde para o hospital. Ali permanecia, com Marlene, até a última hora possível. Depois voltava para a universidade, pegava o carro e ia para casa. A família de sua esposa já não o olhava com aquela mistura de estado de alerta e medo por conta de uma possível reação violenta do professor paranoico. À noite, o estresse e a solidão eram os grandes culpados pelas poucas horas que conseguia dormir.

E o dia chegou. Isidro escolheu a tarde de quinta-feira para contar à esposa. Ele já tinha comprado a passagem para o dia seguinte.

— Preciso lhe dizer uma coisa, Marlene. Amanhã vou a La Palma e volto no domingo à tarde. Vou aproveitar para ver meus pais.

— Você vai visitar seus pais? Você não me contou nada, acabou de decidir? Eles não estão bem? — Marlene se preocupou. Talvez tivesse ocorrido alguma desgraça familiar e Isidro a escondeu para não perturbá-la.

— Não, meu amor, não é isso. Vou visitar Ângela, mãe de Mauro — respondeu Isidro.

— A mãe do Mauro? Aconteceu algo com ela?

— Não. É sobre a carta. Nela, Salka menciona Mauro. Você se lembra que no final da carta ela me pediu para falar com Mauro? Bem, talvez você não se lembre disso.

— Por favor, Isidro, não comece. Não aguento mais. Eu pensei que você estivesse superando isso. Da sua forma, mas superando. Faça um esforço e esqueça.

— Olha, Mauro também recebeu cartas de Salka. E eu estou indo para ver uma delas. É por isso que é tão importante. Talvez esclareça algumas coisas. Estou procurando respostas, e essa carta promete ser a melhor até agora.

Ele tentou convencê-la.

— Ela também escreveu para Mauro? Ela enviou palavras cruzadas ou ele preferia uma sopa de letras? O que é isso, um jogo de hobbies em que o aluno tenta desafiar, com sua inteligência, os professores da Universidade de La Laguna?

— Por favor, Marlene. Não comece de novo. Você sabe que não iremos a lugar algum assim.

— Você é patético, Isidro!

— Eu tenho que descobrir sobre o passado de Salka porque há algo grande por trás disso. E eu não vou parar até conseguir, quer seja bom ou não — disse o professor.

— Sou mais importante do que esse enigma. Abandone isso agora mesmo. Faça isso... faça por mim, eu preciso de você. Esta é a última vez que vou te implorar. — Seus olhos estavam avermelhados. Sua impotência se manifestou.

— Querida, não sei como fazer você entender isso. Eu realmente não posso. Mas é precisamente por sua causa que não posso parar — disse ele, sabendo que aquelas palavras soariam vazias nos ouvidos de Marlene.

— Mas que droga você está dizendo? Eles deviam trancar você na ala de psiquiatria até que pare de alucinar!

Isidro, na adolescência, gostava de afinar a guitarra em busca de tons mais nítidos do que os sons padrão. Assim, tensionava a primeira corda até que seu som fosse um Fá sustenido em vez de um Mi. Como resultado dessa tensão exagerada, muitas vezes o nylon não resistia e a corda rompia. As palavras de sua esposa o levaram ao mesmo limite de tensão e Isidro quebrou.

— Talvez o seu atropelamento esteja relacionado com este assunto!

Sua explosão, longe de dissipar a tensão, cobriu-a com uma camada de silêncio prolongado e incerteza temporária. A tempestade estava chegando, mas as nuvens ainda estavam sendo carregadas. Dois minutos se passaram sem que ninguém ousasse falar. Então, foi Marlene quem fez isso.

— O que você disse, Isidro? Espero, de verdade, que você esteja louco e isso justifique essa piada macabra. Porque, se você está em seu juízo perfeito, eu nunca vou te perdoar pelo golpe baixo que acabou de me dar.

— Eu falei que talvez você não fosse entender — respondeu. — Em todo caso, retiro minhas palavras. Imagine que elas nunca foram pronunciadas. Eu juro que nunca direi isso a menos que possa provar.

— Acho que é um pouco tarde para voltar atrás. Você não pode reverter o mal com o qual tentou me envolver em sua cruzada de fantasia! O dano é irreparável e eu quero que você saia do quarto — disse ela, olhando para ele.

— Tenho que ir a La Palma. É minha obrigação. — Isidro tentou retornar ao objetivo da conversa.

— Não, você está errado de novo. Sua obrigação é estar ao meu lado, mas você prefere seguir os passos daquela Salka. Você teve um caso com essa mulher negra?

Foram palavras muito duras, daquelas que ferem a alma e deixam uma marca. Isidro foi um verdadeiro campeão de igualdade e tolerância. Sim, ele tinha certeza de que Marlene só usava o desprezo racial e a xenofobia como uma arma contra ele, procurando causar dano excruciante. O professor sabia que o relacionamento deles estava em um ponto sem retorno. Seu relacionamento e também sua investigação, porque ele mesmo a havia priorizado antes de sua esposa. Escravo de suas palavras, agora ele não podia fugir, mesmo que quisesse, porque ela nunca o perdoaria. A única maneira de recuperar Marlene era chegar ao fundo do enigma e mostrar que Julio a tinha tentado matar.

— Eu vou para La Palma, Marlene — disse ele, indo para a porta.

— Agora sou eu quem não quer que você fique. Eu quero que vá embora, mas, se sair, eu não quero que você volte por aquela porta. — As primeiras lágrimas começaram a escorrer pelas suas bochechas. — Eu não vou afundar, Isidro. Vou seguir em frente com a ajuda da minha família.

— Sinto muito. Não posso voltar atrás agora — disse ele, e saiu.

No corredor, o professor encontrou Pedro, que parou para falar, mas Isidro continuou andando sem olhar para ele. Pedro entrou no quarto da irmã. Isidro entrou no café e passou quase uma hora bebendo uma cerveja com um jornal na frente do rosto para esconder as lágrimas dos clientes que entravam e saiam. Ele havia perdido Marlene e a pior parte era que reconquistá-la não dependia dele. Dependia da sorte e de sua capacidade de decifrar o mistério de Salka.

Quando ele espremeu todo o choro que lhe restava, entrou na garagem do hospital. Naquela tarde, havia ido de carro para não perder muito tempo na viagem de ida e volta de bonde. Queria ir para a cama cedo para tentar descansar. No dia seguinte, depois da escola, uma viagem turbulenta a La Palma o aguardava. Anunciaram fortes ventos para aquela sexta-feira e, quando isso acontecia, o aeroporto de Mazo costumava ter grandes problemas operacionais. Estava prestes a entrar no seu veículo, quando, por trás de uma coluna, um braço surgiu, impulsionado por uma enorme raiva, e atingiu seu olho esquerdo em cheio. O professor caiu para trás, batendo em um carro próximo. No começo, ele não sentiu dor, mas, sim, uma sensação de insensibilidade na área. Então, pouco a pouco, dores se apoderaram de seu globo ocular.

— Você é um filho da puta! — Seu cunhado chorou. — Não se aproxime dela novamente, seu desgraçado!

Pedro saiu da garagem, deixando Isidro no chão. O professor nunca o censuraria por seu comportamento. Ele teria feito o mesmo.

Inferência Estatística

Terceira parte

AMOSTRAGEM ESTATÍSTICA

Capítulo 31

Chama-se amostragem estatística a técnica de selecionar uma amostra a partir de uma população.

A sexta-feira 14 amanheceu bastante escura e ventosa em La Orotava. A situação de microclimas nas ilhas tornou incertas as viagens de avião, barco e até mesmo de carro, mas com sua experiência de anos vivendo em Tenerife Isidro entendia a cena que havia no aeroporto de Los Rodeos: a mesma que em La Orotava, só que com mais vento, frio e chuva. A única variável que ele não podia controlar era o nevoeiro aleatório e espesso que cobria o espaço do aeroporto.

O professor de Estatística não havia pregado os olhos a noite toda. O olho esquerdo tinha se rebelado contra o gelo e contra os dois tipos de colírios que tinha encontrado em uma gaveta de drogas e aplicado sem levar em conta as indicações, os efeitos colaterais e a posologia. Na verdade, não tinha nem visto a data de validade. Claro, com os olhos assim, não era exatamente confortável ler a bula. Depois do café da manhã, ele se camuflou atrás de alguns óculos velhos e bregas de Marlene que encontrou, depois de muita procura, em um guarda-roupa. Ele havia perdido os seus no hospital nos últimos dias, então tinha que se contentar com aqueles gigantescos óculos femininos, cuja armação estava coberta com vários corações vermelhos brilhantes. O medo do ridículo era, no momento, o menor dos seus medos.

Ele prometeu se desculpar com Martín, o aluno que havia humilhado sem a intenção de fazê-lo. Tinha preparado um pedido público de desculpas na frente de toda a classe, porque se não tivesse passado dos limites, não teria de se retratar. Para seu espanto, Martín não apareceu na universidade.

Isidro não tirou os óculos nem no refeitório nem nas aulas. Percebeu em poucos momentos, embora não tenha dado muita importância, os olhares curiosos, brincalhões e zombeteiros que lhe davam os alunos, professores, pessoal do administrativo, da cafeteria e da limpeza ao longo da manhã, o principal tema de conversa na faculdade eram os óculos vermelhos ridículos que o professor de "Estatística para Economia e Empresas" estava usando dentro de um gabinete que já era escuro e, ainda mais, nesse dia nublado de janeiro. Apostavam sobre as razões de Isidro León querer passear com esses óculos. Alguns achavam que estava fazendo isso para chamar a atenção de seus alunos, outros (os mais espertos) acreditavam que alguém lhe socara, alguns também falavam de olheiras, já que todos sabiam que sua esposa estava hospitalizada e que não dormia bem; ocorreu a alguém que Isidro andava muito sem noção ultimamente e simplesmente esqueceu de tirar os óculos desde o último dia de sol e também foi pensado que ele estava fazendo isso para ganhar algum tipo de aposta. Mas a crença mais difundida era que Isidro se tornara um geek.

— Bom dia, senhor León! Como vai sua vida? — cumprimentou Gustavo, com sarcasmo, ao encontrar Isidro na entrada do refeitório. Jorge, sua sombra, chegou alguns metros atrás.

— Olá, Gustavo. Como vai?

— Muito bem. Ei, eu realmente gosto do design desses óculos. Você pode me deixar vê-los de perto? — O professor avançou para tirar a armação à força, mas Isidro jogou a cabeça para trás, se desviando.

— Fique quieto, cara! Eu te convido para um café.

— Ok, mas tem que me dizer qual é o segredo dos óculos. Você os colocou para defender sua feminilidade? — insistiu Gustavo.

— Não, que isso. O que acontece é que ontem eu humilhei um aluno na aula e agora estou me flagelando. Ei, sério, você poderia me fazer um favor?

— O que você pedir.

— Tenho que pegar um voo às duas horas. Você me levaria até Los Rodeos? Dessa forma, eu posso deixar o carro aqui.

— Eu adoraria, mas tenho uma turma 12h30.

— Não se preocupe, posso te levar — interrompeu Jorge.

— Obrigado, Jorge. Eu te devo uma.

∽

No aeroporto, o cenário era desanimador. A tela de informações anunciava mais voos cancelados e atrasados do que os voos confirmados.

Durante toda a manhã, nenhum avião entrou no aeroporto de Mazo, La Palma. Mas, até o momento, para o voo das 14h, não havia informações indicando seu cancelamento. Também não havia informação oposta, é claro. Simplesmente não havia informação, nem nas telas, nem nos balcões de check-in. Às 13h30, anunciaram, por telefone, que o voo de Binter Canarias para La Palma sofreria um atraso de trinta minutos. Às 14h20, ligaram para os passageiros para embarcarem na porta número três. Finalmente, o avião decolou às 14h45.

A previsão meteorológica era de verdadeiro terror. Isidro, ao entrar no avião com os seus óculos vermelhos diante do olhar atônito dos assistentes de bordo, pensou que era seu dia de sorte ter conseguido o único voo que partiria naquele dia em direção a La Palma. Mas agora, na metade da viagem, desejava não ter entrado no caixão voador que parecia levá-los à morte certa. O pior de tudo é que não seria uma morte rápida. Era como se os pilotos estivessem zombando dos passageiros, sujeitando-os a violentas sacudidas para prolongar ainda mais a agonia.

No avião, apenas se via, ouvia e cheirava medo, vômitos (dentro e fora dos sacos de enjoo) e gritos de pânico. A Isidro parecia que os rostos mais sobrecarregados eram os da tripulação, mas não sabia se era porque também sentiam medo, ou pela tontura e tensão causadas pelas corridas contínuas perante os apelos desesperados dos passageiros aterrorizados. Uma mulher, que estava ao seu lado tentando manter sua integridade, olhou para ele e, vendo aqueles óculos irracionais e sua expressão séria, começou a gritar, histérica. Isidro pensou em Marlene. Se não sobrevivesse, ela nunca saberia a verdade, nem entenderia até que ponto estava disposto a vingá-la. Não queria morrer e ser um verdadeiro canalha, mas tinha o consolo de que ela acreditava que ele era maluco, e essa suposta loucura justificava suas ações.

Depois de 15 minutos de voo, as inclemências deram um breve descanso. Os condenados se dedicaram a beber algo para se recuperar. Isidro notou que aqueles que conseguia ver da sua posição tinham unhas cravadas nos braços rígidos dos assentos, pensando que talvez estes os salvariam se o avião caísse. A grande maioria orava de maneira desorganizada. Uma jovem parecia pronunciar uma ave-maria, uma senhora idosa e um cavalheiro de meia-idade declamavam um pai-nosso, só que ao contrário, três outros passageiros se limitavam a se benzer compulsivamente. Todavia, a esperança coletiva foi destruída pelo sinal de áudio maldito, um sinal que, em voos como esse, era capaz de embrulhar o estômago do mais ousado suicida.

— Gentis passageiros, como resultado das condições meteorológicas, o aeroporto de Mazo está temporariamente fechado. Uma ligeira melhora é esperada nos próximos minutos. Vamos voar sobre a ilha e tentar pousar quando as condições forem favoráveis. Caso não melhorem, voltaremos ao aeroporto de Los Rodeos, em Tenerife. Por favor, mantenham os cintos de segurança apertados durante o voo. O Comandante García e toda a sua tripulação esperam que os senhores tenham aproveitado a viagem, apesar da turbulência, e queremos vê-los novamente a bordo.

A última frase do Comandante García era um exercício avançado de um manual de cinismo. Com certeza, esse cara, numa cabine fechada e com seu uniforme ridículo, se regozijava quando semeava o terror e desfrutava do seu papel, porque, afinal, se tudo desse certo e conseguisse pousar em La Palma, seria visto como um verdadeiro herói e seria aplaudido tão logo tocassem o chão.

A primeira tentativa de aterrissagem foi, para Isidro, como se lhe tirassem a vida e, antes que lhe dessem tempo para morrer, reinserissem sua vida em seu corpo novamente. Isso apesar do fato de que ele se considerava, entre todos os passageiros, aquele que tinha menos a perder. Sua vida estava tão caótica que, se acabasse ali, talvez não fosse tão ruim. Quando o avião se lançou à pista sem qualquer aviso do piloto, o interior da nave foi tomado por uma sinfonia macabra de gritos e lamentos desafinados. Instantaneamente, quando a aeronave quase tocou o solo e uma forte rajada de vento lançou-o de lado em direção ao mar, os sons foram substituídos por um silêncio sepulcral, porque todos pensaram que estavam mortos. Mas García era muito bom (raciocinava, Isidro, em meio ao caos) e conseguiu levantar a aeronave mais uma vez.

Novamente no ar, o professor concentrou sua atenção nas aeromoças, que cambaleavam enquanto tentavam recompor os passageiros em pior estado, isto é, aqueles que ainda não haviam perdido a consciência. Então, o imprudente García, como um verdadeiro lutador, voltou a enfrentar a pista Mazo diante da passividade geral de seu público, que já não se importava mais, pois o piloto havia retirado todo o sangue deles. Dizem que três é demais, então, para um piloto especialista como García, duas vezes são suficientes. Não sem dificuldades, no entanto: o avião bateu contra o asfalto em um estrondo que, pouco a pouco, milagrosamente reviveu os viajantes "mortos". Finalmente, o intrépido comandante alcançou seu objetivo: uma salva prolongada e emocionante de aplausos acompanhou a entrada triunfante do ATR-72 na pista de desembarque.

— Desgraçado dos infernos! — murmurou o professor atrás dos óculos femininos vermelhos.

O terminal de passageiros lembrava o caos que reinava depois de um ataque terrorista. Estava lotado de pessoas que queriam sair da ilha de manhã cedo e de pessoas que esperavam para receber suas famílias no início da manhã. Todos eles perderam uma manhã de suas vidas. Agora, essas pessoas assistiram à entrada do grupo heroico que havia superado e desafiado os deuses da natureza, no meio do qual estava um cara corpulento de óculos escuros vermelhos na cabeça, que, sem dúvida, era o mais inteiro, pois era o único capaz de andar sem cambalear. Isidro se virou e, vendo aquela imagem grotesca atrás de si, repensou o paradoxo que ruminara durante o voo. Como era possível que a ruína emocional tivesse fortalecido sua força psicológica?

Depois de pegar sua bagagem, percebeu que havia cometido um erro imperdoável.

— O scanner! Eu esqueci de trazê-lo! — falou em voz alta quando saiu do terminal.

— Um táxi, senhor? — Soou uma voz à sua esquerda.

— O soco de Pedro perfurou o meu cérebro maldito

— O que disse, senhor?

— Ah! Sim, perdão. Um táxi.

Durante o caminho até a casa de Ângela, uma ideia lhe ocorreu e ele ligou para sua irmã.

— Andrea? Sou eu, Isidro. Acabei de chegar.

— Você decolou? Nossa, que sorte. O filho do meu vizinho esteve no aeroporto a manhã inteira tentando sair e não teve jeito. Você vai direto para a casa de Ângela?

Isidro, no dia anterior, telefonara para ela para lhe dizer que Ângela queria doar alguns livros do Mauro.

— Bem... você tem uma câmera e poderia me emprestar esta tarde?

— Sim. Quando você quiser, venha pegá-la — respondeu sua irmã.

— Eu prefiro ir agora. Espera um momento. — Isidro cobriu o microfone do telefone e indicou o endereço de Andrea para o motorista.

— Andrea? Olha, cheguei atrasado e não comi nada. Posso comer algo aí? Eu me satisfaço com um sanduíche.

— Claro que sim! Isaac e eu já almoçamos, mas tenho lentilhas aqui e uma omelete de batata e cebola. Pode ser?

— Você é um doce! Em dez minutos, estou aí.

ᔓ

A versão que ele deu a Andrea e Isaac, os primeiros a verem seu olho inchado e machucado, foi que tinha acertado a beira da mesa de cabeceira. Depois do almoço, pegou outro táxi e, às 17h30, chegou à casa de Ângela.

— Não se incomode se estou sendo intrometida, Isidro. Na minha opinião, esses óculos não combinam muito bem com você — disse Ângela, diplomaticamente.

— Eu sei. Tive um acidente, mas isso não importa. Eu trouxe uma câmera. Eu esqueci o scanner, mas vai me servir da mesma forma. Como você está?

— Bem, como te disse no telefone, a carta me deixou muito nervosa. Seu conteúdo... achei que você soubesse de algo. Olha, a razão pela qual eu te dou uma cópia não é exatamente para que você não se desvie daquela investigação, nem para satisfazer sua curiosidade sobre aquela garota. Eu faço isso para pedir algo em troca. Eu quero informações, se você conseguir.

Ângela sempre foi conhecida por cuidar de sua imagem, mesmo em sua própria casa. Quando Isidro foi visitá-la, algumas semanas atrás, ele se lembrava dela em roupas confortáveis e caseiras, mas bem arrumada e com maquiagem suficiente no rosto. Agora, no entanto, havia uma mulher muito descuidada na sua frente. Ela usava uma calça de moletom feia que incomodava o professor, não por causa da calça em si, que devia ser muito confortável, mas por causa da falta de hábito de vê-la assim. Parecia uma pessoa totalmente diferente.

— Informações sobre o quê, Ângela?

— Leia e depois conversaremos. Como eu lhe disse, não faça isso aqui. Quando você vai embora?

— Amanhã. Ou talvez no domingo. Vou dormir na casa dos meus pais. Na verdade, Ângela, você me deixa bastante intrigado. Eu tive uma experiência horrorosa de voo para chegar até aqui e espero que esta carta valha a pena.

— Prometa-me que não a lerá até estar em Tenerife. Eu não quero que você volte a minha casa amanhã ou depois para falar sobre isso, porque eu começaria a chorar. Agora, estou me sentindo muito frágil e peço apenas que descubra algo. Quando você fizer isso, vamos conversar.

— Tudo bem, Ângela. Mas vou ter que vê-la para bater a foto, certo? — ironizou Isidro.

— Sim, mas não olhe muito. Limite-se a tirar a foto e é isso. Ela está no meu quarto. Vou pegá-la.

Voltou com um envelope rasgado longitudinalmente ao lado. Ela retirou uma série de papéis dobrados e espalhou-os sobre a mesa. A carta era bastante extensa, com um total de quatro folhas de tamanho A4. À primeira vista, as letras eram tão familiares para o professor que ele experimentou uma sensação estranha e inquietante. Foi escrita com uma caneta azul, diferente da que ele havia recebido, em preto. Olhou para o cabeçalho.

Montpellier, 8 de outubro de 1997.

Havia sido escrita quase um mês antes da que Isidro havia recebido. Isso poderia ser, dependendo do seu conteúdo, um fato importante. Haveria tempo para valorizá-lo.

— Isidro. — A mãe do Mauro repreendeu a curiosidade do professor.

— Tudo bem, Ângela. Eu vou tirar a foto.

Ele disparou três vezes para cada folha, apenas para garantir uma captura suficientemente clara dessas palavras de mais de treze anos atrás. Ele já tinha a carta em sua posse. Sua missão em La Palma tinha chegado ao fim. Tudo o que poderia descobrir sobre Mauro e Salka estava naquela câmera. Ele pediria a sua irmã para baixar as imagens e enviá-las por e-mail.

— Como está o seu marido?

— Não muito bem. Apesar da força do hábito, ele não consegue mais passar um dia inteiro sem derramar uma lágrima. Ele tenta esconder isso, mas não consegue me enganar. Quase todos os homens são assim. Eles gostam de ser durões e, no momento da verdade, são os mais frágeis, os primeiros a entrar em colapso. Mas o pior é que eles ficam muito constrangidos quando os outros os descobrem chorando. Isso é o mais humilhante para eles.

Isidro sabia que aquele comentário machista era bastante frequente na geração de Ângela. E no meio social de seu marido ainda mais, porque ele estava acostumado a dar uma importância desproporcional a isso, de forma que devia sofrer muito perante seus amigos para ser capaz de esconder o desejo de chorar toda vez que seu filho fosse mencionado.

Depois de se despedir de Ângela, foi ao Pavilhão Municipal de Esportes para ver os últimos minutos do treino de basquete de seu sobrinho. Ele havia prometido ir se tivesse tempo e usaria a câmera para fazer algumas fotos. Isidro ligou para a loja de antiguidades em que Andrea trabalhava.

— Olá. Sou eu. Cheguei a tempo para o treinamento de Isaac, então não se preocupe, vou levá-lo para casa.

— Obrigado, Isidro. Mas você não precisa me ligar. Isaac já tem 13 anos e sempre volta sozinho. Do pavilhão até em casa não leva mais de cinco minutos.

— Ok. Vou acompanhá-lo e irei para a casa da mamãe e do papai. Tchau!

Isaac treinou na grupo infantil da categoria de base da U.B. La Palma. A quadra principal do pavilhão se dividia em três quadras auxiliares, que cruzavam a mais larga, de modo que, nas laterais, havia três argolas de cada lado. A equipe das crianças estava treinando na quadra em uma ponta, enquanto na outra treinavam jovens mais velhos, talvez cadetes. A quadra central tinha os anéis inferiores, que eram destinados ao basquete mirim e agora estavam ocupados por uma equipe de meninas. Isidro terminou de fazer uma foto de um salto para a cesta de Isaac quando observou que uma bola perdida estava se aproximando, quicando, em direção à área onde eles treinavam. Correndo atrás da bola vinha uma garota do basquete mirim. Devia ter dez ou 11 anos de idade. Ela chamou a atenção do Isidro. Seu cabelo era listrado, formando laços impossíveis, e olhos verdes que pareciam caramelos de cristal.

— Onde eu vi esse rosto antes? — sussurrou ele.

A garota pegou a bola e correu para a quadra central. Isidro esqueceu a pequena e voltou a se concentrar no sobrinho. Ele se via com a idade de Isaac, jogando futebol nas ruas de paralelepípedos de Santa Cruz de La Palma. Reconheceu que o basquete era mais espetaculoso, embora, quando criança, gostasse muito mais de futebol. Todo domingo colocava seu ouvido no rádio para ouvir a transmissão dos jogos. Mas, curiosamente, quando começou a guerra da televisão para oferecer os jogos ao vivo, ele deixou de se interessar por esse esporte absurdo. Isidro deduziu que o futebol nunca lhe agradara. O que o excitava era a emoção e a incerteza geradas pela transmissão simultânea de rádio de todos os jogos, especialmente pelas interrupções repentinas quando um time marcava: "Gooooooool! Goooool do Barça!" Quando emissoras de TV exigiram que o Real Madrid jogasse no sábado, Barcelona no domingo, Valência às quatro da tarde e Sevilla às oito da noite, a magia das coincidências cruzadas se foram, assim como os minutos sem ouvir a palavra "gol", ou os minutos em que aquela palavra abençoada de três letras se sobrepunha milhares de vezes num melancólico pentagrama esportivo! "Gol do Atlético! Atenção, gol do Betis! Gooool... do Sporting!" Talvez aqueles momentos de emoção, lembrados como os mais intensos de sua vida, foram os que o levaram a se interessar por Estatística, a ciência que mede, em termos de probabilidade, a própria incerteza.

Isaac terminou o treino. Estava pegando suas coisas e conversando com os companheiros. As meninas da equipe de basquete mirim subiam as escadas que, do campo, emergiam em direção à área em camadas. Lá ele viu de perto a menina que chamou sua atenção. Ela suava e ofegava com o esforço. Mesmo agora, seu rosto parecia mais familiar. Ela olhou para ele, intrigada, sentindo-se observada. Isidro notou e imediatamente desviou o olhar.

Ele olhou para o corrimão e calculou que Isaac ainda levaria alguns minutos para subir. Estava se divertindo, puxando o aro. Aproveitou a oportunidade para telefonar para seus pais e lembrá-los de que iria dormir em casa. Não ligou para Marlene o dia todo nem planejou fazê-lo. Não era o momento mais apropriado depois do que foi dito. Com toda certeza, ela não atenderia o telefone. Pedro, se estivesse por perto, atenderia e lhe diria que Marlene não queria falar com ele. Além disso, se ele ouvisse a voz de seu cunhado, o olho começaria a doer novamente.

Uma senhora agachou-se perto de Isidro para limpar o suor da cabeça da menina do basquete mirim. Era a mãe dela, que veio para buscá-la. A menina virou-se e notou que Isidro as observava (através daqueles óculos terríveis). Ela franziu a testa em sinal de raiva. Será que era um desses pervertidos que se envolvem em espionagem e assédio de meninas? Ela disse alguma coisa para a mãe, apontando feio para ele, e Isidro se virou imediatamente quando a mulher olhou em sua direção. Depois de reconsiderar sua atitude, ele decidiu ir até elas para se desculpar. Queria explicar que, por um processo de associação estranha, ela o lembrava de alguém, mas não sabia dizer quem. Então, ele se virou e, cara a cara, reconheceu quem era a mãe. Seu coração explodiu, quebrando em seguida.

A Teoria de Amostragem envolve tomar uma amostra de uma população, a fim de fazer inferências sobre ela. A amostra deve ser representativa da população de que é obtida, ou seja, deve recolher as características mais relevantes dela. É por isso que a Isidro tinha parecido tão familiar o rosto de Susana, que era o nome da criança. Por sua representatividade. As características faciais e corporais (pelo menos do jeito que andava e tocava seu cabelo) eram praticamente idênticas às da mãe.

AMOSTRAGEM NÃO ALEATÓRIA OU DIRIGIDA

Capítulo 32

Na amostragem não aleatória, a amostra não é selecionada de forma aleatória, mas por critérios subjetivos, sem seguir qualquer padrão e confortavelmente. Em geral, é o próprio responsável pela pesquisa que determina como escolher os elementos da amostra e sua composição.

Algumas horas mais cedo, próximo à chegada de Isidro na casa de Ângela, Marlene recebeu uma visita. Ela estava sozinha. Seus pais tinham ido ao dentista e seu irmão estava trabalhando. O visitante tinha um enorme buquê de flores na mão e o escondeu atrás das costas quando entrou na sala.

— Marlene Ortega? — perguntou.

Marlene levantou um pouco a cabeça para observar o desconhecido que tinha um sorriso composto por dentes perfeitos e uma roupa impecável. Ele usava o cabelo penteado para trás, terno e sapatos executivos, e faltava pouco para parecer um banqueiro bem-sucedido. Não que ele fosse muito bonito, mas era atraente o suficiente para chamar a atenção.

— Sim. Quem é você? — perguntou ela, intrigada.

— Permita-me que me apresente e peço que aceite minhas desculpas por não ter vindo antes — afirmou, enquanto entrava e mostrava o buquê exuberante de flores. — Meu nome é Julio Domínguez.

Marlene nunca tinha visto nada parecido. Aquele arranjo selvagem combinava perfeitamente uma variedade considerável de espécies de plantas, conseguindo uma harmonia total de cores e formas. O nome de Julio Domínguez não soava familiar. Na verdade, ninguém tinha lhe falado sobre ele, nem ela tinha perguntado pelo responsável pelo atropelamento. O sr. Domínguez viu a expressão de Marlene e notou que ela não sabia quem ele era. Sem pedir permissão, tirou um vaso de flores murchas que estava sobre a mesa de café, jogou-as em uma lata de lixo e colocou as suas. Marlene não interpretou o gesto como indelicado, mas, sim, como obra de uma pessoa muito determinada e autoconfiante.

— Percebo, sra. Ortega, que não sabe quem sou. Creio que esta visita será ainda mais difícil. Estou bastante nervoso por estar diante de você, e minha agonia vai ser prolongada até que eu explique as razões dolorosas que me trouxeram para este quarto acolhedor.

Marlene achou curioso esse estranho personagem que falava com um linguajar arcaico. Temia que fosse um paciente psiquiátrico que escapara da ala e ficou olhando para a porta, como à espera de ver o dr. Brouwer com uma camisa de força. O rosto de Julio Domínguez era um poema, que expressava todo o vigor do suposto sofrimento de que dizia estar padecendo.

— Bom, vou lhe dizer. Eu deveria ter tomado um martíni antes de vir, mas é tarde demais. Eu juro que estou tremendo... bem, eu sou a pessoa que teve a infelicidade, não em comparação com a sua, é claro, de atropelá-la. — Julio fechou os olhos, apertando-os como se esperasse uma repreensão forte, e seus lábios se comprimiram em um gesto de tristeza.

— Como é? — Marlene levantou a voz em um tom angustiado. Não estava preparada para isso.

— Sra. Ortega, se você me odiar eternamente, eu vou entender isso como a coisa mais natural do mundo. Mas meu maior castigo é a mortificação que sofro dia após dia, minuto a minuto, desde aquele fatídico 23 de dezembro. Ele se tornou o dia negro no meu calendário sazonal perpétuo. Embora você não acredite, e não precisa acreditar, garanto que estaria disposto a dar a minha vida se pudesse voltar para o dia 23 de dezembro.

O homem falou de uma maneira tão sem precedentes que Marlene se sentiu mais desconcertada com as expressões estranhas (algumas, como o "calendário sazonal perpétuo", totalmente incompreensível) do que com a visita em si.

— O que quer, sr. Domínguez? — Marlene tentou se recompor e endurecer a conversa, já bastante dura por conta do suposto sofrimento de Julio, mas, enquanto ele falava, parecia uma zombaria por causa daqueles tiques absurdos.

— Eu não quero nada. Não me atrevo a pedir perdão porque, possivelmente, não o mereço, nem acredito que você seja capaz de perdoar. Mas minha obrigação cívica e meus sentimentos mais profundos, inundados de dor, exigem que eu me redima diante de você, Marlene.

— Senhor Domínguez... — Não sabia bem o que dizer e tentava encontrar as palavras certas. — Entenderá que tenho algumas dúvidas sobre o seu arrependimento, porque hoje é 14 de janeiro e o atropelamento ocorreu em 23 de dezembro. Muitos dias se passaram. Isso não é um pouco estranho?

— Pode parecer, sim, mas... bem, a verdade é que no começo pensei que deveria deixar passar algum tempo. Quando digo no começo, quero dizer, claro, depois de você acordar do coma. Desnecessário dizer que, antes disso, e também depois, tentei e consegui acompanhar sua evolução. Passo a passo. Sei de tudo. Posso recitar de memória e em ordem alfabética os nomes das enfermeiras que a tratam, os de sua família, os médicos de...

— Tudo bem, tudo bem — interrompeu Marlene. — Mas ainda não respondeu minha pergunta, senhor Domínguez.

— Claro. Se quiser, pode me chamar de Julio. Eu me sentiria mais confortável. Mas o que é que estou dizendo! Só me faltava esta: fazer pedidos! De mim para ti! Não, não me escute. Eu dizia que considerei manter um lapso de tempo razoável antes de vir para evitar uma situação muito mais tensa e desconfortável do que a que podemos estar vivendo agora, você e eu. Você sabe, as coisas quentes devem esfriar. É por isso que esperei tanto tempo.

— Eu suponho que esteja certo. Mas, mesmo assim, podia ter evitado vir. Tudo o que não preciso agora é relembrar os detalhes do acidente — disse Marlene.

— Ah! Claro, não se preocupe. Essa não é a minha intenção, me desculpe. Não acredite que sou um egoísta que vem aqui para tentar limpar sua consciência. Se essa fosse a razão, eu teria ficado em minha casa e não me daria ao trabalho de molestá-la. Eu fiz isso porque não sei se você queria que eu viesse ou não.

— O que está dizendo? Você está louco! — gritou.

— Sinto muito. — Julio baixou a cabeça, angustiado. — Eu acho que... eu me expressei mal. Não quero que você sofra por mim. É melhor eu ir.

— Você realmente acha que eu queria que a pessoa que passou por cima de mim me visitasse? Não posso acreditar nisso!

Julio respondeu sem levantar a cabeça, como se estivesse envergonhado.

— Eu disse que estraguei tudo. Não quis dizer isso. Eu estava me referindo ao fato de que você poderia ter se perguntado por que a pessoa responsável por um acidente não se dignou a pedir desculpas à vítima. Isso é o que eu queria dizer. Desculpe-me, eu me expressei mal. E agora, se me der licença, eu vou embora — disse ele, dirigindo-se para a porta e desejando que fosse parado. E assim aconteceu.

— Espere um momento. Talvez eu tenha me excedido, sr. Domínguez. Essa situação me deixou muito nervosa.

— Eu entendo perfeitamente. É assim que eu sou. Eu tenho me cobrado desde ontem: devo ou não devo ir? Se eu não viesse, talvez você não entendesse, e se viesse, poderiam me expulsar de novo do hospital. Mas como esta última opção não me importava, estava claro para onde a balança deveria estar inclinada.

— O que você quer dizer, eles o expulsariam "de novo"? — Marlene foi alertada.

— Como? — Julio pareceu hesitar. — Eu disse isso? Deve ser os nervos. O que estava dizendo, talvez pudesse ter vindo uma semana atrás. Mas admito que, quando considerei que o tempo razoável se passara, entrei num ataque de covardia e adiei-o até as minhas entranhas gritarem: "Chega!"

Julio acompanhou a última expressão com um grito e um movimento de sua mão, como se estivesse varrendo da direita para a esquerda, no que parecia uma desafortunada tourada. E então, ele começou a chorar. O choro fluía em jorros. Marlene olhou para ele, confusa e incrédula.

— Você me dá permissão para sair agora? — disse Julio, entre soluços.

— Permissão? Acho que está exagerando. Você não me conhece o suficiente para dizer algo assim — respondeu ela, angustiada e surpresa. — Sou eu quem está sofrendo como resultado do acidente.

De repente, Julio se acalmou e o fluxo de lágrimas diminuiu pela metade. Então, ele foi até a cama.

— Posso me sentar com você por um momento? — perguntou ele timidamente. Marlene assentiu para convidá-lo a usar uma cadeira ao lado da cama. — Você acabou de me dar a maior alegria da minha vida desde o dia do infortúnio. Certamente nem percebeu, mas isso não importa. Você pronunciou uma palavra que, para o meu remorso, é balsâmica. E essa palavra me dá esperança para seguir em frente com a minha vida. Isso significa que seu inconsciente me perdoa.

— Mas do que diabos está falando, sr. Domínguez? Por favor, tente ser mais direto! Apesar de não poder sair daqui e ter todo o tempo do mundo, minha paciência é muito limitada.

— Você disse "acidente". Disse que você é quem sofre por causa do acidente. Desde que cheguei, minha covardia impediu-me de fazer diretamente a pergunta responsável pelos meus pesadelos. Mas você mesma disse isso sem querer dizer isso. E, ao fazê-lo, inconscientemente, tenho certeza de que é nisso que realmente acredita.

— Sinto muito, senhor Domínguez ou Julio! — Foi a primeira vez que o chamou pelo nome. Ela acreditava que estava na frente de um verdadeiro idiota. — Eu ainda não entendi!

— É muito fácil. "Acidente" não é o mesmo que "atropelamento". Embora ambos acreditemos na involuntariedade do fato, ao dizer "acidente", para mim, é como se me desculpasse. Ou, pelo menos, como se excluísse a intencionalidade.

— Como eu não excluiria a intencionalidade? Você está louco ou o quê? Uma coisa é achar que não fez isso de propósito e outra é achar que não houve uma imprudência na condução da sua parte. A palavra-chave é "negligência" e não "acidente". Além disso, um atropelamento pode ser intencional ou acidental. Não vai deixar de ser um atropelamento se acharmos que foi acidental ou se usarmos a palavra "acidente" — disse ela com raiva.

Julio pareceu refletir a resposta com cuidado. Marlene achava que esse cara era muito lento em reflexos quando se tratava de processar informações. Sua alegria anterior pareceu ficar triste de novo.

— Então... vou mudar minha abordagem. Eu vejo três cenários possíveis. Um, atropelamento involuntário sem negligência. Dois, atropelamento involuntário com negligência. Três, atropelamento intencional. Neste momento, não estou em posição de exigir ou negociar, por isso vou me contentar se você me colocar no segundo cenário. Tudo que não foi o terceiro é bem-vindo.

— Senhor Domínguez... por que ainda está insistindo na possibilidade de alguém acreditar que me atingiu intencionalmente? Nenhuma pessoa em sã consciência o faria, então não se preocupe com isso novamente.

Além disso, há uma investigação e testes forenses que, suponho, já foram feitos. Imagino que eles o tenham submetido ao teste do bafômetro.

— Você está certa, Marlene. O que aconteceu na manhã após o acidente foi resultado dos nervos, mas entendo que estou horrorizado ao pensar que alguém acredita que eu... além disso, o nível de álcool no sangue foi negativo.

— Julio, responda sem fazer rodeios. O que aconteceu na manhã após o acidente? Algum policial duvidou de você? Existe alguma coisa na linha dos acontecimentos que gera dúvidas?

— Não. A polícia foi muito clara sobre isso. Por que você me faz essa pergunta? Não sabe o que aconteceu? Ele não te contou? Doutor García também não lhe disse nada?

— O Doutor García? Me diga do que está falando! Sua parcimônia me tira dos nervos!

— Acho que falei mais do que devia esta tarde. Com licença, eu pensei que é melhor ir embora — disse ele, e foi até a porta.

— Espere! Você não pode me deixar assim — chorou Marlene.

— O que eu não posso fazer é continuar estragando tudo. Eu não sou ninguém para lhe contar sobre esse incidente, pelo qual me pergunta. Se eu soubesse que você não fazia ideia, não teria me ocorrido mencioná-lo. De qualquer forma, foi culpa minha. É algo que, aparentemente, só afetou a mim. Eu me ferrei todo por causa disso, e peço desculpas pela vulgaridade da expressão, e ele, certamente, esqueceu de tudo após alguns minutos.

— Ele? Quem? Você quer dizer meu marido?

Marlene tentou construir uma ideia aproximada da situação tensa que poderia ter sido gerada. Com certeza Isidro, vítima do desespero, teria repreendido Julio. Ela descartou uma agressão, já que essa não concordaria com o caráter calmo de seu marido. Até mesmo o insulto parecia inadequado para ele. Mas o absurdo que Julio estava sugerindo teria que ser devido a algum mal-entendido. Talvez Isidro tivesse recriminado o atropelamento e Julio tenha considerado isso uma acusação. Não era de admirar, porque esse cara não parecia funcionar muito bem da cabeça. Seu marido também não, mas isso foi mais tarde... ou talvez não!

Imersa em seus pensamentos, não percebeu que Julio havia ido embora. E ele saiu sem responder à sua pergunta.

Em Inferência Estatística, por vezes, não se aplicam métodos de amostragem aleatórios por falta de meios financeiros, escassez de tempo, não haver uma lista de todos os elementos... ou, simplesmente, pelo interesse da investigação. Assim, poderíamos dizer que a amostragem não aleatória ou dirigida é um método de amostragem fraudulenta. O mesmo que Julio Domínguez. Ele não apenas não respeita o acaso, mas tenta influenciá-lo, manipulando-o. A amostra (ou a presa) não é selecionada aleatoriamente, mas o pesquisador a escolhe por conveniência. Amostragem dirigida requer que o pesquisador esteja bem familiarizado com a amostra. Julio Domínguez, sem dúvida, havia feito bem o dever de casa.

A cabeça de Marlene estava girando. Ela tentou dormir, mas era impossível. Seus pais ainda levariam algumas horas para voltar, e precisava se distrair com algo além da televisão. Os piores momentos naquela cama eram quando estava sozinha. Ela não podia se defender sozinha e não tinha ninguém com quem conversar. Chegou a considerar se aquela visita, vinda de uma dimensão desconhecida, não teria sido um pesadelo ou uma piada absurda. Não entendia como uma pessoa, em sã consciência, poderia se martirizar por tanto tempo.

Uma enfermeira entrou com o lanche e uma assistente ajudou-a a se levantar para comer. Embora praticamente sem sensibilidade, já conseguia ficar em uma posição muito próxima a de sentar. O maior peso do corpo repousava no ponto de apoio nas costas, sobre as almofadas que colocaram para levantá-la. Não era a situação mais confortável, mas a cada vez ela a tolerava melhor, o que era mais um passo em seu progresso.

Após o lanche, Marlene adormeceu, mas imediatamente lhe vieram à mente visões de Julio Domínguez. Ela não conseguia tirar isso da cabeça.

— Julio Domínguez. Será um produto artificial proveniente da combinação da minha imaginação e das drogas que me deram? — perguntou-se ela suavemente.

Tomou uma decisão. Apertou o botão de chamada e depois de alguns instantes apareceu uma enfermeira.

— Desculpe-me, Marga. Eu queria que você me fizesse um favor. Poderia descobrir se o dr. Antônio García tem algum horário neste fim de semana? Seria muito importante falar com ele. Ele me disse que, se precisasse, não deveria hesitar em chamá-lo.

— Você quer dizer o Chefe de Serviço da Unidade de Terapia Intensiva? Essas pessoas geralmente não trabalham nos finais de semana, nem mesmo nas tardes de sexta-feira. Bem, pelo menos não oficialmente, porque quase sempre estão por aqui. Eu acredito que alguns moram aqui. O doutor Cáceres, por exemplo. Ele tem um saco de dormir enrolado em um canto do escritório, e o carro dele nunca foi visto fora da vaga no estacionamento. Mas isso é outro problema. Eu vou ver o que consigo.

ꝏ

Marga voltou depois de 15 minutos com notícias sobre o dr. García.

— Ele está na Unidade de Terapia Intensiva. Não disse? Não acho que eles são pagos por horas extras, mas com o que ganham, o mínimo que podem fazer é dar uma mão quando necessário. Não é mesmo?

Marlene não achou nada. Nem acreditava que o dr. García estivesse trabalhando pelo amor à profissão.

— Você falou com ele, Marga?

— Não, ainda não. O que você quer que eu diga exatamente? Eu nunca falei com ele, nunca trabalhei na UTI. Eles dizem que ele é um cara...

— Diga que Marlene Ortega precisa perguntar algo a ele — interrompeu. — Se possível, hoje. Se ele lhe interrogar, você diz a ele que é um problema que não me permite dormir. De acordo?

— Como quiser, mas talvez seja preferível chamar o médico de plantão para lhe dar remédios melhores para dormir. Talvez assim você possa descansar, se é isso que te preocupa.

— Não, Marga. O que me preocupa não é não conseguir dormir. Pelo contrário, é aquilo que me preocupa que não me permite dormir.

— Eu entendo. Agora, vou tentar me comunicar com o médico — disse e saiu da sala.

Marlene não voltou a ver Marga naquele dia. Ao perguntar sobre ela, disseram-lhe que seu turno acabara e que ela não voltaria até segunda-feira. O dr. Antônio García também não apareceu, então ela não tinha certeza se lhe haviam dado a mensagem. Antônia e Arturo telefonaram às oito. Eles tinham chegado muito tarde no consultório do dentista. Na verdade, ainda estavam por lá. Amanhã, ao meio-dia, depois da reabilitação, eles e Pedro viriam vê-la.

Isidro não ligou para ela. O que estaria fazendo naquele momento? Ele estaria em La Palma, se o seu avião tivesse decolado. Talvez passar um dia ou dois com os pais, afinal, ajudasse sua saúde mental. Na noite anterior, eles disseram um ao outro coisas muito ruins e que nunca conseguiriam esquecer. Ela pensava que o tinha perdido para sempre. Seu marido não tinha sido forte o suficiente para enfrentar o primeiro grande revés em suas vidas.

Fechou os olhos e adormeceu profundamente.

AMOSTRAGEM ALEATÓRIA

Capítulo 33

Na amostragem aleatória, a amostra é selecionada aleatoriamente e podemos determinar antecipadamente a probabilidade de seleção de qualquer amostra possível.

— Isidro? É você?

— Inma! — exclamou, perplexo.

Susana observava com expectativa. Pela maneira como se olhavam, ele era um amigo especial de sua mãe, não um mero conhecido.

— Não posso acreditar! Depois de tantos anos. Nós nos vimos há alguns meses em Tenerife. Você estava com Marlene. Ei, eu sei que você me viu e dissimulou. Você poderia ter falado alguma coisa!

— Sim... me desculpe, Inma. Foi uma atitude muito louca. Eu não sei por que reagi assim.

— Suponho que foi por causa do peso do passado. São as brasas de um fogo que nunca se apagou — disse ela com naturalidade.

— Você está muito... quero dizer, você está muito elegante.

Inma usava um vestido completo moderno, que a cobria até os joelhos, em tons de fúcsia e malva. Os sapatos e a bolsa eram roxos, combinando. Estava radiante, apesar da idade. O verde de seus olhos... talvez tivesse se apagado um pouco, mas, no geral, não tinha nada que invejar da jovem que fora um dia.

— Olha, Isidro. Esta é minha filha. O nome dela é Susana. Susana, esse homem foi meu namorado antes de conhecer seu pai — disse ela, sem pudor.

— Oi, Isidro — disse a garota, pegando a mão do professor e sacudindo-a.

— Estou feliz em conhecê-la, Susana.

— Isidro... posso fazer uma pergunta pessoal? Espero não incomodar você — disse Inma.

Mais uma vez o batimento cardíaco, que havia diminuído um pouco, voltou a se excitar com a incerteza. Inma sempre tivera aquela estranha capacidade de surpreendê-lo com suas conversas.

— Claro que sim.

— Olá, Isaac! — exclamou Susana. O sobrinho de Isidro chegou.

— Olá! Tio, estou pronto. Vamos? — disse Isaac.

— Um momento. Espere lá fora — pediu Isidro.

— Susana, se você quiser, pode ir também. Logo, logo, vamos embora — imitou Inma.

— O que você queria me perguntar? — disse o professor ansiosamente.

— O quê? Ah, sim! Não é nada. Ei, esse é o filho de Andrea? Eu não o vejo desde que ele era um bebê. Como cresceu! Ele está alto!

— Bem... e a pergunta?

Inma riu. Primeiro tentou segurar o riso, disfarçando. Então, ela não aguentou mais e explodiu.

— Sinto muito — se desculpou. — O que eu queria te perguntar... hahaha!... me faz rir. Desde que eu te vi... hahaha! É sobre esses óculos bregas... hahaha... por que você está usando eles dentro do pavilhão? Hahaha! Não fique com raiva, Isidro!

Era a mesma Inma de sempre. Alegre, divertida e sem vergonha. Aquela jovem que um dia o encheu de felicidade e no outro dia o aniquilou.

— Como está Marlene? Eu não tenho notícias dela há anos — perguntou, mudando de assunto.

— Teve um acidente. Ela foi atropelada por um carro quando estava andando na estrada. Agora, está se recuperando no hospital, praticamente não tem mobilidade da cintura para baixo, mas os médicos dizem que vai ficar bem.

— Eita, me desculpe! Vou ligar para ela... mas... um dos seus pais está doente? — perguntou ela, intrigada.

— Não, eles estão bem. Por quê?

— Então, como é que você está aqui, em La Palma, com Marlene hospitalizada?

Isidro ficou branco. Não sabia o que responder. Inma tentou adivinhar.

— As coisas vão bem entre vocês? Vocês se separaram! Eu posso ler nos seus olhos! Não acredito!

— Não, Inma, não é isso. É verdade que, por causa do acidente, tivemos momentos ruins e temos alguns conflitos de pontos de vista, mas tudo será superado — confessou.

— Desculpe, Isidro. Não sei o que dizer. Você tem filhos?

— Ela estava grávida de gêmeos quando eles a atropelaram. E os perdeu. Nós não temos filhos.

— Nossa!

— Vamos embora? — pediu Susana, da porta do pavilhão.

— Vamos fazer uma coisa, Isidro — disse Inma. — Vamos jantar hoje à noite. E eu não aceito uma recusa. Conheço um novo restaurante, muito bom, em Los Llanos. Suponho que você esteja na casa dos seus pais, certo?

— Sim. Você disse em Los Llanos? Você tem carro?

— Claro, não se preocupe com isso — respondeu com um grande sorriso.

— E seu marido... ele virá com a gente? Eu não o conheço, você nunca me apresentou. Você foi morar na Alemanha pouco depois de sair com ele e eu não...

— Theobald e eu nos separamos há um ano. A gente continua a conversa hoje à noite. Vou buscá-lo em uma hora, então não se atrase. Tchau!

— Até mais, Inma.

La Palma é uma ilha localizada na extremidade esquerda do arquipélago das Canárias. Tem a forma do sinal de trânsito de "dar a preferência", mas daquelas pintadas no asfalto, muito mais alongada do que a sinalização vertical em placas. Sendo uma ilha muito montanhosa, treze dos catorze municípios que a constituem estão dispostos em volta dela, contornando-a. Apenas El Paso não tem acesso direto ao mar. No coração de La Palma fica o Parque Nacional da Caldera de Taburiente, um dos quatro parques nacionais das Ilhas Canárias. A capital, Santa Cruz de La Palma, está localizada a leste, e a outra grande cidade, Los Llanos de Aridane, a oeste. A aorta da chamada "bela ilha" é um túnel longo e antigo, que atravessa o coração da ilha e une ambas as zonas. Em 2003, um marca-passo foi adicionado: um novo túnel, de dois quilômetros e meio, com os mais avançados sistemas de segurança da época.

O carro de Inma atravessou o quilômetro reto do velho túnel que dava acesso a oeste. No caminho de volta, eles cruzariam o novo, localizado em um nível mais baixo, o que permitiria economizar tempo em relação à ida. Inma estacionou em uma área de vida noturna, em Los Llanos, e eles foram ao restaurante.

— Então, você se separou recentemente, é? — perguntou Isidro durante o jantar.

— Sim. Nós estávamos praticamente sem comunicação havia alguns anos. Theobald é alguém que nunca dá o braço a torcer e queria ganhar todas as discussões, ou melhor, eu tinha que conceder a ele a vitória, porque, até fazer isso, ele não falaria comigo. Mas, assim que lhe dessem a vitória, ele era a pessoa mais amorosa do mundo. Nunca pensei que iria me deparar com uma personalidade tão infantil!

— Até você se cansar, suponho — disse Isidro, lembrando como Inma havia terminado com ele.

— Algo assim. No final, concordamos que era o melhor. Então vim morar aqui. Eu nunca precisei trabalhar enquanto estava com Theobald, e quando nos separamos ele foi bastante generoso comigo. Sua companhia naval é muito frutífera, então ele não poupou gastos na hora de me recolocar no mercado de trabalho. Ele me comprou uma casa em Breña Alta, perto da casa da minha mãe, e lá eu moro com a Susana.

— Estou feliz que você não tenha problemas econômicos. Com essa crise, é uma sorte.

— Sim, é verdade. Agora eu tenho uma loja de roupas em Santa Cruz de La Palma e outra em Los Llanos. Quando você me viu em Tenerife eu estava em uma viagem de negócios, reabastecendo mercadorias. Susana insistiu em ir comigo e naquele dia a deixei faltar a escola. Você não acredita como reagiram os professores quando eu lhes disse a verdade sobre a ausência dela! Da próxima vez, vou dizer que ela foi o dentista, que é a mentira que sempre contam.

— Como está a sua mãe? Eu ouvi sobre... sobre seu pai — disse Isidro.

— Foi difícil superar a morte do papai, mas agora estou bem. Olha, você me surpreendeu com Marlene. Isso é que é azar. Sabe de uma coisa? Eu sempre invejava sua esposa. Nós duas estávamos fazendo Direito, mas ela terminou e eu não. Nós duas tivemos o mesmo grande namorado, mas ela se casou com ele e eu não.

Isidro não pôde deixar de corar com aquele elogio direto e ousado. Quando eles estavam namorando, Marlene e Inma eram amigas. Não que fossem inseparáveis, mas entre elas havia confiança suficiente para também compartilhar seus problemas. Através de Inma, ele conheceu aquela que se tornaria sua esposa. A quarta perna da mesa naqueles anos tinha sido Mauro. Dois amigos, duas amigas.

— Você que me deixou, lembra? — Soltou Isidro, com um certo tom de recriminação.

— Sim, é verdade. Quando se é jovem, fazemos um monte de bobagens de que nos arrependemos ao longo dos anos. Então, você percebe que não há como voltar atrás. Se não souber o que vale a pena, você se dá mal — confessou.

— Isso é passado. Não importa mais.

— Nós queríamos combinar Marlene com Mauro, e no final você ficou com Marlene. Você se lembra do que dizíamos? Os dois M e os dois I.

— Sim, mas Marlene e Mauro nunca deram certo.

— Isso não é de todo verdade — disse Inma, botando um pouco de lenha na fogueira.

— Que quer dizer? Mauro não estava interessado em Marlene, ele confessou para mim — O professor ficou chocado.

— Mauro não se interessava por nenhuma mulher para algo sério, mas todos estavam interessados em uma brincadeira.

— Você quer dizer que Marlene e Mauro...? — protestou ele mais do que perguntou, já que o modo de levar a conversa da parte de Inma lhe parecia de muito mau gosto.

— Não, claro que não. Não se preocupe. Você está com ciúmes ou o quê? Além disso, Marlene e você ainda não estavam namorando naquela época. Acontece que Marlene me contou muito mais do que Mauro lhe contou.

— E? — Isidro se desesperou.

— Nada. Não aconteceu nada. Embora Marlene de fato se interessasse um tantinho por Mauro. Mas ela não era idiota e sabia que a única coisa que poderia esperar era um relacionamento puramente sexual, e isso não lhe interessava.

— Que bom, então!

— Se fosse o caso, qual seria o problema? Você está preocupado com os relacionamentos de Marlene antes de ficar com você?

— Não. O que me preocupa é que, por sermos todos amigos, ela não tenha me contado nada ao longo do tempo.

— Claro, para um tipo tão ciumento quanto você, eu também não diria nada! Mas calma. Posso assegurar-lhe que Marlene não deixou Mauro colocar a mão nela. Ela teria me dito.

— Você supôs algo mais sobre Mauro depois desse tempo?

— Bem, não diretamente. Minha prima Carolina me visitou na Alemanha, você se lembra dela? Era amiga do Mauro. Ela me disse que ele tinha mudado, porque parecia que estava em um relacionamento estável e se sentindo muito confortável. Eu entendi assim.

— Você sabe alguma coisa sobre ela? Digo, sobre a parceira do Mauro.

— Não — respondeu ela.

— Carolina lhe disse que ela era negra?

— Negra? Você está brincando ou o quê? Mauro nunca teria ficado com uma garota negra. Ele era tão racista quanto classista! Um caso até vá lá, mas um relacionamento...

— Eu fui informado errado, então. Ei, como você está indo com as lojas? — Ele rapidamente mudou de assunto antes que Inma se interessasse pela história de Salka.

— Bem, embora só esteja começando. Apesar da crise, não posso reclamar. Eu acho que não é o melhor momento para embarcar em algo assim, mas como Theobald foi quem me ajudou com a parte econômica, não tenho dívida alguma.

— Acabei de lembrar... você não conhece a Silvana Amanca por acaso?

— Você quer dizer a dona da Yesnay?

— Sim. Acho que em breve ela vai abrir uma loja em La Palma — disse Isidro.

— Eu não a conheço pessoalmente, mas ouvi sobre ela. Eu tenho contato com um de seus gerentes de vendas, porque uma parte da mercadoria é comprada deles. Além de seus desenhos exclusivos, eles são intermediários de alguns produtos têxteis. Eles souberam diversificar bem seus negócios — explicou Inma.

— O que você sabe sobre Silvana?

— Muito pouco. Eles dizem que ela é muito empreendedora e excessivamente ambiciosa, do tipo que consegue o que quer a qualquer preço. Por que a pergunta?

— Foi minha aluna, a melhor da turma, e no outro dia falamos dela na faculdade.

Eles haviam terminado o jantar. Inma insistiu em pagar a conta depois de manter um embate tenso com Isidro.

— Eu convidei você. Acho que você só quer pagar por causa de algum motivo machista. Você não era assim — disse ela.

— Não. Claro que não. Você está certa, você me convidou — respondeu Isidro com algum desconforto.

Quando viajavam pela área de Breña Alta, a caminho de Santa Cruz de La Palma, Inma fez a Isidro uma pergunta intrigante:

— E agora, o que vamos fazer?

— O que você quer dizer?

Inma parou o carro e olhou para ele ardentemente com olhos que recuperaram os verdes selvagens de sua juventude. Isidro ficou muito nervoso. Ele tinha metade de uma canção intitulada "Favelada" que era sobre uma mulher que sofria de um amor impossível, já que ela estava apaixonada por uma garota heterossexual. Embora o tema não tivesse nada a ver, alguns versos da canção martelavam na sua cabeça perante aquele assalto da Rainha da Incerteza.

Por que você faz minha pele eriçar?
Por que seus olhos quebram minha alma ao mesmo tempo?
Por que você provoca?
Obcecada, não era o momento.
Obcecada, não era o momento.
Obcecada, não era o momento.
Poderia ser o seu anjo,
poderia ser a sua estrela.
Pele de loba, mulher das ruas!
Poderia ser a sua amante,
poderia ser a sua rainha.

Sedutora, mulher das ruas!
E ela sonhou com seus lábios,
beijos de sangue.
Poderia ser miséria.
Xingava de favelada
para que sua ausência doesse menos.

Mas Inma, com palavras totalmente desprovidas de romantismo, quebrou a magia do momento. Ela se comportou como Mauro, de acordo com o que a própria Inma havia dito sobre ele no jantar: tudo o que queria era uma transa.

— Você quer ir lá para casa, Isidro?

Na amostragem aleatória, o pesquisador pode determinar quantos elementos formam parte da amostra a partir de: um limite para o erro de estimação (ou seja, o nível de precisão que está determinado a cumprir) e um nível de confiança (ou seja, uma medida probabilística do risco que está disposto a assumir). Limite de erro e risco. Isidro estava nessa posição. Até onde ele estava disposto a ir com Inma? Ele seria capaz de limitar o erro que, na verdade, ele já estava cometendo ao ter ido jantar com a ex? Ele estava disposto a arriscar seu futuro?

— Quê?

— Eu não vou fazer rodeios, não temos mais essa idade. Você quer transar comigo? — perguntou Inma friamente.

Mais uma vez ela o deixou confuso, mas desta vez de forma diferente. Era uma outra Inma. Não era a Inma que ele idealizou e imortalizou em suas canções "Inma" e "Balada anônima". Aqueles, definitivamente, foram outros tempos.

Foi nos anos das chuvas.
Chuvas carregados com magia.
Foi numa época em que eu era tão jovem.

Uma vítima da madrugada.
Com poesia eu te disse: "Eu te amo!"
Com doçura ela me deu um chute.
Por causa do tato que teve em fazer isso,
Dei o troco com esta balada.
Eu a conheci na cidade dos sonhos.
Ela trazia o selo de um conto de fadas.
Foi há tanto tempo
que eu não lembro como se chama.

— Não, Inma. Não acho que seja uma boa ideia. Se eu fizesse, teria que contar a Marlene, sem dúvida. E eu não sei sobre ela, mas eu nunca poderia perdoar isso.

— Entendo. Vou levar você para casa. — Ao dizer isso, arrancou com o carro, sem dirigir mais a palavra ao professor, mesmo quando ele saiu do carro e disse "adeus".

AMOSTRAGEM ALEATÓRIA SIMPLES

Capítulo 34

É o desenho amostral por excelência, no qual cada amostra possível do mesmo tamanho tem igual probabilidade de ser selecionada.

Por volta das sete horas da manhã de domingo, meia hora depois de Marlene acordar, o dr. Antônio García foi ao seu quarto. Ele estava sorrindo, como sempre. A paciente era estranhamente atraente e o fato de visitá-la melhorava seu humor.

— Oi, querida. Como vai? — Ele pegou a mão dela e beijou-a comicamente.

— Olá, Antônio. Obrigada por vir.

— Eu tentei vir ontem, mas o dia foi complicado e não deu. Hoje prometi a mim mesmo levantar cedo e vir. É meu dia de folga, então não venho como médico, mas como visitante.

— Uma visita às sete da manhã de um domingo?

O tempo que Marlene passou na UTI, em conjunto com a dedicação e o empenho do médico em sua recuperação, foram decisivos para ela mudar de pensamento e entregar toda a sua coragem e energia para o processo de reabilitação. Um tipo de relação de cumplicidade foi forjada entre eles. Marlene confiava totalmente no médico e aceitava automaticamente seus conselhos. Antônio García sentia por Marlene uma mistura de ternura, compaixão e atração física, mas reservava este último sentimento, por transcender a esfera profissional, para a sua privacidade.

— Me disseram que minha paciente favorita queria falar comigo e eu vim o mais rápido possível. Aconteceu alguma coisa?

— Eu não acho que seja importante. Mas, de qualquer forma, já há alguns dias eu quero ver você. Confio mais em você do que no dr. Brouwer para contar meus medos e ansiedades. Você é um psicólogo melhor que ele.

— Bem, ele é um psiquiatra, então não dê muita atenção porque ele vai lhe encher de remédio — brincou Antônio.

— Mais? — Marlene riu. Ela se sentia muito confortável falando com ele. — Você vê, eu queria perguntar uma coisa, mas primeiro vou dizer o que me preocupa. É sobre o Isidro.

— Sobre o seu marido? O que se passa com ele? — perguntou García.

— Não está bem. Eu acho que o acidente mexeu demais com ele. Não é capaz de superá-lo e, o que é pior, está perdendo a razão. Vem tendo um comportamento muito estranho. Não agia assim antes.

Antônio García relembrou o incidente com Julio Domínguez, mas, por prudência, não se atreveu a mencioná-lo.

— É lógico que a tensão derivada de sua situação o tenha desnorteado. Não se preocupe, vai passar. Você deve focar apenas em sua recuperação. Eles me disseram que você está se saindo muito bem.

— Sim, mas, na verdade, o comportamento de Isidro não é normal. Eu juro que acho que ele está ficando louco — disse ela, angustiada. Antônio entendeu que ela estava falando sério.

— O que aconteceu exatamente? — perguntou.

— Ele está paranoico. Criou uma história intrigante a partir de um jogo de palavras cruzadas. Até mesmo Brouwer, que falou com ele por pedido meu, está preocupado com sua condição e gostaria de tratá-lo. Mas Isidro acha que Brouwer é mais um inimigo num complô contra ele.

— Nossa, sinto muito. De verdade. Mas, sinceramente, não sei como posso ajudá-lo. Se Brouwer não conseguiu convencê-lo, duvido que... se você quiser, eu tento falar com ele — ofereceu o médico.

— Não importa agora. Vamos pensar ainda em como lidar com esse tópico. O que eu queria falar com você é outra coisa, e não sei se tem algo a ver com Isidro. Na sexta-feira, recebi uma visita estranha. Um cara com um comportamento muito estranho se apresentou formalmente como o autor do meu atropelamento. Formalmente! Eu juro, isso me deixou nervosa! Só faltava ele cantar uma rancheira para se desculpar.

— Julio Domínguez? Ele finalmente veio? Bem, já estava na hora. Eu o convencia dar esse passo, mas o pobre homem tinha um medo terrível de encarar você. Sim, suas formas retóricas são horrorosas, mas garanto que ele é uma boa pessoa — respondeu Antônio.

— Sim. Ele me deu a entender que foi um incidente desagradável o que ocorreu. Parece que o repreenderam pelo que aconteceu. Mas deve ter sido algo bem tenso, porque ainda não o tinha superado.

Antônio duvidava se devia contar a Marlene sobre o encontro entre Isidro e Julio. Ele tentou ganhar tempo, fazendo desvios.

— Escute, Marlene. Esse homem é extremamente sensível. Eu não acho que isso suavize o que aconteceu. Na verdade, acho que você vai superar isso antes dele. Qualquer detalhe o afeta. Você sabe o que ele tem feito todo esse tempo? Vem me ver no hospital praticamente todos os dias. Vem a mim, pessoalmente. E também fala com o resto do pessoal do hospital. Busca informações sobre sua evolução e sai com um sorriso enorme toda vez que eu falo sobre o seu progresso. Eu diria que seu sentimento de culpa chega a ser doentio.

— Ele faz isso? Ele vem falar com você?

— Não só isso. O seguro dele cobre a sua estadia no hospital, o que é lógico e legal. Mas ele deseja muito que você tenha direito a tudo. Por exemplo, para ter televisão no quarto, você teria que pagar um euro por dia. Pois bem: Julio Domínguez está pagando essa quantia.

— Não sabia disso. Se tivessem me dito, eu não teria permitido. Não entendo como as enfermeiras não têm.

— É que Julio pediu que esses detalhes, como ele os chama, permanecessem anônimos. Ele não quer causar nada além do que causou em 23 de dezembro — explicou o médico.

— Deixa eu ver se entendi corretamente. Você quer dizer que Julio está agindo como uma espécie de padrinho na encolha?

— Sim, e eu poderia acrescentar mais coisas. Por exemplo, que fique entre nós... nesta ala existem três ou quatro enfermeiras com um caráter excessivamente azedo. Você notou? — perguntou Antônio.

— Bem... na verdade, não — confessou ela.

— É a isso que eu me refiro. Julio pesquisou a personalidade de cada profissional que te atende. Graças a isso, ele abordou essas enfermeiras resmungonas para sociabilizar com elas, adoçou-as com palavras bonitas e sei que convidou mais de uma para jantar. E tudo com o único propósito de fazê-las serem carinhosas com você.

— Que isso, Antônio. Você me deixa embasbacada. Não sei o que dizer.

— Bem, tem mais. Se eu não soubesse disso e não soubesse que era a causa do seu acidente, eu diria que ele é obcecado por você. Na verdade, é, mas é uma maneira de redimir seus erros, se eles existirem.

— O que significa isso? — perguntou Marlene.

— Bem, pessoalmente, se quer saber minha opinião, o atropelamento não poderia ser evitado, era culpa do destino, não uma imprudência. Na verdade, a polícia também pensa assim. Talvez você não queira falar sobre isso, então.

— Continue, por favor.

— Ele agiu certo ao sair de uma curva. Não havia iluminação pública naquela área, a visibilidade era baixa, quase zero. Não poderia ter evitado, mesmo que quisesse. Sua velocidade não era excessiva.

— Que conclusão você tira disso?

— Na minha opinião, Julio Domínguez está sendo atormentado por uma tragédia em que esteve envolvido, mas pela qual não é responsável. Ele tem responsabilidade civil, de acordo, mas não criminal. E ele assumiu voluntariamente uma responsabilidade moral.

Marlene ficou impressionada com a informação que o dr. García lhe passou. Ela tinha sido muito injusta com Julio. Ela o tratara como um intrometido, um motorista imprudente que tentava infiltrar-se em sua dor para reparar seus próprios pecados. Mas agora via de forma diferente. Antônio estava mostrando a ela um ser sensível e atormentado.

— E quer saber mais, Marlene? — disse Antônio, mas imediatamente se arrependeu de sua pergunta e mudou de assunto. — Bem, em qualquer caso, não deve se preocupar com Julio. Ele já cumpriu seu desejo de se desculpar e certamente vai deixá-la sozinha. Ele continuará a ajudá-la em segredo, não duvide.

Marlene, desta vez, foi sagaz e percebeu que Antônio escondia alguma coisa.

— O que você ia me dizer, Antônio? Você sabe que não pode me enganar. Fale.

— Eu não acho que seja uma boa ideia. Significa lembrar detalhes do acidente. Brouwer acha que você não está pronta para enfrentá-lo ainda. Devemos esperar um pouco antes de falar sobre...

— Desculpe, Antônio, mas você não vai sair daqui sem me dar uma explicação. Se estou pedindo, acho que é porque estou pronta.

— Ok, mas não diga ao seu psiquiatra que falou comigo. Olha, de acordo com a polícia, você recebeu um bom golpe e perdeu a consciência. Você estava deitada no chão esperando a ambulância chegar.

Antônio fez uma pausa, esperando de Marlene a ordem para continuar ou parar.

— Continue — disse ela baixinho.

— Os membros da equipe de saúde acreditam que a cena que eles testemunharam quando chegaram pode ter ajudado você a sobreviver.

— E essa cena... é o incidente a que Julio estava se referindo? Havia mais alguém lá, alguém brigando com ele? — Marlene estava mais confusa do que nunca.

— Não, não tem nada a ver com isso. Esse episódio é posterior e ocorreu no hospital. O que eu estou falando é do papel que Julio Domínguez desempenhou nessa hora. Ele estava segurando você pela mão, desesperado. De acordo com os primeiros vizinhos que desceram de suas casas, você segurava firme a mão dele. Ele não te largou nem por um instante.

Marlene começou a chorar. Esse momento voltou à sua memória. Ela havia apertado uma mão que não era do marido, mas era o único fio com o qual se agarrar à vida. Agora sabia que, paradoxalmente, aquela mão salvadora foi a que segurara o volante momentos antes.

— Obrigada por me dizer isso, Antônio. Agora entendo muitas coisas sobre o comportamento de Julio.

— Ei! Você não deve ficar triste. — O médico veio e enxugou as lágrimas do rosto de Marlene com os próprios dedos. — Estamos na fase de recuperação, então, melhore esse humor. Sua força é o que vai lhe tirar do hospital.

— Me desculpe por causar tanto desconforto. Eu sei que você não teria contado tanta coisa assim a outras pessoas. Mas vou continuar me aproveitando da sua gentileza. Conte-me sobre o incidente do hospital.

Antônio estava inquieto. Os detalhes do acidente não causaram efeitos traumáticos em Marlene, mas a reação de Isidro, depois do que foi dito sobre ele, podia ter um efeito nefasto sobre seu humor. Marlene o viu hesitar e insistiu com uma careta.

— Realmente, Marlene, não acho que isso seja muito terapêutico. Isso transcende o acidente em si. Pode afetar sua vida pessoal.

— Você está falando sobre Isidro, certo?

— Sim. Eu não estou confortável com isso. Podemos deixar pra lá?

— Não.

— Ok, você que pediu. Um dia após o acidente, Julio Domínguez foi operado com urgência devido à ruptura do septo nasal, e uma enfermeira teve o pulso deslocado após ser empurrada bruscamente. Seu marido teve muita sorte por nenhum deles ter feito uma queixa contra ele. — Antônio liberou tudo de uma vez.

Ela ficou sem palavras, espantada. Seus ouvidos captavam o que era dito, mas ela se recusava a acreditar.

A amostragem aleatória simples é o método de amostragem mais simples que existe. Com ele, os elementos não são agrupados por categorias, não são separados, não estão ocultos. Eles são levados em estado bruto, diretamente da população, sem nenhum artifício estatístico. Da mesma forma, chovia informações sobre o marido de Marlene. Não havia dúvida razoável. Mas a principal dificuldade da amostragem aleatória simples é que geralmente é impraticável no caso de populações com muitos elementos. Mas, claro, Marlene não sabia disso. Havia muitos elementos neste jogo que ela não conhecia. Aquela pequena (embora vistosa) demonstração das ações de Isidro ofereceu-lhe uma visão tendenciosa da realidade.

— Isso eu não consigo digerir, Antônio. Não é possível, conheço o Isidro.

— Você mesma disse que depois do acidente ele não tem sido mais o mesmo. Ele está sobrecarregado e precisa de ajuda.

— Sim, mas este estado atual dele vem sendo modificado dia após dia. Comportamento violento logo no dia seguinte. Deus! Nem mesmo agora ele seria capaz de reagir assim!

Antônio manteve um silêncio respeitoso, dando-lhe tempo para ordenar suas ideias.

— Diga-me que não é verdade, Antônio — implorou.

O silêncio do médico confirmou o que suas palavras já haviam transmitido. Marlene colocou as mãos na cabeça, procurando protegê-la para evitar que a loucura entrasse.

— Fale tudo. Eu não quero que você me oculte as coisas, senão nunca vou lhe perdoar — ameaçou Marlene.

— O encontro entre os dois não deveria ter acontecido, foi nossa culpa, mas isso não importa mais. Isidro estava fora de si. Quando cheguei, Julio estava no chão com o nariz sangrando sem parar. Seu marido tentou levantá-lo para esmurrá-lo novamente. Ele o culpava pelo que aconteceu e parecia querer matá-lo. — Antônio García fez uma breve pausa, como se precisasse respirar. — Uma enfermeira tentou detê-lo e ele a jogou no chão. Nós tivemos que chamar o pessoal de segurança.

— Como ele se acalmou? — perguntou.

— Ele não se acalmou. Só não conseguiu tirar o Julio do chão porque ele pesa muito mais. Se tivesse conseguido levantá-lo, as consequências teriam sido maiores. O pessoal da segurança o segurou e eu o ameacei. Disse que ia impedi-lo de ver você.

Marlene não aguentava mais. Seu olhar estava perdido, longe.

— Você descreve um monstro, não meu marido — disse, quase para si mesma.

— Sinto muito. Se isso ajuda você, muitas pessoas reagem assim. Eu acho que fazem isso por...

— Antônio, eu preciso do telefone do Julio.

— Claro. Eu vou pegar para você.

— Agora, me deixe em paz, por favor. Eu não quero que você me veja chorar.

Antônio García não voltou ao quarto de Marlene naquele dia. Sabia que ela precisava ficar sozinha, e enfrentaria as perguntas dos pais dela quando a encontrassem excessivamente triste. Marlene pediu a seus médicos para isentá-la dos exercícios de reabilitação naquele dia, mas eles insistiram tanto que ela finalmente cedeu. Quando voltou para o quarto ao meio-dia, tinha um recado na mesa que uma enfermeira havia deixado em nome do dr. García. Era o número do telefone de Julio Domínguez. Depois do almoço, ela ligou. Tinha tempo para falar sem testemunhas, porque seus pais não chegavam antes das três horas.

— Alô?

— Sr. Julio Domínguez?

Julio experimentou um sentimento de êxtase. Ele reconheceu a voz, era a chamada que ele estava esperando, mas não podia imaginar que aconteceria tão rapidamente, um recorde. Ele tinha sido muito bom em seu desempenho, merecia uma estrelinha. Talvez Marlene estivesse tão desesperada por conta de seus problemas conjugais que precisava de um ombro para chorar, e ele estava disposto a lhe dar o seu. As enfermeiras da ala informaram-no sobre algumas disputas entre o casal. Ele sempre fingia estar triste com todo o acidente e respondia a elas que essa era a coisa mais lógica naquela terrível situação.

Graças à sua vigilância, Julio sabia que Isidro havia partido para La Palma e por isso aproveitou o sábado para visitar a esposa dele. "Pobre aleijada! Certamente agora você vem me pedir perdão por ter me deixado atropelá-la", pensou antes de responder.

— Sim? Com quem tenho o prazer de falar? — Em contraste com seus pensamentos indecentes, ele nunca perdia o requinte insalubre na forma de se expressar.

— Eu sou Marlene Ortega.

— Sra. Ortega! Marlene! Ouvir sua voz é, para mim, como se um *flash* fugaz de inacessibilidade escorresse pela minha janela!

Marlene não pôde deixar de rir. Os excessos verbais de Julio continuavam a parecer uma genuína ironia burlesca, mas estava começando a acreditar que esse personagem era realmente assim. Talvez fosse um ator de drama.

— Senhor Domínguez, me surpreende com essas frases bombásticas. Mas, se quer saber a verdade, eu não entendo metade do que diz.

— Me chame de Julio, por favor. Eu ficaria muito grato.

— Tudo bem, Julio. Acho que lhe devo desculpas. Nossa conversa ontem não foi, precisamente, muito construtiva, mas suponho que você já tivesse imaginado isso antes de vir. No entanto, tenho pensado muito sobre o que falamos e sei que fui injusta com você. Eu tentei me colocar no seu lugar. Poderia ter sido eu dirigindo. Eu acho que bater em alguém no escuro não é culpa do motorista.

Houve um longo silêncio.

— Julio? Você ainda está aí? — Marlene captou um som que ela interpretou como um gemido.

— Sinto muito. — Ela ouviu uma voz triste. — É a coisa mais linda que já ouvi na minha vida arruinada. Perdoe-me, tenho que desligar.

E desligou. Ele desligou, mas não se afastou do telefone. Sabia que tocaria de novo imediatamente, como de fato aconteceu, mas desta vez ele não atendeu. Marlene decidiu esperar alguns minutos para fazer uma terceira tentativa. Sabia que, dentro de seus excessos habituais e de acordo com sua personalidade, Julio estaria muito alterado.

— Sim? É você, Marlene? — testou, finalmente.

— Sim, Julio. Você está bem?

— Acho que sim, mas estou tomado por uma alegria indescritível. Você é uma santa. Só os santos são capazes de se comportar assim com o carrasco — exagerou Julio.

— Eu não vejo dessa forma. Trata-se apenas de bom senso. Na minha situação, tudo isso é muito complicado, mas tentei refletir sobre o que aconteceu e não acho que faça sentido guardar rancor ou mostrar suspeitas contra você. Afinal de contas, somos vítimas disso.

Seu propósito foi cumprido. Aquela mulher ignorante reconheceu ter uma dívida moral com ele. Ela acreditava que, de fato, se não tivesse andado no escuro sem um colete, não teria sofrido o acidente. "Isso é melhor que um orgasmo!", pensou Julio.

— Não acredito, sra. Marlene, que eu seja uma vítima. Agora eu estou sentado na minha casa e posso decidir me levantar, ir até a geladeira, ir até lá fora passear. — acrescentou Julio com um viés sutil e intencional de crueldade nas palavras. — Mas o que estou dizendo? Sou um burro! Não me escute. Só não esqueça que sou o único responsável por você passar por esta situação infeliz.

— Talvez eu seja parcialmente culpada também — disse ela.

— A que se refere? Isso nunca!

— Tanto faz. Escute, embora eu já tenha me desculpado por telefone, eu gostaria de lhe pedir pessoalmente. Seria muito difícil que você viesse novamente? — perguntou Marlene.

— Ah! Eu não sei se deveria. As decepções que causei com a visita que fiz ontem poderiam ressurgir, e você não pode sentir mais tristeza. Precisa de sua família para encorajá-la: seu marido, seus pais, seu irmão, essa é a melhor terapia. Acho que devo ficar de fora, porque sou a parte dolorosa de tudo isso.

— Eu insisto. Eu gostaria que viesse me ver.

— Ontem fui por compromisso, porque achei que devia. Era o mínimo que podia fazer, mesmo sem ter certeza de que era certo para você. E saí convencido de que tinha cometido um erro. Mas agora, depois de sua ligação, talvez nossa conversa tenha servido para alguma coisa.

— Não faça rodeios. Virá me ver ou não? — insistiu Marlene.

— Acho que a coisa mais prudente é deixar passar alguns dias. Mas de acordo. Eu prometo que vou! Só não me pressione, farei quando estiver pronto. Eu irei quando puder conter minhas emoções e tiver certeza de que a única coisa que transmitirei a você é alegria.

— Obrigada, Julio. Estarei esperando por você.

AMOSTRAGEM ALEATÓRIA ESTRATIFICADA

Capítulo 35

Neste tipo de amostragem, a população é dividida em grupos (chamados estratos) homogêneos em termos do objeto característico do estudo, a fim de reduzir a dispersão da população.

A noite de sexta-feira modificou o ponto de vista do professor sobre o mundo emocional. Ele nunca pensou a fundo em como a vida podia ser distorcida, mudando de forma inexplicável a personalidade das pessoas. E, claro, como o tempo não pode mudar as memórias, a realidade associada a elas é que vai infalivelmente evoluir (ou retroceder). Por isso, havia um abismo entre a atual Inma e a que um dia foi sua namorada.

O professor passou o fim de semana na casa dos pais, preocupado e constantemente olhando pela janela. O clima, longe de melhorar, prenunciava o caos do aeroporto. No domingo, no início da tarde, foi ao aeroporto e descobriu, desolado, que estava fechado. Nenhuma melhora era esperada até o dia seguinte. Ele decidiu ir de barco, mas na estação marítima anunciaram que não seria possível devido à enorme ondulação causada pelas fortes rajadas de vento. Preso na ilha, ele ligou para um colega de trabalho para cobrir as horas de aula de segunda-feira.

— Oi, Alberto. Eu queria pedir um favor. Estou em La Palma e o aeroporto está fechado. Você poderia cobrir minhas horas de tutoria amanhã?

— Não tem problema, mas às onze horas tenho uma reunião da Comissão de Validações e vou ter que sair por uma hora. Vou deixar uma placa na porta para o caso de alguém aparecer.

— Obrigado. De qualquer forma, vou tentar pegar o primeiro avião pela manhã, se possível. Se eu conseguir, chegarei a tempo.

Na segunda-feira de manhã o cenário era outro. Isidro decidiu que era hora de finalmente abandonar os óculos vermelhos. Os ventos se foram e o aeroporto operava com segurança. Com essas perspectivas otimistas, ele chegou na primeira hora no balcão da Islas Airways.

— Olá! Eu queria voar para Tenerife no primeiro voo, por favor.

— Você e todas aquelas pessoas que estão ali — disse a funcionária com certo desdém.

— Você quer dizer que está cheio? Bem, eu

— Terá que se inscrever na lista de espera, senhor. O aeroporto está fechado há dois dias e todos querem sair daqui. Eu acho que eles vão adicionar duas viagens especiais de ida e volta a Tenerife, então é mais provável que saia ao longo da manhã. Diga-me o seu nome, por favor, e vou anotá-lo na lista de espera.

— Isidro León.

Um especialista como Isidro não havia considerado essa opção, apesar de sua obviedade. Sua falta de sagacidade fez com que pensasse seriamente sobre o dr. Brouwer e uma sessão terapêutica, mas estava claro que quando ele decidisse ir a uma, não seria necessariamente com o infalível Brouwer.

Às 11h35 da manhã de segunda-feira, 17 de janeiro, um avião da empresa Binter Canarias decolou com Isidro do aeroporto de Mazo para Tenerife. O professor havia tentado tanto com Binter quanto com a Islas Airways, mas sua vez na lista de espera chegou antes na empresa verde e branca. Por uma dessas coincidências casuais, que a Estatística ignora e despreza, acolheu-os a bordo o intrépido comandante García, mas como o tempo estava bom e conhecendo a habilidade do piloto, longe de se inquietar, Isidro sentia-se nas melhores mãos possíveis. São os caprichos derivados das diferentes perspectivas com que você olha para as coisas.

Às 12h30, subiu as escadas da faculdade para o seu escritório. Na porta externa do cubículo estava Alberto, que, aparentemente, já havia retornado da reunião. Ele estava conversando com um aluno, e quando viu Isidro, gesticulou com a mão para que ele parasse enquanto o olhava com uma expressão preocupada.

— O que há de errado?

— Más notícias — disse Alberto. — Você tem uma visita desagradável.

Alberto apontou para a área interna e, antes que pudesse se explicar, Isidro já estava indo rapidamente para seu escritório. A porta estava aberta, o que era ilógico, a menos que a equipe de limpeza estivesse lá, mas não podia ouvir as melodias cantadas das sempre vociferantes Pepa e Marta. Ao entrar, encontrou um cavalheiro de cinquenta e poucos anos, vestido com um terno muito clássico de paletó e gravata. Ele carregava uma maleta executiva e olhava para ele da cadeira onde Isidro costumava se sentar, que se sentia como se tivessem violado sua privacidade. O homem se levantou e ofereceu sua mão educadamente.

— Sr. León?

— Sou eu. Quem é você?

O desconhecido puxou de um bolso interno do paletó uma espécie de carteira com um cartão de prata anexado, e mostrou-o ao nível dos olhos, como atores em filmes americanos quando pronunciam "FBI". Só que a frase era diferente.

— Serviço de Inspeção da Universidade de La Laguna.

— Uau! — Foi tudo o que conseguiu articular.

— Meu nome é Ramón Márquez. Peço desculpas pela minha intrusão, mas tinha que falar com você e pedi a uma pessoa que me permitisse entrar e esperá-lo.

— E você abriu a porta do meu escritório? — Ele ficou surpreso. — Suponho que não seja muito regular essa intromissão, como você a chamou.

— Na verdade, sr. León, os escritórios são oficiais, eles não são propriedade do corpo docente. Às vezes, os professores acreditam que possuem três metros quadrados de poder. O que eu quero dizer é que, se estiver passando pela sua cabeça registrar uma queixa contra mim por ter entrado sem a sua permissão, não conseguirá nada. Outra coisa muito diferente seria se eu estivesse vasculhando ou folheando seus documentos e pertences pessoais. Mas acredite em mim, sr. León, eu não toquei em nada. — A agressividade com que o inspetor falou demonstrou que esta não seria uma visita de cortesia. — Além disso, este escritório deveria estar aberto, presume-se que você deveria estar aqui atendendo aos seus alunos. Na verdade, já anotei o nome de três alunos que vieram durante o tempo em que estive aqui e percebi a surpresa deles com a ausência do professor. Seu parceiro chegou há um tempo e gentilmente atendeu a um deles, mas antes não havia ninguém aqui.

Então era isso! Uma visita de inspeção de rotina. Ele tinha deduzido que Isidro não cumprira suas obrigações. Pensou: "Merda."

— Lei de Murphy — disse Isidro.

— Como?

— Lei de Murphy. Primeira premissa: não faltei ao trabalho nem um dia durante catorze anos de ensino. Segunda: o serviço de inspeção não veio me visitar nem mesmo um dia durante meus 14 anos de ensino. Lei de Murphy: o inspetor faz a visita no único dia em que não pude vir trabalhar.

— Isso é muito bom, sr. León. Você é muito engraçado. Pode até ser verdade. Mas minha obrigação, em qualquer caso, é abrir um processo informativo. Mas não é com isso que você deve se preocupar. Na verdade, eu não vim aqui para monitorar se cumpriu suas horas de aula ou não. Estou aqui porque estão abrindo um processo disciplinar contra você.

— Um processo disciplinar? Do que está falando?

— Trata-se de uma reclamação apresentada por um estudante que se sentiu humilhado perante a classe, porque, aparentemente, seu professor de Estatística recomendou cantar músicas natalinas em vez de estudar. Parece que você riu dele, e há testemunhas, outros estudantes, que corroboram com essa afirmação. Eu vim para lhe dizer que será chamado para testemunhar em breve. Você também receberá uma notificação por e-mail. Acredite em mim, sr. León. O fato de você "matar" as horas de aula não ajuda em nada nesse assunto. Até agora, uma reclamação contra você nunca foi feita. Tem uma folha de serviço impecável, mas parece que quando você foi assinar essa folha com uma caneta esferográfica defeituosa toda a tinta foi derramada.

— Sim, acho que estraguei tudo. Eu queria pedir desculpas a ele antes da aula, mas não veio na sexta-feira — explicou Isidro.

— Na sexta-feira, ele estava na reitoria entrando com o pedido. Eu vim como uma espécie de intermediário. O reitor me enviou porque acredita que, dentro dos meus poderes, está o de advogado de defesa ou mediador de conflitos.

— Bem, com todo o respeito, sr. Marquez, você parece que veio aqui como promotor da acusação particular do aluno.

— Eu lhe asseguro, quando falar com ele, vou equilibrar a balança. Vou aconselhá-lo a tentar resolver isso da melhor forma possível, mas não sei se conseguirei convencê-lo. — O inspetor adotou, pela primeira vez, uma atitude mais conciliatória.

— Vou ser bem sincero. Aquele menino, Martín, está absolutamente certo. Eu não vou argumentar de outra forma, porque estaria mentindo. Eu disse algo inoportuno e nem sei por que fiz isso, não sou assim. Prometo que vou pedir desculpas assim que puder, mesmo se eu for expulso do trabalho. Martín foi uma vítima do meu estado nervoso. Eu não sei se você sabe que minha esposa...

— Sim, sr. León. Se não soubéssemos disso, nem sequer teriam me enviado aqui, o processo seguiria seu curso e você descobriria em uma declaração oficial. Mas o reitor preferiu que eu descobrisse se havia alguma possibilidade de conversar com o menino e resolvê-lo pacificamente. Nossa intenção não é montar um escândalo, mas também não permitiremos que as aulas se transformem num tormento para os alunos. De qualquer forma, eu o avisei e será o que Deus quiser.

— Será o que o acaso quiser — respondeu o irreverente Isidro.

— Você sabe, sr. León, que seu olho está bastante inchado?

Embora a visita tenha sido mais um teste de resistência para Isidro León, ele se sentiu como um touro na tourada: recebendo estocada atrás de estocada, mas que antes de receber a derradeira fica ainda mais forte e agressivo. Os golpes do inimigo endurecem seu caráter. Talvez aquele inspetor-toureiro previsse encontrar um homem que se intimidaria facilmente pelo medo infundido por seu distintivo.

Mas, para Isidro, agora seu trabalho não era uma prioridade, então ele imediatamente esqueceu o visitante e se concentrou em Marlene.

O encontro com Inma fez com que se sentisse culpado e o remorso não lhe permitia pensar com clareza. Não sabia se deveria ligar para ela ou deixar passar mais alguns dias. Marlene foi muito clara. "Se sair, eu não quero que você volte por aquela porta."

Isidro almoçou com Alberto no refeitório. Ele lhe contou sobre a conversa que teve com o inspetor e Alberto ficou surpreso com a calma que mantivera. Às quatro da tarde, decidiu ligar para o celular de Marlene do telefone do escritório. Ao entrar, chegou à conclusão de que aquele não era seu escritório e nem aquele era seu telefone. Pelo menos, aparentemente, o inspetor tinha o mesmo direito de usá-lo. Antes de fazer a ligação, abriu a caixa de entrada do seu e-mail. Queria ver se sua irmã Andrea já lhe enviara as fotos que fizera com a carta de Salka. Ainda não estavam lá.

— Alô? — Era a voz do cunhado dele.

— Pedro? Sou eu, Isidro. Gostaria de falar com minha esposa.

Por uns instantes, Pedro ficou em silêncio. Talvez ele estivesse se comunicando com Marlene para explicar quem estava ligando.

— Isidro? Olha, eu não acho que seja uma boa ideia falar com ela.

— Por que não, Pedro?

— Bem, simplesmente porque ela não quer pegar o telefone. É uma decisão dela e você tem que respeitá-la.

— Sim. Como ela está? — perguntou, sem especificar se ele estava se referindo a sua saúde ou seu humor.

— Bem, vai muito melhor com a questão da mobilidade. Parece que a sensibilidade está se recuperando aos trancos e barrancos. Não entenda como uma piada de mau gosto, mas acho que ela está se alimentando da mesma sensibilidade que você está perdendo. Quanto à quinta-feira na garagem... não leve pelo lado pessoal, Isidro, mas ela é minha irmã e não pode se mover. Eu acho que fiz o que ela gostaria de ter feito.

— Pedro, juro que não guardo rancor. Está quase esquecido, exceto quando saio para a rua e a claridade me dá uma chicotada no olho. Olha, as coisas não são o que parecem e espero poder provar isso um dia. Mas com a sua falta de informação, certamente teria reagido como você.

— Realmente, Isidro, você não percebe que o que você diz são frases típicas de um paranoico? Você nem sequer é capaz de construir um argumento razoável para dar alguma credibilidade às suas tolices. Você fala sobre enigmas, informações secretas, motivos ocultos... você poderia ter trabalhado nisso e desenvolvido uma ideia mais concreta.

— Então, Pedro... Vou ter que ir até o hospital para falar com a minha esposa?

— Não seria uma boa ideia. Acho que você não deveria pressioná-la ou agir contra sua vontade.

O professor pensou melhor. Pedro estava certo, ele não podia forçar Marlene a falar com ele, porque a mera tentativa pioraria as coisas.

— Não, Pedro, claro que não. Prometa-me que você continuará cuidando da sua irmã, assim como você fez na quinta-feira — pediu.

— Eu prometo. Ei, não quero me meter onde não sou chamado, mas, para tentar se aproximar dela novamente, você sabe qual é o caminho.

— Sim, claro. Um cara que parece que absorveu uma mistura de toda a variedade de personalidades de seus pacientes e que responde pelo nome de Brouwer.

— Esse mesmo. Eu também o acho um pouco arrogante, mas eles dizem que, como psiquiatra, ele é o melhor. Você vai pensar sobre isso? — perguntou Pedro, esperançoso.

— Vou pensar sobre isso, dou a minha palavra. Mas só quando for o momento. Tchau.

Após a conversa com Pedro, ele decidiu que era hora de falar, de uma vez por todas, com Silvana Amanca, a chave do "caso Salka". Ele suspeitava que Silvana fosse corresponsável por atropelar Marlene, então teria que lidar com o assunto com tato.

— Boa tarde. Eu gostaria de falar com a Silvana Amanca, por favor.

— Você tem um compromisso marcado com ela?

— Não. Eu só queria falar com ela no telefone.

— Sinto muito, senhor, mas isso não é possível. A srta. Amanca sai amanhã para uma viagem e está muito ocupada. Você pode deixar a mensagem, se quiser.

— De viagem? Alguns dias atrás, me disseram que estava viajando e voltaria hoje — respondeu Isidro.

— É verdade, senhor. Voltou hoje e sai amanhã. Suas ocupações profissionais exigem isso.

— De acordo. Eu quero marcar uma reunião.

— Qual é o nome da sua empresa? — perguntou a telefonista.

— É um assunto pessoal. É por isso que eu estava lhe dizendo que talvez...

— Seu nome, senhor?

Isidro hesitou. E se ela se recusasse a recebê-lo? Ele não tinha dúvida de que Silvana estava ciente de suas investigações. Mas ele decidiu não mentir.

— Isidro León — disse.

— Muito bem, sr. León. Estou agendando para o dia 24 de janeiro, segunda-feira, às dezesseis horas. Ok?

— Perfeito.

∽

Naquele mesmo instante, dois andares abaixo, um suposto funcionário de telefonia, vestido com um terno azul desgastado, simulava a revisão do cabeamento de um cubículo da Faculdade de Economia. Aproveitando o fato de o titular de Economia de Saúde ter saído do prédio, conscientemente invadiu seu escritório. Ele não encontrou prova alguma e se esforçou para deixar tudo como estava. Obviamente, essa visita não era legal, mas era necessária para se fechar o cerco contra o professor.

ᔕ

À noite, já em casa, Isidro tentava fazer uma nova revisão mental do caso Salka. De acordo com algumas anotações gráficas, utilizou como metáfora a amostragem aleatória estratificada, em que a amostra é feita a partir de estratos, ou seja, grupos de elementos homogêneos em que se dividiu a população. Decidiu estratificar a população usando a Teoria dos Conjuntos, desenhando diagramas de Venn e representando, em cada conjunto, os elementos de cada estrato.

Na primeira camada colocou os "inimigos da Salka": Julio Domínguez, Silvana Amanca, Gérmen (escrito em tinta azul) e um personagem desconhecido chamado de "Edu" (escrito a lápis) que talvez nem mesmo pertencesse à população dos alunos. Ao lado do nome de Gérmen, entre parênteses, ele escreveu a palavra "falecido". Chamou o segundo estrato de "Amigos de Salka". Nele, com caneta, escreveu os nomes de Rosa, Anita e uma tal de Cristina. Chamou o terceiro estrato de "personagens indiferentes a Salka" e deixou em branco, porque era um grupo que não lhe interessava. A etiqueta do quarto estrato era "personagens duvidosos", no qual anotou Luis Figueruela; Sara, sua mulher; e Javier Fernandez, o professor "sedutor" de Economia da Saúde. O quinto se chamava "personagens inclassificáveis", no qual ele colocou o "elo mais fraco na cadeia" (que nem sequer tinha um nome) e Mauro, que, apesar de não ser colega de turma, tinha participado daquela festa insuportável.

Isidro tinha certeza de que esses conjuntos tinham interseções e que podia haver personagens colocados no conjunto errado. Descobri-los fazia parte de sua investigação. Tinha, ali, um modelo estatístico que o levaria a Salka. Mas ainda era um modelo incipiente e rudimentar.

ᔕ

Quando Javi "o sedutor", depois de algumas bebidas com os amigos, chegou em casa à noite, ele não tinha como perceber que, pela janela de trás, saía um homem muito reservado e vestido de preto. Ele não pegou nada de dentro da casa. Pelo contrário, o pacote que trouxera consigo agora estava na casa do professor de Economia da Saúde.

AMOSTRAGEM SISTEMÁTICA

Capítulo 36

Este tipo de amostragem pode ser utilizado sempre que os elementos da população estejam dispostos de maneira aleatória: sua sequência não pode afetar a extração. Consiste em obter uma unidade amostral para cada "h" unidades de população.

Na terça-feira, dia 18, Isidro chegou ao trabalho antes das sete da manhã. Não estava dormindo bem por conta dos últimos acontecimentos. Suas experiências ruins estavam crescendo a um ritmo estonteante, e isso exigia dele um enorme esforço mental para tentar se adaptar a essa realidade. A viagem turbulenta a La Palma, o encontro com o inspetor e a inquietude causada pelo encontro com Silvana eram as causas mais recentes de sua insônia.

No prédio, nesse horário, só havia a equipe de limpeza e a do refeitório, embora essa última trabalhasse de portas fechadas para ter tudo pronto às oito da manhã. Esse era o horário de abertura do refeitório e o professor teria que esperar para tomar seu primeiro café. Havia duas máquinas de café na faculdade, mas ultimamente elas costumavam irritar os clientes. Arriscar-se a usá-las poderia significar pegar um copo vazio, um café amargo, um café com açúcar, mas sem uma colherzinha para mexer, tudo isso somado à perda da moeda. Quase igual como era no hospital. O segurança da noite ainda estava por perto, prestes a terminar o turno.

Isidro aproveitou a oportunidade para ligar o computador em seu escritório e ler os jornais digitais. Ele leu uma notícia publicada no *Diário de Avisos*, cujo título era "Médicos da emergência do HUC criticam o sistema", na qual os médicos queixavam-se da qualidade da gestão dos cuidados prestados aos pacientes. Notícias desse tipo, que sempre passavam despercebidas, eram agora engolidas pelo professor como se fossem problemas que o afetavam diretamente. Afinal, no último mês, ele passou uma boa parte de sua vida naquele hospital. Ele abriu o e-mail e leu as mensagens recebidas. Sua irmã ainda não lhe enviara as fotos da carta. Teria que ligar para ela mais tarde.

Faltavam três minutos para às oito e Isidro era o primeiro em uma pequena fila à espera da abertura da porta do refeitório. Atrás dele, estavam três estudantes e duas faxineiras. A atividade acadêmica não começaria até as 8h30, portanto nem as grandes áreas comuns da faculdade estavam muito cheias. Além disso, era dia de provas, com horários muito variados, de modo que os alunos não iam comparecer em massa ao primeiro tempo como acontecia no restante do ano letivo.

Enquanto estava tomando café, observou três jovens conversando em uma área dos fundos e olhando para ele dissimuladamente. Um deles era "o gordo" que o denunciara. Sem pensar duas vezes, ele se levantou e se dirigiu a eles.

— Bom dia, pessoal — disse ele.

— Bom dia, professor — responderam, desconfortáveis, Jonay e Alex. Martín baixou a cabeça.

— Eu gostaria de falar com o Martín sozinho. Vocês se incomodam?

— Não tem problema — disse Jonay. — Nós iremos para outra mesa.

— Muito obrigado.

Alex e Jonay saíram com seus desjejuns e Isidro sentou-se com o seu café. Martín tinha diante de si um enorme sanduíche de linguiça e um café com leite.

— Espero que não se incomode com isso. Ei, eu sei que você fez uma queixa contra mim. Ontem, um inspetor agressivo do ULL veio me visitar.

— Acho que essa conversa não é uma boa ideia. Os serviços jurídicos da universidade aconselharam-me a não falar com você até que este assunto seja resolvido — respondeu Martín com amargura. — Por acaso, você vem me implorar por misericórdia?

— Não, minha intenção não é falar sobre a queixa. Eu acho que era o seu dever apresentá-la. Você não deve permitir que um professor o trate como eu fiz. Então, sério, eu não espero que você retire o processo. Eu só pretendo me desculpar. Na sexta feira, eu queria fazer isso publicamente na frente da turma, mas você não veio.

— Você está tentando me confundir. Como eu o denunciei, agora finge estar arrependido para que eu fique com pena de você.

— Você está misturando coisas. Eu só quero que você me perdoe, mas o seu perdão não tem que ser associado à retirada da reivindicação. Amanhã, nós teremos uma prova. Antes de começar a aula, vou abordar algumas palavras à turma para emitir meu pedido de desculpas de forma pública. Estou lhe dizendo agora, para não o pegar de surpresa.

— Você não vai fazer isso! Você só quer sair dessa numa boa e me pintar como um desalmado por ter denunciado um professor tão bom que até me pediu perdão. Vou explicar a situação aos meus amigos para que eles possam vaiá-lo — disse Martín, muito zangado.

— Olha, Martín, eu não me importo se eles me vaiarem, nem com o que pensam ou deixam de pensar de mim. Se você acha que vai lhe machucar, não vou dizer nada. Suponho que você saiba que minha esposa foi atropelada e está muito doente.

— Você quer que eu sinta pena? — ironizou Martín.

— Não. Só estou tentando fazer você entender que estou sob enorme pressão. Quero que saiba que, em todos os meus anos como professor, nunca proferi palavras tão dolorosas como as que dirigi a você. Minha intenção não era lhe machucar, mas não medi o que eu disse. Tentei atrair a atenção de seus colegas para minimizar a importância de suas perguntas. Eu queria evitar que ridicularizassem você, mas acabei gerando o efeito oposto.

— Tá tentando me enrolar?

— Não. Tenho vergonha do meu comportamento e quero que me perdoe. O que você vai fazer com a reclamação, na verdade, não é do meu interesse, isso é com você. Com os problemas que estou tendo, não me importo que a universidade me dê um puxão de orelha. Porém, gostaria de ouvir seu perdão antes de sair.

— De acordo. Mas continuarei com o processo. Até o final — blefou Martín para tentar medir a sinceridade de seu professor.

— Obrigado. Isso é tudo o que eu queria ouvir — disse Isidro enquanto apertava sua mão, e Martín percebeu os olhos do professor brilhando.

Martín "o gordo" decidiu que naquela mesma manhã retiraria a queixa. Mas isso, para Isidro, não importava.

— Olá, Isidro. Vamos tomar um café? — perguntou Gustavo, entrando no refeitório no momento em que ele saía.

— Por que não? Eu tomo outro com você.

Durante a manhã, ele esteve bastante ocupado com as dúvidas dos alunos. No dia seguinte, haveria mais exames, e muitos estudantes vinham procurando respostas para suas dúvidas. Por volta de 13h30, ele foi ao refeitório para almoçar, mas não sem antes dar uma olhada no e-mail. Estava ansioso para receber a carta de Salka, mas não teve tempo de telefonar para Andrea para apressar o envio. Decidiu fazer isso quando subisse de volta. Durante o almoço, tentou delinear mentalmente o conteúdo que deveria compartilhar com Silvana Amanca e, acima de tudo, a maneira de abordá-lo. De volta ao escritório, pegou o telefone e discou o número de sua irmã. Isaac atendeu e disse a ele que estava chegando do instituto.

— Olá, sobrinho. Sua mãe está aí?

— Olá, tio. Ela está tomando banho... oi? — gritou.

— O quê? — perguntou Isidro.

— Não, tio. Era a mamãe. Ela está me perguntando quem é. É o seu irmão! — gritou novamente. — Sim, tudo bem!

— Ei, Isaac, diga a ela que eu vou ligar de novo.

— Espere. Ela disse para ligar em cinco minutos. E também disse que acabou de lhe enviar as fotos — respondeu Isaac.

— Espere um momento. — Isidro abriu seu e-mail e tinha de fato uma mensagem de Andrea. — Diga a ela que só queria perguntar sobre as fotos. Obrigado, Isaac.

— Até logo.

O professor abriu o e-mail. Continha uma grande coleção de imagens. Doze correspondiam às quatro páginas da carta de Salka que ele havia fotografado. As outras eram as fotos que ele mesmo tirara do sobrinho no treino de basquete. Passou todas para um pendrive, para tê-las também em casa, escolheu as mais nítidas de cada página da carta e imprimiu-as. Então, ele as colocou em sua mesa de trabalho e começou a ler.

Montpellier, 8 de outubro de 1997.

Oi, Mauro. Eu acabei de me instalar em uma cidade francesa chamada Montpellier. Espero que você não destrua esta carta antes de lê-la, embora eu não tenha muita esperança de que sirva para alguma coisa. Você deve acreditar que tudo já foi dito entre nós, mas desejo fazer uma última tentativa. Eu escrevo para lhe implorar.

O maior erro que cometi na minha vida foi me apaixonar por você. A segunda, alimentar falsas esperanças de que você pudesse me retribuir. As pessoas fazem muitas loucuras por amor, mas nunca pensei que iria tão longe. Depois do que aconteceu, continuei a amá-lo mesmo sentindo-me humilhada. A humilhação era um preço que eu estava disposta a pagar em troca de seu amor. Mas você me traiu, você só queria sexo. Se eu soubesse desde o começo, não teria continuado a incomodá-lo, como você diz. De qualquer forma, devo agradecer a você por ter me mantido financeiramente desde o verão de 1996, quando me tirou da prostituição. Eu até fui para a universidade para ficar mais perto de você. Eu estava tão confortável lá que acabei indo para todas as aulas do primeiro ano, como uma aluna regular. Ninguém sabia que eu não estava matriculada. Essa oportunidade impensável quem me deu foi você.

Como você pagava todas as minhas despesas, nunca entendi sua recusa, sendo solteiro, em morar comigo. Suas explicações nunca me convenceram, mas pus uma venda nos olhos, em parte por amor e, em parte, por causa do conforto que a nova vida que você me ofereceu implicava. Eu nunca poderei retribuir essa sua generosidade.

Mas então, nos momentos em que mais precisei da sua ajuda financeira, muito mais, até, do que de seu amor, você me abandonou. Você me deixou sozinha no inferno. Então, noite após noite, tive que pedir esmolas e dormir num parque. Às vezes, eu encontrava lugar em um albergue, mas eles costumavam se intrometer na minha situação legal e isso me impedia. Em muitas ocasiões, tentei contar todos esses detalhes, mas você nunca quis me ouvir. Espero que desta vez você faça isso. Você tem que fazer isso pelo bebê. É sua obrigação moral.

Vou contar uma anedota. Uma de tantas. Certa vez, um jovem passou em frente ao banco onde eu estava sentada com meus poucos pertences. Eu tinha colocado no chão à minha frente aquele chapéu amarelo do Loro Parque que você me deu quando me levou para ver os macacos. Embora não parecesse mais o mesmo. A copa estava bastante suja e desgastada. Eu usava para coletar as poucas moedas que me davam. O jovem parou para jogar algumas moedas e me olhou diretamente no rosto. Eu também olhei para ele. Eu o conhecia de vista, ele era um aluno do terceiro ou quarto ano da faculdade. Notei que também me reconheceu. Eu acho que a cor da minha pele não passaria despercebida na faculdade. Nós não dissemos nada, o olhar foi o suficiente. Ele respeitou minha vergonha, o que você nunca fez, e ficou em silêncio. Devolveu ao bolso as moedas que preparara para mim, tirou uma nota de duas mil pesetas e depositou-a no chapéu. Agradeci-lhe com os olhos e ele sorriu para mim, com pena.

Pensei em me dedicar novamente à prostituição, embora, com o crescimento da barriga, achasse que seria difícil. Mas eu estava errada. Uma noite, um indivíduo muito sinistro se aproximou de mim e eu fiquei com muito medo. Ele falou comigo em um tom ameaçador. Naquela época, a gravidez era bastante perceptível. Ele disse que, se eu trabalhasse para ele, me tiraria da rua. Para me livrar dele, mostrei explicitamente a minha barriga, caso ele não tivesse percebido. No entanto, me disse que essa era precisamente a razão pela qual me queria. Ele me contou sobre clientes que pagariam muito dinheiro para conseguir uma mulher negra e clientes que dariam qualquer coisa para transar com uma mulher grávida. Concluí que a combinação dos dois fatores, uma mulher negra e grávida, seria uma verdadeira mina de ouro.

Eu juro que, por um momento, considerei essa opção. Tudo por causa do bebê, pois não encontrava outra saída. Então, deduzi que esse tipo de trabalho, nesse nível de perversão, poderia acarretar um sério perigo para minha vida e para o meu bebê. Ele ficou violento quando eu disse não. Me deu um tapa! Ele me levantou do banco e disse que ia chutar a minha barriga até que eu abortasse a criança negra ali dentro. Como eu estava dizendo, senti muito medo. Naquele momento, dois policiais municipais chegaram e o levaram de lá. Daquela noite em diante, eu desmaiava de exaustão, ou dormia com um olho aberto.

Sempre que podia, quando tinha comida para alimentar o bebê e a mim, e se tivesse forças, eu saía do parque e me aproximava da porta da sua casa quando você chegava da universidade. O resto você já sabe. Você me disse que eu estava suja e fedida, e que, se eu quisesse falar com você, eu teria que tomar um banho primeiro.

Eu implorei a você, pedi ajuda financeira, não para mim, mas para o bebê. E você sempre recusou. Quando o bebê nasceu, não tinha como alimentá-lo. Eu estava mais desnutrida do que nunca e meus seios não tinham leite. Eu não tive escolha a não ser me livrar dele. Mauro, eu juro para você, minha vida acabou naquela tarde, apenas duas semanas atrás. Fui levada ao hospital, em caráter de urgência, quando uma senhora ligou para os serviços de saúde ao me ver no banco do parque tendo contrações. Após o parto, os médicos e alguns policiais me fizeram muitas perguntas. Eu fingi não falar sua língua e estar mais debilitada do que realmente estava. Lá, eles me deram um banho, eu precisava disso. Na primeira oportunidade, escapei. Fugi das Canárias e saí da Espanha.

O objetivo desta carta não é para lhe contar as minhas mágoas, mas espero que elas suavizem o seu coração diabólico e que você possa se redimir com o meu pedido. Eu quero que você recupere o bebê, é sua obrigação. Vá para o hospital e o reivindique. Diga-lhes, se quiser, que a mãe é uma imigrante ilegal, mas que a paternidade é sua. Faça isso e depois decida o que fazer. Você pode cuidar dele e lhe dar um futuro. Você também pode trazê-lo para mim, agora estou melhor. Eu não posso voltar. Eles me deteriam e não entregariam o bebê. Mas, por favor, não deixe que ele se torne um bebê abandonado, porque então eu nunca saberei o que aconteceu com ele. Eu me arrependo tanto do que fiz que estou à beira da loucura!

Responda-me caso você saiba de algo, é a única coisa que peço. Eu prometo que, se você me ajudar, eu vou desaparecer para sempre da sua vida. Estou desesperada e dependo de você.

Salka Sidibe.

— Você teve um filho? — murmurou Isidro.

Aquela carta, tão dolorosa, arrebatou a pequena esperança deixada no professor de que a vida de Salka, afinal de contas, não havia sido tão injusta. Longe de fornecer respostas ao enigma que Isidro tinha que resolver, as palavras escritas pela mulher africana com sua própria letra apenas acrescentavam novas questões. Em primeiro lugar, esta era uma carta de amor e de falta de amor. Havia uma relação entre ela e Mauro, mas não tinha espaço para encaixar o resto dos personagens. Não havia menção à Rainha Bruxa, Gérmen nem Edu — pessoas que, apenas um mês depois, Salka acrescentaria em uma nova carta endereçada a Isidro.

Em segundo lugar, Isidro considerou o papel de Mauro nesse drama. Sua mãe e Inma estavam certas quando afirmaram que Mauro nunca teria um relacionamento sério com uma garota negra. Inma dissera que, segundo sua prima Carolina, Mauro mantinha um relacionamento estável. Mas não poderia ser com Salka. De qualquer forma, não podia dar muita credibilidade a comentários do tipo "contaram a alguém que me disse que". Embora, é óbvio, se fosse esse o caso, se ele tivesse mesmo outro relacionamento, um relacionamento estável, Isidro teria um motivo para responder à sua próxima pergunta.

Por que Mauro parou de ajudá-la financeiramente? Se Mauro tivesse uma namorada, talvez aquela namorada exigisse todo tipo de atenção, inclusive financeira. Pode ser que controlasse suas contas. Ou talvez ela tivesse descoberto que ele tinha um relacionamento com Salka e exigiu que ele terminasse. Isidro fez uma anotação em um caderno. "Por que, de repente, ele parou de ajudá-la? Investigue isso." Talvez fosse por Salka ter engravidado, mas isso não fazia muito sentido. Mauro poderia ignorar a criança e continuar sustentando Salka, pelo menos até ela dar à luz.

— A não ser que... — pensou Isidro em voz alta. — A menos que Mauro exigisse o aborto e Salka recusasse. Nesse caso, ele poderia secar a fonte como uma forma de ameaça.

As opções eram muitas e a resposta não estava clara.

— Talvez... talvez minha abordagem tenha um erro na base. Talvez a pergunta certa não seja "por que você parou de ajudá-la?". Não! A pergunta é "por que Mauro ajudou Salka?".

O professor escreveu a pergunta abaixo da anterior. Ele procurou por respostas racionais. A menos que houvesse algo completamente desconhecido para ele, só via uma possibilidade: sexo. Para Mauro, Salka não era nada mais que uma prostituta de luxo. Sua prostituta particular. Ele pagou tudo para ela: casa, comida, água, luz. Mas quando ele perdeu o interesse em Salka, seja por ter ficado grávida ou se apaixonado por alguém, simplesmente dispensou seus serviços e a deixou "largada na sarjeta". Sem escrúpulos e sem remorso de qualquer tipo.

— Mauro, filho da puta — murmurou Isidro.

Isidro lembrou seus dias de estudante. Mauro realmente era daqueles que "usavam e descartavam" as mulheres, como se elas fossem objetos de entretenimento. Isidro teve muitas discussões com ele, algumas bastante desagradáveis, por causa dessa característica machista. Embora, é claro, uma coisa fosse os impulsos amorosos juvenis de uma só noite, em que poderia brincar com os sentimentos do outro, pois elas sobreviveriam e se curariam, outra bem diferente era ter um relacionamento estável, mesmo que apenas sexual, e romper no pior momento e da pior maneira. Com Salka, ele tinha ido longe demais. Agora, ele entendia por que Ângela estava tão arrasada. A carta retratava seu filho como um animal da pior espécie.

Outra questão, em que não parava de pensar, era a fuga de Salka. Ela havia fugido do hospital porque acreditava que seu bebê ficaria melhor sem ela, isso era fácil de entender. Mas afirmou na carta que tinha chegado à França e, também, que agora estava melhor. Era isso que

Isidro não entendia. Quem a ajudou a fugir? Ela não tinha dinheiro. E por quê? Ele escreveu as perguntas em seu caderno. Em seguida, folheou as páginas escritas e revisou as anotações anteriores. Havia apenas duas coisas que ele poderia riscar. Tinha a resposta para duas perguntas que estavam pendentes de solução. Por um lado, já sabia ao certo por que Salka tinha ido à festa de Natal. Apesar de sua presença não parecer fazer sentido, pois não se relacionava com seus colegas de turma, foi por causa do Mauro, porque ele estava lá. O outro enigma resolvido foi muito importante. Talvez decisivo para entender muitas coisas. Era a mensagem cinzenta das palavras cruzadas: "madre cruel". Ela estava se referindo a si mesma. Toda a dureza de suas palavras, quando havia escrito para Isidro, agora fazia sentido.

Isidro lembrou-se de seu sobrinho Isaac quando ele era apenas um bebê. Recordava dele rastejando enquanto levava no peito, como se fosse uma gravata, um babador bordado com um burro que tocava violino. Ele se lembrava de sua irmã Andrea colocando-o na cama com seu animal de pelúcia favorito, Orejón. Salka nunca desfrutou de momentos assim. Ela nasceu no Inferno e bateu às portas do suposto paraíso. Mas essa é a visão distorcida que muitos imigrantes têm. De acordo com a sorte que tiver, e da porta que abrir, você pode encontrar algo como o céu, mas também algo como um inferno muito pior do que aquele de onde você veio. Foi essa porta que Salka abriu. Por puro acaso.

Transtornado, lembrou-se da canção de ninar que ele havia escrito para Isaac. Em http://cafema.webs.ull.es/TECNICASMUESTREO/grupsordenador.htm, podia ouvi-la.

Quando sai o sol, ele surge do edredom,
aparecendo como um caracol.
Dorme com Orejón, lençóis de algodão macio.
Rega com beijos do sótão até a sala de estar.
Isaac nos presenteia.
É hora de comer, lá vem soja outra vez
e tira uma soneca para a sobremesa às três.
Ao entardecer, segurando um lápis pastel,
rabisca algumas linhas no papel.
Isaac nos presenteia.
Uma vez sonhamos com você e o tempo nos premiou.

Isaac da sorte,
no mês da lua o céu te enviou.

Isidro entrou na sua página e ouviu aquelas notas arrepiantes enquanto observava a passagem inexorável do tempo, demonstrada pelas fotos de Isaac no treino de basquete que ele mesmo tinha tirado quatro dias antes.

A amostragem sistemática escolhe aleatoriamente o primeiro indivíduo que fará parte da amostra. O resto entrará na amostra sistematicamente. É um sistema predeterminado quem escolhe os elementos de forma automática e não o pesquisador. Salka estava lhe dando o primeiro nome em um copo de cristal caríssimo, mas tão frágil que não havia suportado seu conteúdo: Mauro. Os outros personagens estavam aparecendo sozinhos, sistematicamente. Mas, na amostragem sistemática, esses elementos não batem à porta do investigador. É ele quem tem que ir às casas deles para examiná-los e torcer para que eles respondam. Era a vez de Silvana Amanca. O questionário estava mais ou menos elaborado. Agora, ele tinha que bater na sua porta e convencê-la a colaborar no inquérito.

Outro personagem selecionado por amostragem era Gérmen, mas foi descartado. A teoria da amostragem impõe uma regra de cumprimento obrigatório: um entrevistador não deve nunca substituir a pessoa selecionada por sua vizinha mais próxima, pois, agindo assim, poderia obter resultados tendenciosos e estimativas imprecisas. Mas o professor decidiu que, pela primeira vez, ele ia pular essa regra. Se ele não podia falar com Gérmen, tentaria com um membro de sua família.

AMOSTRAGEM POR CONGLOMERADOS

Capítulo 37

Neste método de amostragem, cada unidade da amostra é um grupo (conglomerado) de elementos populacionais. Uma vez selecionada a amostra de conglomerados, todos os elementos são analisados.

Isidro passou grande parte de quarta-feira tirando cópias das provas e gerenciando toda a logística: inspeção da sala de aula, preparação de uma lista dos alunos, cálculo do tempo necessário para o exame. Havia um cenário que lhe preocupava, porque, embora fosse bastante improvável, poderia acontecer. O que aconteceria se Martín "o gordo" fizesse um exame regular, bem na fronteira que separa o aprovado do reprovado? O professor temia essa situação porque, nesse caso, ele tomaria uma decisão que frequentemente tomava, mas que certamente seria mal interpretada pela turma. Tentou tirar essa ideia da cabeça, porque, afinal, ele estava especulando e imaginando um futuro inexistente. No meio da manhã, tomou um café com Jorge e Gustavo e conversaram sobre os supostos problemas de Isidro. Não os reais, mas os aparentes.

— Olha, Isidro — dizia Gustavo. — Ontem, quando fomos visitar sua esposa, ficamos muito surpresos em não o encontrar lá. Ela nos contou tudo. Diz que você está louco.

Gustavo acreditava que, usando ironia, era mais fácil lidar com as pessoas. E isso, normalmente, lhe dava bons resultados. Pelo menos com Isidro ele sempre teve sucesso.

— Suponho que ela não falou nesses termos — respondeu Isidro.

— Não, claro que não — disse Jorge, desconfortável com as palavras de Gustavo.

— Vocês me veem como um louco? — perguntou seriamente.

— Não, Isidro, claro que não — disse Jorge rapidamente.

— Bem, se quer saber a verdade. — contradisse Gustavo.

— Sim. Mas isso não é novidade, você sempre teve um parafuso a menos.

— Sério. Tudo o que ela disse é verdade, não posso negar. Falo das minhas reações. Mas tudo o que é opinativo está longe da realidade.

— Somos amigos, Isidro. Eu serei honesto — disse Gustavo. — Marlene nos pediu para cuidar de você, vigiar você, mas para não lhe dizer nada. Eu não sei se ao lhe contar isso estou agindo corretamente. Não vejo você desnorteado nem doido. Bem, até vejo um pouco, mas é normal por causa da situação que está vivendo. Anormal seria caso isso não lhe afetasse. Se quer saber minha opinião, me parece que sua esposa está exagerando.

— Eu imagino que ela tenha falado que eu acredito ser protagonista de uma conspiração. São suas impressões e ela tem fundamentos para as ter, mas as coisas não são o que parecem. O problema é que não posso contar mais. Há coisas que só eu sei, e ainda não chegou a hora de falar delas.

— Ei, você está me assustando! — disse Gustavo. — Se você continuar falando assim, eu acabarei concordando com Marlene.

— Ela não quer que eu vá até lá — disse o professor com um ar de desolação.

— Sim, ela está muito triste — disse Jorge. — Acredita que a tem evitado porque você é incapaz de enfrentar a situação.

— Isso é o que ela acredita, mas estou fazendo exatamente o oposto: enfrentando a situação. Bem, é algo que vocês não vão conseguir entender então é melhor eu ir antes de vocês também começarem a pensar que estou louco.

Ele almoçou cedo. Queria ter alguns minutos antes do exame para considerar as regras operacionais a serem aplicadas. "O que fazer se alguém pedir permissão durante o exame para ir ao banheiro? Se alguém perguntar algo sobre o teste, devo responder?" Ele costumava ser muito permissivo, mas a prova que ele havia preparado era bastante simples. É por isso que decidiu não admitir nenhuma pergunta relacionada ao conteúdo. Apenas responderia às perguntas referentes à interpretação do enunciado. Quanto a ir ao banheiro, ele não acreditava ter o direito de impedir alguém de atender uma emergência.

Foi por volta das três que ele recebeu uma chamada perturbadora.

— Alô?

— Sr. León?

Era uma voz abafada, como se a pessoa do outro lado, para preservar sua identidade, usasse alguma roupa de tecido como "filtro", mas o mais impressionante era o forte sotaque francês.

— Com quem eu falo?

— Não importa. — Ele parecia bastante nervoso. — Eu sou amigo de Salka. Eu sei exatamente o que você está procurando e posso ajudar você.

— Como disse? Você sabe o que estou procurando? — perguntou Isidro. enquanto sua cabeça analisava duas alternativas. Ou era um blefe, ou aquele cara achava que o professor tinha mais informações do que o pouco que ele realmente tinha. O que estava claro é que ele não sabia o que Isidro estava procurando por um motivo simples: ele mesmo não sabia.

— Por favor, sr. León, não me faça perguntas. Eu não quero me envolver nisso, só quero que a justiça seja feita. Eu lhe dou a... como se diz? A "indagação", sim, e então você faz com ela o que quiser.

Parecia difícil para a pessoa encontrar as palavras certas em espanhol. Isidro percebeu que, se quisesse esclarecer alguma coisa, não deveria mais interrompê-lo, porque estava tão alterado que, a qualquer momento, podia se arrepender e desligar. Mesmo assim, ele fez uma última tentativa, com a caneta pronta para tomar nota, caso necessitasse.

— Ok, senhor... como disse que se chama mesmo?

— Não brinque comigo! Se você não se importa com o que vou lhe dizer, é melhor desligar!

— Não. Desculpe. Diga o que quiser.

— Eu vou te dar uma prova definitiva. Com ela, sua busca terminará, sr. León.

— Do que se trata? — perguntou o professor.

— De um vídeo — respondeu o estranho.

— Um vídeo? O que quer dizer?

— Você não sabe o que é um vídeo ou é um idiota? É um vídeo em sistema VHS, o qual, se você também não sabe, é um sistema analógico de gravação e reprodução. Daqueles que quase não são vistos mais.

— O que o vídeo contém? — Isidro atirou, sem esperar por uma resposta clara.

— Quando você o assistir, ficará chocado. Eu prometo.

— Ok. Quando e como você entregará isso para mim?

— Está louco? Eu já disse que não pretendo me envolver. Eu farei isso por meio de um amigo. Se você quiser, terá que correr o risco sozinho.

— Você quer dizer que não o tem? — insistiu o professor.

— Sr. León, ou você é um idiota ou não me escuta — disse naquele tom pesado. — Ou talvez tenha reflexos muito lentos.

— Sinto muito pela minha redundância — se desculpou. — Como posso conseguir esse vídeo?

— Já estamos nos entendendo. É uma fita cassete preta, como quase todas, mas tem um adesivo vermelho em cada lado. Em um dos lados, pode-se ler "Amistoso de Futebol Mauritânia-Espanha". Muito apropriado, certo?

— Ok, tá anotado. Onde está o vídeo?

A voz de Isidro denotava desespero. Se isso fosse verdade, talvez a carta de Salka se tornasse uma mera anedota para o possível conteúdo da fita. O professor tinha muitas ideias em sua cabeça, mas nenhuma delas era clara o suficiente para entender o que o vídeo poderia esconder. Em qualquer caso, o "mistério Salka" poderia estar chegando ao seu estágio final.

— O vídeo está em uma casa particular, sr. León. É por isso que eu disse que é muito arriscado. Anote o endereço.

Isidro tomou nota do endereço dado pelo confidente. Era uma área residencial, nos arredores de La Laguna.

— Ok. Anotei. Vou ver o que posso fazer. Eu não sou um ladrão profissional, então não faço ideia de como entrar lá.

— É arriscado, mas, se serve de ajuda, o dono nunca volta antes das dez da noite. Ele passa o dia trabalhando e depois costuma se encontrar com alguns amigos no pub Arco-íris. E mora sozinho.

— Você pode me dizer o nome do dono do vídeo ou é um segredo também? — perguntou Isisdro.

— O dono da casa. O vídeo não é dele, ele o roubou.

— Ele o roubou? Bem, isso não importa! — disse rapidamente, antes de ser chamado de imbecil novamente. — De quem é a casa?

— Você não imagina, sr. León? De um colega seu.

— Como assim?

— De Javier Fernández, vulgo "o sedutor".

Um aperto forte oprimiu o peito de Isidro. Javi "o sedutor" tinha um vídeo sobre Salka? Deveria identificar o Javi como "o elo mais fraco da cadeia"? O conteúdo da gravação teria evidências comprometedoras que indicassem isso? Mas, em caso afirmativo, por que não destruir o vídeo? Por que manter uma prova?

— Muito obrigado. Vou tentar.

O interlocutor anônimo já havia desligado.

Um vídeo era um conglomerado. Na amostragem estatística, o conceito de conglomerado refere-se a um grupo que contém toda a variância da população, isto é, que coleta as características importantes da população. A amostra que é obtida, ao contrário de outros métodos, não é uma amostra de elementos, mas de conglomerados. Isidro tinha sido convidado a obter um desses conglomerados: um vídeo refletindo presumivelmente toda a informação da população, todas as respostas para as muitas perguntas que foram feitas desde que recebeu a carta de Salka.

Entrou num estado similar ao de choque. Faltavam quarenta minutos para o início do exame e suas pernas tremiam. Ele não achava que pudesse dar mais de três passos seguidos sem cambalear. Apoiando-se nas paredes, ele se arrastou até o banheiro, abriu a torneira de água fria e molhou o rosto abundantemente Quando decidiu que era o suficiente, desligou a torneira e voltou ao seu escritório.

O que o fazia tremer não era tanto a existência do vídeo ou a implicação de Javi. O pior era ter que invadir a casa dele. Se ele fosse pego, poderia dizer adeus ao trabalho, a Marlene e a sua vida atual para sempre. Isso realmente o apavorou. Ele preferiria morrer a ser identificado socialmente como um ladrão.

O exame começou. A duras penas, o professor leu com voz trêmula as regras para os alunos.

— O exame durará duas horas. Quem não entregar às 18h15 não poderá mais continuar. Somente perguntas de interpretação podem ser feitas, isto é, quando o significado de um exercício não é compreendido.

Na metade do exame, estava um pouco mais calmo. Esgueirar-se na casa de Javi não lhe parecia nada inteligente. Ele considerou contratar um ladrão profissional, mas logo percebeu o absurdo de sua abordagem. "Você já viu muitos filmes", disse a si mesmo. Martín "o gordo" se aproximou e fez uma pergunta de conteúdo, mas Isidro não caiu. Ele percebeu que o garoto estava preso a um problema e tentou tirar proveito de sua vitimização.

— Desculpe, Martín, você sabe que não posso responder. Tente se acalmar. Deixe esse problema para o fim e depois pense com mais calma.

O próprio Martín foi um dos últimos a entregar.

— Ei, como foi? Espero que tenha recuperado esta semana o tempo que perdeu no Natal com as canções natalinas. — Isidro ousou brincar.

— Muito melhor do que pensei. Eu acho que vou ser aprovado, embora rente à média.

— Espero que não "muito próximo". Eu ficaria em uma situação muito desconfortável.

— Vamos ver — disse Martín.

Na mesma noite, em casa, Isidro corrigiu alguns exames, mas a cabeça dele estava em outro lugar então resolveu pausar o trabalho. Embora precisasse descansar, sabia que teria problemas para dormir. Jantou cedo e foi para a cama. Tinha que elaborar um plano e não conseguia pensar com clareza.

No dia seguinte, quinta-feira, ele foi cedo para a faculdade e continuou com a correção, conseguindo revisar setenta por cento dos exames. Ao final, Martín "o gordo" tirou cinco e meio, e Isidro sorriu. No início da tarde, ele tomou uma decisão. Queria dar uma olhada do lado de fora da casa de Javi para pesar as dificuldades de fazer uma tentativa real de invasão, de forma a avaliar os riscos envolvidos. Era uma loucura e ele não achava que pudesse fazê-lo, mas pelo menos tinha que ver a casa de perto, mesmo que por curiosidade. Não havia nada de errado nisso. Mas primeiro queria ter certeza de que Javi estava na faculdade.

Sem qualquer desculpa preparada, ele apareceu no cubículo dos escritórios no segundo andar onde "o sedutor" trabalhava. Entrou no corredor e avaliou a situação. Eram três da tarde. Naquela hora, não havia ninguém, já que a maioria dos professores estava almoçando ou tomando café. Quatro horas da tarde costumava ser a hora em que o trabalho era retomado na Faculdade de Economia. No entanto, Javier Fernández tinha o hábito de sempre estar em seu escritório. Era um daqueles que traziam o almoço de casa para não perder tempo. Nunca pisava na cafeteria, tinha uma espécie de fobia. Às vezes, ele o via indo para uma sala do prédio equipada com geladeira e micro-ondas, mas costumava levar alimentos que pudessem ser comidos frios ou em temperatura ambiente: saladas, omelete fria...

Todas as portas estavam fechadas. A anterior à de Javi correspondia ao escritório de Toño, professor de Economia do Desenvolvimento que Isidro havia visto minutos antes no refeitório. Ele chegou à porta de Javier. Embora o escritório estivesse fechado, supôs que ele estivesse lá dentro. Ele só queria se certificar antes de ir até a casa de Javi para não o encontrar lá. Não tinha que se preocupar tanto com isso, mas queria tomar todas as precauções e agir com toda a discrição do mundo.

Isidro não ouvia nada. Colocou o ouvido na porta. Nada. Fez uma simulação de golpear a porta com os nós dos dedos, mas nenhuma desculpa lhe ocorreu. Ele decidiu girar a manivela devagar, sem emitir nenhum som. Era um pouco arriscado, mas decidiu tentar a sorte. Ele começou a girar a maçaneta e...

— O que você está fazendo, Isidro? — A voz de Javi Fernández congelou suas veias. Isidro se virou e o viu saindo do banheiro do cubículo.

— Bem... eu queria saber se estava aqui. — Foi o que lhe ocorreu dizer, ciente de que era péssimo em improviso.

— Por que você não liga, como todo mundo? — O professor de Economia da Saúde parecia bastante chateado.

— Desculpa, Javi. Eu toquei a campainha primeiro, mas você não me respondeu.

— Não ouvi nada, e aqui as paredes são feitas de papel. Além disso, se eu não respondo, você se arroga o direito de entrar no meu escritório como se fosse um ladrão? — respondeu Javi.

As palavras de Javier decompuseram Isidro. Ele o chamara de ladrão? Mas ele nem tinha decidido entrar em sua casa ainda! Então, ele se acalmou e decidiu que essa não era a maneira certa de prosseguir. Se Javi queria guerra, teria que atirar primeiro.

— Sabe de uma coisa, Javi? Acontece que esses escritórios são oficiais. Aquele espaço que você ocupa por trás dessa porta não são seus três metros quadrados de poder. É um espaço público que foi temporariamente atribuído a você, mas não pertence a você. Então, não há motivo para usar o termo ladrão. — No final das contas, a conversa com o inspetor serviu para alguma coisa.

— Eu não entendo por que essa estupidez. O que você queria? Não posso continuar perdendo tempo, tenho muito trabalho.

Era isso que Isidro queria ouvir.

— Eu estava na verdade procurando por Toño. Quando vi que ele não estava na sala dele, pensei que talvez você soubesse onde eu poderia encontrá-lo.

— Está neste exato instante entrando pela porta — disse "o sedutor", apontando para as costas de Isidro.

— Você está procurando por mim? — indagou Toño.

— Olá. — Isidro encontrou-se em apuros novamente. — Sim. É sobre a Comissão de Novos Graus. Quando é a próxima reunião? É só que, não sei se é amanhã, e não quero perdê-la.

— Você está bem, Isidro? — perguntou Toño diante do olhar duro de Javier Fernández.

— Por que diz isso?

— Essa comissão tem trabalhado desde o começo do ano e eu não estou nela. Você já me viu em alguma das reuniões?

— Ah... é verdade! Certamente, eu troquei as bolas. Nós nos vimos na Comissão Permanente, não nessa. Sinto muito, tenho que ir — disse, saindo com pressa.

Javi "o sedutor" o deixara muito nervoso. Agora que ele sabia de seu envolvimento, desconfiava de qualquer atitude dele. Isidro entrou no carro e foi para a casa do professor de Economia da Saúde.

O endereço que lhe haviam dado correspondia a um belo chalé, embora o jardim exterior estivesse muito descuidado. Parecia que Javi não dava atenção a ele. Isidro estava bastante tenso, mais por conta dos possíveis olhares de um vizinho do que da própria casa. Ele fingiu estar caminhando. Ao passar pela entrada principal, ele se abaixou e fingiu amarrar os cadarços para observar a casa de perto. Estava tão focado que nem lhe ocorreu que, se alguém o visse, suspeitaria dessa sua atitude, já que estava usando mocassins. Na parte da frente, havia uma sólida porta, uma entrada de garagem, umas janelas grandes de vidro temperado (fechadas e trancadas) e três janelas altas hermeticamente trancadas.

— Isto é uma loucura! — murmurou, determinado a abandonar a ideia de invadir.

Antes de sair, ele optou por dar uma olhada na parte de trás. Como o chalé ficava parede a parede com o do vizinho, Isidro tinha que chegar ao fim da rua, contorná-la e voltar pelo caminho de trás. Sem pressa, para não atrair a atenção de ninguém, ele continuou em sua caminhada e se virou no final da rua. Na área de trás não havia uma rua, mas uma espécie de beco estreito formado por uma calçada de cimento sem polimento, que margeava as casas de um lado, e do outro havia algumas cercas que protegiam uma área municipal ajardinada. De início, foi difícil identificar o chalé do Javi, porque todos pareciam iguais e, na parte de trás, não havia numeração, mas a negligência do jardim foi decisiva para detectá-lo. Ele observou atentamente. A parte de trás da casa ficava em uma área muito mais silenciosa, livre do tráfego de carros e sem ruídos. No andar de baixo, havia portas grandes, como uma garagem, mas sabia que não era isso, pois não tinha como algum carro entrar ali. Poderia perfeitamente ser uma oficina. Então, seus olhos se fixaram no último andar.

Bingo! Uma janela aberta, que sorte! Ou que azar. Foi como um convite para entrar, mas não para esperar. "Vamos, vamos! Amanhã estará fechada, não pense muito", é o que a janela parecia sussurrar. Ele avaliou como armadilha o corredor da vizinhança em que se encontrava. Se o pegassem saindo, bloqueariam os dois lados e ele estaria perdido. Isidro tentou pensar depressa. Era uma pessoa muito consciencioso e nunca tomava decisões precipitadas. Além disso, era muito ruim improvisando, o que foi provado havia poucos minutos ao falar com Toño e Javi. Por outro lado, tinha que fazer isso por Marlene, devia isso a ela.

— Decide, Isidro, pense rápido e tome uma decisão! — murmurou.

Então, depois de raciocinar, tomou a decisão contrária ao seu impulso inicial. Por que Javi deixaria a janela aberta hoje e só hoje? Certamente, ele agia assim sempre, devia ser um hábito seu, talvez para ventilar a casa. Isidro só veio dar uma olhada, e essa era a única coisa que ele faria. Embora agora, sim, tivesse se enchido de outra determinação. Não seria hoje, mas entraria na casa! Voltaria outro dia ao pôr do sol. Escalar agora seria muito arriscado, qualquer vizinho podia ver. Ele saiu chateado. Sabia que teria que voltar e roubar o vídeo.

AMOSTRAGEM BIETÁPICA

Capítulo 38

É um método de amostragem por conglomerados em que, uma vez que as amostras das unidades primárias (conglomerados) são coletadas, torna-se em cada qual uma amostragem de unidades secundárias (elementos populacionais).

Naquela mesma tarde, ele planejou o ataque à casa de Javi. Se tudo corresse bem, no dia seguinte, sexta-feira, tentaria pegar o vídeo. Voltou para a faculdade, mas não para o seu escritório. Ele passou quase duas horas no carro, na garagem, esperando. Por volta das 19h30, viu Javi chegar. Apesar da escuridão e da distância entre os dois veículos, o professor de Estatística se inclinou para não ser visto. Esperou que "o sedutor" ligasse o carro e saísse da garagem. Chegou a pensar em segui-lo de perto, mas sentiu que esse era um risco que não deveria correr, então arrancou depois de um tempo, sem se preocupar em manter o carro de Javi em sua mira. Pelo contrário, quanto mais longe ele estivesse, melhor.

Cautelosamente, Isidro deu algumas voltas ao redor do pub Arco Iris, no centro de La Laguna. Ele não viu o veículo do "sedutor", mas naquela época era muito difícil estacionar por lá. Isidro decidiu ampliar seu raio de ação e circulou por várias ruas adjacentes. Repetiu o mesmo circuito várias vezes, estendendo-o um pouco mais em cada passagem, mas não viu o carro. Ele percebeu que havia se deslocado para mais de meio quilômetro do pub. Javi não era, precisamente, uma pessoa que gostava de andar muito. Além disso, a perna machucada também não ajudava. Tendo estacionado tão longe, certamente Isidro o teria visto caminhando em direção ao pub. Cansado da busca, ele se amaldiçoou, porque talvez devesse ter se arriscado e seguido de perto. Talvez o informante não estivesse certo. Javi podia ter ido direto para casa ou outro lugar, talvez um outro pub.

Ele decidiu vigiar a casa de Javi para ver se ele já tinha chegado. Passou, pela última vez, em frente ao pub e seguiu em frente. Quando virou na próxima esquina, notou algo que passara despercebido antes.

— Claro! Que burro eu fui! — disse ele. — Tenho certeza de que esta é uma das razões pelas quais ele vem a este pub!

Era a entrada de um estacionamento subterrâneo, a poucos metros do Arco Iris. Isidro deixou o carro do lado de fora, na calçada, e olhou para os dois lados, caso houvesse alguma polícia municipal. Caminhando, entrou no estacionamento, que só tinha acesso a veículos, contornando a barreira de entrada e a máquina de venda de bilhetes. O estacionamento tinha dois andares. Primeiro ele verificou o superior. Estava procurando por um Opel Astra verde. Na metade do caminho, ele o viu e checou a placa para ter certeza: era o carro de Javier Fernández.

Meia hora depois, ele estava em casa, em La Orotava, trocando de roupa. Vestiu um agasalho escuro e tênis preto. Pensou em corrigir os poucos exames que faltavam, mas quando olhou para o relógio percebeu que não tinha mais tempo. Às dez para as dez, já tinha estacionado em uma área muito próxima da casa de Javi. Ele se atreveu a descer e se aproximou da casa para verificar se "o sedutor" havia chegado. Viu todas as luzes apagadas. Ótimo! Começou a confiar em seu informante! O professor esperou dentro do carro ouvindo o rádio. Depois de um tempo, um veículo escuro se aproximou e ficou alerta. Falso alarme. Era um Mercedes azul que entrou duas casas após a de Javi. Quase todas as casas tinham luzes acesas. Ouviu um cachorro latir. Por volta de dez e quinze, ouviu os motores de outro veículo se aproximando.

— Isso soa como um Opel! — disse ele, mais como um desejo do que uma crença.

De fato, como lhe haviam dito, Javier Fernández estivera no pub Arco Iris e chegara em casa depois das dez. No dia seguinte seria sexta-feira e Isidro entraria na casa de Javi por volta das oito, quando já estivesse escuro. Ele gostaria de ter outro dia de vigilância para garantir que a janela dos fundos estivesse sempre aberta, mas não estava disposto a esperar até segunda-feira. Ele descartou sábado e domingo porque não conhecia os hábitos de Javi durante os fins de semana.

A manhã de sexta-feira foi de pouca atividade acadêmica na Faculdade de Economia. O professor de Estatística aproveitou a oportunidade para finalizar a correção dos exames e passar as anotações para a ata. Estava muito nervoso. Ele ia realizar um roubo em uma propriedade privada pela primeira vez em sua vida. Estava fazendo isso por Marlene. Não havia como voltar atrás, tinha que chegar ao fundo da questão. No último minuto, ele se aproximou da secretária para continuar ganhando tempo.

— Olá, Azucena. Você se lembra da lista que eu lhe pedi há um mês? Aquela dos estudantes de 1996.

— Sim, claro. Você me disse que eles iam fazer uma reunião. Vocês já fizeram?

— Não, mas eles farão isso em breve. Ei, preciso de informações de uma das pessoas dessa lista. Poderia encontrar para mim? Eu não sei, um telefone ou endereço pode me ajudar. Eu sei que já faz anos, mas pelo menos, tenho que tentar.

— Ok. Repita o curso e me diga o nome.

— Gérmen Escuela. Ele se matriculou em setembro de 1996. Parece que no ano seguinte não voltou.

Azucena entrou em uma sala adjacente onde os registros de matrículas antigas eram mantidos. Embora tivesse tudo organizado, levou alguns minutos para encontrar o registro acadêmico de Gérmen, mas finalmente retornou com ele. O professor notou a foto. Seu rosto não lhe pareceu familiar. Muitos anos se passaram e ele tinha visto milhares e milhares de rostos à sua frente, turma após turma.

— Aqui está. Gérmen Escuela Palencia. Eu tenho um endereço e um telefone. O que você prefere?

— Ambos. Você é um doce!

Na parte da tarde, ele foi para casa cedo e preparou o que precisava para agir: o agasalho escuro da noite anterior, sapatos pretos, luvas pretas, uma touca azul marinho (que Marlene lhe deu três anos antes) e uma pequena lanterna. Ele também pendurou uma pequena mochila nas costas, com pilhas sobressalentes para a lanterna e uma garrafa de água para se hidratar, se necessário. O objetivo da mochila era esconder a fita que estava a ser roubada, se ele conseguisse fugir da casa de Javier. Às 19h30, Isidro estacionou o carro no centro de La Laguna. Deixou sua mochila com o boné, luvas e lanterna dentro, e foi para o pub Arco Íris para garantir que Javi "o sedutor" estava lá.

Através das grandes janelas do estabelecimento, ele olhou furtivamente para dentro, mas não o distinguiu. Havia bastante gente e, se ele queria ver o professor, teria que entrar, porque ficar lá, olhando pela janela, era, no mínimo, estranho. Entrou no bar, examinando cuidadosamente todo o perímetro. Caso Javi o visse, tomaria alguma coisa antes de sair só para disfarçar. Lá estava ele, sentado em uma mesa de canto, conversando com duas pessoas. Isidro virou as costas rapidamente e saiu do pub.

Pouco antes das oito horas, ele estacionou a duas quadras ao sul da casa de Javier Fernández, paralela à principal, que margeava as residências. Ele colocou as luvas, o boné e pôs a mochila nas costas. Tremendo como uma antena de televisão no meio da tempestade, ele se dirigiu para a casa. Não passou pela entrada principal. Acessou diretamente a parte de trás do chalé. Uma vez lá, ele andou na calçada de concreto com passos irregulares. Estava tão agitado que era difícil conseguir manter o equilíbrio. Chegou a desejar que a janela estivesse fechada, a fim de encontrar um pretexto para abandonar aquela loucura.

Quando chegou à casa, o professor encontrou o primeiro problema. De longe, com a escuridão, a janela não podia ser claramente distinguida. Ele não podia dizer se estava aberta ou fechada, então tinha que escalar o muro e pular para o jardim. A cerca era um pouco mais alta que ele, então escalar não era problema, exceto pelo pânico de alguém o ver. Ao pular para dentro, o fio vibrou, produzindo um ruído fraco, mas reverberante. Um cachorro de uma das casas próximas começou a latir compulsivamente. Isidro permaneceu agachado, espreitando as janelas das casas vizinhas, mas ninguém olhou para fora. Depois de alguns segundos prudentes, ele se levantou e começou a andar. Olhou para cima e viu a janela entreaberta, mas menos escancarada que no dia anterior. A fenda tinha apenas a largura de uma mão.

A próxima fase do plano foi a mais complicada. Isidro lamentou não ter pensado cuidadosamente sobre ela. A janela estava a uns três metros de altura e precisava ser alcançada. Talvez devesse ter trazido uma corda e um gancho, embora, é claro, nem soubesse direito o que fazer com isso. Uma escada teria resolvido o problema, mas carregá-la até ali teria sido muito arriscado. Além disso, precisaria movê-la quando saísse. Ele também argumentou que, se pudesse subir, então teria que saltar três metros ao sair do chalé, o que seria inevitável.

A única opção que tinha era subir usando três pontos de apoio, apenas três, que aquela porta de metal de oficina do primeiro andar oferecia. Não seria fácil, mas tinha que tentar. Havia o trinco da porta, uma prateleira na metade superior e, finalmente, a estreita estrutura de cima que ladeava a entrada da oficina. Agarrando a prateleira, ele colocou o pé esquerdo no trinco. Tentou segurar a estrutura. Seus dedos a agarraram, primeiro com a mão direita e depois com a esquerda, assim que soltou a prateleira. Era uma posição muito desconfortável. Agora era preciso muita habilidade e sorte para levantar o pé direito para a borda. Para cima! Mas, assim que ele conseguiu subir, suas mãos escorregaram e soltaram a borda. Era muito fina para se segurar.

Desesperadamente, ele tentou se equilibrar e se segurar novamente, mas tudo o que conseguiu foi chutar com o pé esquerdo a porta de metal, causando um enorme estrondo. Isidro caiu no chão ao lado da porta, enquanto um coro de latidos alertou a vizinhança. Em meio a uma dor muito forte, ele podia ver como várias luzes estavam acesas na parte de trás da área, e duas ou três janelas se abriram. Ele permaneceu agachado, de rosto para baixo, confiando no acaso. Ouviu as janelas se fecharem devagar e esperou dois ou três minutos naquela posição. Os cachorros ainda estavam alterados.

Decidiu tentar novamente e repetiu o processo desde o início. Desta vez, ao se erguer, ele conseguiu colocar o pé direito na prateleira, enquanto os dedos e as unhas das mãos estavam pregados na madeira superior estreita da estrutura. Agora, ele teria que se levantar e agarrar a janela, o que não era fácil por causa da pequena diferença de altura. Ele encheu os pulmões de ar e empurrou todo o corpo para cima. E tocou o céu. Enquanto a mão esquerda conseguia agarrar a própria janela, fazendo com que ela se abrisse para a esquerda, a direita se segurava no trilho inferior, aderindo, sim, aos trilhos de maneira que suas mãos ficaram marcadas. Então ele se apoiou em ambas e se empurrou para dentro.

Embora Javier Fernández nunca voltasse cedo para casa, naquela noite ele não estava com vontade de ficar mais tempo no pub. O almoço não caiu bem, mas o pior era a dor de cabeça intempestiva e insuportável. Ele se despediu de seus amigos e foi embora.

Isidro estava em uma sala destinada a guardar coisas. Com a luz de sua lanterna, cuidadosamente inspecionou todos os cantos em busca de uma fita de vídeo. Continuou checando o relógio. Sabia que tinha muito tempo, mas mesmo assim queria sair o mais rápido possível. Em um canto, havia uma tábua de passar roupa apoiada e, ao lado dela, uma cesta com roupas amassadas para passar. Ele abriu todas as gavetas de uma cômoda que continha uma variedade de itens. Havia, por exemplo, uma carteira gasta, um estojo de óculos, alto-falantes antigos, uma história em quadrinhos do Capitão Trueno, uma coleção de calendários de bolso, figuras de Natal, mas nenhum vídeo. Estava fechando a última gaveta quando ouviu o barulho da porta.

Ele notou que as luzes da casa estavam acesas e seus dentes começaram a bater. Ele rapidamente desligou a lanterna. Passos lentos subiram as escadas. Ele pensou em ir até a janela, mas não teria tempo de sair. Como estava nervoso, seria pego antes de saltar, tombaria de mal jeito ou, no mínimo, haveria um enorme escândalo de tal forma que iria chegar aos vizinhos nas outras casas. Tentou manter a calma como podia. Colocou a mão em seu peito, como se com o gesto pudesse abafar o som das batidas brutais. Ficou agachado perto da cômoda e os passos podiam ser ouvidos pela porta. De repente, a porta se abriu e Isidro ficou petrificado. Javier Fernández entrou na sala e apertou o interruptor de luz, a qual cegou completamente o professor de Estatística. Como resultado do pânico, ele não teve reflexos para se esconder em lugar algum, embora também não houvesse muitos esconderijos. A voz de Javi confirmou que ele havia sido pego.

— Ei! — gritou "o sedutor".

Isidro começou a se levantar muito lentamente para evitar um confronto físico com seu colega de trabalho. Estava perdido e sabia disso. Javier iria denunciá-lo, não tinha dúvidas. Ali terminava sua aventura, sua vida com Marlene, tudo. Ainda atordoado e de pé, abriu a boca para falar, mas antes disso ouviu a voz de Javier novamente, embora desta vez um pouco mais longe!

— Ei! Ei? Eu queria falar com o Don Domingo, por favor. — Javier não estava falando com Isidro, nem sequer havia entrado no quarto para pegar o comprimido de dor de cabeça. Estava falando com alguém pelo telefone.

O coração de Isidro batia veloz, mais rápido que sua capacidade de raciocinar. Tinha que inventar algo para sair dali. Mas os passos estavam se aproximando de novo. O professor correu para o canto mais escuro da sala, ao lado da tábua de passar roupa e se abaixou, de costas para a porta. Javier, enquanto conversava, entrou na sala.

— Sim, semana que vem eu estarei nesse congresso, claro. Nós vamos nos encontrar em Barcelona, certo? Como estão seus...

Ele ouviu Javi abrir e fechar as gavetas da cômoda, como se estivesse procurando alguma coisa. Era quase impossível que não o visse. Agora estava se aproximando dele, indo diretamente para onde ele se escondia! Não! Ele parou logo antes de chegar a Isidro. Um ruído. Clique! Os passos se afastaram.

— Sim, ligo na segunda-feira. Vou tomar um banho e ir para a cama. Estou com uma dor de cabeça que não me deixa pensar claramente.

Quando Javi saiu da sala, Isidro bufou baixinho.

— Coração, não me denuncie! — sussurrou, tentando se acalmar.

Ele ouviu Javi descer as escadas.

— Agora ou nunca! — disse Isidro e atirou-se para a janela para sair dali.

O clique que ouvira foi devido, precisamente, ao fechamento da janela. Tentou abri-la sem fazer barulho. Nada. Mais uma vez a janela não cedeu.

— O que aconteceu? Vamos, não faça isso comigo!

Nada. Parecia encravada. Por mais que ele tentasse várias vezes, era impossível abri-la. Certamente, seria necessário algum movimento especial para desbloqueá-la, mas não sabia qual. Estava preso. Havia apenas duas opções: quebrar o vidro ou sair pela porta principal, se não estivesse trancada com um sistema de segurança.

— Por que eu entrei nessa merda?

Passou muito tempo vagando pelo depósito sem saber o que fazer, inquieto, morrendo de medo e temendo que Javi voltasse. Depois de alguns minutos, ele foi presenteado com a oportunidade que estava desejando. Era o som da água de um chuveiro em um aposento adjacente.

Ele se aproximou da porta com cautela e enfiou a cabeça para fora. Não havia sinal de Javi. As luzes da casa estavam acesas, o que tornava mais fácil para ele escapar. O barulho veio do quarto ao lado. Ele caminhou na direção dele, pisando na ponta dos pés e, pouco a pouco, se inclinou para fora. Sem dúvida, era o quarto de Javi. Dentro, havia um banheiro, nos fundos, com a porta entreaberta. Através de uma tela, distinguiu a silhueta do professor de Economia da Saúde no chuveiro. Era hora de fugir. Ele cruzou os dedos para que a porta de entrada não estivesse bloqueada.

Desceu as escadas que levavam ao andar térreo, sempre no mais absoluto silêncio, e foi até a porta da rua. Na sala principal, à direita, ele viu uma televisão embutida em um armário de alvenaria. Estava correndo muito risco, mas tinha que fazer uma última tentativa. Já havia ido longe o suficiente para desistir agora. Aproximou-se. Acima da televisão havia um buraco cheio de fitas de vídeo. As mãos de Isidro tremeram, com um misto desproporcional de medo (basicamente) e adrenalina. Estava pegando as fitas uma a uma. Elas foram organizadas em três fileiras. Ele checou toda a fileira externa e não encontrou o que estava procurando. Quando estava checando a segunda fila, tentando pegar os vídeos enquanto colocava de volta o que havia pego para não as desordenar, as torneiras de água se fecharam. Javi havia terminado o banho e ele tinha que se apressar!

Ele pegou todos os vídeos na primeira fila, como se fosse um acordeão, e depositou-os com muito cuidado no chão para economizar tempo. Fez o mesmo com os da segunda fila para, assim, inspecionar os que estavam faltando fora do buraco. Se a fita não estivesse lá, seria mais fácil inspecionar a linha interna. Mas seus nervos o traíram. Cerca de quinze fitas de vídeo, que formavam a linha do meio, escorregaram de suas mãos e, com um estrondo alto, caíram no chão.

— Quem está aí? — A voz de Javi era clara. Os ruídos da sala no andar de cima aumentaram de intensidade.

Sem tempo a perder e sem esconder sua intrusão, porque não fazia sentido, pegou o resto dos vídeos (os da terceira fila) e espalhou-os pelo chão. Com as mãos vibrando como um diapasão, ele os separava para os lados, para que não ficassem empilhados e tivesse mais campo visual. Entre todos, um adesivo vermelho chamou sua atenção. Lá, ele podia ler "Amistoso de Futebol Mauritânia-Espanha". Desajeitadamente, pegou a fita e conseguiu inseri-la na mochila. Ouviu Javi gritar e sentiu seus passos se aproximando. Com isso, correu para a porta. Estaria trancada? Isidro moveu a maçaneta, mas não abriu. "Maldita seja!" Ele olhou para trás. A sombra de Javi se aproximando da escada foi a última coisa que ele viu dentro da casa. Ele virou uma fechadura para a esquerda e finalmente a porta se abriu.

Uma vez lá fora, ele correu pelo jardim em direção à cerca da entrada principal. Os cães do bairro ficaram furiosos de novo e o professor teve a sensação irreal de tê-los praticamente em seus calcanhares. Chegou ao portão, mas era muito mais alto que o dos fundos. Ouviu Javi gritando na porta, atrás dele. Esperava que não o reconhecesse. Era improvável, já que Javi estava vendo um ladrão, de costas, com roupas de camuflagem. Subiu a cerca com grande dificuldade. Alguns vizinhos se aproximaram e gritaram.

— Ligue para a polícia, Maria!

Isidro correu e correu até o começo da rua, sem olhar para trás. Atravessou a perpendicular e entrou na paralela onde havia estacionado. Entrou no portão aberto de uma casa tentando esperar a situação e seu coração se acalmar. Deixou um pouco de tempo passar. Ninguém apareceu. Ele tinha que sair rapidamente antes da chegada da polícia. Partiria na direção do Monte de Las Mercedes, porque, se pegasse a estrada que o levaria ao centro de La Laguna, cruzaria com a patrulha que, certamente, já devia estar a caminho. Andou com urgência até o seu carro. Quando estava prestes a entrar, ele teve uma surpresa desagradável.

— Pare! Coloque as mãos na nuca muito lentamente e incline-se para o carro!

Isidro obedeceu. Seu estômago estava totalmente revolto, mas sua vergonha freou o enjoo. Ele não se atreveu a virar quando o revistaram e pegaram sua mochila. Um carro escuro se aproximou, eles abaixaram sua cabeça e o colocaram dentro. O carro começou a andar e se afastou de lá.

Quando Isidro estava prestes a abrir o veículo, acreditava estar totalmente seguro. Ele havia apreendido o conglomerado, um vídeo que, supostamente, lhe daria informações precisas sobre as características desconhecidas da população em análise. Mas ele não contava que, às vezes, a amostragem por conglomerados é realizada em dois ou mais estágios. A irrupção daqueles personagens o pegou de surpresa. O segundo estágio de sua provação só havia começado.

AMOSTRAGEM DE ACEITAÇÃO

Capítulo 39

É um método amplamente utilizado em Auditoria e Controle de Qualidade. Consiste em aceitar (ou rejeitar) uma população de bloco sujeita a estudo de acordo com sua qualidade.

Sara estava descansando na cama em seu quarto. Ela quase cometeu o maior erro da sua vida. Não por ela, porque achava que sua vida não valia nada, mas iria seguir em frente com o filho de Agustín, porque era a única saída que via para libertar o jovem daquele fardo injusto que ela, e só ela, o havia condenado a suportar. Tudo começou por causa de Luis. Eles tinham uma vida confortável. Luis ganhava muito dinheiro e eles viviam bem. Mas ela estava realmente apaixonada por Luis? O que tinha visto nele? No último ano da graduação, eles já estavam namorando, sim, mas nessa idade, Sara conhecera alguns poucos garotos, então ela nunca teve um critério para comparar o relacionamento dos dois com outros. Embarcou na relação sem pensar muito, aceitando a vida que estava à frente sem condições, sem abordagens profundas relacionadas a sentimentos. Mesmo assim, sempre acreditou que eles pareciam o casal perfeito, aquele que nunca era destruído.

Agora, Luis não estava mais cuidando dela nem de Agustín. Ele cuidava de outra, de Rebecca. De Rebecca e da filha dela. Sara só queria que Luis fosse honesto o suficiente para não deserdar seu sobrinho. Ela não queria nada para si mesma, mas queria se assegurar de que a seu amado nunca faltasse nada. É por isso que nunca diria a Luis que o filho que estava esperando era do sobrinho dele. Quanto a Agustín, ela tinha que deixá-lo viver sua vida. Não tinha forças para mantê-lo e, além disso, seria injusto. Agustín era muito responsável e gostaria de assumir a paternidade da criança, mas Sara não consentiria. Se fosse necessário, iria para longe, onde ele não a encontrasse. Agora, o jovem estava de volta em casa cuidando dela. Sara sabia que ele o fazia por compaixão e, não, por amor.

O telefone freou seus pensamentos. Nunca poderia imaginar receber essa ligação.

— Alô?

— Oi, Sara. Sou eu, Rebecca.

Por alguns segundos, ela se sentiu confusa. Pensou que tivessem confundido o número, mas que alguém tinha o mesmo nome que ela. Finalmente, convenceu-se de que era a voz da secretária de Luis.

— Como se atreve a me ligar?

— Eu queria saber como você estava.

— Você realmente se importa? Eu não acredito, pelo amor de Deus!

— Ouça, Sara. Nós mal nos conhecemos. Você não sabe nada sobre mim e nem eu sobre você, exceto o pouco que Luis me disse. Mas, olhe, se você está procurando por inimigos, culpe a ele e não a mim. Eu não o "roubei" de você, isso seria uma abordagem sexista. E tomar a decisão que você tomou, por causa de um homem, não faz nenhum sentido. Considero um ato de covardia da sua parte.

Rebecca, como Luis Figueruela, acreditava que a tentativa de suicídio de Sara tinha a ver com eles. Essa versão era confortável para Sara. Não queria imaginar que eles sabiam de seu relacionamento com Agustín, muito menos sua gravidez.

— Talvez, Rebecca, mas, de qualquer forma, acho que não temos nada para conversar — respondeu Sara.

— Bem, acho que sim. Olha, meu relacionamento com Luis nunca foi um caso típico — disse Rebeca.

— Que quer dizer? Existe um relacionamento típico nesses casos?

— Eu acho que sim. Quando alguém deixa o parceiro por outra pessoa, geralmente é por amor ou por paixão desenfreada. Mas no nosso caso não foi exatamente assim. Luis sempre me tratou muito bem, é verdade. Ele me contratou para sua empresa assim que me conheceu e nunca me faltaram flores nem presentes da parte dele. Ele sempre foi carinhoso comigo, me levou para comer nos melhores restaurantes e viajamos para lugares encantadores.

— Bem, Rebecca! Você o acompanhou em suas supostas viagens de negócios, mas, sendo sua secretária, isso não me surpreenderia, certo? O que você pretende? Me causar inveja? É um pouco tarde para isso!

— Não, Sara, desculpe. O que eu quero dizer é que tenho uma filha. O nome dela é Fiona. Bem, quando Luis e eu começamos nosso relacionamento, ela ainda era uma menina. Quer dizer, ela não tinha ainda se desenvolvido, mas agora é uma moça. Você sabe, seus seios cresceram e ela teve sua primeira menstruação. Ela é uma garota muito atraente para a idade dela.

— O que está querendo dizer, Rebecca? — perguntou ele, apavorada.

— Não quero insinuar nada, Sara. Eu não tenho certeza. É por isso que estou ligando. Você o conhece melhor que eu. Luis já não é mais o mesmo. Eu sou mais velha do que ele, e nisso o nosso relacionamento não é, mesmo, um dos mais típicos. Agora, eu pareço velha e talvez ele também me veja assim. Minha filha está começando a se tornar uma mulher. Luis... eu o vejo cada vez mais ciumento com as coisas dela. Ele tenta controlar a vida social dela ele não suporta que ela ande com garotos, e eu... eu juro que ele olha para ela lascivamente, embora ele tente esconder isso.

— Não sei o que dizer, Rebecca. Você está realmente me preocupando.

— Além disso, a atitude dele em relação a mim está se tornando mais agressiva. Quando tento me aproximar e tento um contato físico com ele, fico com a impressão de que causo asco nele. Estou com muito medo.

— Por que você não o bota para fora da sua casa? Você tem medo de perder seu emprego?

— Bem, talvez eu esteja vendo coisas que não existem. Primeiro, quero ter certeza. O pior é que há alguns dias insinuei que nosso relacionamento não poderia continuar assim e que era melhor terminar. Você sabe o que ele disse? Que seria capaz de me arruinar, que ninguém iria me contratar e que ele ficaria com a custódia de Fiona. Eu comecei a tremer.

— Ouça, Rebecca. Dada a nossa situação, não sou a melhor pessoa para lhe aconselhar. Mas você deve ter muito cuidado com essas coisas. Um crime de pedofilia em sua casa traria danos irreversíveis. Acima de tudo, você tem que proteger sua filha.

— Pelo que você me diz, entendo que você, que conviveu com Luis por tantos anos, acredite que tal coisa poderia acontecer.

— Não, a princípio, não acho que ele seria capaz de algo assim. Mas sou bastante pragmática e nunca rejeito nenhuma possibilidade. Tenha cuidado e tente dar passos firmes. Eu não posso lhe aconselhar mais nada, Rebecca.

— Você sabe o que é mais triste? Fiona está percebendo. Ela diz que Luis está assediando ela, que não a deixa sozinha. Outro dia, Luis disse a ela que não queria vê-la de novo andando com tantos caras, porque ela parecia uma cachorra.

— Ele disse essas palavras para sua filha? — perguntou Sara, muito surpresa.

— Sim. Foi o que ela me disse.

— Eu aconselho que você a leve para longe de Luis antes que seja tarde demais.

— Obrigada por me ouvir, Sara.

Rebecca desligou. Sara não sabia por que a mulher ligou. Seria para receber conselhos, pedir-lhe uma opinião, sabendo que ela conhecia Luis, ou simplesmente para alguém escutar seus lamentos? Ela se lembrou de um episódio de sua juventude que havia escondido no fundo da memória. Quando eles estavam no primeiro ano da graduação, ela rejeitou Luis. Ele lhe causava uma repulsa enorme, era um verdadeiro tarado. Ele se dedicava a insultar a nerd da turma, Silvana Amanca. Ele a chamava de "sudaca". Sara detestava essa zombaria e odiava Luis.

Por que ela se apaixonou por ele?

ಌ

O carro estava indo em alta velocidade pelas ruas de La Laguna. O professor era escoltado por dois indivíduos com toucas ninjas. Os dois na frente também tinham seus rostos cobertos. Pensou que eles eram policiais ou atores em um filme de terror. Mas, se eram policiais, por que ainda tinham seus rostos cobertos?

— Posso perguntar?

— Cale a boca! — disse o indivíduo à sua direita.

Ele começou a ter medo de verdade. Passou pela sua cabeça que tudo parecia uma organização macabra relacionada à Salka, mas não compreendia seu alcance. O veículo diminuiu a velocidade e entrou numa rua onde havia uma delegacia de polícia. Não sabia se isso era bom ou ruim para ele. Pelo menos, se fossem policiais, não ia morrer naquela noite. O carro passou direto pela delegacia e, a poucos metros de distância, o motorista deu a seta, e com um controle abriu uma escotilha de um tipo de depósito. O veículo entrou e eles fizeram Isidro sair do carro.

Era uma área razoavelmente grande, com muito espaço vazio. Em uma das paredes laterais, estendia-se uma longa fileira de mesas, que pareciam colegiais, nas quais ficava uma quantidade exagerada de computadores. Era como uma espécie de sala de operações. Havia prateleiras cheias de vários pertences como câmeras, armas de fogo, uma espécie de uniforme, muitos documentos... Isidro parecia distinguir, em alguns papéis, o carimbo da polícia, mas não tinha certeza. Havia mais três caras sentados à frente de um computador. Todos com toucas ninjas. Um deles fez um gesto com a mão para que os recém-chegados se aproximassem. Eles levavam o professor a sua frente.

Aquele suposto chefe os observou de perto por alguns segundos. O professor chegou a acreditar que já havia visto seus olhos antes, mas concluiu que eram pensamentos derivados do terror. Um dos homens encapuzados enfiou a mão na mochila, retirou a fita de vídeo e passou para o líder, que foi embora com ela. Depois de um tempo, ele se aproximou novamente, carregando uma faca, na direção de Isidro. Ele sentiu que sua hora tinha chegado. Talvez ele morresse e, se isso acontecesse, nunca saberia por quê.

A faca não era para ele. Com grande habilidade, o homem deslizou-a pela lateral da fita de vídeo dividindo-a em dois. O interior, em vez de exibir um rolo preto, continha um pó branco dentro de dois sacos. Isidro ficou sem fala com espanto. O chefe e dois outros homens encapuzados foram até uma das mesas, abriram um dos sacos e testaram o material. Alguns segundos depois, voltaram para o professor. A um gesto da cabeça, os dois capangas levaram Isidro para a porta, abriram-na e o lançaram no meio da rua no frio e no meio do nada. Ele ia ser baleado pelas costas? Andou devagar, indo embora e confiando seu destino ao acaso. Mas nada aconteceu.

Seu carro estava estacionado nos subúrbios, perto da casa de Javier Fernández, então ele pegou um táxi e foi para casa. Ele o pegaria de volta pela manhã, porque agora, suspeitava, estaria cheio de policiais.

Enquanto isso, dentro da sala de operações, o chefe da Brigada de Polícia Antidrogas discutia com sua equipe, todos com os rostos expostos.

— Talco em pó, nada menos.

— Talco? Como é possível? Parecia bom e o cara saía da casa do intermediário.

— Há outra coisa que eu não entendo, chefe. Por que nós o largamos sem lhe dar uma explicação? E se denunciar abuso de autoridade ou declarar que não lemos os seus direitos? O que vai acontecer?

— Você não viu como ele estava com medo? É um simples correio. Eu tenho a impressão de que "o coxo" suspeitou de algo, você sabe que ele é muito inteligente. Talvez tenha pensado que o correio era um infiltrado da nossa equipe e o enganou com pó de talco. Mas o correio achava que estava carregando cocaína! Então ele deve estar tão confuso agora que deve achar que hoje é seu aniversário e que poupei a vida dele. Não, Sanchez, garanto-lhe que não vai denunciar ninguém. Ele já estava se vendo atrás das grades e agora ele renasceu.

— Devemos vigiá-lo?

— O correio? Não, não vale a pena, nem é nossa meta. Fique de olho no "coxo", mas teremos que ser mais cuidadosos agora que ele suspeita que estamos fechando o cerco.

No sábado de manhã, depois de recuperar o carro, Isidro, de fato, achou que havia renascido. Sua decepção por ter sido deixado sem explicações tinha sido compensada por sair ileso daquela sexta-feira, 21 janeiro de 2011, talvez o dia mais estressante de sua existência, comparável em intensidade apenas com o dia do acidente de Marlene, mas com uma dose de ação que não desejava repetir. Tinha dois dias até sua reunião com Silvana e agora ele via as coisas com mais calma, já que, pior do que a sexta-feira, não podia ficar. Pegou o telefone e ligou para o antigo número de Gérmen, sem muita esperança de obter resultados. Era um telefone da Candelária, ao sul da ilha. No terceiro toque, responderam.

— Sim?

— Olá, bom dia. Desculpe o incômodo. Eu estava tentando localizar a família de um ex-estudante universitário chamado Gérmen Escuela. Eu tenho aqui esse número, não sei se está correto.

— Eu sou irmão dele, mas Gérmen morreu há muitos anos.

— Sim, eu sei — disse ele, com sua pulsação buscando seu próprio ritmo. — Meu nome é Isidro Léon, eu fui professor dele. Olha, a Faculdade de Economia está organizando uma espécie de homenagem aos ex-alunos e planejamos dedicar uma seção especial para homenagear aqueles que não estão mais entre nós. Seria possível entrevistar você para me dar algumas informações sobre o seu irmão?

— O que você quer saber? Meu irmão esteve na faculdade por apenas um ano, e ele trancou quase todas as disciplinas. Não entendo que interesse eles podem ter nele.

— Bem, senhor... Escuela... como disse que se chama? Posso chamá-lo de "você"?

— Não disse. Meu nome é Antônio. Olha, meu irmão não era exatamente uma freira para alguém querer homenageá-lo, então eu gostaria que o deixassem de lado para evitar más lembranças do passado que poderiam constranger a família.

— Não se preocupe, Antônio. O ato só listará alguns nomes de passagem e apenas mencionará o lado positivo de cada um. Além disso, você não precisa comparecer, nem é uma homenagem personalizada ao seu irmão, mas gostamos de ser muito meticulosos na preparação dos perfis dos ex-alunos.

— Olha, estou muito ocupado. Não acho que seja uma boa ideia encontrar você. Me desculpe, mas não quero lembrar daqueles anos. Adeus!

— Nossa! Não sabe o quanto eu sinto muito. Isso teria sido muito importante para nós. Você pode, pelo menos, responder a uma pergunta pelo telefone?

Antônio pareceu pensar no assunto. Finalmente, concordou.

— De acordo. Manda ver.

— Eu gostaria de saber como ele veio a falecer. Na faculdade houve rumores na ocasião que colocavam Gérmen em maus lençóis, e nosso objetivo principal é o de preservar o bom nome dos nossos ex-alunos e, por extensão, o da universidade.

— Que tipo de rumores? — perguntou, surpreso, ante a armadilha estrategicamente colocada por Isidro.

— Não me lembro bem, mas acho que se falava de drogas e também de uma viagem à Colômbia — mentiu para provocá-lo.

— Isso é besteira! As pessoas inventam histórias quando não sabem de nada e não têm mais nada para fazer.

— Então, o que aconteceu? — perguntou Isidro.

— Meu irmão foi esfaqueado num beco isolado. Certamente ele passou por um lugar inadequado no pior momento. Eu nem acho que foi uma briga de rua, porque Gérmen não carregava armas para se defender. Pelo menos, a polícia não encontrou nenhuma.

— Por que eles o mataram?

— A versão oficial é que, certamente, eles o confundiram com outra pessoa, já que também não lhe roubaram nada. Ele ainda estava com a carteira com dinheiro dentro quando foi transferido para o hospital.

— Perdoe a dureza da minha pergunta, sr. Escuela, mas não poderia ser algum ajuste de contas por questões de drogas?

— Não, não é provável. Meu irmão não era um traficante, posso lhe garantir. Não estou dizendo que não usou drogas várias vezes, mas nossa família estava bem e tínhamos dinheiro suficiente para pagar pelos nossos vícios. Eu conhecia Gérmen muito bem e garanto-lhe que não foi isso. Além do mais, ele estava viajando quando foi esfaqueado, de maneira que não conhecia ninguém com quem pudesse arrumar briga por drogas. Foi um simples golpe de má sorte.

— Muito obrigado pela sua ajuda, Antônio.

Isidro chegou à conclusão de que a conversa não lhe traria nada de importante. Teria gostado de saber mais da personalidade do irmão, que foi apelidado de "neonazista", mas Antônio havia deixado claro que não iria se encontrar com ele, e parecia bastante desconfortável falando ao telefone. Quanto ao período que passara na universidade, o irmão provavelmente não sabia com quem esteve relacionado, ou se conhecia uma africana da turma chamada Salka.

— Não há de quê, senhor.

— León. Isidro León. — Ele estava prestes a desligar quando outra pergunta lhe ocorreu. — Por curiosidade, onde seu irmão morreu?

— Em Montpellier, na França.

Os alertas ecoaram em sua cabeça. Ele tinha ouvido corretamente?

— Você disse Montpellier?

— Sim, é uma cidade no sul da França.

— Quando foi o assassinato do seu irmão? Nós não temos essa informação. Nós gostaríamos de saber quando aconteceu.

— Foi no Natal de 1997. Meu irmão tinha ido para lá nas férias.

— Desculpe-me pela minha insistência, sr. Escuela. Você tem família em Montpellier? É um pouco estranho passar o Natal em outro país, a menos que alguém esteja esperando por você.

— Nós não temos nenhum familiar lá. Meus pais também estranharam essa viagem improvisada, mas Gérmen era um jovem de impulsos. Ele enfiou na cabeça que queria visitar o sul da França e lá foi ele.

— Por que precisamente Montpellier? — insistiu Isidro.

— Montpellier, Marselha, Bordeaux? Qual a diferença? Sabe o que mais? Você faz perguntas muito estranhas! Ele foi para o sul da França! Foi visitar cidades diferentes e acabou morrendo nessa aí! Algo mais? Estou ficando cansado da direção que esta conversa está tomando!

— Não, nada. Obrigado novamente por sua paciência. Foi de grande ajuda.

Na amostragem de aceitação, há uma representação gráfica, a Curva de Característica de Operação, que coleta as probabilidades de aceitação dos "lotes" ou populações de acordo com sua qualidade. O que é desejável em um plano de amostragem é que "lotes bons" são "muito aceitos" (alta probabilidade de aceitação) e que "lotes ruins" têm uma baixa probabilidade de aceitação. Em menos de vinte horas, Isidro enfrentara lotes de ambas as qualidades. Ele tinha caído na armadilha do telefone que colocou um lote de baixa qualidade (vídeo) em suas mãos, e ele aceitou. Em Estatística, se você aceita um lote inválido, é muito complicado corrigir, porque não é fácil detectar o erro depois de confirmado. Desta vez, ele poderia se considerar sortudo por ter visto com seus próprios olhos o que estava na fita. O professor não encontrava uma explicação lógica para terem deixado ele ir.

Agora, no dia seguinte, estava prestes a rejeitar um bom lote: as informações que Antônio Escuela lhe transmitira no último momento. Também por um golpe de sorte ele não as deixou escapar. Sabia que a visita de Gérmen a Montpellier não poderia ser resultado do acaso, não era um destino turístico escolhido ao acaso. Ele estava convencido de que tinha ido ver Salka. Os personagens do mistério voltavam a se cruzar novamente em outro espaço, embora ele não tivesse ideia do que consistia o jogo. Mas Isidro encontrou algo importante, ele tinha certeza disso.

TEORIA DA ESTIMAÇÃO

Capítulo 40

A teoria da estimação tenta aproximar um valor para um parâmetro desconhecido de uma população a partir dos dados fornecidos por uma amostra.

Decidiu nessa mesma manhã. Ele estava exultante, sabia que estava dando passos à frente. Só que eram passos sem curso fixo, quase improvisados, embora não os improvisasse, mas, sim, o seu próprio destino. Como havia imaginado, o caminho em si estava abrindo sulcos enquanto avançava. Então, era hora de visitar sua esposa. O que Isidro não podia suspeitar era que ele estava sendo vigiado. E seu vigilante aguardava o momento em que o professor desse esse passo para mover sua peça no jogo. Finalmente, o sr. León decidiu!

A entrada no hospital continuava a gerar um estranho sentimento familiar, mas agora também lhe causava saudade, porque já fazia alguns dias que ele não colocava os pés naquelas instalações. Não sabia se seria bem recebido. Por volta das três da tarde, apareceu diante dela. Estava sozinha porque, normalmente, sua família não retornava antes das cinco.

— Olá, querida — disse da porta.

Marlene, espantada, olhou para ele.

— Olá — respondeu. — Como vai?

— Bem. Eu não quero te incomodar. Venho apenas para ouvir sua voz, ver seu rosto e saber como você está. Três em um — brincou.

— Obrigada pelo seu interesse — disse ela, como se estivesse falando com qualquer visitante. — Estou muito melhor. Eu quase posso sentar e tenho sensibilidade suficiente nas minhas pernas. Elas não conseguem se mover sozinhas ainda, mas eu consigo controlá-las, com minhas mãos, e as sinto vivas. Isso também me faz sentir mais viva.

— Isso significa que emocionalmente tudo corre bem? — perguntou Isidro com dupla intenção.

— A evolução física me anima, mas é complicado que sua felicidade dependa de outra pessoa — respondeu ela.

— Bem... eu não quero que falemos sobre nós, e acho que você também não. Não é a hora e não levaria a lugar nenhum. Como estão seus pais?

— Bem, eu descobri o que meu irmão fez. Eu espero que você o perdoe. Essa não é a melhor maneira de consertar as coisas. Fiquei muito brava com ele quando ele me contou.

— Eu não sei se é a melhor maneira, mas é o que saiu da alma dele. Eu teria feito a mesma coisa no lugar dele. Quero dizer... se eu achasse que alguém estava machucando você de propósito. Mas você sabe que não é assim. Tudo isso é reduzido a dois cenários possíveis, Marlene, o seu e o meu. O meu determina que, o que estou fazendo, eu faço por você, mesmo que não possa explicá-lo. Segundo sua maneira, seu marido está doido. Seja qual for o correto, ambos excluem danos intencionais. Eu me conformo em aceitar isso.

— Sim, mas você já está começando a falar sobre o tema.

— É verdade, me desculpe. Quero te pedir algo. Suponho que nós teremos que sentar e conversar sobre o nosso relacionamento algum dia, mas, enquanto isso, posso vir aqui, de vez em quando, para saber como sua evolução está indo? Ou pelo menos, você poderia falar comigo no telefone?

— Bem...

Naquele momento, a voz da pessoa que seguia o professor ressoou da porta do quarto.

— Aqui estou eu de novo, chegando pelo seu apelo emocional, seu admirador número um, linda e atraente Marlene.

A voz chegou a Isidro por trás. Quando ele se virou, ficou petrificado. Num exercício de cinismo e provocação, lá estava ele, sorrindo e carregando um buquê frondoso de flores de tamanho enorme. Julio Domínguez. Vendo que a visita que acompanhava Marlene era seu marido, Julio fingiu estar assustado e preparado para partir.

— Desculpe-me, é melhor eu voltar outra hora.

— Não — disse Marlene —, entre.

Já era tarde demais. O professor se lançou para cima de Julio, agarrou-o com força pela lapela e o buquê de flores caiu no chão, sendo pisoteado por ambos antes da luta. Isidro, furioso, levou Julio para fora do quarto.

— Não faça isso, Isidro! — Marlene chorou desesperadamente, apertando a campainha de chamada. — Por favor, pare com isso!

Mas Isidro não escutou os apelos. Ele esmagou sua presa contra a parede do corredor do hospital e olhou para seu rosto.

— O que você está fazendo aqui, seu filho da puta? Não se aproxime dela novamente! — ameaçou, seus olhos cheios de raiva.

Julio manteve o olhar, desafiando-o com impudência, com um sorriso provocador malévolo que conseguia seu objetivo: deixar Isidro nervoso. O professor soltou a lapela e, com a mão esquerda, socou-o com força na boca do estômago. Julio dobrou ao meio. Ao redor dele, a comoção foi total. Três enfermeiras tentaram acalmar Isidro com palavras, mas foi inútil.

— Ouça bem — disse Julio, ofegando pelo golpe que recebera e sussurrando, de modo que apenas Isidro pudesse ouvi-lo. — Naquela noite, peguei a linda mão de sua esposa enquanto ela estava morrendo. Eu poderia decidir se ela vivia ou se a deixava morrer como uma porca.

O professor deu-lhe um segundo soco que atingiu totalmente o olho de Julio, fazendo com que sua cabeça fosse esmagada contra a parede. Então, dois seguranças o seguraram e os separaram. Ele não resistiu. Aprendeu que isso só serviria para agravar ainda mais as coisas.

— O que está acontecendo aqui? — gritou um homem de paletó e gravata, parecendo mais um político do que um médico.

As enfermeiras apressadamente tentaram relatar o que aconteceu, mas foi um dos funcionários da segurança que melhor explicou que o detido havia espancado o homem que estava ofegante perto da parede.

— Eu sou o gerente deste hospital, senhor.

— Domínguez. Julio Domínguez — respondeu ele.

— Bem, venha comigo ao meu escritório e me conte tudo o que aconteceu. Vocês, chamem a polícia! — disse ele, dirigindo-se ao pessoal de segurança.

— Senhor, não precisa ligar para ninguém. Eu não quero registrar uma queixa — disse Julio.

— Você é um imundo! — gritou Isidro.

— Tirem ele daqui! Esperem por mim na sala da Gerência — disse o gerente. Então ele se virou para Julio. — Talvez você não queira, sr.

Domínguez, mas o hospital quer. Esses episódios devem ser cortados pela raiz porque danificam nossa imagem.

— A queixa é o que pode danificar sua imagem. Ouça, não vou denunciar este bom cidadão, cujo único crime é sofrer pela dor de sua amada esposa. — Isidro, ao ser liderado pela segurança, ouviu, incrédulo, a prepotência de Julio. — Eu acidentalmente a atropelei e ele não superou o acidente. Acabei de me desculpar, mas entendo sua reação. Eu imploro para deixá-lo em paz.

— Então, sr. Domínguez, é você quem não deveria ter vindo. Eu acho que tem sido uma tremenda imprudência da sua parte — disse o gerente.

— O senhor está certo, mas, acredite em mim, eu não teria feito isso se a esposa desse homem, que eu atropelei, não tivesse me chamado. Por isso estou aqui. A propósito, ela ficará bastante nervosa e não saberá o que aconteceu. Do quarto em que está, ela só deve ter ouvido gritos e socos. Deveriam tentar acalmá-la.

O gerente sinalizou a uma das enfermeiras para cuidar de Marlene.

— É melhor você ir, sr. Domínguez.

— Eu vou, mas devo uma desculpa à senhora. Além disso, ela queria falar comigo. Mesmo assim, depois do que aconteceu, prefiro não entrar nesse quarto, a menos que ela insista. Eu gostaria que você falasse com a senhora Marlene e depois me avisasse se eu deveria sair ou entrar. Estou um pouco confuso.

O gerente do hospital ficou conversando com Marlene por vários minutos. Quando ele saiu, Julio tinha uma bolsa de gelo descansando em seu olho.

— Você está bem? Tem certeza de que não quer que notifiquemos a polícia? — perguntou o gerente, contrariado.

— Não. Estou bem.

— De qualquer forma, vou falar com o marido. Vou recomendar que ele respire fundo ou não terei escolha senão impedi-lo de acessar o hospital. Se não se acalmar, vou denunciá-lo. Você pode entrar, a senhora está esperando por você.

— Meu Deus! — exclamou Marlene quando viu o rosto de Julio. — O que esse selvagem fez com você?

— Nada que não merecesse pelas minhas mesquinhas, embora involuntárias, ações.

— Mesquinhas? Essa palavra não é apropriada! Isidro foi quem cometeu o único ato desprezível.

— Não se preocupe com seu marido, Marlene, você pode ficar calma. O hospital insiste em denunciá-lo, mas não pretendo fazê-lo. Além do mais, eu tive que convencer o gerente a não fazer isso também. A vida é cheia de coincidências e encontros fortuitos. É a terceira vez em poucos dias que eu topo com ele. Eu não o machuquei antes e não vou fazer isso agora. É algo que eu devo a você para limpar minhas falhas.

— O que você quer dizer com "a terceira vez"? Eu entendi que depois do acidente houve um episódio parecido, mas...

— Não... desculpe, fiquei confuso. Estou um pouco nervoso, só isso.

O rosto de Julio mostrou que ele estava escondendo alguma coisa. Marlene prometeu a si mesma que não o deixaria sair dali se não arrancasse a informação dele.

— Acho que devo ir embora. Vou colocar mais gelo no olho quando sair. Ah! As enfermeiras desta ala são muito gentis.

— Não, eu não quero que você saia.

Julio ainda estava colhendo sucessos. A mulher que ele bateu com seu veículo fala com ele usando o "você".

— Por quê?

— Suponho que lhe devo desculpas. Eu tenho pesquisado o que você tem feito por mim. Você não deveria ter se incomodado tanto.

— Escute, Marlene, não foi problema algum, acredite em mim. É minha obrigação.

— Não, não é. Você poderia ter se retirado discretamente. Preocupar-se comigo causou episódios como este. Sei que Isidro está muito nervoso com o que aconteceu, mas isso não justifica o comportamento dele. Aprecio que você não faça uma queixa contra ele. Se você realmente soubesse por que ele reage assim...

— Por quê? O que você quer dizer, linda Marlene?

— Não... nada. — Marlene pensou que ele tinha acabado de estragar tudo. Julio poderia se sentir culpado por outra coisa de que ele não era diretamente responsável.

— Não vou sair daqui até você explicar sua reação — prometeu Julio.

— Ok! Mas, em troca, você me contará sobre seu segundo encontro com Isidro. Porque hoje foi o terceiro, estou errada?

— Você não pode fazer isso comigo, Marlene. Não pode! — lamentou Julio, gritando e levando a mão direita, teatralmente, até a testa.

— Você tem que me dizer. Se você não fizer isso, também não direi nada.

— Ok, talvez você esteja certa, mas é muito desagradável. Talvez estejamos falando da mesma coisa, porque é o que eu acho que é o motivo de sua reação ilógica — disse Julio. — Você começa.

— Olha, Julio, estou totalmente convencida, e meu psiquiatra também, de que Isidro ficou louco. Talvez tenha sido algo sutil no início e ninguém percebeu. De onde estou, logicamente, não consegui detectar. Tudo isso foi superado e agora chegou a alguns extremos dos quais será muito difícil retornar. Ele não quer se submeter ao tratamento porque se recusa a acreditar em sua própria loucura. Cada dia que passa implica uma diminuição na probabilidade de recuperação.

— Uau! Você me deixa pasmo. Eu não esperava por isso, Marlene. Tem certeza do que você diz?

— Eu sinto que isso pode afetar você, Julio. Mas o dr. Brouwer, meu psiquiatra, diz que essas coisas não acontecem por causa de uma notícia chocante, como ser atingido por um carro, então não se sinta responsável. O que acontece é que esse tipo de notícia pode acelerar o desenvolvimento desse tipo de patologia.

— E esse médico não tem dúvida? Pode haver outras explicações. Talvez eles não tenham considerado mais possibilidades...

— O que quer dizer? A única alternativa é a do meu marido: uma romanesca conspiração em que o protagonista, ele próprio, está prestes a desmantelar um clube de maus alunos que descobriu através de uma carta.

— Você disse uma carta? — perguntou ele, intrigado e alerta.

— Sim. Sua existência é a única parte real, e Isidro espera que ela sustente o restante da fábula. Mas o filme que está dirigindo, estrelando e produzindo parece que vai terminar em um fim trágico para seu protagonista. O tempo corre contra ele.

— O que essa carta contém? De quem é?

— Quão importante é isso, Julio? — perguntou ela, surpresa. — Você está sabendo de algo que eu não sei? Você disse que pode haver outra explicação. A conspiração?

— Ah, não! Me desculpe, foi pura curiosidade. Outra opção é... esquece isso.

— Quem é você, Julio? Em que você trabalha? Você sempre fala de uma maneira estranha, poética ou misteriosa.

— Eu sou vendedor de livros.

— Você vende livros? Que tipo de livros?

— Todas as variedades. De bíblias a álbuns de adesivo. Garanto-lhe que sou um bom vendedor. Eu tenho um enorme poder de convencimento.

— Eu não sei por que não me surpreende! — Marlene riu. — Olha, tem algo muito especial sobre o que eu queria falar com você. É muito importante que eu lhe diga.

— Do que se trata?

— A noite do acidente. Eles me contaram sobre o seu comportamento. Lembro-me muito bem do contato da minha mão com a sua. Naquele momento, pensei que fosse morrer. Mas sua mão foi o que me manteve nesta vida, estou convencida. É algo de que vou lembrar enquanto eu estiver viva.

Marlene, infectada pela lágrima que escorregou pela bochecha de Julio, também chorou. Ele pegou as mãos dela sem dizer nada.

— Bem, Julio. Agora é sua vez de falar. Como foi seu segundo encontro com Isidro?

— Bem... eu sinto que lhe conheço por toda a minha vida e que posso confiar em você completamente. Vou lhe dizer uma coisa, mas tem que me prometer que vai manter isso em segredo.

— Ora, Julio, você sabe que vou. Me diga.

— Acho que pode haver outra explicação para o comportamento do seu marido. Não é muito equivocado, pois pode gerar alterações psíquicas.

— Do que você está falando?

— Eu direi se isso puder lhe ajudar. Você deveria falar sobre essa possibilidade com seu psiquiatra. É sobre drogas.

— Mas... Julio! Isidro nunca usou drogas. De qualquer tipo. Eu teria sabido, asseguro-lhe.

— Sinto muito, eu não queria incomodar você. Mas talvez você tenha confiado nele mais do que necessário, preciosa mulher chamada Marlene.

— O que você está dizendo? Explique-se e deixe de rodeios! — Marlene não entendia como esse homem podia misturar um assunto tão sério com aquelas frases absurdas. Julio tinha um leque de expressões muito especial.

— O segredo que quero que você guarde para sempre é sobre mim. Eu menti para você sobre minha profissão, mas é que, paradoxalmente, minha profissão me obriga a mentir sobre isso. Eu não vendo livros, essa é a mentira que eu sempre conto. Eu sou Chefe de Operações da Polícia Antidrogas.

As palavras atordoaram Marlene. Uma especialista em processar crimes contra a saúde pública acusando o marido?

— Sinto muito, Marlene. Olha, eu sei que você acredita em mim, mas é necessário que você não tenha dúvidas. — Para terminar de partir o coração dela, Julio Domínguez mostrou-lhe o distintivo que provava o que ele dizia. — Ontem aconteceu uma coisa, um evento fortuito. Estamos monitorando uma pessoa há algum tempo relacionada ao tráfico de drogas. É melhor não dar mais informações sobre isso, é um segredo de investigação, mas é sobre alguém próximo a Isidro. O fato é que na noite passada nós pegamos um indivíduo deixando a casa do sujeito com um pacote suspeito. Nós sabíamos o que continha.

— Continue — disse Marlene, seus olhos perdidos.

— Não participei da detenção. Eu estava na sala de operações coordenando tudo. Quando eles trouxeram aquele cara, não pude acreditar. Era o seu marido! Nós tínhamos nossos rostos cobertos para preservar o anonimato, ele não me reconheceu. Lembre-se que você não deve dizer nada sobre mim. Quanto à questão das drogas, faça o que achar melhor.

— O que aconteceu depois?

— Verificamos que o pacote era cocaína pura. O suficiente para prendê-lo — mentiu Julio.

— Como é que ele está livre? Esperando pelo julgamento? — perguntou ela.

— Não, linda princesa. É grátis para você. Ou pelo que fiz a você.

— Não é possível, Julio!

Não queria ouvir. Ela nunca poderia pagar por isso e nem tinha certeza de que Isidro merecia isso.

— Eu arrisquei meu trabalho. Convenci minha equipe de que conhecia Isidro. Disse a eles que era uma pessoa boa, com sérios problemas pessoais, e que merecia outra oportunidade. Eles concordaram, embora agora eu lhes deva um favor. Um grande favor. Espero que nenhum parceiro me traia.

— Você arriscou sua posição pelo meu marido?

— Não, Marlene. Na verdade, não. Eu arrisquei por você — disse ele.

Sua segunda jogada deu certo. Depois de esconder o vídeo cheio de talco no chalé de Javier Fernández, ele havia telefonado a Isidro para convencê-lo a ir até lá. Os dois objetivos foram cumpridos. Um deles era ter confundido e distraído o professor, que nunca poderia entender por que havia drogas na fita e, mesmo que soubesse, por que tinha sido libertado. O outro era que Julio tinha ganhado em definitivo a confiança de Marlene. Ela agora comia em sua mão.

— Eu sinto muito — continuou Julio. — Como vê, a agressividade do seu marido pode ter outra explicação.

— Eu preciso ficar sozinha, Julio. Vá embora, por favor.

Julio Domínguez deixou o hospital com um olhar de triunfo no rosto. Ele foi bem-sucedido em aniquilar o pouco que restava da relação do casal.

A teoria de estimação se aplica quando não sabemos o verdadeiro valor do parâmetro da população. Para tentar descobrir ou aproximar esse parâmetro desconhecido, uma amostra estatística (estimador) é usada. Era lógico que, aos olhos de Marlene, o estimador (o supostamente ingênuo e bem-humorado Julio) diferia do verdadeiro parâmetro oculto (o autêntico Julio). A diferença entre ambos (o estimador e o parâmetro) é chamado de "erro". Em estatística, este erro só pode ser determinado se soubermos o verdadeiro valor do parâmetro, mas, como nem sempre isso acontece, o caminho a seguir é a investigação. Em outras palavras, se Isidro afirmava que sua esposa tinha que acreditar nele, ele teria que desmascarar Julio.

ESTIMAÇÃO POR INTERVALOS DE CONFIANÇA

Capítulo 41

Destina-se a estimar o parâmetro populacional desconhecido através de um intervalo da linha real para a qual há uma alta probabilidade de que o seu valor se encontre entre seus limites.

O fim de semana foi longo, mas, finalmente, a segunda-feira chegou. O dia D. A ansiedade inicial em relação a esse momento se dissipara no sábado no hospital, depois do encontro com o mal chamado Julio Domínguez, no entanto, conforme a manhã avançava, uma sensação de aperto se apoderou de estômago de Isidro. Às quatro da tarde, chegara a hora do encontro com Silvana Amanca, a Rainha Bruxa.

O que não estava muito claro para o professor era se o papel de Silvana se limitava ao passado, ou seja, somente ao que tinha supostamente acontecido com Salka catorze anos antes, ou se ela estava por trás das ações recentes de Julio. A última possibilidade o apavorava porque Rosa tinha definido Amanca como a verdadeira instigadora do assédio sofrido pela africana em 1996. Isso, juntamente com o nome de "Rainha Bruxa" que Salka lhe cunhara, atribuía-lhe um perigoso papel de líder. Então, Isidro suspeitava que era Silvana quem puxava as cordas de seus fantoches.

Propôs a si mesmo não ir com sede demais ao pote. Uma guerra direta não o levaria a lugar algum, porque, se ela estava ciente de seus passos, não conseguiria deixá-la nervosa por exibir seus intentos. Ele tinha que agir com tato. Sabia quem ela era e tinha certeza de que ela sabia o que ele queria. Na verdade, ela sabia mais do que ele, porque Isidro não sabia exatamente o que estava procurando. Por isso, intuiu que haveria uma espécie de guerra fria entre os dois. Ninguém descobriria as cartas do outro. Pelo menos, enquanto o professor não perdesse a razão.

Durante a manhã, alguns alunos passaram em seu escritório para rever seus exames, de modo que o dia passou rapidamente. Isso ajudou Isidro a não pensar muito em Silvana. Pouco depois, o aumento de adrenalina o impediu de almoçar direito. Ele pediu um sanduíche no café e deixou mais de metade no prato.

Às 15h50, ele se apresentou na sede da Yesnay na cidade de Puerto de la Cruz. Era uma construção funcional e discreta num tom amarelo indiano abarrotada de janelas de vidro na frente e bordas de alumínio cinza. Um homem o atendeu, vestindo roupas de grife italiana, com um jaquetão que considerava chocante, pois lhe recordava o uniforme de um piloto de linha aérea. Ele tinha uma generosa cabeleira separada por uma linha impecável que a dividia em duas metades.

— Em que posso ajudá-lo, senhor?

— Boa tarde. Eu tenho uma reunião com a sra. Amanca.

— Srta. Amanca. Pode me dizer o seu nome?

— Isidro León.

— Ah, sim, o sr. León! A srta. Amanca deu ordens para que entrasse direto. Venha comigo, por favor.

Isidro seguiu o secretário através de um corredor largo. Em seguida, viraram à direita e lá, descendo dois degraus, deram com uma porta fechada em que se lia o nome Silvana Amanca em uma placa. O secretário bateu à porta e, ao ouvir uma voz que lhe convidava a entrar, abriu-a, bloqueando o campo de visão do professor.

— O sr. León chegou! — anunciou.

— Obrigada, Roberto. — Ouviu-a dizer.

Isidro estava relativamente calmo. O ambiente de negócios o distraía de seu motivo por ter vindo. Até que ele entrou e a viu. A rainha.

— Ora, ora! Sr. Isidro León! Meu antigo professor de Estatística — disse Silvana, aproximando-se de Isidro e estendendo a mão.

Silvana não se parecia com a forma de quem Isidro se lembrava. Como estudante, ela tinha características andinas muito marcantes que a definiam como uma jovem bem atraente. Agora, essas características estavam muito suavizadas, provavelmente por visitas frequentes à sala de cirurgia nos últimos anos. O resultado da cirurgia estética deu a Silvana uma curiosa mistura de feições ocidentais e sul-americanas, e o resultado era uma mulher ainda mais atraente do que a jovem estudante fora.

Estava vestindo um terno executivo, jaqueta verde e calças apertadas, uma camisa branca com listas verdes, as mangas dobradas sobre a jaqueta.

— É uma honra para mim receber uma visita tão inesperada quanto a sua. Você está pensando em renovar seu guarda-roupa? — perguntou Silvana, com um olhar tão frio e em um tom tão neutro que não se sabia se era uma piada ou um sarcasmo.

— Bem, não, Silvana. Minha visita não tem nada a ver com sua profissão. Eu diria que é uma cortesia para uma das alunas mais brilhantes que passaram pela Faculdade de Economia — respondeu Isidro, mostrando que ele sabia pechinchar neste jogo perigoso.

— Então, a que devo essa honra? Nós não nos vemos desde que terminei a graduação. Não acredito que eu tenha ganhado um prêmio especial que me seria entregue por você.

Silvana permaneceu em pé enquanto conversavam. Ela não convidou o professor para se sentar e ele se sentiu desconfortável, mas não disse nada.

— Em todo caso, sou eu quem está procurando um prêmio. Mas isso não importa. Vejo que está indo muito bem nos negócios. Você sempre demonstrou que teria um futuro promissor — afirmou o professor.

— E bem? — disse Silvana com uma expressão de raiva. Ela abriu a arena de tourada em que iria para matar.

— Olha, Silvana. Estou fazendo uma pequena pesquisa sobre as pessoas que estudaram com você. Estou procurando informações sobre a sua turma, não sei se está ciente — disse Isidro.

— Não. Não estou ciente. Do que se trata? Uma reunião de ex-alunos ou algo assim?

— Digamos que está mais para o "algo assim". O que você pode me dizer? — Isidro tentou arranhar as cordas vocais para segurar as cartas um pouco mais.

— Sobre o quê? Eu não estou entendendo nada — respondeu Amanca. A armadura que ela usava não seria fácil de trespassar. Se ele queria algo, mesmo que fosse uma informação falsa que lhe desse alguma pista, ele teria que ser mais direto.

— Você tem contato com alguém da sua turma, Silvana?

— Desculpe, Isidro, não tenho a tarde toda. Embora soe pretensioso, sou uma mulher muito ocupada. Não entendo aonde quer chegar. Para satisfazê-lo, direi que não tenho contato com quase ninguém. Às vezes, encontro um amigo, mas nos cumprimentamos e é só. Sim, ouvi falar da tentativa de suicídio de Sara, a esposa de Apolo.

Os cinco sentidos de Isidro emitiram um intenso sinal de alerta. Silvana, talvez inadvertidamente, estava dando a ele uma informação decisiva. Como não percebera antes?

— Você disse... Apolo? — Tentou confirmar.

— Sim, claro, Luis Figueruela. Então, Apolo colocou chifres nela e ela não aguentou.

— Sabe de uma coisa, Silvana? Graças a você, consegui uma informação que estava faltando no meu enigma. Lembro que Figueruela era muito atraente e tinha um apelido adequado, mas não achava que fosse Apolo.

— Todo dia se aprende algo novo.

A atitude antipática de Silvana não causava estranheza ao professor. Além disso, a conversa violenta de pé, cara a cara, acrescentou um senso de urgência embaraçoso.

— Bem, vejo que você está com pressa para eu ir embora, então vou direto ao assunto. Eu queria perguntar sobre algumas pessoas. Pode ser?

— O jogo é seu, professor, mas não sei em que consiste.

— Isso não importa. Você se lembra de Gérmen? Chamavam-no de "neonazista".

— Sim, perfeitamente. O que se passa com ele?

— Você sabe que ele foi morto? Acho que foi na França. Em Montpellier. — Isidro tentou decifrar as reações de Silvana, mas a peruana era um verdadeiro muro blindado.

— Acho que me lembro de algumas coisas, sim. E...? — Ela se limitou a dizer.

— Você se lembra que Figueruela lhe desrespeitava no primeiro ano? Espero não ser impertinente com esta questão agora, não é minha intenção. Como você se saiu depois do que aconteceu?

— Ele costumava me chamar de "sudaca", mas eram coisas infantis. Sua intenção, mais do que me insultar, era me deixar com raiva. Tudo isso foi esquecido. Por que falar disso agora?

— Você realmente acha que eram coisas de criança, Silvana? Você tinha dezoito anos!

— Ainda assim, as intenções dele nunca foram me prejudicar. Ele pediu desculpas e eu acreditei nele — disse ela, sem expressar qualquer emoção. — Algo mais, Isidro?

— Sim, me permita mais algumas perguntas. Já faz algum tempo que tenho vontade de falar com você e, quando você não está viajando, tenho que marcar uma reunião. Agora que estou finalmente aqui, você pretende se despedir sem nem me convidar a sentar — protestou ele.

— Ok, sr. León. Vamos nos sentar.

Ela fez uma indicação com a mão convidando-o a usar uma cadeira ao lado da mesa, enquanto ela se acomodava em sua própria cadeira.

Embora concordasse em se sentar, não parecia disposta a diminuir a atmosfera opressora que criara. Permaneceu em silêncio, esperando o movimento de Isidro como uma boa estrategista. Esperava pacientemente, simulando impaciência para, talvez, contra-atacar quando chegasse a hora. Mas Isidro não tinha certeza disso, porque Silvana tinha todas as cartas cobertas por uma couraça inescrutável.

— Eu vou direto ao ponto, porque vejo que é o que você quer, Silvana. Como imagino que saiba, estou investigando sobre Salka.

No final, foi ele quem primeiro expôs o jogo de cartas.

— Que quer dizer? O que exatamente você pesquisa? — perguntou com a mesma frieza que servira como um fio comum em todas as suas expressões.

— Você se lembra dela, certo? Você gostava dela? Estudou apenas no primeiro ano. O que aconteceu com ela? — O professor atirou sem um alvo fixo.

— Salka era uma jovem muito estranha. Eu não gostava dela, simplesmente. Paradoxalmente, ela era tanto uma vítima quanto uma valentona. Com o rosto de uma menina boa e indefesa, fazendo-se de mártir, ela queria que acreditássemos que sua vida era um inferno. Mas, se você perguntasse algo a ela, apenas te respondia com monossílabos. Olhava para todos nós por cima do ombro e nunca quis ter intimidade com ninguém.

Isidro foi ferido por essas palavras, especialmente vindo de uma pessoa que tinha sido menosprezada por Luis Figueruela, não importava o quanto ela subestimasse esse desprezo.

— Talvez, Silvana, ela se sentisse realmente rejeitada. Talvez ela não tenha tido a sua força para não dar importância a uma desqualificação racial.

— Você sabe do que está falando? Eu vim de um país estrangeiro e a adaptação não foi fácil, porque, como você sabe, havia um setor social importante que nos rejeitava. Mas não fiquei com os braços cruzados. Eu meti as caras, com muitos esforços, e consegui. Ganhei o respeito dos meus colegas, lutei e segui em frente. Hoje tenho um pequeno império. E Salka...

— E Salka? O que tem Salka? — Queria que Silvana terminasse a frase que ela havia começado e fugido antes de terminar.

— Eu não sei nada sobre Salka, mas com seu caráter, sua introversão e sua autoexclusão, não acho que tenha ido muito longe — disse ela.

— O que é ir longe para você? Ganhar muito dinheiro para montar uma empresa de roupas? Talvez isso lhe dê felicidade, mas...

— O que aconteceu com Salka, professor? Diga, você chegou longe?

Isidro entendeu a questão como uma verdadeira provocação e não estava disposto a cair nessa.

— É o que estou tentando descobrir, Silvana.

— Bem, receio que tenha vindo ao lugar errado. E agora, se me der licença — disse ela, levantando-se, mas Isidro permaneceu sentado.

— Houve uma festa. No Natal. Salka foi desumanamente assediada. Eu acho que você teve um papel de protagonista.

Silvana bateu a mão na mesa, um ato tão inesperado que Isidro saltou da cadeira. Foi sua primeira perda de controle no encontro.

— Essa expressão é inadmissível, professor León! Nós só fizemos algumas piadas! Eu garanto que muitas foram bem pesadas! Mas um assédio desumano é outra coisa. Esta conversa está indo para um lugar que nenhum de nós dois quer chegar.

O professor se levantou, porque o convite de Amanca para sair estava se tornando cada vez mais inegociável.

— Uma última coisa, Silvana. Você se lembra de Edu? — Isidro soltou uma isca sem muita confiança de que ela iria beliscá-la.

— Sim. O que há de errado com ele?

Ela se lembrava dele! Um dos nomes da carta de Salka que não pertencia à lista de estudantes e Silvana sabia quem era. Outra das poucas pontas soltas que faltavam a Isidro estava agora diante de seu nariz, esperando que o professor encontrasse as palavras certas para conseguir arrancar daquela víbora. Tinha que estar pronto para que Silvana não suspeitasse que era um blefe. A tensão estava ficando cada vez mais insuportável agora que os dois haviam se levantado novamente.

— Eu queria saber o que aconteceu com ele. Me diga isso e eu irei. Como se chamava ao certo? O nome dele era Eduardo — disse, estalando os dedos como se estivesse falando com a sua memória.

A intenção de Isidro não era necessariamente saber o que havia acontecido com Edu, mas descobrir quem ele era. Tentou mostrar um rosto muito calmo para disfarçar a velocidade vertiginosa que seu coração estava agindo na forma de batidas.

— Eduardo? Eu acho que o tempo atrapalhou suas memórias, Isidro. O nome dele é Julio Domínguez.

Sabe aquele sentimento que se tem às vezes e não consegue explicar com palavras? Como quando falta uma única peça para completar um quebra-cabeça e você a tem em sua mão, mas insiste de novo e de novo para encaixá-la no canto de trás? Você é incapaz de dar a volta, porque a cor do dorso parece mais de acordo com a lacuna do que a realidade coletada na frente.

Julio Domínguez não se tratava de um assassino contratado. Ele era um membro ativo da trama, um dos que "causam o maior dano físico", segundo Salka na carta. Marlene foi atropelada. Sem querer, dando a ele a identidade de Luis e Edu, a Rainha o presenteou com a combinação da fechadura. Sem querer... ou, talvez, de propósito para evitar responsabilidades e fazê-las cair nas mãos de outras pessoas!

— É verdade. O que não me lembro é por que o chamavam de Edu.

— Bem, era algo entre nós. — Silvana pareceu, novamente, mais calma quando não falava sobre Salka. — Desde o primeiro dia de aula, Julio manifestou-se como uma pessoa extremamente correta, com um excesso de cortesia e retórica que, em nossa época, nos surpreendeu. Primeiro nos referimos a ele como "o educado". Depois, ficou só "edu".

Isidro ainda estava perplexo. Julio Domínguez também não estava na lista de alunos.

— Por que não terminou o primeiro ano? — perguntou.

— Acho que ele abandonou a faculdade prematuramente, mas não porque queria e, sim, porque não pagou a mensalidade. Os pais dele tiveram sérios problemas financeiros e ele teve que sair — respondeu Silvana calmamente.

— Você sabe o que ele faz agora?

— Posso fazer uma pergunta? — Com um gesto afirmativo o professor a convidou a continuar falando. — Aonde quer chegar com isso tudo? O que pretende?

— Responda-me e esclarecerei. — "Embora não seja necessário", pensou ele. — O que Julio faz agora?

— Julio Domínguez é um cara perigoso. Isso é tudo que você precisa saber — disse ela.

— Perigoso, Silvana? Por que diz isso? Você tem contato com ele?

— Olha, estou ficando cansada do seu jogo, eu quero que você saia. Não sei o que é todo esse absurdo. Eu lhe digo quem é Julio Domínguez, embora não devesse fazê-lo porque sua profissão, teoricamente, é um segredo. Ele é o chefe da polícia antidrogas. É por isso que você deve ter cuidado com ele. A gente nunca sabe como lidar com alguém que esconde a própria identidade, não é mesmo? Agora é a sua vez ou você vai embora. O que está acontecendo?

Mais uma vez outra revelação esclarecedora. Isidro jamais imaginaria que Julio fosse um daqueles homens sinistros encapuzados que pareciam terroristas. Que sentido tinha aquela encenação com o vídeo na casa de Javi "o sedutor"? Nenhum! Foi um absurdo criado por Julio para alimentar o seu próprio divertimento! Estava começando a suspeitar que era um peão descontrolado no tabuleiro da Rainha, um peão que às vezes se movia sozinho. Seu caráter grotesco e arrogante escapava do entendimento de Isidro. A teatralidade do vídeo e sua ostentação como o atropelador de Marlene desenhou um caráter instável e perturbado. Isidro acreditava, até agora, que Julio não seria capaz de atentar contra sua esposa novamente dentro do hospital, mas se ele realmente fosse um louco, deveria esperar qualquer coisa dele. E isso o preocupou.

— Como você sabe tanto sobre Julio, Silvana?

— É a sua vez! — gritou. — Me diga o que é tudo isso!

— Você se relaciona com Julio? Responda.

— Pelo amor de Deus! Eu tenho um amigo que por acaso também é um policial disfarçado e trabalha com ele, é por isso que eu sei. Agora me responda ou saia!

— Eu tenho uma prova. Uma carta da Salka. Ela fala sobre Edu, Gérmen, Apolo e da Rainha Bruxa. Por que te chamam assim, Silvana?

Amanca olhou para ele por um momento, pensando em como responder.

— O que diz a carta? — perguntou, finalmente.

— A carta? A carta é "a carta" que tenho na manga. Meu seguro de vida. Uma prova.

— Uma prova de quê? Você acha que tem algo contra mim? — se defendeu ela.

— A Rainha Bruxa é quem move as cordas, estou errado?

— Está me acusando de alguma coisa, sr. León? Em caso afirmativo, existem tribunais para os quais pode recorrer nesses casos.

— A Rainha Bruxa... — começou Isidro.

— Tudo bem, Isidro. Vou lhe dizer porque sei que você não vai até uma delegacia de polícia. Você nunca poderá provar que eu sou a Rainha Bruxa! E agora saia daqui! Isso já foi longe demais!

Silvana abriu a porta e esperou que Isidro saísse. Então, bateu a porta.

&

A tensão daquela tarde, embora previsível a priori, o esgotara. Mas Isidro tinha chegado lá sem esperar esclarecer coisa alguma, apenas pensou em fazer algum barulho para tentar seguir em frente, e o resultado foi uma torrente de informações bastante sugestiva. Ser capaz de identificar Julio como "Edu" foi um triunfo. E agora, em casa, iria definitivamente fechar as palavras cruzadas. Estava segurando a cópia da carta na qual havia escrito, apagado e remarcado enquanto as palavras cruzadas ganhavam sentido. A última palavra, na parte direita da "horizontal 5" (o elo mais fraco da cadeia), estava reservada para Luis Figueruela.

Era necessário resolver o anagrama: "*3, 5 e 7 formam um anagrama do que anseio nesses momentos*". Combinando as letras não foi difícil para Isidro responder. O que Salka queria era que "TUDO ACABE".

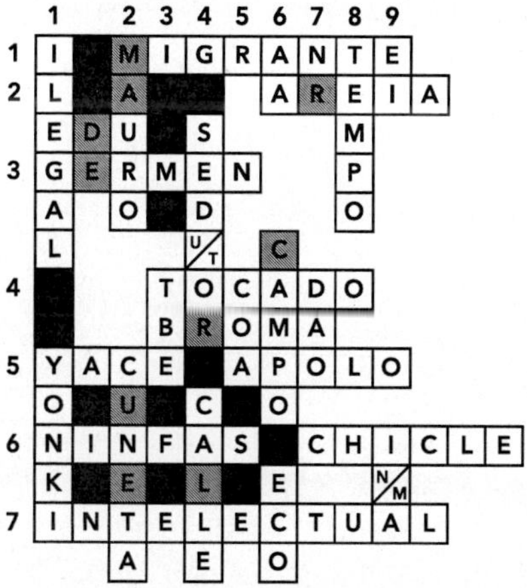

Ele tinha conseguido. Decifrou o enigma, sabia quem eram os bandidos. Mas as duas principais questões que preocupavam o professor ainda estavam sem resposta. O que aconteceu com Salka e do que Edu, Luis, Gérmen e Silvana eram culpados? Como as músicas de Isidro chegaram até ela?

Isidro já havia definido um intervalo de confiança, em cujo extremo inferior estava o elo mais fraco, Luis Figueruela. No topo, Silvana Amanca reinou com todo o seu atrevimento. Julio Domínguez e o falecido Gérmen também estavam no intervalo. A estimativa de confiança permite que você defina o nível de confiabilidade ou de confiança que pode ter, de forma que o verdadeiro valor do parâmetro desconhecido se encontre entre os limites do intervalo. Isidro sabia que esse dado desconhecido, o "enigma Salka", estava imerso naquele intervalo sinistro com uma probabilidade muito alta.

O ERRO DE ESTIMATIVA

Capítulo 42

O erro de estimativa é uma medida de precisão estatística, e está relacionado com a amplitude do intervalo de confiança: quanto mais precisão se deseja, mais estreito o intervalo.

Durante a noite de segunda-feira e ao longo de toda a terça-feira, ele estava pensando em seu próximo passo. A essa altura, Julio e Luis Figueruela já deveriam saber de seu encontro com Silvana. Quem realmente o preocupava era Julio, porque achava que era capaz de qualquer coisa. Esperar Julio agir era muito arriscado. Esse psicopata poderia atropelá-lo também ou prendê-lo por tráfico de drogas. Ou pior, machucar Marlene ainda mais. Não. Esperar um movimento dele no tabuleiro não era uma boa opção. O professor agora tinha uma vantagem que não existia antes. Sabia quem era Julio, o que ele fazia e até onde trabalhava: naquele lugar, ao lado da delegacia. No final da tarde de terça-feira, já havia decidido por onde começar. Provocaria Luis, o "elo mais fraco". Mas, antes, tinha que ligar para La Palma. Seria uma ligação difícil, mas necessária. Ele já havia atrasado excessivamente.

— Olá?

— Ângela? Aqui é o Isidro.

— Suponho que tenha lido a carta.

— Sim, Ângela. Eu prometi ligar para você.

— Isidro, você conheceu ele. Meu filho foi aquele monstro que a carta descreve?

— Eu não sei, Ângela, eu não sei. Não posso responder. Eu também acho difícil de acreditar, é por isso que eu entendo como você deve estar se sentindo. Até agora, não encontrei nenhuma pista que me levasse a pensar que tudo aconteceu daquela forma.

— Encontre essa criança, Isidro. Faça-o por mim. Eu já sou velha e só quero que, se ela existir, saiba que tem avós dispostos a ajudá-la. Então, posso morrer em paz.

— Lamento que você tenha que passar por isso, Ângela. Em breve, conseguirei descobrir algo.

— Obrigada, Isidro. Tchau.

Quando desligou, ligou para o telefone da VOI-VOI.

— Boa tarde. Eu queria falar com o sr. Figueruela. Ainda está no escritório?

— Seu nome, por favor?

— Isidro León. — O professor não estava disposto a continuar brincando de esconde-esconde.

— Espere, sr. León.

Depois de um momento, a voz de Luis respondeu.

— Isidro? Suponho que você tenha mais perguntas sobre Salka. Acho que você e eu já conversamos sobre tudo o que deveríamos.

— Você está errado, Luis. Eu avisei que chegaria ao fim disso tudo e então você teria notícias minhas. Eu tenho as provas. Agora eu sei tudo. Na outra vez em que nos falamos, tinha sérias dúvidas sobre você. Mas eu tenho todos os nomes. Edu, Gérmen, Silvana e Luis Figueruela. Eu estou indo para a polícia. Eu só queria que você soubesse.

Estava apostando fortemente nesse exagero. Nem sabia do que poderia acusá-los, mas era óbvio que eles o temiam. Pelo menos, Luis.

— Eu não sei que provas você tem, mas da outra vez você só veio blefar. Não acredito em você, ok?

— Eu reconheço que quando falamos eu não sabia de nada. Mas já tenho os nomes. Eu sei quem é Julio, ou Edu, o que você preferir. Tinha algumas dúvidas. Achei que, talvez, Javier Fernández estivesse envolvido com algo, mas agora sei que você é o quarto elemento.

O professor, com a intenção de confundir Figueruela, tentou se expressar com um pretenso conhecimento do suposto complô. A hesitante gagueira de Luis confirmou que ele estava no caminho certo.

— Escute, Isidro... talvez você esteja tirando conclusões rápido demais. Nós deveríamos conversar... que provas você pode ter? De quê?

"Sim, talvez devêssemos conversar", pensou Isidro. "Mas você terá que me ligar se estiver interessado."

— Sinto muito, Luis. Como você diz, nós já conversamos o suficiente — disse ele e desligou o telefone.

Com a euforia sobrecarregada pelo controle da conversa, o professor planejou o próximo passo. Na defensiva, obteve todas as informações indispensáveis. De agora em diante, ele só considerou as jogadas de ataque até o xeque-mate final.

— É sua vez, Julio Domínguez. Vamos ver quem é o mais perigoso dos dois.

Na quarta-feira, 26 de janeiro, Isidro concluiu os procedimentos burocráticos com as atas dos exames. Enquanto tomava café na faculdade, leu o jornal local. No *Diário de Avisos*, havia a notícia de que um importante deputado regional do PSOE renunciou e deixou seu lugar no Parlamento das Ilhas Canárias devido a discrepâncias com a gestão regional. Eram tempos ruins para os socialistas. Com o que estava acontecendo a nível nacional, nas Canárias não seria diferente. A crise e seu uso político, juntamente com as alegadas guerras internas de poder, continuavam a cobrar seu preço. Ele se lembrou de Anita, a esposa de Rosa. Lamentava que, apesar de sua honestidade, ela também seria afetada por um simples efeito dominó que a empurraria para baixo. Então, se distraiu com a estampa branca com a qual o pico Teide, o mais alto do país, havia amanhecido. Isidro considerou que ele já havia passado todo o frio que podia suportar. Agora deixaria os sorvetes para Julio, Luis e Silvana.

Por volta das quatro horas da tarde da quarta-feira, Isidro estacionou o carro em uma das extremidades da longa rua, cautelosamente longe do lugar onde o haviam levado na sexta-feira à noite após capturá-lo fora da casa de Javi "o sedutor". Ele estava disposto a esperar o que fosse necessário, pois tinha todo o tempo do mundo. Tinha levado um livro para se entreter, por isso limitou-se a ler, enquanto olhava de vez em quando, o depósito hermeticamente fechado e a delegacia um pouco mais à frente.

Tinha a sensação de que nunca abririam as enormes portas da suposta garagem, mas o movimento de pessoas entrando e saindo da delegacia de polícia não permitia que ele se concentrasse no livro. Às cinco horas da tarde, ele estava convencido de que, talvez, estivesse cometendo um erro esperando por Julio naquele canto. Talvez aquela enorme sala fosse um lugar para certas operações, quando as circunstâncias exigissem. Seu local habitual de trabalho poderia ser em qualquer outro lugar da cidade. O mais lógico era que a equipe de operações estivesse ligada ao vice-chefe, mas essa era apenas uma suposição.

Umas quinze para as seis, ele saiu. De início, não o reconheceu, porque estava vestido com jeans muito desgastados e decorado com rasgos, estrategicamente posicionados, de acordo com a moda atual. Vestia uma camiseta preta estampada com letras que, de onde estava, era impossível distinguir. Sem o paletó e gravata, tão típicos de suas formas educadas, era difícil identificá-lo, mas era Julio Domínguez. Edu para amigos. Em uma excitação súbita, os músculos de seu corpo ficaram tensos e ele liberou toda a carga de energia contra o volante, apertando-o com firmeza.

Edu foi a pé, muito lentamente, para a área da rua onde Isidro estava. O professor não contava com isso. Depois de ordenar sua captura (ao sair da casa de Javi) e de se apresentar "coincidentemente" no hospital enquanto estava lá, Isidro não tinha dúvidas de que aquele louco conhecia seu veículo. E não sabia o que fazer, seu plano não tinha consistência. Por enquanto, pretendia apenas vigiá-lo, descobrir suas rotinas e, mais tarde, pensar em algo mais ousado. Mas agora seria descoberto.

Julio se aproximou pela calçada no lado do assento do professor. Já estava quase alcançando o veículo. Isidro se agachou, porém, se Julio se aproximasse e o visse se escondendo, sentiria que estava à beira do ridículo, agindo de forma completamente infantil. Ele claramente ouviu os passos, nítidos. Agora soavam bem ao lado dele. Se ele identificasse o veículo, Edu já estaria olhando para dentro pela janela. Mas os passos seguiram em frente. Muito lentamente, o professor se levantou, bem devagar até conseguir olhar pelo espelho retrovisor. Reconheceu o policial indo embora e continuou a se levantar. Na próxima esquina, Julio virou à direita. Isidro esperou alguns segundos e, de coração batendo freneticamente, saiu do carro. Andou com cuidado pela rua. Uma vez na esquina, ele parou e virou meticulosamente, quase em câmera lenta. Não viu Julio. A rua que agora aparecia à frente era muito longa, mas bifurcava para a esquerda e para a direita em uma transversal, a cerca de quarenta metros de distância. Julio tinha que ter virado lá, porque, caso contrário, o enxergaria em seu campo de visão. Ele avançou os cinquenta metros que o separavam do cruzamento. Esquerda ou direita?

Com extrema cautela, ele parou novamente na esquina e olhou para os dois lados. Não havia sinal de Julio à esquerda. À direita, a rua avançava, fazendo uma curva íngreme, de modo que não conseguia ver além de vinte ou trinta metros. Ele andou por ela, aliviando seu ritmo um pouco, e fez a curva ansiosamente. Não percebeu a presença do Ford Focus azul de quatro portas estacionado do lado que ele passava naquele exato momento. De repente, uma mão forte cobriu a boca do professor e uma ponta afiada pressionou seu tronco na altura dos rins.

— Entre no carro, caro professor — disse Julio, empurrando-o nos bancos traseiros.

Com algumas cordas, Julio amarrou as mãos e os pés de Isidro. Ele prendeu com tanta força que o sangue praticamente não alcançou as extremidades dos membros do professor. A dor em seus pulsos era atroz. Ao cair, apoiado no assento, permaneceu quase imóvel durante toda a jornada. Edu ligou o carro, colocou uma jaqueta que tinha no porta-malas e saiu de La Laguna.

Isidro não podia falar com ele, já que Edu ambientou sua loucura com uma música clássica muito intensa e estressante: o balé em dois atos, de Stravinsky, chamado "A consagração da primavera". A música estava em um volume tão feroz que gerou mais tensão do que as próprias cordas que rasgavam seus tornozelos e pulsos. Pelo espelho retrovisor, viu Edu sorrir, assobiar ao ritmo dos violentos e agressivos compassos, e até apontar um dedo para uma orquestra imaginária de ex-alunos de Isidro a seu serviço. A insanidade desse cara era gigantesca.

Isidro deduziu que haviam entrado nos arredores dos distritos periféricos iniciais do município de Santa Cruz de Tenerife. O carro passou por ruas suburbanas estreitas e esburacadas a uma velocidade excessiva. O corpo do professor dançou, para cima e para baixo, como resultado dos repentinos guinchos do veículo, ao mesmo tempo em que as notas musicais diabólicas alcançavam o clímax.

Enfim, o motor parou. Isidro tremia de horror. O enlouquecido Edu esperou quatro minutos, sem dizer uma palavra, ouvindo Stravinsky. Então, desligou a música e as notas foram suspensas, ecoando nos ouvidos de Isidro, que se afastava progressivamente para outra dimensão. Essa poderia ser a última música que ele ouviria na vida. O motorista desceu e o professor ouviu a abertura de uma pesada porta de garagem. Julio abriu a porta de trás do carro e puxou Isidro para fora, arrastando-o pelo cabelo sem qualquer cuidado. Isidro gritava de dor, mas Julio não parecia disposto a sentir pena. Era uma rua estreita, quase um beco. O lugar parecia uma área de edifícios industriais. Eles entraram em um antigo armazém e Julio fechou o portão.

Uma vez lá dentro, eles foram para uma grande área central, cercada por um labirinto cheio de corredores abarrotados de prateleiras largas e imponentes, ocupadas por milhares de caixas fechadas e rotuladas. Várias escadas, ajustáveis, foram distribuídas através dessa rede de túneis. Numa extremidade do armazém havia uma empilhadeira em bom estado. Parecia recém-comprada. O teto alto era atravessado por um emaranhado de tubos dispostos sistematicamente, que relembravam a estrutura das pistas de corrida dos atletas. Julio Domínguez, sem soltar Isidro, amarrou-o com força a uma coluna, com as mãos atrás e as pernas juntas.

— Desculpe a minha falta de educação, professor. Você é meu convidado de honra e eu nem o cumprimentei de acordo. Acho que já nos conhecemos. Eu sou Julio Domínguez, você lembra de mim? Estamos em um armazém geralmente usado pela polícia antidrogas, da qual faço parte, para simular acordos com traficantes de drogas. Você sabe, nós passamos por intermediários, negociamos com eles aqui e depois os fichamos. É o que chamamos de "fachada". Mas... o que tudo isso importa para você? Às vezes, eu começo a falar e vou embora. Sou um prosaico incorrigível! Você está confortável, sr. León? Precisa de algo?

— E se você me soltar e conversarmos em voz baixa? — Isidro tentou.

— Um momento — disse Julio, colocando o dedo indicador nos lábios em sinal de um pedido de silêncio. Alguém havia batido numa pequena porta dos fundos. Julio abriu.

— Olá, Luis. Eu sabia que você viria.

Luis Figueruela entrou no lugar e, vendo o professor amarrado à coluna, seu rosto desmoronou.

— Julio, acho que devemos tratar isso com cautela. Você não pode se exceder.

— É obvio, querido camarada. É o que pretendo fazer. Vamos ver, sr. León. Vou lhe fazer uma pergunta das mais fáceis. Se sua resposta for satisfatória, podemos passar para a próxima... ou talvez eu conte uma história. O que você sabe?

Julio se aproximou de Isidro e seu rosto quase roçou o do professor.

— O que quer dizer? — respondeu Isidro ansiosamente.

Sem aviso, Julio deu-lhe um soco muito forte na boca do estômago, fazendo com que Isidro se dobrasse ao meio, com o corpo tentando cair para a frente, mas impedido pelas mãos amarradas à coluna. Era difícil para ele respirar, o golpe o sufocou totalmente. Julio pegou outra corda e a envolveu no pescoço de Isidro. Contornou a coluna e, por trás, puxou sem compaixão, esmagando sua traqueia. Em seguida, apertou a corda à garganta do professor, de modo que qualquer pequeno movimento gerava problemas respiratórios muito sérios. Era uma situação-limite, porque ainda ofegava por conta do efeito do soco, e aqueles suspiros produziam pequenos espasmos na área do pescoço, que, ao bater contra a corda, Isidro era sufocado.

— Por favor, Julio, isso é loucura! — pediu Figueruela.

— Cala a boca, Luis! Sr. professor, vou perguntar pela segunda e última vez. Se mentir para mim, seu pescoço vai se romper prematuramente. Você está pronto?

Aquele louco sinistro olhou para Isidro à espera de uma resposta. O professor não recebeu ar suficiente para falar.

— Eu estou perguntando se está pronto para responder! — gritou novamente.

— Sim — disse Isidro suavemente, tentando não se mexer, mas sufocando.

— Lá vai a pergunta. O que você sabe? Quais informações você tem sobre o que aconteceu com Salka? Olha, eu gosto muito de você, embora seja verdade que eu goste mais da sua esposa. Na verdade, estou pensando em me envolver com ela, mas só se ela conseguir andar de novo, porque não gosto de mulheres deficientes. Quando você nos deixar, vou cuidar de Marlene, para que ela não fique ansiosa, ela estará em boas mãos.

Uma repentina fúria surgiu em Isidro, queimando todos os seus órgãos internos. Mas, quando chegou à garganta, ele pegou o arzinho que recebeu e começou a sufocar, ofegante. Com os últimos suspiros de vida, seu rosto começou a ficar azulado.

— Como eu disse, Isidro, gosto de você. Se você topar, vamos fazer um acordo. Antes de abandonar esta vida, você me diz o que sabe e depois eu termino o resto. Aceita?

Sabia que estava morrendo. O ar não alcançava seus pulmões. As forças o abandonavam e ele nem sequer escutava as palavras daquele lunático. Luis implorou a Julio, mas Julio o ignorou.

— Vamos fazer uma coisa, sr. León. Eu solto a corda no pescoço e você me diz. Você aceita ou não aceita? Diga alguma coisa, não tenho a tarde toda! Tenho uma reunião de trabalho às 19h30 — anunciou ele, olhando para o relógio.

— Sim. — Isidro conseguiu articular, sem fôlego, em um último esforço para manter a vida.

Então, Julio se apiedou dele. Talvez, mais que pena, quisesse ser mais sádico e prolongar sua agonia. De qualquer forma, ele prolongou sua vida. Com a corda mais solta, o professor começou a respirar de maneira súbita e desequilibrada. Pelo menos, ele respirou.

— Vamos lá, sr. León! Estou esperando! Eu já disse que não tenho muito tempo! Convidei-o a vir com prazer, mas não confie demais em seu generoso anfitrião ou pressionarei novamente.

Julio segurou a corda com força, ameaçando puxá-la.

— Espere! — disse Isidro, desesperado.

— Vamos! Estou ansioso para ouvir o que tem a dizer!

— Eu só sei que quatro pessoas machucaram Salka. Mas não sei que tipo de dano vocês fizeram. Eu só descobri os nomes, todo o resto foram tentativas e blefes para obter informações.

— Ora, Isidro! Você não terminou! Como ficou sabendo do que aconteceu com Salka tantos anos depois?

— Por uma carta. Ela enviou para mim.

— Ela? Eu garanto que Salka está morta. Ele cometeu suicídio em fevereiro de 2000. — Julio perdeu a paciência e, em um ataque de raiva, pressionou a corda contra a garganta do professor.

— Ela me escreveu, ah! — O ar parou de circular novamente.

— Por favor, Julio! Chega, você vai matá-lo! — gritou Figueruela.

— Como se diz, sr. León? Não o entendo! Vocalize, por favor! Um professor universitário e com todos esses problemas de dicção. Você é patético!

Ele soltou a corda ligeiramente de novo, deixando-a ao limite, com pressão suficiente para que as palavras de Isidro só pudessem fluir em sussurros.

— Foi em 1997. Mas eu o...

— Mais alto! Estou ficando cansado desse jogo! — gritou muito zangado.

O professor teve que levantar a voz. A cada sílaba pronunciada, a vibração comprimia a garganta contra a corda e a dor aumentava cada vez mais.

— Ela a enviou em 1997, mas se perdeu. Eu recebi há alguns meses.

— Isso parece fantasia. Suponha que acredite. Onde está a carta?

— Em uma gaveta da minha mesa... na minha casa. Podemos ir e verificar!

— Não se preocupe com isso. Eu acredito em você. Vou recuperá-la e lê-la com calma. Eu acho que você não vai se importar. Eu já lhe disse que, quando sair, vou me dedicar de corpo e alma à sua mulher, então eu vou ter que ir me acostumando a usar sua casa como se fosse a minha segunda casa.

— Ouça, Julio — disse Luis Figueruela. — Ele não sabe de nada, você já sabe disso. As coisas não precisam mudar. Estamos em tempo de cortar esse assunto pela raiz sem que ninguém se machuque. Pense no que você está fazendo.

— Se machuque? Ninguém vai se machucar! Nem mesmo o professor, você não me ouve? O sr. León está procurando por Salka há algum tempo e hoje, finalmente, ele a encontrará. O único arrependimento que tenho é que ele não foi capaz de dizer adeus à sua puta aleijada, mas vou fazê-lo em seu nome.

Isidro León, impotente, estremeceu à espera do momento de sua morte, momento que estava nas mãos de um perturbado.

Seu único aliado possível para evitar que isso acontecesse, Luis Figueruela, tinha tanto ou mais medo do que ele. A diferença era que Luis tinha medo de Julio, enquanto Isidro tinha medo de morrer sem poder provar a Marlene que não era maluco. Também temia por Marlene, pois Julio, mesmo que fosse apenas por diversão, ficaria perto dela.

— Eu imploro, Julio — insistiu Luis.

Com o rosto cheio de raiva e sadismo, Edu atingiu fortemente o nariz de Luis, derrubando-o no chão, então começou a chutar suas costas e estômago sem piedade.

— Você já me deixou de saco cheio, Apolo! Você quer machucados? Bem, você vai tê-los!

A surra foi brutal. Depois de receber mais de uma dúzia de golpes, Figueruela permaneceu imóvel, quase inconsciente, ofegando e sangrando pela boca e pelo nariz. Julio foi direto para Isidro. Isidro sentiu que sua hora havia chegado. Edu só tinha que apertar um pouco a corda e tudo acabaria.

— Professor, por favor, desculpe a má-educação do meu parceiro. Espero que ele não nos incomode novamente. Eu sei que você está com pressa para falar com Salka no submundo, mas não sou tão cruel quanto parece. Vou satisfazer sua curiosidade e então deixarei você morrer em paz. Eu vou lhe contar uma história. Você saberá exatamente o que aconteceu no Natal de 1996. Além do mais, vou projetar isso.

Isidro, aturdido, ficou surpreso com o que ouvia.

— Sim, senhor León — continuou ele. — É isso mesmo que você está ouvindo! Eu vou projetar isso. Você vai ser um espectador na primeira fila, como se estivesse ali, naquela sala, em 1996. Não apenas vai ouvir, como vai ver. Quando falei contigo no telefone, com meu sotaque francês polido, sobre aquela fita de vídeo, "Amistoso de Futebol Mauritânia-Espanha", não sabia que informação você tinha. É por isso que eu nomeei a fita real, o título real, caso você soubesse de sua existência. Eu queria ter certeza de que acreditaria em mim e que iria para a casa de Javier Fernández.

— Você quer dizer... que está gravado? — murmurou Isidro para não romper as cordas vocais.

— Bingo! Primeiro, vou dizer por que estamos aqui. Apolo se sentiu ameaçado por você, chamou a Rainha, e ela decidiu que isso não poderia continuar assim. Ela me pediu para resolvê-lo, porque sou um grande especialista em diplomacia. Eu liguei para Apolo e aqui estamos nós.

Julio entrou num pequeno quarto que servia de escritório. Isidro tentou ver como Figueruela estava, pelo menos para descobrir se estava vivo. Embora fosse impossível de enxergar dali, porque a corda que prendia seu pescoço não lhe permitia mover um milímetro, ouviu o homem suspirando, o que o tranquilizou. Julio voltou do escritório arrastando alguma coisa. Era uma mesa que transportava uma televisão e um reprodutor de vídeo. Ele soltou a corda do pescoço de Isidro, o suficiente para que o professor baixasse a cabeça e assistisse à TV.

— A sessão vai começar, professor. Se você desviar o olhar ou simplesmente fechar os olhos para o horror das imagens, esse será o último momento da sua curta vida. A história vai começar.

Enquanto Julio ligava os aparelhos e preparava a fita, Isidro León imaginou qual tinha sido o erro que ele cometera para chegar a essa situação. Na Teoria da Estimativa, o erro de estimação é diretamente condicionado pelo tamanho da amostra selecionada, de forma que quanto maior a amostra, menor o erro. Mas a partir da população, constituída por essa maldita turma, a amostra cuidadosamente selecionada para ferir Salka era muito pequena. Amostra pequena, erro muito grande. A Estatística não falhava. Se mais pessoas tivessem participado nos atos que Isidro estava prestes a visualizar, certamente haveria mais fissuras, muito mais rachaduras que lhe permitiriam chegar ao fundo do mistério sem assumir os grandes riscos que o tinham levado para o corredor da morte.

CONTRASTE DE HIPÓTESE

Capítulo 43

Uma hipótese estatística é uma afirmação provisória feita sobre uma característica da população. Um contraste de hipótese é a regra que permite determinar a validade de uma hipótese. Com base na evidência da amostragem, o pesquisador tomará a decisão de "Rejeitar" ou "Não rejeitar" a hipótese.

— Esta história é sobre uma festa. Na verdade duas festas. Tudo começou com uma reunião de colegas de classe, uma daquelas celebrações com uma abundância de álcool e drogas, onde o sexo é deixado para o final. Havia conosco um professor de Economia Aplicada chamado Mauro, a quem todos chamamos de "o professor". Então, Salka apareceu. Ninguém imaginava que ela pudesse se apresentar ali, muito menos no meio da noite, chamando atenção.

Enquanto falava, Julio ativou o botão da televisão, mas ainda não encaixara a fita de vídeo.

— Não que fosse algo pessoal, entenda, mas muitos de nós não achávamos apropriado um intruso entrar em nossa festa.

— Por que um intruso? Isidro tentou se concentrar nas palavras de Julio para contornar seu próprio medo.

— Professor! Bem, eu permito que me faça perguntas, quero ser atencioso com você, porque quando nos ensinou, não se importou que o interrompessem, então eu vou corresponder. Vamos ver... por que um intruso? Salka foi sozinha. Ela não se dava bem com ninguém da turma, é por isso que ela era uma intrusa, além de ser uma mulher negra. Algumas companheiras convidaram-na para a festa, embora sem esperança de que ela se dignasse a aparecer. Até que, uma vez lá, tentaram ser legais com ela. Mas Salka não queria amizade com ninguém. Foi o suficiente e ela tinha ido lá apenas por causa de sua presa.

— Sua presa? — perguntou Isidro.

— Sim. Salka estava apaixonada por Mauro. Todos nós suspeitávamos disso, era muito evidente. Na verdade, havia rumores de que "o professor" estava brincando com ela. Mas para Mauro era apenas um caso, ele confirmou para nós naquela noite.

— Mauro disse isso?

Julio aproximou-se abruptamente de Isidro e apertou um pouco a corda no pescoço.

— Professor! Não está me ouvindo? Não quero me repetir! — disse. Depois, soltou a corda e voltou para a mesinha. Isidro, ofegante, tentou se recuperar da súbita sensação de sufocamento. — Vamos continuar. Mauro a ignorou. Salka estava desconfortável, encurralada com seus medos e pensamentos. As tentativas de integrá-la por parte de algumas garotas não ajudaram. Então, decidimos fazer isso sozinhos. Você se lembra, Apolo?

Luis Figueruela estava se levantando do chão, devagar e com dificuldade, cuspindo sangue quando tossiu. Julio colocou a fita no sistema reprodutor e continuou.

— Sente-se, Apolo. — Ele entregou-lhe uma cadeira e Luis se sentou. — Como eu estava dizendo, professor, tomamos a decisão de integrá-la à festa. E transformamos a noite em uma convenção de bruxas e bruxos! Logo, nós transformamos a mulher negra na atração principal. Nós nos dedicamos a insultá-la, você consegue imaginar que mórbido? Inventamos uma espécie de concurso que consistia em ver quem era capaz de dedicar a frase mais perversa e humilhante. Nem todos participaram, é claro, mas o álcool e as drogas encorajaram muitas pessoas. Gérmen e eu teríamos feito o mesmo sem ajuda química, mas pessoas como Luis, Silvana, Javi Fernández e outras foram levadas pelo efeito psicotrópico. Mauro ficou à margem, mas observou como um autêntico *voyeur*, com um estranho interesse doentio. Sim, nossos insultos e ridicularização a Salka a tornaram asquerosa para o professor. Você está confortável, sr. León? A projeção começará.

— Sim — disse Isidro.

— Depois da festa, levamos Salka para um apartamento. Nós a manipulamos para levá-la até lá. E é aí que este vídeo começa. Foi a segunda festa da noite, muito mais seleta que a anterior. Participamos cinco pessoas de uma orgia insaciável onde a negra era nosso brinquedo.

Os cinco privilegiados. O acaso, sr. León, como você nos ensinou, nos deu uma oportunidade única. Uma noite que nunca esqueceremos.

— Você disse cinco? Cinco, contando Salka? — perguntou Isidro.

— Não. Eu disse cinco privilegiados e um entretenimento. Cada um tinha seu apelido para a guerra e nós fizemos história com ele. Edu, desculpe nomear-me primeiro, Apolo, a Rainha, o Neonazista e o Professor.

— É possível que Mauro estivesse lá? — Isidro não acreditou, mas agora entendia como conseguiram convencer Salka a participar daquela reunião privada. Teria ido por causa de Mauro.

— Sim, isso não é apenas possível, o senhor vai verificar imediatamente. Era um apartamento alugado pela Rainha, possivelmente com um nome falso, e nenhum de nós sabia que ela havia preparado uma câmera. É por isso que esta fita existe. Ela tomou muito cuidado para imortalizar nossa participação para, talvez, nos chantagear um dia.

Edu apertou o botão do play e começou a reprodução. Salka estava muito nervosa, deitada na cama de sutiã e calcinha. Ao seu redor, moviam-se Apolo, Edu, Gérmen e Mauro. Muito abruptamente, Gérmen e Edu rasgaram as duas peças que cobriam a africana enquanto ela gritava, talvez mais pela dor do que pela aflição. Então, eles encorajaram Figueruela a começar. Havia um Luis totalmente bêbado e cambaleante que, finalmente, atacou Salka. Gérmen e Edu abriram e seguraram as duas pernas da africana extremamente magra, e Mauro agarrou seus braços, imobilizando-os. Então Apolo a penetrou.

— Nós oferecemos a estreia para este babaca — explicou Julio. — Queríamos ter certeza de que não iria se arrepender mais tarde. Já que estava lá, tinha que participar, porque, caso contrário, poderia trair o resto. Tem um caráter muito frágil. Olhe, agora, professor, o que esse idiota vai dizer.

Isidro começou a chorar. Experimentava uma sensação de impotência e de raiva contida que teve que aflorar por algum lugar. Em seu cérebro, a imagem da caligrafia de Salka, aquelas palavras duras que escrevera pedindo ajuda, rasgaram-no por dentro. Ele nunca poderia fazer nada por ela. E tudo porque o destino tinha reservado para Isidro uma mudança de endereço naqueles dias, impedindo assim que recebesse a carta naquela época.

No vídeo, um absurdo e fora de lugar "eu te amo" foi ouvido da boca de Luis durante o ato sexual. Dentro de seu ato abominável, Figueruela tentava ser tão gentil e delicado quanto possível com ela. É por isso que Salka o definiu como "o elo mais fraco".

— Por que está chorando, professor? Pelo patético Apolo? Veja como está envergonhado agora! — disse Julio, apontando para Luis, que tentava se recuperar. — Não se preocupe, que quando ele acabar com essa puta, vem a parte com mais ação.

Silvana Amanca não podia ser vista. Houve um tipo de gemido feminino, mas claramente evitou a câmera. Quando Apolo terminou, foi a vez de Mauro, Gérmen e Edu. As intenções perversas dos três não tinham limites. Eles brutalmente abusaram de Salka por vias anal, vaginal e oral, até mesmo penetrando todos os três ao mesmo tempo, revezando as áreas de entrada de seu prazer egoísta e vil. Julio provocou Isidro com comentários obscenos e imundos, e o professor tentou, na medida do possível, escapar do que estava vendo e ouvindo.

— Você sabe, professor, o que a Rainha estava fazendo enquanto transamos com a garota negra? Estava se masturbando! Quem você acha que é mais sádico? Nós, por nossos atos sádicos, ou ela com seus orgasmos sádicos? Nós éramos os violentos, mas ela foi despertada pela nossa violência.

Algo chamou a atenção de Isidro. Salka não chorou durante toda a gravação. O professor concluiu que a africana não queria dar esse gosto a eles, porque sabia que o que esses animais mais queriam era ver seu rosto refletindo o medo e dor resultante dos danos que eles estavam causando. É por isso que se manteve firme, desafiando-os com seu olhar frio e seus profundos olhos ameaçadores. Ela parecia dizer: "Vou voltar do túmulo e aniquilá-los." Essa atitude foi o que nocauteou seus estupradores. Gérmen e Edu, talvez para forçar as lágrimas da jovem mulher, bateram nela. Mauro não bateu nela, mas ele riu quando a estuprou e viu seu lábio sangrar. Figueruela tentou impedir os golpes, mas eles o empurraram e o impediram. Em uma explosão inesperada de sadismo cruel, Julio deu um soco forte no estômago de Salka, e ela se dobrou. "Chega!" foi a única palavra que a Rainha Bruxa disse. O tom imperativo foi suficiente para que os golpes cessassem.

— Você viu, professor? Eu só queria que aquela vadia gritasse e chorasse! Se a Rainha não interviesse, garanto-lhe que a teria matado com socos! Eu juro!

O professor sabia que ele ia morrer e não tinha nada a perder. Não seria capaz de vingar Salka, mas, pelo menos, não estava disposto a deixar Julio sair de lá como um herói.

— Você sabe o que aconteceu, seu porco? Você não atingiu seu objetivo! Você não a machucou! Ela não implorou, ela não derramou uma lágrima porque você não mereceu. Você queria tratá-la como um objeto, mas o objeto era você. Ela nem precisava implorar, porque sabia que você não era ninguém. Apenas um bastardo! Você não percebe? Esse vídeo é constrangedor para você e você se orgulha dele.

Isidro proferiu aquelas palavras sem filtrá-las, tais como saíam de sua alma e com um sorriso provocativo e cínico. Julio, totalmente enervado, foi até ele e deu-lhe uma bofetada. Isidro riu. Pela primeira vez, o policial hesitou. Suas reações não eram mais tão fortes. Julio queria apertar a corda, sim, mas não estava disposto a deixar Isidro morrer feliz e zombando dele. O professor afiou sua faca psicológica.

— Continue batendo em mim! Me mate, aperte a corda, filho da puta! Você não me assusta e não assustou Salka também. Você era um homem pequeno para ela. Parece mentira, mas foi a mulher negra que, ao ignorá-lo, o humilhou. Olhe para si mesmo no vídeo, como um animal, tão educado quanto parece, mas ninguém foi capaz de respeitá-lo! Salka não era seu brinquedo. Você realmente era e ainda é um brinquedo. Um fantoche gerenciado pela Rainha. Ela é a inteligente! Você aparece no vídeo, ela não!

Descontrolado, Edu agarrou Isidro pelo pescoço e pressionou o nariz contra o dele. Ele estava fora de si e começou a apertar gradualmente a garganta do professor. Isidro estava sufocando pouco a pouco, morrendo.

— Você acha realmente que não a machucamos? Você acha? Bem, você está errado! Essa cadela ficou grávida! — Edu sorriu pelo prazer doentio que suas palavras provocavam nele. — Mas ela nunca conseguiu descobrir qual dos quatro de nós era o pai. E morreu com essa dúvida. Se pudesse ter escolhido o pai para esse bastardo, poderia ter se decidido pelo professor ou mesmo por Apolo.

Isidro não conseguia manter os olhos abertos. Edu apertou cada vez com mais força, afogando-o. O professor finalmente parou de respirar.

— Mas talvez a criança que estava esperando fosse minha ou do Neonazista. Todos nos esvaziamos viciosa e violentamente em seu ventre! — gritou, apertando sua garganta mais e mais forte para terminar de vez com Isidro.

Edu não esperava por isso. Possivelmente o subestimou. Mas o remorso humano tem um limite, e o de Luis foi excedido. Figueruela chegou por trás, ferozmente pregando em Edu sua própria faca. Ele sabia que não teria o perdão eterno por participar daquela noite selvagem, mas pagava dia após dia desde então, enquanto aquele animal, aquela besta com aparência humana, seguia desconhecendo o termo compaixão. O pesadelo tinha que terminar agora, e não com a morte de um inocente como Isidro. Seriam eles, os verdadeiros sem coração, que pagariam.

O sorriso de Julio Domínguez se rompeu numa careta ridícula que passou da descrença ao horror. Seus dedos não podiam continuar pressionando o pescoço de Isidro e o soltaram, enquanto olhava o professor nos olhos. Isidro, tomando ar pela boca e ressuscitando, manteve o olhar. Julio havia perdido e ele sabia disso. Caiu de joelhos diante de Isidro, como se implorasse por misericórdia. Mas seu destino foi assinado por Figueruela. Julio caiu de lado, tendo convulsões, enquanto morria e dava os últimos suspiros de sua existência.

Luis e Isidro se entreolharam. O vídeo terminara quando Edu, Gérmen e Mauro se cansaram de Salka. Luis explicou o final daquela noite;

— Depois que terminamos de estuprá-la, a Rainha nos pediu para nos separarmos. Disse que queria ter uma sessão privada com Salka e que poderíamos assistir. Na verdade, ela insistiu que as assistíssemos porque isso a excitava. Não sei se era verdade ou, simplesmente, queria ver Salka humilhada. — Enquanto Luis falava, Isidro tentou se recuperar.

— Essa parte não pode ser vista? — perguntou, esperançoso, entre suspiros agudos.

— Não. A gravação era dela. Suponho que a apagou para não se incriminar. Então, deu uma cópia a cada um de nós em um claro gesto de extorsão. Nenhum de nós sabia como ou para quê, nem ela mesma, mas a Rainha nos segurava com força, para o caso de ela precisar de nós no futuro. Você nunca sabe as reviravoltas que a vida dá: Julio se tornou um policial, eu, um empreendedor. Ela não hesitaria em nos chantagear se alguma vez tivesse precisado de nós.

— Vocês todos têm uma cópia do vídeo?

— Apenas Edu manteve uma. Os outros a destruíram, não queríamos provas. Há apenas esta cópia e o original, que a Rainha tem guardado. — Luis entrou no escritório enquanto ele falava e agora voltava com um martelo e uma tesoura. Ante o olhar atônito de Isidro, Figueruela começou a acertar o vídeo com golpes de martelo, contra o chão, destruindo-o.

— O que você está fazendo, Luis? Você não pode fazer isso!

— Sério? — Ele rasgou a fita magnética e, com a tesoura, rasgou-a em pequenos fragmentos. — Você acha que vou manter esta prova?

— Ainda há a fita original. Você não ganha nada com isso.

— Você tem sorte, Isidro, porque vou deixar você ir e vai poder sair daqui vivo. Fique satisfeito com isso.

— Alguém sabe o que aconteceu com o bebê da Salka? — perguntou o professor.

— Eu tenho pesquisado por muitos anos. Desde aquele dia dei minha vida a esse propósito — respondeu Luis. — Movi o céu e a terra para encontrá-lo.

O empresário jogou os pequenos pedaços de fita em um vaso sanitário que estava no escritório e deu a descarga.

— Vou encontrar o vídeo original, Luis. Se me deixar ir, não vou parar, e você sabe disso — ameaçou Isidro.

— Eu sei que você não vai encontrar. A Bruxa está a postos e não permitirá.

— Amanhã falarei novamente com Silvana, Luis. Se for necessário, conseguirei um mandado de busca para a polícia encontrar a fita. E agora me responda. Você achou o garoto?

— Eu não quero que ele veja o vídeo, entendeu? Eu não quero que ele saiba o que a mãe sofreu. Você não pode trazer isso à luz. Mas eu sei que você nunca encontrará o original.

Figueruela pegou a faca e aproximou-se do professor. Isidro não o temeu, sabia que não ia machucá-lo. Ele já havia causado todo o mal que podia. O homem de negócios cortou as cordas que seguravam os membros e o pescoço de Isidro. O professor caiu no chão, incapaz de ficar de pé. Estava tonto e não tinha forças nas pernas.

— E agora saia daqui! Ninguém vai relacionar você com a morte de Julio se você desaparecer agora. E pegue as cordas com as quais ele te amarrava! — disse Luis.

— Você vai levar a culpa sozinho? — perguntou Isidro.

— Eu o matei e faria isso de novo. Eu vou pagar.

— E o que você vai contar?

— Isso, querido professor, não é problema seu — disse ele, dando um sorriso estranho.

Isidro levantou o melhor que pôde e dirigiu-se, quase se arrastando, até a pequena porta de acesso ao local. Antes de sair, fez uma última pergunta a Luis.

— O que aconteceu depois com Salka?

— Quando a Rainha terminou com ela, colocamos suas roupas, os sapatos e a levamos no carro de Mauro. Éramos Gérmen, Mauro e eu no carro. A Rainha e Edu ficaram limpando o apartamento. Na estrada do Sul, no alto da Candelária, paramos e jogamos a mulher africana na vala.

— Vocês a jogaram em uma vala? — perguntou o professor, espantado.

— Literalmente.

— E depois?

— Todos nós seguimos o nosso caminho, com medo de que ela nos denunciasse. Pelo menos, eu estava. Acho que os outros confiavam que Salka seria incapaz, porque, dada a situação irregular, ela teria sérios problemas. Daí em diante, não conversamos sobre isso novamente e, por muito tempo, não soubemos de mais nada. Até que descobrimos que ela estava vagando, grávida, pelas ruas de La Laguna. Gérmen e Edu gostaram disso, mas eu não aguentei. Pensei em cometer suicídio, juro, mas não tive coragem.

Isidro observou, da porta, aquele espólio do que fora inicialmente um estudante brilhante e, depois, um homem de negócios próspero. As palavras de Figueruela soavam suplicantes, como se ele quisesse ouvir compaixão, talvez um "eu o perdoo" dos lábios de Salka. Mas o professor achou que nenhum desses desgraçados, incluindo Luis, merecia misericórdia. Ele abriu a porta e saiu.

O barulho chegou aos seus ouvidos depois de alguns minutos, quando ele estava se afastando daquele distrito industrial periférico localizado no meio do nada. Luis Figueruela sabia que Julio guardava a arma dentro do paletó. Deu a Isidro alguns minutos para sair dali e não ser acusado. Verificou que a arma estava carregada, retirou a trava de segurança e colocou-a dentro da boca. Mauro, Julio, Gérmen e Luis não existiam mais. Só faltava a Rainha, o que já era dizer muito.

ഗ

O contraste da hipótese funciona da mesma forma quando se julga o presumido culpado de um crime. O princípio fundamental é o mesmo: o acusado é inocente até que se prove o contrário. Portanto, a hipótese a ser testada nunca pode ser do tipo "Silvana é culpada". A hipótese sob teste (conforme exigido pela Estatística) é "Silvana é inocente". Somente se a evidência da amostragem encontrar evidências suficientes para rejeitar essa hipótese, isto é, condenar Silvana, poderemos tomar tal decisão. A falta de evidência, isto é, se não há evidência de rejeição, isso não significa necessariamente que a hipótese é verdadeira, ou seja, que Silvana é inocente. Em vez de aceitar sua inocência, Isidro não conseguira provar o contrário.

ഗ

Estava muito claro. Com base na exibição da fita, Silvana Amanca estava certa quando pronunciou essas palavras proféticas. "Você nunca será capaz de provar que sou a Rainha Bruxa." Ela tinha tomado muito cuidado para preservar a identidade.

CONTRASTES NÃO PARAMÉTRICOS

Capítulo 44

O teste não paramétrico é uma metodologia estatística de contraste em que a especificação inicial do modelo de distribuição populacional não é requerida.

Na quinta-feira, a imprensa local estampou a notícia na primeira página. Em um local industrial, apareceram os corpos sem vida de um chefe de operações antidrogas e do empresário da VOI-VOI, a Doble Virtual Operativo Informático. Os detalhes eram confusos e escabrosos. Cada jornal tomou um caminho diferente e se aventurou a especular o ocorrido. Na sexta-feira, um dos jornais deu a notícia de que restos do que parecia ser uma fita de vídeo quebrada foram encontrados. Mas, é claro, dessa forma, isso poderia significar qualquer coisa, mesmo que não tivesse nada a ver com as duas mortes. No sábado citaram fontes policiais que ligavam Luis Figueruela a Julio Domínguez. Aparentemente, eles tinham estudado por um ano na mesma classe na época da faculdade, mas essa casualidade não devia mudar a linha principal da suposta investigação policial, que ligava o incidente misterioso com uma operação de narcotráfico em grande escala. O periódico também assegurava, na ausência de confirmação oficial, que Figueruela havia assassinado o policial e posteriormente cometido suicídio.

E, basicamente, isso foi tudo. Nenhuma menção que sugerisse a presença de uma terceira pessoa no local do crime, embora isso não significasse que a polícia não a investigasse. Apenas não chegara à imprensa. Se a investigação levasse a polícia até Isidro, ele lhes diria a verdade. Seria difícil para eles acreditarem sem a prova do vídeo. Ao contrário, eles o relacionariam com as questões de drogas. Afinal, o professor havia sido conduzido (clandestinamente, que fique claro) para a sala de operações da equipe de Julio com uma fita de vídeo como a do armazém. De qualquer forma, tudo isso era muita especulação. Isidro não acreditava realmente que eles o envolveriam.

Após quase três meses de pesquisa, ele havia resolvido o "mistério Salka". Apesar de ainda haver quatro detalhes a serem resolvidos — o pior é que parecia muito improvável que o professor os resolvesse. O primeiro era a eterna pergunta cuja resposta nunca seria encontrada, porque só Salka sabia disso, e a norte-africana estava, presumivelmente, morta. Como ela conseguiu as letras de suas canções?

O segundo detalhe era o último vértice do pentágono. Silvana Amanca parecia que ia sair impune. Tinha sido tão esperta que se safaria. Isidro temia que, a essa altura, a peruana já tivesse destruído o vídeo original, a única prova confiável do que havia acontecido. A forte convicção de Luis Figueruela ao dizer que Isidro nunca a encontraria sugeriu que o próprio empresário estava ciente de que Silvana já havia destruído a fita. E, caso aparecesse, o vídeo também não a culparia. Poderia gerar, junto com o testemunho de Isidro, dúvidas razoáveis, mas não acreditava que a levaria para a cadeia. O professor passou alguns dias avaliando se deveria ter outra conversa com Silvana, mas duvidava seriamente de sua eficácia e resolveu esperar.

Em terceiro lugar, a coisa mais importante para ele agora era a salvação de seu casamento. Ele havia prometido a Marlene voltar com a prova de que ele não era louco e que sua cruzada era real. Teve a prova à frente de seus olhos, pois foi forçado a assistir. Mas agora ela não mais existia. Luis Figueruela foi um covarde até o fim.

Finalmente, embora não soubesse por quê, acreditava ter a obrigação moral de encontrar o filho de Salka. Queria saber se havia sobrevivido e, nesse caso, como havia crescido. Desejava para ele a felicidade que a mãe nunca teve. Figueruela estava procurando por ele, mas não esclareceu se havia encontrado ou não.

Também tinha que ligar para Ângela, mãe de Mauro. Ele havia prometido isso. No entanto, não tinha motivos para telefonar. Uma coisa era saber que Mauro tinha deixado Salka grávida e a abandonado, mas seria uma dor insuportável assumir que seu filho havia participado de um estupro coletivo e, como resultado, Salka teria dado à luz sem saber quem era o pai.

Como recuperar Marlene não seria um mar de rosas, no sábado, 29, foi ao hospital para tentar derrubar o fino, porém resistente, muro que se interpusera entre eles. Antônia e Arturo sorriram quando o viram, e Isidro, perante aquele gesto, achava que, às vezes, afastar-se um pouco e deixar o tempo correr podia fortalecer as relações entre as pessoas. Marlene não estava na cama.

— E Marlene? Está na reabilitação? — perguntou, confuso.

— Algo assim — respondeu Arturo. — Você ficará surpreso.

Ela saiu do banheiro na companhia de uma enfermeira e de um andador. Estava se movendo lentamente, impulsionada mais pela força das mãos do que pela ação de locomoção de seus pés, contudo estava claro que era um avanço definitivo e Isidro não conteve a emoção. Marlene, ao vê-lo, pareceu se recarregar e fez um esforço, como nunca antes, para desfilar diante dele da maneira mais digna e solene que pôde, mostrando seu progresso. O professor ficou impressionado. Seria capaz de desistir da esposa se em troca disso ela pudesse voltar a andar, mas ele queria as duas coisas e era por isso que estava lá. Quando Marlene foi para a cama, os pais se retiraram discretamente.

— Olá, amor. A última vez que estive aqui fiz uma bagunça — disse ele.

— Sim, foi mesmo. Você teve sorte por eles não terem denunciado você. Veio me dizer que vai marcar uma consulta com Brouwer?

— Não, ainda estou na minha loucura. Você já ouviu a notícia?

— Bem... você quer dizer a morte do Julio?

— Sim, pelo visto já sabe disso. Ouça. Você já viu que outra pessoa morreu naquele galpão, certo?

— Galpão? O que você quer dizer? A imprensa fala sobre uma zona industrial. Eu sei que um empresário morreu.

— Olhe, Marlene. Eu disse que, algum dia, mostraria que o que eu estava procurando não era loucura. Bem, vai ser praticamente impossível provar, mas, pelo menos, descobri a verdade. Obviamente, não vou lhe contar agora, porque você acha que estou ficando cada vez mais louco. Mas quero que, aos poucos, você possa repensar alguns dados, isto é, informações objetivas que fazem você deduzir pelas coisas que lhe digo.

— Eu não entendo, Isidro. Por favor, não comece de novo — implorou Marlene. — Se você quer salvar nosso relacionamento, você sabe que este não é o caminho.

— O que vou dizer é facilmente verificável. Até a imprensa aponta alguma coisa. Eles dizem que Julio e Luis Figueruela se conheceram na universidade. Eles eram meus alunos, Marlene, eles eram membros da conspiração que, de acordo com você, eu tenho que deletar da minha cabeça com a ajuda do Brouwer, o charlatão. Eles eram colegas de classe de Salka. E de Rosa e de Anita. Isso tudo realmente aconteceu, mas não posso provar ainda. Havia um vídeo no depósito, mas foi destruído.

— Isidro, você está me assustando. — O rosto de Marlene denotava medo e tensão.

— O que você quer dizer com isso, querida? — disse ele, se aproximando.

— Não se aproxime ou eu chamo as enfermeiras! Estou avisando! Saia daqui!

— Mas o que há de errado com você? Sua reação é desproporcional — disse ele, refazendo seus passos.

— Por que você chama de "armazém" se a imprensa não fez isso? Como você sabe que havia um vídeo quebrado? Eu li algumas informações muito pequenas e confiáveis. Eles falam sobre algo quebrado, mas não dizem que é necessariamente um vídeo — disse ela.

— Aonde você quer chegar?

— Você já esteve nesse armazém? Você estava lá quando eles morreram? — perguntou ela, alarmada.

Isidro entendeu imediatamente. Tinha estragado tudo indo até o hospital. Estava se incriminando sozinho nas mortes. Sua esposa, no momento, não era uma pessoa de total confiança, pois acreditava firmemente em sua alienação.

— Marlene! Você realmente acha que eu os matei? É isso que você está sugerindo? Eu acho que é você quem está louca!

— Isidro... preciso pensar. Me deixe sozinha.

— De acordo. O que vai fazer? Chamar a polícia e dizer que você suspeita que seu marido é responsável pela morte de Julio por ele ter te atropelado? E que Figueruela foi uma vítima acidental porque ele estava passando?

— A pista principal da investigação, segundo a imprensa, está relacionada a drogas, não a vingança. É nisso que eu acredito.

— Ah, agora sim! Agora eu entendo! Aquele porco te contou a armadilha que ele me aprontou! O vídeo que ele encheu de drogas, para então atuar como um bom samaritano que me perdoou. Agora eu sei por que ele fez isso. Para cortejar você!

— Do que você está falando? Eu sei perfeitamente que você é um consumidor habitual de substâncias narcóticas e, além disso...

— Sinto muito, Marlene! Isso passou dos limites! Faça o que você achar que é certo. Se quiser, me entregue para a polícia, ninguém vai lhe impedir. Diga a eles que você suspeita de mim como o assassino daqueles dois desafortunados. Se, por acaso, algum dia você descobrir a verdade, o remorso não permitirá que você viva.

Ele saiu do hospital e foi para casa. Havia disfarçado bem as marcas no pescoço e a dor que ainda lhe causava. No entanto, foi um erro falar com a esposa. À tarde, sua cabeça continuava voltando para todas as questões não resolvidas, mas o fracasso em se aproximar de Marlene o desmoralizou. Ele podia ver quatro becos sem saída, quatro labirintos que ele tinha que superar, embora não fosse capaz de deixar nenhum deles. Inventava sem parar possíveis soluções, mas nenhuma o convencia. Talvez no dia seguinte se sentisse mais objetivo e encontrasse alguma nova saída.

O telefone o despertou no começo da manhã de domingo. Não era seu hábito receber ligações naquele horário e, menos ainda, em um domingo. Ele olhou para o relógio. Eram 7h30.

— Alô?

— É o Isidro quem fala?

— Sim. Com quem eu falo? — A voz era familiar, mas àquela hora e sem café não conseguiu identificá-la.

— Sou eu, Silvana.

O professor saltou e levantou-se da cama, como se estivesse sendo conduzido por uma mola. Começou a andar de um lado para o outro tentando pensar. Por que ela havia telefonado para ele?

— Sr. León! Está aí?

— Sim, Silvana. A ligação me pegou de surpresa. Acredite em mim, fiquei mais assustado com a identidade do meu interlocutor do que com o som do telefone — ironizou.

— Eu sei aonde quer chegar. Está ressentido comigo depois da nossa conversa na segunda-feira passada. Admito que eu estava uma fera. Você vê, professor, eu tive alguns problemas na empresa e, certamente, descontei em você. Eu gostaria de convidá-lo para tomar algo a fim de me desculpar. Você poderia vir a minha casa para conversarmos?

Em condições normais, ele teria considerado a situação extremamente perigosa, mas, depois de ter encarado a própria morte no galpão de Edu, confrontar Silvana não o assustava tanto. Além disso, se a fita de vídeo ainda existisse, era muito provável que estivesse lá na casa dela. Não que ele fosse encontrá-la com Silvana presente, mas, pelo menos, descobriria onde ela morava e, talvez, pudesse realizar uma outra invasão. Já tinha experiência nesse sentido.

— Desta vez o jogo é seu, srta. Amanca. Quando?

— Você ainda se ressente, hein? Agora parou até de me chamar de Silvana? Ok, como quiser. Eu quero que você venha agora.

Quando Isidro a tratou informalmente, ela o tratava formalmente; e agora, o contrário. O verdadeiro espírito da Rainha Bruxa estava emergindo na forma de frases imperativas. "Eu quero que você venha agora" era uma ordem completa, mas Isidro não ia negociar.

— De acordo. Me diga seu endereço.

— Ah. Outra coisa. Traga a carta que você me falou sobre. Eu quero dar uma olhada.

Silvana estava sendo mais direta do que nunca. Isidro interpretou suas palavras como um triunfo, pois parecia que estava encurralada. Finalmente, a jogada da carta como prova teve seu efeito. Apesar de manter sua autoconfiança e seu pedantismo, teve que se rebaixar e "pedir" (na verdade, exigir) um encontro.

Ele decidiu ligar para Ângela antes de ir para a casa de Silvana. A pior notícia que Ângela poderia esperar de um telefonema de Isidro era a confirmação do que se lia na carta, mas receber algo ainda mais execrável não figurava nem em seus piores pesadelos. Então, Isidro tomou a decisão de não lhe contar a verdade. Por que prejudicar os mais idosos pelos atos repugnantes cometidos por um filho que não mais vivia?

— Ângela?

— Olá, Isidro. Eu acho que você está me ligando porque descobriu alguma coisa. Eu noto isso na sua voz, e parece que não é uma boa notícia.

— Não é exatamente isso. O que descobri é que Salka teve, sim, um relacionamento com seu filho, mas depois Mauro a deixou. Ela ainda estava apaixonada por ele, embora tivesse se relacionado com outras pessoas. A verdade é que ela engravidou e alegou que o filho era de Mauro. Ele não acreditou nela. Ele achou que era mais provável que fosse o resultado de um relacionamento posterior. É por isso que ele se recusou a ajudá-la. — O professor esperava que a mentira fosse o suficiente para agradar Ângela.

— Eu entendo. O que você acha?

— Eu? Não sei. Acho que é impossível saber exatamente, a menos que a criança apareça e faça um teste de DNA. Mas também não há pistas sobre o que aconteceu com ela. De qualquer forma, continuarei investigando.

— Não sei como devo interpretar tudo isso. Eu acho que isso me alivia um pouco. Muito obrigado, Isidro.

Ele dirigiu sem pressa para o município de El Tanque, localizado em uma área alta ao norte da ilha. Tinha a Rainha assustada, mas não sabia como incriminá-la de maneira contundente. Para fins legais, tudo o que ele tinha era circunstancial e discutível. O vídeo era a única esperança de Isidro, mas duvidava de sua existência. De qualquer forma, mostraria a carta para ela, porque se ver refletida nas palavras cruzadas poderia fazê-la perder a paciência. Contudo, não estava claro para ele o que conseguiria com isso.

— Deixe a estrada o levar sozinha — repetiu em voz baixa repetidas vezes. — O acaso é o seu guia autêntico.

Silvana Amanca morava em uma luxuosa casa composta de cinco módulos palacianos de dois andares e uma grande área de jardim ao redor. Em um dos lados, sob duas sacadas no último andar, havia uma tentadora piscina muito azulada no formato da planta sapatinho-de-judeu. A casa era de uma discreta cor creme com madeira marrom. A entrada principal obrigou o professor a subir oito degraus de uma escadaria larga ladeada por dois corrimãos marrons.

Silvana cumprimentou-o na porta da frente e estendeu as duas mãos. Isidro as sacudiu sem muita convicção. Depois do que foi visto no vídeo e na narração dos fatos, ele não gostava do papel desempenhado por aquela mulher sádica e repugnante. As mãos que ele tocou agora ultrajaram e abusaram de Salka. Mas naquele momento ele teve que se conter.

— Obrigada por ter vindo, Isidro. Entre. Eu realmente sinto muito pelo mal-entendido de segunda-feira. O que você bebe?

— Não quero nada, Silvana. Já estou aqui. O que você quer agora? Tem alguma surpresa para mim? Um assassino, talvez? — disse o professor, levantando as mãos num gesto de suposta rendição.

— Vejo que você mantém seu senso de humor. Vou beber um martíni.

Enquanto o drinque estava sendo preparado, o professor assistiu. Ele não entendia como tal mulher, com tudo a seu favor, poderia ter instintos tão primitivos e abomináveis, instintos que costumavam ser mais frequentes nos homens. Mas ficou claro que, por simples probabilidade, também deveria haver mulheres com aquela psicopatia aberrante que leva a misturar sexo e violência a extremos destrutivos.

— Por que estamos aqui, Silvana? Quem ousará expô-la abertamente?

— Sabe de uma coisa, Isidro? Eu o considero uma boa pessoa. Sim, é isso. Uma boa pessoa. Mas desde que você entrou no meu escritório na segunda-feira, meu conceito sobre você deu uma guinada. Hummm, como se diz? Bem preocupante. Eu acho que você é um pouco desequilibrado.

— De verdade? Talvez seja. Isso me faz perigoso, certo? Minha esposa também acha que sou louco. Acho que ela tem medo de mim.

— Ah! Eu não acho você perigoso. Se assim fosse, eu não teria convidado você para minha casa. Você está nervoso com algo importante, não tenho dúvidas sobre isso. Acho que o problema é que a bagunça que lhe rodeia não o deixa pensar claramente. Talvez você esteja vendo fantasmas no meio da coisa real.

— O que você quer dizer, Silvana?

— Você entrou no meu escritório falando coisas incoerentes, e isso me perturbou. E agora você ainda está nesse delírio. Eu vou lhe dizer por que o chamei. Vi nos jornais a notícia da morte de Luis Figueruela e Julio Domínguez. Estou com uma forte impressão sobre esse assunto, porque afinal, na segunda-feira, você invadiu meu consultório para me questionar sobre eles. Você falou de uma carta com seus nomes. Eu quero saber o que foi colocado nessa carta.

— Por quê?

— Porque você me acusou de algo e eu não sei o que você quer dizer. Além disso, eles estão mortos. Espero não ser a próxima só por conta de algum mal-entendido estranho.

— Você acha que eu matei eles? Porque garanto que você não seria a primeira a pensar nisso — disse Isidro, cada vez mais jocoso.

— Tanto faz. Mesmo se você for o assassino, quero deixar claro que isso não vai acontecer comigo, pois eu quero ficar à margem. Quero que minha vida permaneça tão calma como tem sido até agora.

— Onde está o vídeo, Silvana?

— Você sabe do que está falando? Está alucinando ou o quê? Ouça. Eu quero que você me mostre a carta. Talvez isso resolva as coisas para mim.

— A carta é um enigma, nada mais. E caso tenha ocorrido a você que você pode destruí-lo, eu trouxe uma cópia. Suponho que você queira verificar o quão próximo do seu cangote eu estou. Quer saber o que eu penso de você?

— Vá em frente — desafiou Silvana.

— Você é uma cadela maldita e uma sádica filha da puta!

O tapa que Silvana lhe deu virou seu rosto mais de noventa graus. A peruana, envenenada, olhou para ele com os olhos fora da órbita. Isidro não se importou. Agora sabia onde ela morava. Voltaria e procuraria a casa em busca do vídeo. Não sabia se isso serviria para incriminá-la, mas teria algo para recuperar Marlene.

— Quero que me mostre a carta.

— Para quê? Você quer ter um orgasmo enquanto lê? — respondeu ironicamente ao tirar a cópia do bolso e desdobrá-la.

— É essa?

— Sim, aqui está. Leia.

O professor entregou a ela. Queria desfrutar da reação dela quando descobrisse as letras do seu sobrenome cruzadas em na "6 vertical".

— Olhe aqui, Silvana. Na "vertical 6". "AMA" e depois "NCA". A Rainha Bruxa. Salka diz que ela tem algo de Marlene, minha esposa. Mas a verdade é que a única coisa que você e ela têm em comum é que vocês podem sujeitar e limitar toda a gama de personagens e personalidades humanas dos extremos opostos.

— Gérmen, Edu, Mauro e Apolo. O que eles fizeram, Isidro? Diga-me, por favor.

— Você quer brincar, Silvana? De verdade? Tudo bem. Eles estupraram Salka depois da festa de Natal, em 1996, e fizeram isso de maneira selvagem, imprópria para pessoas com educação. Imprópria, enfim, para seres humanos — retificou. — A Rainha, que se excitava ao observá-los, também queria petiscar, por isso abusou de Salka. Quando se cansaram, deixaram-na abandonada no meio de uma estrada. Assim, sem mais nem menos. Sem piedade. Por quê, Silvana? Simplesmente porque era negra.

— Isidro...

— Por quê, Silvana? Qual é o objetivo disso? É apenas prazer sexual? Diga-me, por Deus, eu vi o vídeo! — Chorou em voz alta enquanto suas lágrimas protestavam. — O que é que pode levar uma mulher a fazer isso? Ódio?

— Eu não sei, Isidro — respondeu, baixando a cabeça. Mas o professor colocou a mão no queixo dela e segurou firme.

— Olhe para mim! — gritou. — Entregue-se à polícia e conte toda a verdade. É a sua única saída possível, pelo menos a mais digna. Se você sair dessa ilesa, eu vou lhe acompanhar todos os dias. Aqui, em seu escritório, restaurante, ginásio e enquanto eu viver, você vai se lembrar com toda a sua crueza dos atos que cometeu em 1996. Todo mundo vai saber, eu juro.

Enquanto Isidro falava, Silvana continuou a ler a carta de Salka. Por fim, decidiu conversar.

— Escute, Isidro. Você se lembra do que eu disse no meu escritório na segunda-feira?

— A que você se refere especificamente?

— Quando você foi embora, eu lhe disse que você nunca poderia provar que eu sou a Rainha Bruxa. E essa é a realidade.

— Infelizmente, você pode estar certa. Você foi muito inteligente em preservar seu rosto ao não aparecer no vídeo. Mas isso não importa, vou denunciá-la. Talvez a carta e o vídeo sejam suficientes. Dá para ouvir um grito seu, um "Chega!" e seus gemidos. Talvez tudo isso funcione. Acredite em mim, vou me tornar seu pior pesadelo.

— Eu não estou falando sobre esse vídeo, Isidro. A razão pela qual você nunca poderá provar que eu sou a Rainha Bruxa é outra.

— Qual seria?

— Porque você não pode provar algo que não é real.

— Você ainda se atreve a brincar? Você não tem um pingo de compaixão?

— Não estou brincando. E eu vou muito mais longe. Eu posso mostrar agora quem é a Rainha Bruxa. Eu sei o nome dela.

Os contrastes paramétricos partem da premissa de que se conhece a forma da distribuição populacional. Basicamente, eles estão focados na normalidade. No entanto, às vezes essa premissa não é cumprida. Seria um grande erro aplicar um contraste paramétrico a uma distribuição que é considerada normal quando não é. Nesses casos, outra metodologia deve ser aplicada: a dos contrastes não paramétricos. Isidro concentrou toda sua busca em uma premissa básica. Tinha dado por certo que o "mistério de Salka" seguia uma distribuição simétrica e em forma de sino, normal. Mas agora, Silvana Amanca, que era sua aluna mais brilhante, parecia querer corrigir o professor. Se o ponto central da trama não fosse Silvana, o sino normal poderia entrar em colapso e, com isso, qualquer conclusão anterior.

Talvez o contraste paramétrico sugerisse ao professor que a decisão correta fosse "Rejeitar" a inocência de Silvana Amanca, mas se ela conseguisse provar que a técnica aplicada não foi correta, Isidro teria que engolir muitos adjetivos que tinha dedicado à peruana e aceitar com dignidade a forte bofetada que recebera havia alguns minutos.

INFERÊNCIA BAYESIANA

Capítulo 45

A inferência bayesiana é caracterizada pelo uso de observações para inferir a probabilidade de que uma hipótese seja verdadeira. O objetivo é analisar como as conclusões variam com as mudanças nas premissas iniciais do modelo.

Às onze horas da manhã de domingo, Adrian, desesperado, pressionou a esposa para terminar de secar o cabelo.

— Depressa ou o avião partirá sem nós! — gritou.

O ginecologista madrileno não queria perder a primeira sessão matinal do Congresso Internacional de Ginecologia a ser realizada em Tenerife a partir de segunda-feira. Ele estava casado havia três anos com a mulher que conhecera no CHU em Montpellier, onde trabalhava havia cinco anos. Agora, há apenas duas semanas, ambos moravam e trabalhavam em Sevilha. Laure Libert, finalmente e graças a ele, começou a falar o idioma decentemente.

— Estou indo, *mon amour*!

Adrian, desde que a conheceu, maravilhou-se com o profissionalismo e a personalidade da enfermeira, que nem tremia o pulso quando tinha de enfrentar a opinião sacrossanta de um médico, de forma que, se esse vociferasse, ela não deixava barato e levantava a voz até alcançar a mesma altura, nem um decibel a mais ou a menos. Laure não permitia ser desrespeitada. Nessas situações tensas, ela geralmente estava certa e o médico acabava abaixando a cabeça. Laure só argumentava quando tinha certeza de que estava certa.

— Acho que vamos perder mesmo esse voo, Laure.

— Estou pronta!

A viagem foi marcada meses antes, quando eles moravam em Montpellier. A transferência repentina para Sevilla, por conta de uma oportunidade profissional para ambos, tinha comprometido a participação de Adrian no Congresso, porque eles ainda estavam se adaptando à nova residência. Mas, por fim, o ginecologista decidiu ir para Tenerife.

Laure queria conhecer as Ilhas Canárias. Foi de lá que Salka chegara a Montpellier. A enfermeira estava presa ao fato de não ter sido capaz de fazer nada para evitar o suicídio de Salka. O único consolo que restava agora, depois de anos, era ir a Tenerife e tentar localizar um determinado Isidro León, que tinha sido professor da africana e companheiro do Mauro. Para ele, isto é, para Isidro, Salka escrevera uma carta pedindo ajuda para localizar o bebê.

Isidro e Mauro eram, segundo Salka, algo como amigos, mas muito diferentes. Eles compartilhavam uma profissão e compartilhavam um lugar de origem. Havia outra coisa, um segredo, mas Salka nunca pensou em entrar naquela seara. Na opinião da moça (e as canções do professor confirmavam isso), Isidro tinha uma sensibilidade pessoal que se opunha a de Mauro. Salka disse que não seria fácil convencê-lo, porque mal teve qualquer relação com ele. É por isso que decidiu escrever a carta de uma maneira muito especial, fazendo uma infusão de emoção, gota a gota. Agora, treze anos depois, Laure perguntaria a Isidro por que ele não fez nada pela garota africana. Ele nunca nem sequer lhe respondera.

Ao mesmo tempo, em El Tanque, Isidro tinha uma conversa interessante e intensa com Silvana Amanca.

— O que você quer dizer, Silvana? Quer me confundir?

— Não, Isidro. Se tudo que você diz que viu no vídeo for verdadeiro, agora entendo seu comportamento na segunda-feira no meu escritório. Por causa do desespero que Salka transmite na carta, não tenho motivos para não acreditar em você. Suponho que o vídeo exista e, se houver um original, ela o tem: a Rainha Bruxa.

— A quem você se refere?

— As palavras cruzadas deixam claro. "A Rainha Bruxa viveu antes e depois do campo." Sua família tinha muito dinheiro. Eles viviam em uma fazenda tão imensamente grande que expropriaram uma parte para construir um campo de futebol e ainda assim ficaram com uma fazenda em ambos os lados. O campo de futebol dividia seus arredores e, consequentemente, sua propriedade, em dois bairros. Para acessar o bairro anterior ao campo, tinha que seguir pela estrada Tacoronte, enquanto, para o bairro posterior, era a estrada Aguagarcía. E sua fazenda tinha uma parte em cada bairro. É por isso que, quando Ana disse na aula que morava perto do campo de futebol em Tacoronte, perguntamos a ela qual bairro. Antes ou depois do campo? E ela sempre respondia o mesmo: "Antes e depois do campo."

Isidro se lembrou disso. Era uma anedota curiosa naquele tempo. Os pais da garota tiveram a fazenda dividida em duas por uma expropriação, e não havia comunicação direta entre os dois lotes. Para ir da parte onde ficava a mansão para a parte onde ficava uma casa de hóspedes e uma piscina, eles tinham de contornar todo o município. Mas isso não importava agora. Sentia como se estivesse sofrendo uma transfusão extraterrestre, como se todo o sangue em seu corpo fosse abandonado por algum estranho processo cósmico de aspiração e, em seguida, fosse inserido um que não era dele, que era muito mais claro e transparente, explícito e esclarecedor, mas ao mesmo tempo confuso e chocante, porque se apoderou dele sem aviso prévio.

— Você está falando sobre...?

— Ana Eco. Não há dúvidas, professor. É Salka quem diz a você. Além disso, acho que me lembro de algo sobre a festa. Nós rimos de Salka, nós nos divertimos à custa dela. Eu fui a primeira, admito, mas não vou me justificar por isso. É o passado. Como eu estava dizendo, lembro que havia um pequeno grupo de pessoas que a defendiam de nossas garras.

— Sim, eu sei — confirmou Isidro.

— Bem, nesse grupo destacavam-se três pessoas: uma menina, eu não sei o que aconteceu com ela, acho que o nome dela era Cristina, a Anita e sua atual esposa, Rosa. Rosa é uma espécie de vendedora de Bíblias. A pobre vai ficar chateada quando descobrir. Se bem me lembro, professor, éramos tão cruéis com a mulher africana que nos confrontaram e tentaram protegê-la. Na verdade, Anita foi a última pessoa com quem vimos Salka. Anita levou-a para longe da festa, supostamente protegendo-a.

— Então, foi Ana quem a levou para um apartamento que havia alugado. Foi ela quem convidou um grupo de quatro criminosos para criar um show e se divertir. Com certeza estava tranquilizando Salka no apartamento enquanto aguardava a chegada dos escolhidos para a grande orgia.

— Sim, professor. Foi assim que deve ter acontecido.

Isidro olhou Silvana nos olhos. Toda a frieza que tinha visto já não existia, talvez por causa da confiança atualmente partilhada ou talvez porque agora o professor os examinava melhor.

Normalmente, os preconceitos implicam opiniões distorcidas sobre a realidade. O que levou Isidro a ter tanta certeza de identificar Silvana como a Rainha Bruxa? Um instinto xenofóbico, um princípio contra o qual ele lutou tanto? Nunca teria escrito nas palavras cruzadas o nome de Ana Eco sem possuir uma evidência sólida, porque ele não aceitaria que uma pessoa tão agradável, supostamente defensora da igualdade social, com uma mente teoricamente avançada, e também membro do Partido Socialista, com o qual Isidro compartilhava alguns ideais, fosse capaz de tal atrocidade.

No entanto, Isidro errara com Silvana, não aplicara o mesmo nível de raciocínio a ela. Apenas ao ouvir seu nome na boca de Rosa, apenas por induzir as provocações contra Salka, havia pressuposto seu envolvimento na orgia. Amanca era a candidata perfeita, a assediada se tornara assediadora. Seu nome se encaixava no jogo de palavras cruzadas, sim, mas ele procurara maneiras de forçá-lo e combiná-lo, dividindo seu sobrenome em dois. Inconscientemente, ele pensou, estava lutando contra a xenofobia com mais xenofobia. Não por suspeitar de Silvana, o que era lícito, mas por afirmar sua culpa.

Isidro sempre considerou a metodologia clássica como uma metodologia do preconceito. A metodologia bayesiana, por outro lado, era a verdadeira estatística antipreconceito. A diferença é que a primeira considera o parâmetro populacional que se pretende estimar ou contrastar como uma quantidade desconhecida, mas fixa, isto é, uma constante. No entanto, a metodologia bayesiana considera o parâmetro populacional desconhecido como uma variável aleatória, de modo que pode ter valores diferentes. Silvana tinha sido a constante fixa e imóvel à qual Isidro, professor da Estatística mais clássica, considerava invariável. Mas a própria Silvana, como a estudante aplicada que sempre tinha sido, tinha-lhe dado uma lição de estatística bayesiana: o parâmetro desconhecido era a Rainha Bruxa, e, sem um contraste, o professor não teria por que colocar nome e sobrenome.

ও

— Silvana, eu... estou muito envergonhado. Acho que lhe devo desculpas e não sei se isso será suficiente para você, sei que não é para mim. Eu caí em uma armadilha contra a qual sempre lutei. Eu não comparei, eu saí julgando. Para mim é um erro imperdoável.

— Ora! Não adianta se açoitar. De minha parte, considerarei que você me deve um jantar romântico. Bem, um jantar. É melhor esquecer a parte romântica — brincou Silvana Amanca.

— Eu ainda não acredito nesta última reviravolta. Eu tinha tanta certeza... que idiota eu fui!

Isidro contou-lhe todos os detalhes, desde as cenas mais assustadoras do vídeo até a raiva por Marlene julgá-lo louco.

— Ei, talvez você nunca possa expor publicamente Anita, mas, se quiser, posso ajudá-lo a trazer sua esposa de volta. Suponho que se eu corroborar sua história, ela acreditará em você.

— Pode ser. No entanto, é capaz de ela achar que você é minha amante ou talvez pense que você é uma doida que conheci em um centro de loucos. Enfim, vou pensar nisso, talvez funcione. Se eu decidir aceitar sua ajuda, avisarei você.

— O que você pretende fazer, Isidro?

— Não sei. Agora entendo por que Luis Figueruela morreu tão certo de que eu nunca recuperaria o vídeo. Quando falei com ele, mencionei os personagens que Salka acusava na carta. Eu mencionei o seu nome. Luis sabia que meus dados continham um erro importante e é por isso que ele achava que nunca conheceria a verdadeira identidade da Rainha Bruxa.

— Se eu puder ajudar, conte comigo. Mas acho que, mesmo que o vídeo apareça, não há nada a fazer sem uma confissão da própria Anita.

— Não. Não há mais nada a fazer. Eu sinto muito por Rosa. Ela tem sido enganada durante todos esses anos. Rosa é uma boa pessoa. Um pouco radical com suas doutrinas, sim, mas tem um grande coração.

— Acho que Rosa deveria saber, Isidro.

— Não estou certo disso. Vou ter que pensar com cuidado. Bem, é melhor eu ir.

— Não, fique um pouco. Aceita agora a taça que lhe ofereci quando você chegou?

— Sim, Silvana, claro. Sinto como se você fosse uma filha que eu abandonei quando criança e agora estou finalmente reencontrando, mas envergonhado.

— Isso parece muito patético! Olha, você vai ficar para almoçar comigo e eu vou animá-lo um pouco. Você está tão deprê que irrita!

Isidro ficou na casa de Silvana até às sete horas da noite. Eles conversaram sobre a época da faculdade de Silvana, sobre sua ascensão meteórica no ramo têxtil, o trabalho de Isidro León na ULL... falaram sobre tudo, exceto o "caso Salka". Aquele assunto ficou de lado desde a manhã. O professor foi descobrindo em Silvana uma mulher muito empreendedora, apaixonada por seu trabalho e suas realizações profissionais, com uma certa arrogância excessiva, sim, mas aqueles eram apenas traços de personalidade e, como tal, tinha que respeitá-los. A única mas profunda rejeição que sentia era provocada por aquele passado cheio de excessos que levaram Silvana a desprezar Salka. Ainda hoje, ela falou com desdém da africana. Silvana, é claro, não parecia ser uma daquelas pessoas que se deixavam levar pelas desgraças dos outros. Ao contrário, havia analisado a carta com frieza e, com essa mesma frieza, identificara o nome de Ana Eco.

Quando o professor chegou em casa, ele desdobrou as palavras cruzadas, apagou o nome Amanca e concluiu o enigma com o nome da deputada socialista.

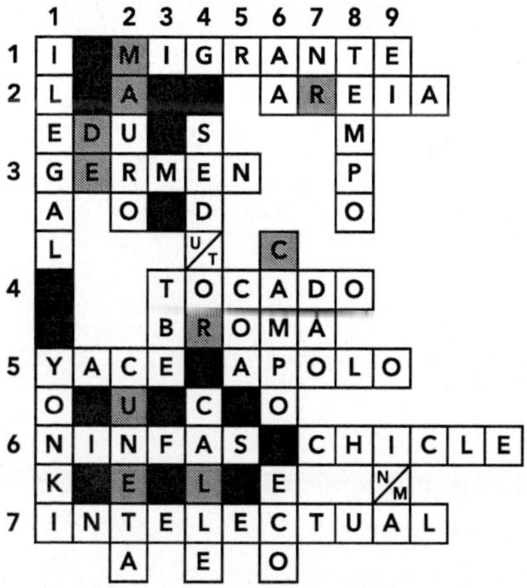

Naquela noite, fechando o mês de janeiro, Isidro dormiu melhor. Ele não conseguira aniquilar os cinco desafortunados, mas quatro deles não viviam mais. Sobrava apenas a mulher. O professor costumava presumir ser um porta-estandarte na defesa da igualdade dos sexos, mas às vezes caía no erro da discriminação positiva. Naquela noite, novamente, a ideia da superioridade intelectual das mulheres passou pela sua cabeça. Ana Eco, claro, dentro de sua perversão e maldade, sabia como se esconder e se proteger. Não caíra nas fraquezas dos companheiros de más ações. Mauro se perdera no álcool. Talvez aquela maldita noite tenha sido um impulso por conta de sua queda. Luis Figueruela não conseguiu manter a calma. Seu pesar tardio e inútil e seu próprio desarranjo o desmascararam. Julio fora descoberto, mas não por engano, e sim por petulância. Ele havia exibido com orgulho insano suas ações. Quanto a Gérmen, ele também estava morto e, embora não soubesse da causa, podia adivinhar que seu desaparecimento estava relacionado a Salka. Em resumo, a blindagem de Anita, seu talento e engenhosidade, tornavam muito difícil desmascará-la. E, mesmo assim, uma vez identificada, parecia impossível para ele que ela admitisse suas ações.

Na segunda-feira, 31 de janeiro, último dia do mês, ele foi trabalhar com as marcas visíveis no pescoço. Tinha um profundo sentimento de vazio, de não saber que direção tomar em sua vida. Tudo acabou, mas sem um final feliz. De qualquer maneira, ele nunca poderia ter sido feliz, porque Salka pagou por isso com a vida. Isso, pelo menos, é o que Figueruela e Edu haviam assegurado. Depois de tantas surpresas, não estava disposto a ter certeza de coisa alguma. Naquele dia começaram as aulas do segundo semestre. No meio da manhã, ele se encontrou no refeitório com Agustín, sobrinho de Figueruela. O jovem viu o professor e acenou para ele. Isidro se aproximou.

— Olá! Posso sentar?

— Claro, professor.

— Como vai?

— Eu? Normalmente você me pergunta sobre Sara ou meu tio. Agora ele foi eliminado. De restante, estou inteiro, suponho. Sara está pior. Eu acho que ela se sente culpada, como se ela é quem tivesse abandonado meu tio. Embora no fundo, o sentimento de culpa seja pela gravidez.

— Sim, suponho que seja para isso. Você sabe alguma coisa sobre Rebecca?

— Estava no funeral com a filha. Sara não, ela preferiu ficar em casa. Sabe o que preocupava Sara até alguns dias atrás, quando meu tio morava lá? Que aquela cobra, como ela dizia, ficasse com tudo. Mas acho que ele deixou sua fortuna dividida igualmente entre elas e mim. Eu tenho meus informantes, pessoas que trabalham na VOI-VOI.

— É uma boa notícia, Agustín.

— Para Sara, sim. Estou feliz por ela. Para mim, de verdade, eu não me importo. Não estou dizendo que não gosto de uma injeção financeira para decolar quando terminar meus estudos, mas é apenas dinheiro.

— Sim, eu entendo. Todos vocês passaram por uma verdadeira provação. O que vai acontecer com a empresa?

— Bem... eu acho que daqui a alguns anos, a filha de Rebecca e eu estaremos no comando da VOI-VOI. Espero terminar meus estudos em Economia, e acho que Fiona, embora ainda pequena para dar credibilidade, tem interesse em Direito, então, pode ser uma combinação perfeita.

— Você tem falado com Rebecca? — perguntou curiosamente.

— A verdade é que nunca nos falamos muito, exceto nas poucas vezes em que pisei na VOI-VOI e dissemos algo trivial. Depois que Luis deixou Sara, não nos encontramos novamente. Até o funeral. Nenhum de nós, incluindo Sara, acredita que faz sentido guardar rancor, isso não leva a nada. Além disso, complicaria as coisas em face dos aspectos materiais desagradáveis relacionados à herança. O que mais me surpreendeu foi a reação de Sara. Eu disse a você que, até recentemente, odiava Rebecca a níveis extremos. Agora, as coisas mudaram, professor.

— Suponho que Rebecca ficara arrasada e Sara respeitara sua dor.

— Não, há outra coisa, tenho certeza. Sara insinuou para mim que Luis não se comportou muito bem com elas.

— Com elas? — perguntou Isidro.

— Exato! Eu também fiquei surpreso com o plural da expressão. Ela não estava se referindo apenas à Rebeca, mas também à Fiona. Eu acho que você pode interpretar isso, basicamente dessa forma: Sara estava se referindo a Fiona. Pedi esclarecimentos e ela se fechou, tenho certeza que por conta de seu nervosismo. Ela sabe de algo sobre o relacionamento de meu tio com a filha da Rebecca. Eu não sei, talvez seja bobo, mas, pela expressão de Sara, parecia muito ruim.

— O que você deduz? — Isidro sempre confiara na grande inteligência de Agustín. Sua opinião costumava ser bastante precisa.

— Olha, professor. Se Sara de repente mudou seus sentimentos em relação a Rebeca, só consigo encontrar uma explicação: que elas se falaram. Mas por que se falariam se não gostavam uma da outra? Acho que Rebecca ligou para Sara para lhe dizer alguma coisa, ou talvez pedir conselhos. Não vamos esquecer que Sara é a pessoa que melhor conhecia meu tio. Tinha que ser algo muito importante para que, agora, Sara mostrasse a Rebecca uma atitude compassiva.

Era uma dedução lógica e inapelável. Agustín não parava de surpreendê-lo.

— E isso... você deduz isso só por causa da atitude de Sara?

— Bem, professor... desta vez eu trapaceei um pouco. Na sexta-feira passada, dez dias atrás, Sara recebeu uma ligação do telefone particular de Rebecca. Eu verifiquei no servidor de chamadas recebidas. Que fique registrado que eu o fiz porque suspeitei que a ligação havia ocorrido, então meu argumento ainda segue original.

— Tudo isso leva a uma conclusão, Agustín?

— Não, mas pretendo investigar para descobrir o que aconteceu.

PROVAS DE BONDADE DO AJUSTE

Capítulo 46

O objetivo desses testes é determinar se os dados da amostra se encaixam ou não em uma dada distribuição de probabilidade (dada como hipótese).

Fevereiro de 2011

Na terça-feira, dia primeiro de fevereiro, Rosa recebeu uma ligação misteriosa. Estava no sofá em casa assistindo à televisão, enquanto tomava um café com leite, quando o telefone tocou. Eram dez da manhã.

— Alô?

— Olá! Ana Eco, por favor?

— Desculpe, ela não se encontra. Está viajando a trabalho. Com quem eu falo?

— Eu tinha lido na imprensa que estaria em Madrid o dia todo, mas queria ter certeza. É realmente com você que quero conversar. Eu sou Silvana Amanca, acho que você se lembra de mim.

— Sim, claro... como você está? Anita me disse que um dia ela se encontrou com você.

— Estou indo muito bem, Rosa. O que me preocupa é como estão as coisas com você, especialmente em seu relacionamento com Anita. Vocês são um casal, certo?

— Sim, somos. Por que a pergunta?

— Olha, você não vai gostar do que vou te dizer. Aliás... isso vai destruir você. É sobre Anita.

— Mas, claro! Deve ser algum outro rumor infundado, e não seria a primeira vez que recebo uma ligação deste tipo. Você vai me dizer que Anita tem um relacionamento com outra mulher, que me trai, e que sua intenção não é me prejudicar, mas abrir os olhos. Estou errada?

— Você está errada, Rosa, é algo mais sério do que qualquer um desses disparates. Não é sobre chifres, eu bem queria que fosse sobre isso.

— Algo aconteceu com Anita? Sofreu um acidente? — Rosa agarrou-se a uma das almofadas do sofá.

— Não, é outra coisa. Eu gostaria de me encontrar com você para conversar cara a cara.

— Diga-me o que você tem para me dizer no telefone. Aí, eu posso medir o valor da informação — exigiu a cristã.

— Como quiser. Você sabe que Isidro León tem nos investigado há algum tempo. Eu quero dizer, os colegas da mesma turma.

— Sim. É algo relacionado a Salka.

— Olha, Isidro tirou conclusões precipitadas. No começo, ele estava indo pelo caminho errado, mas, graças à minha ajuda... bem, à minha memória, ele conseguiu desmascarar o que aconteceu 14 anos atrás.

— Como assim, Silvana?

— Você se lembra daquela festa que comemoramos, pouco antes do Natal, quando estávamos no primeiro ano? Salka estava lá.

— Claro, Silvana. Essa festa é inesquecível para a maioria de nós. Tenho a impressão de que há pessoas que não deveriam se orgulhar do que fizeram lá.

Foi um golpe direto, mas Silvana não estava disposta a perder tempo explicando ou justificando sua atitude injustificável naquela noite.

— Sim, é verdade, tem razão. Mas você não sabe o que aconteceu depois. Cinco pessoas levaram Salka para um apartamento.

— Perdoe-me a interrupção, Silvana, eu... não interprete mal o meu comentário. Não sou ninguém para julgar você nem os outros que tentaram humilhar Salka. Com certeza, Deus já lhe perdoou e eu não farei nada diferente disso.

Silvana concluiu, surpresa, que Rosa lamentava mais sua reprovação do que a atitude dela em relação a Salka.

— Eu disse que agora isso não importa mais. Como falei, cinco pessoas violentas, quatro rapazes e uma mulher, levaram Salka a um apartamento e a estupraram lá. Eles a estupraram, Rosa. Isidro estava convencido de que eu era a mulher que participara do estupro. Você sabe, a fama me precede por toda a minha vida.

Rosa começou a intuir para onde a história estava indo, mas não acreditava estar pronta para ouvir. Como defesa, pressionou o celular contra a cabeça.

— Existe um vídeo — continuou Silvana. — A mulher gravou, mas tomou muito cuidado para não aparecer em cena. Isso reforçou a convicção de Isidro sobre mim. Mas eu não estava lá naquela noite.

Rosa respirou mais tranquila. Pensou, por um momento, que ela relataria a existência de uma violação gravada onde sua amada pudesse ser vista participando. Teria sido um absurdo. Anita nunca seria capaz de fazer algo tão brutal. Um dos dois: ou Silvana era culpada e queria desviar a atenção, ou alguém estava acusando Anita apenas por ser lésbica. Embora, claro, houvesse a terceira possibilidade, a mais lógica, que a história de Silvana era absurda, um disparate sem sentido algum derivada de um mal-entendido ou de uma mente distorcida que queria machucar os outros. Duvidava que existisse um vídeo assim, com o rosto de seus companheiros, e que nunca lhe houvessem confessado.

— O que você pretende? Você está acusando Anita? É o que eu posso deduzir das suas palavras!

— Eu avisei que ia ser muito difícil, Rosa. Entendo que você não acredite em mim, mas posso lhe mostrar. Eu não vi o vídeo, mas, pelo que ouvi, a crueza de suas cenas criaria danos irreparáveis no seu espírito. E até mesmo no meu!

— Quem foram os participantes?

— Eles estão todos mortos.

— Claro! Se isso é uma piada, é de muito mau gosto, Silvana!

— Gérmen, o "neonazista". Edu, o "educado", lembra? Julio Domínguez. Mauro, o professor. E Apolo. Você deve saber que Edu e Apolo morreram na semana passada. Você sentiria calafrios se soubesse as circunstâncias da morte, por isso que me revelaram em segredo.

— Não acredito em você, Silvana. E se fosse verdade, poderia ser você a quinta pessoa.

— Eu já disse, Rosa, que posso provar para você. Salka escreveu uma carta a Isidro em que identifica Anita como o topo responsável pelo que eles fizeram. Sinto muito.

— Onde está Salka? Por que ela não fala por si mesma?

— Eu acho que ela morreu alguns anos depois do estupro, conforme deduzido a partir das palavras de Apolo e Edu, mas isso não foi confirmado.

— Tudo bem, Silvana. Há uma parte que não entendi bem, embora duas explicações se encaixem. Ou Salka escreveu uma carta a Isidro 13 ou 14 anos atrás, e ele, incompreensivelmente, esperou até agora para trazê-la à luz, ou Salka escreveu recentemente da sepultura. Me tire essa dúvida, Silvana, porque, senão, vou pensar que sua história é cheia de buracos — argumentou, triunfante.

— Isso não é o que importa, Rosa, e você sabe disso. O vídeo foi destruído há alguns dias no armazém, mas era apenas uma cópia. Isidro acredita que o original está aí, na sua casa. A menos que Anita tenha destruído, isso também é possível.

— Ok. Pare de fazer jogo. Diga-me exatamente onde tenho que olhar. Eu acho que alguém deve ter entrado e escondido. O que é isto? Um esquema para acabar com a carreira política dela ou um programa de câmeras espiãs?

— Quando você assistir àquele vídeo, se o encontrar, vai ficar petrificada.

— Suponhamos que tudo que você diz é verdade. De acordo com você, Anita não é vista no vídeo, mas Salka diretamente acusa minha esposa na carta. Por que Isidro, quando veio nos ver, não disse nada? Na verdade, ele agiu com Anita com uma gentileza excessiva. Qual é o ponto?

— A carta nomeia Anita, mas Isidro não conseguiu interpretá-la.

— Como é possível isso? — perguntou Rosa, intrigada.

— Dentro de uma hora espero você com uma cópia da carta na cafeteria Tijarafe, em Santa Úrsula. Você mora perto, então não será difícil vir. Lá, vou mostrar-lhe o nome de sua amada esposa escrito em letras de sangue. De sangue africano.

A busca pela casa foi compulsiva e descontrolada. Não pretendia disfarçar o distúrbio que gerava. Quando Silvana lhe mostrou essas malditas palavras cruzadas, Rosa não teve dúvidas de que algo sério havia acontecido entre Salka e Anita. Por que a chamava de Rainha Bruxa? Sentiu seu mundo desmoronar. Era verdade que a carta não provava a versão de Silvana. A cristã disse que não acreditava nela, que o vídeo era uma invenção para desacreditar sua esposa. Além disso, a própria Silvana admitira que não havia visto as supostas imagens. Mas, no fundo do seu ser, Rosa sabia que um vídeo iria aparecer. Era um forte palpite.

Se Anita quisesse esconder alguma coisa para que Rosa não conseguisse encontrar, onde o faria? Já esvaziara gavetas, armários, prateleiras. Seria absurdo estar em lugares tão óbvios. Teria que ser um esconderijo muito bom. Depois de três longas horas de inspeção, Rosa se rendeu. Ela não tinha mais onde procurar. Era um alarme falso. Ou talvez Anita tivesse destruído o vídeo. Exausta após a busca, ela se sentiu envergonhada por duvidar de sua esposa. Levaria uma hora para organizar tudo. Não queria que ela soubesse o que tinha acontecido quando voltasse à noite. Talvez contasse no dia seguinte e ambas rissem de Silvana.

Antes de recolher tudo, foi até a cozinha e preparou um macarrão para o almoço. Para servi-lo, abriu um pote de molho de tomate e uma lata de atum. Então, tirou uma cerveja da geladeira e provou enquanto a massa estava cozinhando. Onde um vídeo pode ser escondido?

Uma ideia absurda (ou não?) passou pela sua cabeça. Não fazia sentido, mas esperou até que os minutos de cozimento passassem e escorreu a massa. Então, foi para o gabinete de televisão. Havia uma coleção de fitas de vídeo antigas. O sistema VHS não era mais usado, mas Anita e ela ainda tinham fitas antigas e um videocassete. Revisou as fitas uma por uma. Já havia olhado para elas durante a busca, mas talvez o suposto vídeo tenha sido exposto diante de seus olhos de uma maneira óbvia. Se assim fosse, teria uma capa que geraria rejeição: um vídeo que ela não ia querer reproduzir em nenhuma circunstância. Por exemplo, um vídeo com o título de "Reunião eleitoral do PSOE na cidade de Zamora, 1996" que tinha em sua mão. Anita sabia que Rosa jamais sonharia em vê-lo, porque Rosa odiava política e, por extensão, os encontros absurdos que só serviam para exaltar os tolos, dizia ela.

— Eu nunca veria algo assim. E menos ainda em Zamora — disse a si mesma.

Rosa colocou a fita no aparelho. Depois de um momento, a imagem de um político apareceu na tela da televisão, diante de um microfone, conversando com uma multidão. Apertou o botão de avanço rápido até a fita chegar ao fim. Nada. Continuou procurando por outros possíveis vídeos suspeitos e repetiu o mesmo processo. Depois de 45 minutos, chegara à conclusão de que desperdiçara seu tempo e que o macarrão esfriara.

Ela almoçou tranquilamente e, assim que terminou, recebeu uma ligação de Anita. Rosa ponderou a possibilidade de contar-lhe sobre a estranha conversa com Silvana, mas preferiu esperar um pouco mais. Se sentiu culpada por ter desconfiado e disse palavras muito amorosas, que ela nunca havia dito.

Sentou-se à televisão e, enquanto estava zapeando, viu um anúncio para uma empresa de informática onde anunciavam vários artigos: computadores, alto-falantes, impressoras, reprodutores multimídia, digitalizadores de vídeo, sintonizadores de TDT, navegadores...

— Digitalizadores de vídeo? — indagou. — Como isso não me ocorreu antes?

Talvez Anita tivesse transformado a gravação analógica em digital e depois teria se livrado do vídeo original. Então seria muito mais fácil esconder algo tão pessoal. Nesse caso, onde estaria o arquivo? No seu laptop? Não, era uma loucura, porque sempre carregava com ela. Deixaria essas imagens comprometedoras em casa. Mas o computador de mesa era usado por ambas, então Rosa suspeitava que, em qualquer caso, deveria estar armazenado em um disco ou cartão de memória. Se essas imagens existissem!

Anita mantinha muitos CDs em seu escritório particular, escritório que Rosa já havia olhado, mas agora à procura de algo tangível. A melhor maneira de esconder algo, raciocinou, era digitalizar, repartir. Leu as capas de cada CD em busca de algo suspeito. Então, viu. O coração de Rosa acelerou, e ela mergulhou em um mundo até então desconhecido. O disco tinha, escrito por fora, em letras minúsculas e não muito chamativas, "Amistoso de Futebol Mauritânia-Espanha". Anita sabia que Rosa odiava futebol, mais que política. Ela, no entanto, gostava. Rosa nunca tinha reproduzido esse disco, mas a palavra Mauritânia era sinônima de Salka. Seu pulso tremeu. Pegou o CD, na verdade um DVD, que caiu no chão duas vezes. Seus dentes gritavam, mas tinha que ser forte. Ligou o computador e introduziu o disco.

No dispositivo de armazenamento removível o "drive DVD-RAM (E:)" abriu. Continha apenas um arquivo de vídeo. Rosa não conseguiu reproduzi-lo. Sentiu como se estivesse à espera dos resultados de um teste de marcador tumoral: clicar duas vezes sobre o arquivo poderia destruir sua vida para sempre. Nada seria como antes. Mas tinha chegado até ali e agora não poderia desistir.

Clique, clique!

Uma pequena tela foi aberta. A mensagem era clara. "Digite o código de acesso". A dedução era lógica. Por que uma senha seria necessária para assistir a um jogo de futebol? Rosa tinha poucas dúvidas das palavras de Silvana, se é que restava alguma. Anita escondia algo por trás do título. Mauritânia-Espanha. Salka-Anita.

— Código. Que código você usou, Anita?

Tentou tudo o que podia pensar: aniversários, nomes, tudo isso de novo, mas escrito ao contrário, número de identidade... tentou o seu nome, Rosa, mas depois pensou que absurdo seria se Ana Eco escondesse Salka atrás do nome da própria esposa. Teria sido muito mórbido. Quando teria digitalizado o vídeo? O código pode ser qualquer coisa relacionada ao seu passado, antes do seu relacionamento atual. Estava cansada de tentar possíveis senhas pessoais.

— E se a senha tem a ver com o conteúdo? É possível

Ocorreu-lhe escrever o nome de Salka. Nada. Tentou "africana", "negra", "Salkanegra" e outras combinações relacionadas. Mas o arquivo não foi aberto. A cristã levantou da cadeira. Sua cabeça doía. Foi até a cozinha e preparou um café para descansar. Ficou pensando em combinações de personagens. Quando o café estava saindo, outra possibilidade lhe ocorreu. Tinha procurado uma palavra-chave relacionada com a vítima, mas não aos agressores.

— E se? — disse ela, sentando em frente à tela com a xícara de café na mão.

Silvana tinha dito que, de acordo com Isidro, os cinco participantes do estupro tinham um apelido. Decidiu tentar as iniciais. A de Apollo, R de Rainha, N de neonazista, P de professor e E de Edu. Havia cento e vinte permutações possíveis com essas letras, mas estava disposta a experimentar todas. Embora não tenha sido necessário.

Na primeira tentativa, tentou reunir uma palavra com significado. Ele formou "PENAR" e digitou.

— Se isso for verdade, Anita, você terá que cumprir uma pena, mas vai arrastar a mim também — disse Rosa, justamente quando pressionou a tecla 'Enter'.

Imediatamente, cruzou os dedos. Durante décimos de segundos, a tela do computador mudou, a janela auxiliar do pedido da senha desaparecendo. Mas então a janela indesejável retornou. Rosa intuiu outra opção. Anita, apesar de ser uma socialista, era uma oculta defensora de hierarquias e dava o valor que cada pessoa ou coisa merecia.

Se jogasse com essas iniciais, em que ordem as colocaria? Primeiro, a rainha. Ela se consideraria a mais importante. Então os mais violentos, porque eles seriam seus homens de confiança. Depois escolheria Luis por ser um estudante como ela. E deixaria o professor por último.

Sem descruzar os dedos, segurando o copo com dificuldade, digitou a palavra "RENAP" e, sem muita convicção, pressionou a tecla "Enter". Em seguida, a xícara de café caiu dramaticamente de suas mãos e quebrou.

Não é tão estranho. Quando se tenta quebrar um código secreto criado por alguém que você conhece bem, a probabilidade de adivinhá-lo não é tão pequena como pode parecer. Ela exige, sim, um exercício de paciência disciplinada e, acima de tudo, um método. Você tem que saber como funciona a mente da pessoa. E depois tentar de novo e de novo, sem hesitar. Rosa foi muito metódica e finalmente adivinhou o código.

Quando viu que as imagens eram reais, vendo a anoréxica africana em sua calcinha, encurralada em uma cama, enquanto seus companheiros zombavam dela, Rosa acreditava que seu Deus havia escolhido este momento para submetê-la ao teste mais doloroso a que todos os mortais se veem condenados em algum momento de suas vidas. Ela não parou de olhar nem por um momento sequer. Deus queria que testemunhasse o horror em toda a sua magnitude, para queimá-lo na retina até as profundezas de sua consciência. Sabia que seu choro incessante não seria de nenhum consolo. Não desta vez. Sentiu a dor de Salka, a dor de existir, a insignificância do ser humano e seus sentimentos, o absurdo da vida e tudo que a fazia repensar suas crenças e sua fé desde a base.

Naquela mesma tarde, Rosa se tornara uma mulher muito mais madura do que gostaria de ser. Ela se sentiu suja e envergonhada porque, por vários minutos, seu choque emocional se concentrou na trapaça e no estresse que sofrera por conta da Anita. Sua esposa a traíra e isso a preenchia de raiva e dor. Mais tarde, em um exercício introspectivo de sensibilidade, ela concluiu que não era a vítima nessa atrocidade. Agora, lhe doía a pele africana de Salka, seu coração, sua capacidade de escapar do sofrimento e sua dor pesava.

Nos contrastes paramétricos e não paramétricos, a hipótese a ser contrastada é uma afirmação referente a uma característica da população. Esta população tem uma distribuição de probabilidade, conhecida no primeiro caso e não conhecida em contrastes não paramétricos. Mas os testes de qualidade e de ajuste vão muito além. A hipótese que é contrastada é precisamente a distribuição da probabilidade populacional. Não sabemos se (por exemplo) a população segue uma distribuição normal, mas é isso que é contrastado. Rosa partira da hipótese da normalidade em seu relacionamento, mas até agora ela nunca havia considerado contrastar essa lei. Mas graças a (ou por causa de) Silvana Amanca, ela contrastou a "bondade" de Anita e, em face da evidência da amostragem, a rejeitou.

Agora, Rosa está no Hospital Universitário das Ilhas Canárias, apresentando-se à esposa de Isidro León. Foi fazer o que sabe melhor: ajudar os outros.

— Sou Rosa, uma ex-aluna do Isidro. Uma vez conversamos ao telefone, mas você se passou pela irmã dele. Eu não lhe culpo, Marlene, entendo como você se sentiu.

— O que quer? Ele mandou você aqui?

— Ele não sabe que estou aqui. Nós não nos vemos há um mês. Mas uma amiga em comum, uma conhecida me contou o quanto seu relacionamento está ruim. Eu sei que seu marido teve um comportamento muito estranho. Tudo começou com uma carta que ele recebeu, em que uma alma inocente, tão inocente que acreditava que um professor também seria um tutor, pediu desesperadamente por sua ajuda. Seu marido é incapaz de negar a mão a alguém que vai cair no abismo, mas a carta chegou tarde e Salka acabou caindo.

— Não entendo. Eu quero que você seja mais explícita ou eu vou pensar que isso é uma manobra de Isidro para permitir que ele entre na minha vida novamente.

— Eu não quero que você me entenda, não vou explicar nada a você. Você só tem que saber que o que ele disse era verdade. Ele estava investigando uma trama tão incrível que minhas palavras não serviriam para convencê-la. Você o acusou de ser maluco, mas essa questão é tão cheia de dor e é uma dor tão intensa que ela também espirrou em você. Em seus gêmeos.

— Do que você está falando? — Marlene estava começando a perder a paciência.

— Eu trouxe um DVD e vou conectá-lo à sua TV. Vou sentar ao seu lado sem dizer nada enquanto você assiste a esse vídeo e entenderá o que aconteceu. Vou segurar sua mão e nós duas vamos chorar juntas. Adianto, Marlene, que não haverá consolo possível para o nosso choro. Então, vou pegar minhas coisas e sair. Com certeza, você ligará para seu marido e o amará mais do que jamais imaginou. Você vai entender que ele não é culpado de nada, ele é apenas outra vítima, cujo único crime era se intrometer no que deveria. Porque todos nós temos a obrigação, ou pelo menos a opção, de fazer algo por alguém. Isidro não ponderou muito, isso ficou claro desde o começo.

Naquela noite, no dia primeiro de fevereiro, Marlene telefonou para o marido e pediu desculpas por não ter acreditado nele, mas também pediu a ele que lhe desse alguns dias para assimilar o que aconteceu. Se o marido não tivesse sido tão generoso com os outros, se ele tivesse sido apenas um pouco mais egoísta e tivesse desistido do enigma no início, se ele tivesse se entregado completamente à esposa grávida, ela não estaria naquela cama, e os gêmeos teriam continuado a se desenvolver.

Isidro ficou surpreso. Sua vida com Marlene, que achava definitivamente perdida, ganhou uma segunda chance como por mágica, e não estava disposto a perdê-la. Nunca poderia pagar a Rosa o que ela havia feito por ele. Agora, Marlene precisava de um pouco de ar, lógico. Ele tinha cometido alguns erros por sua ofuscação inicial em continuar com essas pistas e enigmas. Não tinha certeza se tinha valido a pena. Ele conseguira desmascarar aqueles desgraçados, sim, mas isso não devolveria nada a Salka. Em troca, havia perdido muito ao longo do caminho. Os gêmeos. Quase perdeu Marlene também. O professor duvidou se ele havia ou não feito a coisa certa. Mas a vida consistia em optar.

ANÁLISE DE VARIÂNCIA

Capítulo 47

A análise de variância é um teste estatístico que determina o comportamento de uma resposta variável em relação a certas alternativas (fator). Em outras palavras, trata-se de analisar se, em diferentes condições de um fator ou causa, respostas ou efeitos diferenciados são produzidos.

Rosa estava sentada no sofá quando Anita entrou com seu eterno sorriso pintado na boca. Ela parecia muito feliz, talvez por causa das palavras gentis que a esposa havia dito ao telefone. A casa estava de cabeça para baixo, Rosa não quis recolher nada. Anita se deparou com a bagunça e sabia que algo estava errado. Seu sorriso desapareceu. Ladrões teriam entrado e Rosa estava esperando pela polícia?

— Olá, amor. O que aconteceu?

Rosa não respondeu. Apenas levantou o DVD e o mostrou para ela.

— O que isso significa, Rosa? — perguntou, nervosa, reconhecendo as linhas do título a dois metros de distância.

— Explica você, Anita.

— Eu não sei o que você quer dizer. O que há nesse disco? De quem é?

— Bem... receio que seja você. A Rainha.

O rosto de Anita mudou de cor. A Rainha? Como Rosa poderia saber disso? Teria Isidro tomado passos mais longos do que Edu e Figueruela haviam dito a ela? Não poderia ser. Era um mal-entendido, uma coincidência.

— O que você quer dizer com Rainha? — indagou, confusa.

— A Rainha Bruxa. Ela vivia antes e depois do campo. Você se lembra?

— Eu não entendo, Rosa. Pare de jogar e explique o que está acontecendo. Foi você quem deixou a casa assim?

— Sim, Anita. Passei o dia procurando por isso. Estava no meio dos seus discos. Você vai me dar uma explicação ou devo imaginar o que não se vê na tela?

— Eu quero que você coloque esse disco em um computador e mostre para mim. Não tenho ideia do que se trata — desafiou Anita.

— Você acha que se eu tentar reproduzir não vou conseguir ver? Quer que eu diga o código de acesso?

Anita ficou lívida. Não podia ser! De maneira nenhuma! Mas Rosa foi contundente:

— R de Rainha. Posicionando-se em primeiro lugar. Eu não esperava menos de você. E de Edu, o educado Julio. N de neonazista, em homenagem a Gérmen. A de...

— Chega! Você não precisa continuar! — gritou Ana.

Rosa olhou para ela, mas Anita, incapaz de enfrentar o caos, baixou a cabeça.

— A de Apolo e P de prof... — continuou Rosa, implacável.

— Eu disse pra parar agora!

— Por que você não gritou para aqueles quatro filhos da puta quando eles estavam abusando de Salka? Teria sido fácil. Eu vou dizer por que você não fez isso. Porque eles alimentavam a sua morbidez e o seu sadismo. Para você, eles não estavam abusando de Salka, eles estavam fodendo uma mulher negra.

— Isso é injusto! Eu não estou nesse filme! Você não pode provar nada. É a Silvana Amanca, que pretende me incriminar, eu juro. Ela me deu esse DVD para que você o encontrasse. Eu nem consegui acessar porque eu não sabia a senha. Eu...

— Você está alucinando, não sabe o que está dizendo!

— Prove então!

— Não tenho que fazer isso. Salka já fez isso. Salka traiu você.

— Salka está morta, Rosa! O que você diz é impossível!

— Salka deixou o seu testamento, deixou toda a sua herança para Isidro. Uma herança carregada de dívidas que o professor não queria para si, mas não tinha escolha senão aceitá-la. E quando dívidas são herdadas, especialmente quando são dívidas de sangue, você tem que pagar por toda a sua vida. É por isso que Isidro se tornou o herdeiro universal de Salka, seu vingador. Ele perdeu muito em um jogo que não era dele.

— Não deveria ter sido intrusivo. As coisas não precisavam mudar, o passado não existe mais. Nós éramos diferentes do que somos agora.

— Ah, é? Então... por que você manteve a gravação até agora? Apenas uma explicação me ocorre, e é tão repugnante e doentia que não ouso falar. Se pensarmos um pouco beira a necrofilia! Não, Ana, você não está diferente. Você é a mesma cadela que finge proteger seus filhotes e, quando está sozinha com eles, come-os. Foi o que você fez com Salka.

— Rosa, por favor, isso já passou. Nós podemos olhar para o futuro juntas. Sua religião nos ajudará a superar isso.

— Não se importe com Deus! Vindo de você, isso é blasfêmia! Sabe o melhor de tudo? Eu nunca pensei que diria isso, que Deus me perdoe. A espada de Salka, nosso professor de Estatística, conseguiu exterminar os dois que restavam. De um golpe, ele se livrou de Luis e Julio. E agora é a sua vez!

— E o que ele fará? Vai me matar com as próprias mãos? Por abusar de uma estranha? Ou pela estupidez do Julio, que insistia em revelar a própria identidade? Afinal, não fui eu quem atropelou a esposa do homem. Não, eu não acho que Isidro fará alguma coisa. Você poderia me denunciar, mas sem esse DVD você não receberá nada.

— Ele tem uma carta da Salka que te incrimina.

— Se fosse verdade, ele teria me denunciado. Eu acho que ele só tem evidências frágeis e circunstanciais. Me dê o disco, Rosa. Aliás, ele também não prova nada.

Ana Eco se aproximou da esposa de forma ameaçadora. Sabia que elas poderiam ter sido felizes a vida toda, mas não havia como voltar atrás.

— Não, Ana. Não desta vez.

Anita, com as unhas na frente dela, atacou Rosa. Ambas caíram no sofá e depois foram para o chão. Ana conseguiu tocar com a ponta dos dedos o DVD que Rosa segurava. Só então a cristã, com muita força, golpeou a deputada com o próprio DVD. Uma ponta afiada ficou presa na sobrancelha da rainha, abrindo uma brecha profunda da qual começou a fluir sangue abundantemente. Ana se levantou, tonta e cambaleante, conseguiu se sentar no sofá e usou uma capa de almofada para estancar o sangramento. O olho estava inchando aos poucos. Viu Rosa se levantar com o disco e ir para o outro lado da sala. Anita estendeu a mão, como se estivesse implorando pelo DVD.

Rosa tinha que decidir. Denunciar Anita com tão pouco não a condenaria, mas socialmente significaria o fim de sua carreira política, porque o escândalo a afundaria. Mas, talvez, a longo prazo, Anita conseguisse manipular a informação para que fosse vista como vítima de uma conspiração política com falsas acusações. Suas aberrações, se não pudessem ser provadas, talvez a transformassem em heroína. Além disso, Rosa a amava. Pelo menos, ela a amou. Apesar do que tinha feito, apesar de seu crime, não queria machucá-la. Vingança e ódio não eram sentimentos cultivados por Rosa. Acreditava em uma justiça única, a justiça divina. Deus era o único juiz imparcial, ditava a sentença quando considerava apropriado.

É por isso que Rosa quebrou o disco. Diante do olhar atordoado (de um olho só) de Anita, ela o arrebentou em pedaços e espalhou-o no chão. Encarou a esposa e leu seus pensamentos tão claramente como se estivessem falando em voz alta. E não gostou do que leu. Para Anita, aquele era o fim. Aquela gravação continha tudo o que havia sido em vida, o seu eu autêntico. O resto (sua carreira política, sua relação com Rosa, seu sorriso...) era pura fachada. Sua ilusão, sua intimidade, a memória da melhor noite da sua vida, a recriação da dor dos outros e todo o dano que causou se converteu, simplesmente, em uma arma masturbatória. Isso é o que a religiosa leu na face daquela mente doente e desordenada.

— Você é uma perturbada maldita! Eu quero que você saia da minha casa e da minha vida! Não quero mais ouvir falar de você! Se você continuar enganando os cidadãos com suas fraudes políticas, eu sairei em algum programa de TV de quinta categoria e contarei tudo. Serei o pior dos seus pesadelos!

— Rosa, você não pode fazer isso comigo.

— Vá embora! Vá para outra província ou para o exterior! Deixe a política, procure outro emprego. E não volte a machucar os outros — disse ela, com mais tristeza do que raiva.

A Rainha recolheu suas coisas e saiu de casa. Teria preferido perder a vida, como Luis e Julio, a perder o DVD. Agora, nada fazia sentido para ela.

Como na análise de variância, Rosa fez experimentos, ao variar as condições (fator), para ver o comportamento de Anita (resposta variável). Rosa havia confrontado a desordem, retirado o DVD, ameaçado e abandonado. Quanto ao comportamento da resposta variável, passou do sorriso indestrutível para a agonia.

Na quinta-feira, 3 de fevereiro, às 11h30 da manhã, Isidro terminou de dar sua terceira hora de aula em um dia difícil no trabalho. À tarde, tinha que ensinar disciplinas eletivas no que considerava um horário infernal: das cinco às oito da noite. Pensou em dedicar o resto da manhã para preparar alguns casos práticos para os alunos da turma de "Controle de qualidade". Ao chegar em seu escritório, havia uma pessoa esperando na porta. Ela não parecia uma estudante. Não por causa da aparente idade, já que Isidro estava dando aula para algumas pessoas até mais velhas que ele. Em vez disso, ele ficou impressionado com a maneira elegante de se vestir, incomum em ambientes universitários. A atrativa visitante, que tinha entre trinta e quarenta anos, vestia um sobretudo que chegava abaixo dos joelhos e um chapéu com abas longas próprio para um dia de casamento.

— Sr. León? — indagou, com um forte sotaque francês.

— Sou eu. Que deseja?

— Meu nome é Laure Libert. — Onde Isidro tinha ouvido esse nome? — Durante alguns anos fui colega de quarto de Salka Sidibe, não sei se você se lembra dela.

Mais uma vez o destino caprichoso, o caminho que se encontra por acaso, sobrecarregou o professor com emoção. Se fosse religioso, pensaria que Salka a enviara do além. Ou talvez Salka estivesse viva?

— Entre, por favor. Sente-se. Ou você quer beber alguma coisa?

— Sim, eu gostaria, obrigada.

Eles foram a uma cafeteria do lado de fora da faculdade e, depois de pedirem café, sentaram-se para conversar em um pequeno terraço coberto.

— Sr. León, vim aqui, aproveitando a minha estada em Tenerife, para lhe fazer uma pergunta muito específica. Você recebeu uma carta de Salka há treze anos?

— Eu recebi, Laure, mas temo que tenha sido tarde demais. Naquela época, mudei de endereço. Apenas alguns meses atrás, recuperei essa carta. A senhora acredita em coincidências? Eu tenho vivido o drama de Salka desde então e consegui juntar todas ou quase todas as pontas soltas. Parece incrível para mim que a senhora esteja aqui, precisamente hoje!

— O destino é assim mesmo: caprichoso. Mas se eu aparecesse no mesmo dia em que você encontrou a carta, ou no dia seguinte, ou uma semana atrás, ou dentro de um mês, seu argumento teria a mesma validade, você também poderia dizer que era o acaso.

— Sim, tem razão. Posso lhe chamar de você? Eu acharia mais confortável.

— Sim, claro, por favor. Olha, Isidro. Salka depositou em você toda a confiança dela porque você era o seu último... como você diz? Cartucho? Todos os dias, eu abria a caixa de correio esperando notícias suas, mas sua resposta nunca chegou.

— Você poderia me contar a história dela? Tudo o que você sabe.

— Sim, imaginei que me pediria. Tem tempo?

— Para você, tenho todo o tempo do mundo.

Então, Laure começou a história, o começo do fim da tragédia da moça africana.

— Uma noite, quando voltava do trabalho, vi na frente da minha casa, em um pequeno parque infantil, que está localizado em frente ao prédio onde morava, uma menina de cor, muito jovem, comendo um sanduíche com avidez. Tinha um cobertor que a cobria da cintura para baixo. Ao lado dela, no banco onde estava sentada, havia uma espécie de mochila gasta na qual carregava seus pertences. Eu estava passando de carro, então estacionei na garagem e fui ao parque para saber mais sobre ela. Sou enfermeira, Isidro. Minha profissão geralmente gera impulsos desse tipo.

— Eu entendo — disse o professor.

— Eu queria saber se estava bem. Ela parecia uma criança, mas quando cheguei mais perto, vi que era muito mais velha do que seu corpo magro sugeria. Perguntei se estava bem e me disse que sim. Fiquei olhando para ela por um tempo, caso decidisse me dizer outra coisa. Você sabe o que ela fez? Ela me entregou seu sanduíche. Ela se ofereceu para compartilhar sua refeição escassa comigo. Eu falei que morava no prédio em frente e que, se quisesse, poderia tomar um banho e comer algo quente. Então, tirou um maço de notas do bolso. Era a moeda espanhola. Eu disse para guardar aquilo, que não tinha que me pagar. Quase a arrastei para casa. Tomou banho, enquanto eu preparava algumas pizzas e depois comemos em silêncio. Quando terminou de comer, me agradeceu, pegou suas coisas e foi até a porta. Suas ações eram muito bruscas... digo, seu comportamento era um pouco selvagem. É por isso que achei que devia ter sofrido muito.

— Sim. Eu sei tudo o que ela sofreu — confirmou Isidro. — É de partir o coração.

— Eu perguntei se tinha algum lugar para ir e ela me respondeu que ia passar a noite no parque. No dia seguinte, procuraria um lugar mais estável. Eu pedi a ela para ficar. Eu tinha um quarto vago e ofereci a ela. Mais uma vez pegou seu dinheiro, mas eu o rejeitei. Ela mostrou muita desconfiança em relação a mim, então eu não tentei me aprofundar em suas feridas. O primeiro dia transcorreu com essa barreira tensa.

Laure fez uma pausa e tomou um gole de café. Então, continuou a história.

— O segundo dia foi um pouco mais comunicativo. Eu trabalhava no turno da tarde, então, durante a manhã, fomos ao supermercado para comprar algumas coisas. Nós também passamos por um banco para que pudesse trocar sua moeda por francos. Queria encontrar um lugar para ficar. Perguntei a ela quanto tempo planejava ficar na cidade. Você sabe o que ela disse? Algumas palavras proféticas. "Talvez, por toda a vida." Eu disse a ela que, por enquanto, poderia ficar na minha casa. Seria bom ter alguma companhia. Ela quis saber quanto eu iria cobrar dela. "Você tem um emprego?", perguntei. Ela respondeu que não. Uma vez em casa, propus um tipo de acordo: não teria que pagar em dinheiro, mas com amizade. Eu precisava de alguém para conversar e compartilhar problemas. "Nós poderíamos nos ajudar", ofereci. Foi então que ela entrou em colapso. Ela começou a chorar inconsolavelmente, como se fosse o bebê que eu pensava que era quando a encontrei no parque. Era um choro tão doloroso que não conseguia manter seu ritmo de respiração. Eu tentei relaxá-la. Fiz massagens suaves nela, primeiro nas costas, depois no rosto. Eu sorri. Peguei as duas mãos e as acariciei lentamente. Era algo que funcionava muito bem com os pacientes do hospital.

Laure parou por um momento para se recuperar e vencer o nó que estava se formando em sua garganta.

— E ela relaxou. Completamente. Você sabe por quê? Porque Salka, desde que saíra da África, jamais recebera um abraço, ninguém a havia tocado e acariciado com carinho, só eu. Eu fui a primeira e a última. É por isso que me contou sua história. É uma história triste, a história de uma perdedora.

— Se você quiser, Laure, pode pular a parte da violação, eu a conheço perfeitamente. Eu também sei que teve um bebê e que estava apaixonada por Mauro, mas ele nunca prestou atenção nela. Eu não entendo por que Salka insistiu e se rebaixou implorando pela ajuda dele!

— Não é tão difícil de entender. Ela veio de um país onde a poligamia era permitida. Embora Mauro mostrasse interesse por outras mulheres, Salka apenas pretendia ser alguém importante na vida do professor. Mas ele não entendeu. Ele a insultou. Bem, como eu estava dizendo, a história francesa de Salka, que você não conhece, começou naquele dia em que a encontrei no parque. Ela tinha voado de Tenerife. Eu acho que escolheu a França por causa da língua.

— Tem algo que não entendo. Quem pagou a passagem? Quem lhe deu o dinheiro?

— Um dos seus estupradores. Em troca, Salka prometeu nunca mais voltar a Tenerife. Era uma maneira de comprar seu silêncio e evitar denúncias.

— Quem?

— Ela o chamava de Apolo.

Era outra das respostas que Isidro procurara. O remorso de Figueruela chegava a esses extremos. Por um lado, achou que se sentia obrigado a ajudá-la e, por outro, conseguiu tirá-la do caminho. "Dinheiro e futuro, mas não volte. Não volte para procurar o seu filho." Mesmo assim, a consciência de Luis não permanecera calma e ele se dedicara a procurar aquele filho.

— Ela saiu daqui em setembro, certo? Logo em seguida, ela escreveu uma carta para Mauro. Eu a li, Laure. Rebaixava-se de forma humilhante. Seu único desejo era saber se o filho estava bem.

— Sim, mas Mauro não a respondeu. Bem, pelo menos, não por meio de uma carta. O que aconteceu depois foi muito pior do que o estupro, porque levou Salka para o túmulo.

— O que você quer dizer?

— Mauro não queria saber de nada sobre Salka. Ele incompreensivelmente alegou estar sendo assediado por ela. Era um *fils de pute*.

— Filho da puta — traduziu Isidro.

— Mauro deve ter dado o nosso endereço a Gérmen. Mauro o conseguiu graças à carta que Salka lhe enviou. Foi durante o Natal de 1997 quando aquele outro... como se diz?

— Filho da puta.

— Aquele filho da puta chamado Gérmen foi para Montpellier e apareceu lá em casa. Eu estava trabalhando. Salka ficou apavorada quando o viu entrar no apartamento. O canalha deu-lhe uma surra brutal. Depois de bater nela, ele a jogou na cama e a violou.

— Ele a estuprou? Outra vez?

— Sim. Mas isso não foi o que mais a feriu. Aquele animal trouxe notícias de seu "bebê", como Salka disse. Rindo impiedosamente, ele disse a ela que o bebê tinha morrido no hospital onde ela o havia deixado. Ele a culpou, acusou-a de ser uma assassina. Ele disse que talvez fosse seu filho e que ele não a perdoaria. Por isso ele foi para a França ensinar uma lição a ela. O martírio a que Salka foi submetida era desumano. Quando cheguei do trabalho não havia ninguém em casa. Salka voltou depois de um tempo e me contou o que havia feito.

— Contou o que Gérmen havia feito?

— Sim, mas também o que ela havia feito. Quando Gérmen saiu do apartamento, Salka pegou uma faca enorme na cozinha e foi atrás dele. Não tinha mais nada a perder. Ela o seguiu a uma distância prudente e ele não percebeu. Se aproximou dele em um beco estreito. Chegou por trás, mas, como eu disse, não tinha nada a perder. Salka não estava mais com medo. E de acordo com ela, não queria esfaquear aquele animal de forma traiçoeira. Queria ver seu rosto, então ela o incitou, pediu para ele se virar. Gérmen se virou e, vendo-a com aquela faca de cozinha, começou a rir, incrédulo. Ele achava que controlava a situação em todos os momentos. Eu acho que ele nunca suspeitou do que Salka seria capaz.

— Mas ela o fez, certo?

— Sim. Ela descarregou toda a raiva que acumulara contra os cinco canalhas. Ele pagou pelos atos de todos eles. Salka retirou-se de lá, com a faca, enquanto Gérmen sangrou e observou-a ir embora, atônita.

— Uau! Ele morreu em um beco em Montpellier — comentou Isidro.

— Isso não está correto de todo, Isidro. O sr. Escuela foi admitido no CHU de Montpellier, numa tarde de dezembro, em estado grave por causa de uma ferida de faca. Temia por sua vida, mas talvez os médicos pudessem tê-lo salvado.

— Mas... ele finalmente morreu, certo?

— Sim. Eu realmente não me lembro muito daquele tempo, mas é possível que alguma amiga da Salka, que trabalhava como enfermeira no Centro Hospitalar Universitário, tenha contribuído para apressar a sua morte.

Ambos mantiveram um silêncio cúmplice. Isidro preferia não ter ouvido essas palavras, mas era assim que as coisas eram.

— Então... o filho de Salka morreu. Tanto sofrimento e tanto mal por nada. Nem uma única gota de esperança pode ser extraída de toda essa história.

— A verdade é que Salka não se sentia segura em acreditar em Gérmen. Eu não sei se era mais vontade do que qualquer outra coisa, mas foi inflexível em afirmar que Gérmen a tinha enganado para torturá-la. Estava convencida de que o bebê não havia morrido. Ela o viu nascer são e salvo. Não fazia sentido. Essa é uma das razões pelas quais eu queria ver você. Eu esperava que talvez, da carta, você tivesse descoberto algo sobre isso.

— O que aconteceu depois?

— Depois? — Seus olhos se inundaram. — Depois, ela não se segurou mais. Durante vários meses, Salka continuou enviando cartas desesperadas para Mauro. Mais tarde, na cidade, houve um congresso de Economia em que Mauro participou. Salka tinha certeza de que havia se inscrito só para vê-la. É o mais provável. Isso foi no início de janeiro de 2000. Um ano bissexto, sabe? Como eu estava dizendo, Mauro veio vê-la em nossa casa. Pediu-lhe que o deixasse em paz, não lhe mandasse mais cartas porque queria que ela desaparecesse de sua vida.

— Como ela reagiu? Acho que seu café esfriou — disse Isidro, observando enquanto Laure ainda tomava um último gole.

— Salka prometeu que não queria nada dele, apenas implorou para que contasse algo sobre o bebê. Mauro permaneceu em silêncio. Salka não conseguiu interpretar o silêncio dele. Em seguida, ela entregou de bandeja uma resposta que, certamente, Mauro não tinha. Eu estava à frente do assunto e, sendo objetiva, tenho certeza de que o porco não tinha ideia do que havia acontecido com o bebê. Ele enviara Gérmen para ameaçar Salka para que ele não continuasse sendo assediado. Mas, para ele, o bebê era secundário.

— Você disse que Salka entregou a ele uma resposta.

— Sim. Ela contou a versão de Gérmen. Perguntou se era verdade que o bebê havia morrido. Implorou que lhe dissesse que não era verdade, mesmo que fosse. Preferia ouvir uma mentira a saber que o bebê estava morto. Percebi o olhar implacável do professor. Antes de ouvi-lo falar, eu sabia que ele ia desferir nela um golpe mortal. O filho da puta confirmou as palavras de Gérmen. Ela se ajoelhou diante dele, agarrou suas pernas e continuou a implorar. Mauro saiu orgulhoso do triunfo. Ele destruiu a mulher que o assediava.

— Mas... você disse que estava claro que Mauro só falava para machucá-la.

— Para mim, sim. Eu tentei fazer Salka ver isso. Trabalhei com ela, trabalhei como psicóloga dia e noite. Tentei incentivá-la, expliquei de todas as maneiras possíveis que Mauro riu dela e não fazia ideia do paradeiro do bebê. Disse a ela que iríamos para Tenerife e até me ofereci para ir sozinha, mas me proibiu. Ela disse que preferia pensar que estava vivo a descobrir a verdade.

— Porra, Laure! Isso é muito forte!

— Foi a noite de 29 de fevereiro. Esse dia só existe uma vez a cada quatro anos. Voltei do trabalho e ela estava imóvel na cama. Eu vivi com Salka por dois anos e cinco meses. Isso é um pequeno sopro se comparado a toda uma vida, mas foram os dois anos e meio mais intensos, angustiantes e até educativos da minha existência.

O MODELO DE REGRESSÃO

Capítulo 48

O modelo de regressão tenta explicar o comportamento de uma variável de resposta a partir dos valores das variáveis de previsão.

Isidro estava emocionalmente exausto pelas últimas revelações de Laure. A confirmação do suicídio de Salka foi outra constatação da distribuição desequilibrada e injusta da sorte por sobre a espécie humana. Mauro, por exemplo, não havia recebido punição direta por suas ações, viveu sempre em plena capacidade até que um acidente de trânsito o levou, sem lhe dar tempo para se redimir. Anita, certamente, sairia ilesa de tudo. É por isso que Isidro costumava ser tão intolerante com os religiosos. Ele só acreditava na justiça estatística. A justiça do homem falhou muitas vezes e, em algumas áreas do planeta, nem sequer existia ou tinha tal nível de corrupção que gerava mais injustiça do que a própria anarquia. Quanto à justiça divina, ninguém poderia viver o suficiente para atestá-la. Por isso, a fé, para o professor, era um conceito paliativo, mas abstrato.

— Precisa de carona para algum lugar? — ofereceu Isidro.

— Não, obrigada. Eu aluguei um carro. Estacionei perto da entrada da faculdade — disse Laure.

— Bem, você teve sorte. Os estudantes pagariam para conseguir um lugar neste momento em um raio de mil quilômetros — brincou o professor.

Laure estava indo para Sevilha no dia seguinte. Talvez nunca mais ouvisse dela novamente. Isidro achava curioso que, com poucos minutos com uma pessoa desconhecida, poderia receber informações tão reveladoras. Eles caminharam até a porta da faculdade para se despedir.

— Ei, Laure. Obrigado por me contar tudo isso. Fechar a história foi muito importante para mim.

— Sim. Mas existem coisas que você ainda não sabe. Olha, eu sou daquelas que acreditam que a verdade deve ser sempre conhecida. Ainda que doa.

— Sim, é assim que deve ser. Na história de Salka, muitas pessoas sofreram por causa da verdade. Por exemplo, Rosa, esposa de Anita.

— Quem é Anita? — perguntou Laure.

— A Rainha.

— Isidro, se quiser saber tudo, deixe-me convidá-lo para outro café. Você aceita?

— Ok. Vamos ao refeitório da faculdade.

Eles pediram a bebida e se sentaram em uma das mesas mais afastadas do bar. O professor fez uma pergunta a Laure sem ter certeza de que ela sabia a resposta.

— Você sabe por que Salka a chamou de Rainha Bruxa?

— Sim. Ela me disse que, durante a humilhação e a tortura que sofreu, todos chamavam a líder de Rainha. Na verdade, eu não sabia o nome dela, Salka nunca me contou. Parece que a Rainha a tirou de uma festa que os estudantes estavam celebrando e o fez com as artes do mal, com mentiras. É onde a Bruxa estava adormecida e esse último nome foi inserido por Salka. As artes ruins, antes que você me pergunte, referem-se ao seu logro, fingindo ser sua defensora em face do assédio xenófobo de outras pessoas. O lado duplo.

— Eu entendo. Há mais alguma coisa que eu deva saber, Laure?

— Sim.

A enfermeira francesa concentrou-se em dissolver o açúcar no café. Passou vários segundos observando os movimentos do líquido enquanto o misturava dentro do copo. Até que decidiu falar:

— Salka estava muito apaixonada. Mauro a tinha acolhido, tirado da rua e lhe dado tudo, pelo menos materialmente: casa, dinheiro para os gastos, a oportunidade de ir para a faculdade, mas o problema é que ele também lhe deu esperança. Tudo o que ele deu a ela foi em troca de sexo. Para ele, era como um contrato. Quando tinha vontade, ia ao apartamento de Salka e satisfazia suas necessidades. A questão principal é que Salka trabalhou como prostituta e Mauro continuou a vê-la como tal. Mas Salka se apaixonou. E chegou a pensar que Mauro também sentia algo por ela.

— Eu entendo.

— Apesar do estupro, ainda estava apaixonada. Ela não perdoou nenhum dos outros, mas perdoou Mauro. Ela culpou as drogas como responsáveis pelo comportamento dele. Ela se convenceu de que o professor não estava ciente das ações que cometia. Ele, apesar do que havia acontecido, continuou a visitá-la.

— Mas como ele se atreveu? Ele não tinha coração? Não é a pessoa que eu achava que fosse. Ei, e o bebê não poderia ser dele? Eu me refiro a esses relacionamentos frequentes. Por que se assume que foi gerado a partir da violação?

— Bem, Mauro e Salka sempre usaram proteção. Nesse sentido, não havia dúvida. Como eu estava dizendo, o professor a visitava, e algumas vezes Salka, de sua janela, via ele chegar. Ela ficava muito feliz e se vestia para ele, ela sempre fazia. Mas Mauro não aparecia.

— Como assim não aparecia? — perguntou Isidro, desnorteado.

— Ele não entrava no apartamento. Isso, como eu disse, aconteceu umas duas ou três vezes. Ela chegou a pensar que era um carro igual com um motorista similar. Aí, Salka descobriu que estava grávida. Queria contar para Mauro, mas ele não vinha vê-la. Um dia, Salka estava fazendo compras em um pequeno supermercado localizado no bairro em que morava. Então, pela porta de entrada, ela o viu de novo. Não havia dúvida: era o carro dele, mesma placa, mesmo dono. Ela o viu caminhar até um prédio e entrar nele. Você sabe o que ela fez? Ela o seguiu! Correu para fora do estabelecimento e entrou no prédio.

— Continue, por favor.

— Bem... ela o viu pegar um elevador. Escondeu-se por um tempo, porque quase foi descoberta. Ela subiu as escadas com pressa, seguindo os andares em que passava o elevador. Quando chegava ao quarto andar, o elevador parou no quinto. Ela continuou subindo sem fazer barulho. Ela se moveu quase na ponta dos pés para evitar ser descoberta. Havia um longo corredor. O apartamento era o primeiro na esquina. A porta estava entreaberta. Mauro entrou, mas não a fechou. Estava esperando alguém sair ou, talvez, decidir se deveria sair ou ficar.

— Como assim, Laure?

— Salka, pela porta entreaberta, viu Mauro de costas, como se esperasse por instruções. Ela não ia sair sem descobrir o que estava acontecendo. Então, ela se arriscou. Salka havia se arriscado por toda a sua vida com coisas muito piores, isto para ela era apenas um jogo infantil. Abriu a porta devagar e entrou no apartamento.

— Ela entrou?

— À direita, começando no hall de entrada, havia uma sala e ela se escondeu nela. Mauro não a percebeu. Salka ouviu a voz da mulher falando com Mauro. Ela disse: "Ele não virá para comer. Nós podemos ficar aqui." Um dos dois se aproximou da entrada e fechou a porta. Salka achava que tinha sido a mulher por causa dos passos. Então, ela os ouviu se despir, excitados, fazendo sexo como feras, gemendo como se precisassem um do outro para viver. Salka entendeu que, com ela, Mauro nunca se divertira tanto. Exceto na noite da violação. Isso a destruiu.

Se em algum momento, nas últimas horas, Isidro pensou que as coisas não poderiam ter piorado, foi só porque até então ele não havia previsto a amarga surpresa que a realidade lhe apresentava. Mas foi ele quem procurou por isso. Afinal, ele confirmou à Laure que era melhor saber a verdade, por mais dolorosa que fosse.

— Antes de sair, Salka teve tempo de perceber algo que, da mesa do escritório onde estava, chamou sua atenção. Eu acho que você imagina o que é.

Isidro assentiu com um gesto de dor.

— Havia uma impressora ligada — prosseguiu Laure. — Com alguns dos documentos impressos ainda no compartimento de saída. Era como se o dono tivesse deixado o trabalho pela metade. Talvez, ele tivesse se apressado para sair para o trabalho e teria deixado para continuar mais tarde. No total, eram dois blocos completos, com todas as músicas. A terceira rodada parou no meio.

— Por favor, Laure... Não continue!

— No começo, foi apenas curiosidade. Ela olhou para aquelas letras de música e então, magicamente, entrou nelas e sua mente parou de ouvir o suspiro dos amantes.

Agora o professor entendia o significado da palavra "amante", que o havia chocado tanto na boca de Gloria, a filha de Dora. Era que "amante" soava como um engano, uma relação paralela ao relacionamento "oficial". Mas agora compreendia. Eles não eram amantes do ponto de vista de Mauro, mas, sim, de Marlene. Ele também deduziu por que Salka havia omitido qualquer menção à música "Por amor a Marlene" nas palavras cruzadas. Ela considerava que não era digna de figurar entre as outras.

— Suas letras a fizeram escapar daquela realidade. Por isso eram tão importantes para ela. Uma música em especial tocou a alma dela, porque ela se identificou com a letra. Eu acho que é intitulada "Imigrante ilegal". Salka achava que, se levasse uma cópia das músicas, você não sentiria falta delas, porque talvez não se lembrasse de quantas cópias tinha imprimido.

— Eu... me lembro de imprimir as letras para colocá-las em algumas pastas. Gostava de ter tudo duplicado, caso uma se perdesse. Era uma mania. Eu também queria uma cópia como rascunho, para poder riscar e sobrescrever as mudanças que fazia nas músicas.

— Desculpe, Isidro. Eu acho que Salka nunca quis que você soubesse essa parte.

— Acho que sim. Mas queria que eu descobrisse de uma maneira parecida com esta de agora, por acaso, e apenas se eu estivesse preparado para assumir isso. Ela me enviou uma mensagem sutil. "A Rainha Bruxa tem algo de Marlene." Seu lado duplo. Ela me enviou a mensagem, mas eu não me atrevi a esmiuçá-la por medo de descobrir algo terrível. Ela queria que eu a confrontasse quando estivesse emocionalmente pronto.

— Mas eu me adiantei — afirmou Laure.

— Os dois "M" — disse Isidro, que não mais ouvia Laure.

— Como assim?

— Não tem importância. E você não entenderia.

— Salka pensou que Marlene não merecia você. Quando estava em seu escritório, lendo seu trabalho, admirou-se tanto com a sua sensibilidade que ficou chocada que você compartilhasse aquilo tudo com uma mulher que gemia como um gato enquanto Mauro a possuía.

— Dito dessa forma parece mais duro do que realmente é. — O professor tentou tirar a parte trágica.

— Sim. Lá no fundo, era só sexo e não deveria ser tão importante. Mas, mesmo que Marlene não soubesse, era sexo com um estuprador.

Para Isidro León, o pior não era o fato em si. Não era que Marlene dera seu corpo para outro. O mais grave era a falta de confiança, por nunca ter confessado. Essa era a verdadeira traição. Agora era ele quem precisava de uns bons dias sozinho para pensar. Ele sabia que teria que falar extensivamente com Marlene e não tinha ideia de como seu relacionamento terminaria. No entanto, nas profundezas de sua alma, tinha certeza de que seu casamento era sólido e a solidez proporcionava isso. Marlene faria o que lhe era melhor: falaria, falaria e falaria sobre todos esses problemas até vencer (devido à exaustão de Isidro). E ele aceitaria. Ambos haviam perdido muito desde que foram a Arona para visitar alguns amigos e encontraram os fantasmas do passado.

A diferença fundamental entre a análise de variância e o modelo de regressão é que, no primeiro caso, a variável independente ou de predição é controlável, enquanto no segundo caso não é. Na análise de variância, o pesquisador pode "manipular" ou "brincar" com os níveis de fator (variável independente) para observar como a variável de resposta se comporta. No modelo de regressão, no entanto, o comportamento da resposta só pode ser registrado quando as condições mudam no mundo real. Isidro não podia manipular ou brincar com o passado, o passado é imutável. Seu modelo de casamento e, em geral, de sua vida, foi marcado por experiências anteriores, mas também, a partir de agora, pela carta de Salka. As condições da variável que controlava seu destino mudaram de forma negativa, mas tinha certeza de que, caso se propusessem, ele e Marlene seriam capazes de bater o modelo de regressão de forma a serem eles próprios que assinalariam o caminho futuro.

O MODELO ESTATÍSTICO

Epílogo

Um modelo estatístico tenta reproduzir os fenômenos observados da maneira mais aproximada possível.

— Na verdade, Rosa, você não sabe o quanto agradeço sua ajuda. No final, terei que me inscrever na Igreja Adventista para liquidar minha dívida. A propósito, aonde está me levando?

Rosa estava dirigindo o carro pelas ruas movimentadas de Santa Cruz. Era sexta-feira, 4 de fevereiro, e ainda estavam no intervalo mais agitado do final do turno da manhã.

— É uma surpresa. O que você fará com a sua vida, Isidro?

— Acho que nada novo. Depois do que todos nós passamos e se eu vivi com Marlene uma mentira por tantos anos e nada aconteceu, será mais fácil viver com a verdade. Embora eu não tenha tanta certeza assim. Acho que o que digo é mais pensamento do que sentimentos. Vou ter que falar com ela e vamos decidir. E você?

— O meu é mais complicado, não é sobre simples chifres. Eu queria que fosse isso, confesso. Quando digo complicado, quero dizer o golpe emocional e não o que vou fazer com a minha vida. Isso, no meu caso, é mais fácil de responder do que no seu. Vou ter que começar de novo. Uma nova vida. Por enquanto, vou focar na minha igreja, como sempre fiz.

— Uau! Espero não estar muito perto no momento em que você fizer isso.

— Aqui está.

Rosa estacionou em frente a uma escola secundária.

— O que fazemos aqui? Não entendo nada.

— Observe e você vai ver.

— Você sabe alguma coisa sobre Anita? Para onde ela foi?

— Não sei, nem quero saber. Mas eu ouvi rumores de que está se aposentando da política. Eles estão ligando lá para casa perguntando por ela. Aparentemente, não responde ao celular.

— Você sabe o que penso da gravação. Você nunca deveria tê-la destruído — retrucou Isidro.

— Acho que fiz a coisa certa. Destruindo o DVD, destruí Ana. Você devia ter visto o rosto dela! Eu acho que, a partir daquele momento, ela me odeia mais intensamente do que jamais me amou.

— Ainda acho que ela não pagou o suficiente, Rosa.

— Espere, olhe! — disse ela, apontando para uma mulher que aguardava na saída e agora se aproximava da porta do instituto.

— Não é a Rebecca? — perguntou Isidro.

— Sim. E aquela que está saindo é a filha dela.

Ele não a via há mais de 14 anos. Havia recebido uma carta dela em novembro de 2010, mas que fora enviada em novembro de 1997. Conseguiu identificá-la como se a tivesse encontrado na rua: a mesma magreza, os mesmos "olhos brilhantes", o mesmo tom de pele, o mesmo cabelo, a mesma figura. Era Salka. Isto é, era cópia dela. Agora, o nome dela era Fiona. Isidro, incapaz de se conter, começou a chorar.

— É... é ela? O bebê? — gemeu.

— Sim, Isidro. O bebê. Você supôs que era um menino porque Salka sempre se referia a ela como "o bebê". Com exceção de Figueruela, acho que nem Edu, Gérmen e Mauro sabiam dela. Mas Anita sabia. Ela me disse antes de sair de casa.

— Isso explica muitas incógnitas, certo?

— Sim. As poucas que restavam. Luis Figueruela, arrependido do que havia feito, investigou e encontrou a filha de Salka alguns anos depois. Rebecca a adotou. Luis prometeu protegê-la sempre. De acordo com Sara, a obsessão de Luis para dar a Fiona um futuro melhor do que ele dera à mãe dela era tão grande que Rebecca chegou a acreditar que seus sentimentos estavam relacionados com pedofilia. Se tivesse contado a Sara a verdade, acho que ela compreenderia.

— Ela também sofreu nesta aberração.

— Sim. Luis sempre quis continuar com Sara, mas se separou para corrigir seu erro. Se é que pode alterar a barbaridade em que teve participação. Quando encontrou Fiona, ele conquistou a mãe e lhe deu um emprego. Sua única intenção era estar perto da filha de Salka, talvez sua própria filha.

— Com uma chance de 25 por cento — disse Isidro.

— Luis nunca amou Rebecca. Ficamos todos surpresos que ele trocou Sara por uma mulher mais velha do que ele. Não parecia com o estilo de Luis. Mas seu objetivo não era Rebecca, era estar perto da filha adotiva.

Isidro observou a jovem, que começava a complicada idade da puberdade. Tinha mais ou menos a idade de seu sobrinho Isaac. Um colega de classe a cumprimentou.

— Tchau, Fiona.

— Tchau — disse ela, com uma voz muito doce e infantil.

Fiona sorriu para o garoto, mas se escondendo, abaixando o rosto. Ela parecia muito envergonhada. Isso, pensou Isidro, era muito comum naquela idade. Fiona não era como a mãe, mesmo que fosse igual a ela. Fiona era uma privilegiada do acaso. Ela não havia nascido no inferno, não teve que superar as barreiras intransponíveis com as quais Salka lidava cada vez que dava um passo à frente. Isidro captou no rosto dela um futuro de ingenuidade e autossuficiência. Geralmente, ele era bom em ler essas coisas. No final, a vida de Salka parecia ter um sopro de continuidade.

Um dos objetivos da Estatística é construir um modelo que explique a realidade. Mas o real sempre será mais complexo do que qualquer modelo estatístico que possa ser projetado.

À noite, em casa, Isidro recapitulou os últimos meses de sua vida. Ele pegou uma caneta e papel e começou a escrever sua nova música. A filha de Salka serviu como inspiração. O título seria “Bonequinha”. Ele construiu uma estrutura de versos octossilábicos em que inseriu vários pronomes indefinidos e colocou muitos adjetivos na frente de substantivos, porque sua inspiração pedia, tentando obter uma ode à juventude, um grito de liberdade proferido a partir da puberdade incipiente para que ninguém pisoteasse o caminho que, com toda a ilusão, ela pretendesse viajar.

Caminhava muito rápida,
escondendo seu sorriso,
doida e sem destino,
indo a lugar nenhum.
Ela te cumprimenta com vergonha
ou abaixa a cabeça.
Menina despercebida,
treze anos e nada mais.
Imatura estudante,
infantil e um pouco assustada,
vida cor-de-rosa,
ilusões ao sonhar.
Você é autossuficiente,
você ultrapassa quem te rodeia,
boneca, boneca,
insossa boca e doce voz.
Explosões de tédio
com o passar do tempo.
Insegura de si mesma
e não quer amadurecer.
Impassível ao seu ambiente,
pensamento meio infantil,
bonequinha colegial,
doida menina e um tanto malvada.
Vítima da adolescência,
depressiva e triste apenas.
Cheia de contradições,
instável no amor.
Magia no corpo quando lança o grito
de sua identidade.
Faça um desejo enquanto quebra o mito
da puberdade.
Está escorrendo um pouco de imaturidade
e uma flor talvez.
Esse ofensivo pedaço de juventude
que você gasta.
Você atravessa a idade do carmim,
musa de algum jardim,
bonequinha estudante.

Ana Eco, Gérmen Escuela, Luis Figueruela, Julio Domínguez, Mauro García. Todos foram responsáveis em partes iguais por uma atrocidade. Eles se consideravam privilegiados, talvez porque o acaso, uma noite, os alimentou com suas fantasias mais miseráveis. Mas seus destinos finais foram diferentes. Essa era a base da "teologia estatística" de Isidro. Deus é "O Acaso". Coloca cada um onde ele corresponde, mas não para a justiça humana ou divina, e, sim, para a (in)justiça estatística. Isidro não ia se conformar. Ele também queria contribuir com sua parte, a justiça pessoal. Escreveria um romance sobre a figura de Salka como um pequeno tributo à tolerância social.

AGRADECIMENTOS

Quando você termina de escrever um livro, e somente quando termina, começa a perceber que não o escreveu sozinho. Um livro, o seu livro, nunca teria existido se não fosse por causa de outras pessoas, então trate de reconhecê-las e agradecer publicamente a quem possa interessar.

Quero agradecer à Universidade de La Laguna por essa atmosfera de trabalho aconchegante, mágica e inspiradora que deixou mais fácil o trabalho de transformá-la em ficção. Enquanto as situações descritas no romance (dentro do campus) são produtos da imaginação do autor, o cheiro de café, o feitiço e o bem-estar decorrentes do trabalho são verdadeiros reflexos da realidade daquele ambiente.

Pela primeira vez na vida, eu vou agradecer ao meu maestro, Francisco Medina, a quem nunca pessoalmente agradeci pela sua abnegada dedicação ao ensino da música com que instruiu um grupo de crianças, o qual integrei desde os meus sete anos. Eu devo a ele, para melhor ou para pior, a maior parte da minha sensibilidade musical.

Eu não posso esquecer de mencionar Olga e Robert (escritores, músicos, artistas, amigos), as almas do grupo de jazz Gato Gótico, saxofonista e vocalista, respectivamente, que, em uma ocasião, tiveram a paciência para passar uma tarde de suas vidas ouvindo minhas músicas.

Claro que é meu dever agradecer ao meu amigo Jaime Febles, a quem, de maneira injustamente vaga da minha parte, pedi colaboração para tirar *Os privilegiados do acaso* de uma inércia momentânea, e ele, com uma discrição patológica, é claro, não hesitou em colocar o colete salva-vidas sem pedir explicação alguma em troca.

Finalmente, por ter aguentado as minhas possíveis mudanças de humor durante a criação desta obra, quero dedicá-la especialmente aos meus dois "I": Inma e Isaac, os críticos mais implacáveis.